W0094354

Die starke und sinnliche Esther Prynne bekennt sich nach der Geburt ihrer unehelichen Tochter am Pranger unerschrocken zu ihrer Schuld, als deren Symbol sie von nun an den scharlachroten Buchstaben an ihrem Kleid tragen muß. Innerlich ungebrochen und fest im Glauben an die Berechtigung ihrer Gefühle, verschafft sich die isolierte Esther einen Raum persönlicher Freiheit. Der Geistliche Arthur Dimmesdale hingegen – Esthers Liebhaber und Vater ihres Kindes – ist schwächer und zerbricht an seinen Schuldgefühlen. Er wird schließlich von seinem Peiniger Roger Chillingworth, hinter dessen angenommenem Namen sich Esthers Ehemann verbirgt, in den Tod getrieben.

Nathaniel Hawthorne, 1804 in Salem/Mass. geboren und 1864 in Plymouth, New Hampshire gestorben, galt in den ersten Jahren seines literarischen Werdeganges als »obskurster Schriftsteller in Amerika«. Hawthorne reiste mehrere Jahre durch Europa und kehrte 1859/60 nach Amerika zurück, wo ihn der Bürgerkrieg erwartete und seine Kräfte aufzehrte. Der Autor zahlreicher Erzählungen hinterließ vier unvollendete Romane.

Nathaniel Hawthorne
Der scharlachrote Buchstabe

Roman

Aus dem Amerikanischen übertragen
von Franz Blei

Mit einem Essay von Binnie Kirshenbaum
in der Übersetzung von Patricia Reimann

Mit Anmerkungen und einer Zeittafel
von Hans-Joachim Lang

Deutscher Taschenbuch Verlag

Aus dem Amerikanischen übertragen
von Franz Blei, durchgesehen und um ›Das Zollhaus‹
ergänzt von Ruth und Hans-Joachim Lang.

Titel der Originalausgabe:
›The Scarlet Letter‹ (Boston 1850)

Juli 1981
2. Auflage September 2000
Deutscher Taschenbuch Verlag GmbH & Co. KG,
München
www.dtv.de
Lizenzausgabe des Artemis & Winkler Verlags,
Düsseldorf und Zürich
Umschlagkonzept: Balk & Brumshagen
Umschlagbild: ›A mother's Love‹ (1839) von
Josef Danhauser (© The Bridgeman Art Library)
Gesetzt aus der Bembo 10/11,75·
Gesamtherstellung: C. H. Beck'sche Buchdruckerei,
Nördlingen
Printed in Germany · ISBN 3-423-12816-X

VORWORT
ZUR ZWEITEN AUFLAGE

Der Autor war sehr überrascht und – wenn er das sagen darf, ohne noch mehr Ärger zu machen – mächtig amüsiert, zu finden, daß seine Skizze des Beamtendaseins, die als Einleitung zu DER SCHARLACHROTE BUCHSTABE dient, eine beispiellose Aufregung in der ehrenwerten Bürgergemeinschaft seiner unmittelbaren Umgebung verursacht hat. Sie hätte kaum heftiger sein können, hätte er das Zollhaus niedergebrannt und eine letzte schwelende Glut im Blut einer gewissen ehrenwerten Persönlichkeit gelöscht, gegen die er, so nimmt man jedenfalls an, eine ganz besondere Bosheit an den Tag legt. Da die öffentliche Mißbilligung schwer auf ihm lasten würde, hätte er das Gefühl, sie zu verdienen, erlaubt sich der Autor die Feststellung, daß er die einleitenden Seiten noch einmal sorgfältig durchgelesen hat, um zu ändern oder zu tilgen, was anstößig befunden werden könnte; auch um für die Schändlichkeiten, deren er sich etwa schuldig gemacht hat, die bestmögliche Wiedergutmachung zu leisten. Jedoch erscheinen ihm an seiner Skizze bemerkenswert nur die freimütige und echte gute Laune sowie ganz allgemein die Genauigkeit, mit der er seine unverfälschten Eindrücke der beschriebenen Charaktere wiedergegeben hat. Feindseligkeit oder Übelwollen irgendwelcher Art, sei es persönlich oder politisch motiviert, weist er ausdrücklich von sich. Vielleicht hätte man die Skizze ohne Verlust für das Publikum oder Schaden für das Buch völlig weglassen können; aber nachdem er es nun einmal unternommen hatte, sie zu schreiben, ist er der Meinung, sie hätte in keinem besseren oder freundlicheren Geist noch – im Rahmen seiner Fähigkeiten – mit lebendigerem Eindruck von Wahrheit ausgeführt werden können.

Der Autor fühlt sich demgemäß gezwungen, diese einführende Skizze wiederzuveröffentlichen, ohne auch nur ein Wort an ihr zu ändern.

Salem, 30. März 1850

DAS ZOLLHAUS
EINE EINLEITUNG ZU
»DER SCHARLACHROTE BUCHSTABE«

Es ist schon ein wenig merkwürdig, daß ich – der ich wenig geneigt bin, von mir und meinen Angelegenheiten am Kamin und zu meinen persönlichen Freunden allzu viel zu erzählen – zweimal im Leben von einem autobiographischen Impuls gepackt worden bin, als ich das Lesepublikum ansprach. Das erste Mal geschah das vor drei oder vier Jahren, als ich den Leser – unverzeihlicherweise und aus keinem irdischen Grund, den der nachsichtige Leser oder der zudringliche Autor sich auszudenken vermöchten, – mit einer Beschreibung meiner Lebensweise in der tiefen Stille eines alten Pfarrhauses traktierte. Und da ich bei jener früheren Gelegenheit, über meine Verdienste hinaus, glücklich genug war, ein oder zwei Zuhörer zu finden, ergreife ich schon wieder das Publikum am Rockknopf und erzähle von meinen dreijährigen Erfahrungen in einem Zollhaus. Das Beispiel des berühmten »P. P., Gemeindeschreiber« ist niemals getreulicher befolgt worden. Wenn ein Autor, so scheint es sich zu verhalten, seine Blätter in den Wind streut, wendet er sich jedoch nicht an die vielen, die seinen Band beiseite werfen oder ihn gar nicht erst aufnehmen, sondern an die wenigen, die ihn besser verstehen werden als die meisten seiner Schulkameraden und Lebensgefährten. Einige Autoren gehen noch viel weiter und erlauben sich eine solche vertrauliche Intimität der Selbstoffenbarung, wie sie einzig und allein dem einen Herz und Sinn vollkommener Sympathie zukäme; so als ob das gedruckte Buch, das in die weite Welt hinausgeworfen wird, sicher sein dürfte, die abgetrennte Hälfte des wahren Wesens seines Autors aufzufinden und den Umkreis seiner Existenz dadurch zu schließen, daß es ihn in Verbindung mit ihr brächte. Es ist jedoch kaum taktvoll, alles auszusprechen, selbst wenn wir unpersönlich sprechen. Doch sind Gedanken erfroren und Äußerung erstarrt, wenn der Sprecher nicht in einer wahrhaftigen Beziehung zu seiner Zuhörerschaft steht, und so mag es verzeihlich sein, sich einen Freund vorzustellen, einen gütigen und besorgten, wenn auch nicht allerengsten Freund, der uns zuhört; und wenn dann durch seine milde Gegenwart eine angeborene Zurückhaltung aufgetaut ist, können wir von all dem schwatzen, was um uns liegt, sogar von uns selbst, und doch das innerste Ich hinter seinem Schleier belassen. Bis zu diesem Grade und innerhalb dieser Grenzen kann, meine ich, ein Autor autobiographisch schreiben, ohne die Rechte des Lesers oder seine eigenen zu verletzen.

Man wird ferner bemerken, daß diese Skizze des Zollhauses auch noch einen gewissen, in der Literatur schon immer anerkannten, Sinn hat, nämlich zu erklären, wie ein großer Teil der folgenden Seiten in meinen Besitz kam, und Beweise für die Authentizität der in ihnen erhaltenen Erzählung zu liefern. Dies also – ein Wunsch, mich in meiner wahren Position als Herausgeber, oder doch nicht sehr viel mehr, der langwierigsten der Erzählungen, die meinen Band ausmachen, darzustellen – dies und nichts anderes ist mein wahrer Grund, eine persönliche Beziehung mit meinem Lesepublikum aufzunehmen. Nur als Nebenzweck erschien es statthaft, durch ein paar Pinselstriche extra eine matte Wiedergabe einer bislang noch nicht beschriebenen Lebensweise zu versuchen, mit ein paar der Charaktere, die sich in ihr bewegten und von denen der Autor zufällig auch einer war.

In meiner Heimatstadt Salem, an der Spitze eines Kais, der vor einem halben Jahrhundert, in den Tagen des alten King Derby, voll Betriebsamkeit war – der aber jetzt nur eine Last heruntergekommener hölzerner Speicher und wenig oder gar keine Anzeichen von Handel und Wandel trägt, ausgenommen vielleicht mal eine Bark oder Brigg, die auf halber Länge seiner melancholischen Erstreckung Häute auslädt; oder, näher heran, ein Schoner aus Neuschottland, der seine Ladung Feuerholz ausspuckt –, an der Spitze dieses verfallenen Kais, sage ich, der oft von der Flut überspült und von uneinträglichem Gras umsäumt wird, das am Fuße und an der Rückseite einer Reihe von Gebäuden wächst und an dem man die Spur vieler sich träge hinschleppender Jahre ablesen kann –, hier also, mit einem Blick aus seinen Vorderfenstern hinunter auf diese nicht sehr inspirierende Szene und über sie hinweg auf den Hafen, steht ein geräumiges Ziegelhaus. Von der luftigsten Spitze seines Daches weht oder hängt schlaff, in der Brise oder Flaute, genau dreieinhalb Stunden lang an jedem Vormittag, das Banner der Republik, aber mit den dreizehn Streifen von oben nach unten, statt horizontal, womit bezeichnet ist, daß es sich hier um einen zivilen und nicht um einen militärischen Posten aus Onkel Sams Regierung handelt. Seine Vorderseite ist geziert mit einem Portikus aus einem halben Dutzend hölzerner Säulen, die einen Balkon stützen, unter dem eine Flucht breiter granitener Stufen zur Straße hinunterführt. Über dem Eingang schwebt ein gewaltiges Exemplar des amerikanischen Adlers mit gespreizten Flügeln, einem Schild vor der Brust und, wenn mich meine Erinnerung nicht täuscht, einem Bund Blitze und mit Widerhaken versehener Pfeile in jeder Klaue. Dieses unselige Federvieh scheint ganz in Übereinstimmung mit seiner Launenhaftigkeit durch die Wildheit seines Schnabels und Auges und die allgemeine Grausamkeit seiner Haltung der harmlosen Gemeinde Unheil anzudrohen, ganz speziell alle Bürger, denen an ihrer Sicherheit liegt, davor zu warnen, das Gelände nicht zu betreten, das es mit seinen Flügeln überschattet. Und nichtsdestoweniger suchen viele Leute zu eben dieser Stunde, sich unter dem Flügel des Bundesadlers zu bergen, so zänkisch er auch dreinschaut, weil sie sich einbilden, so vermute ich, daß sein Busen die Weichheit und Gemütlichkeit eines Eiderdaunenkissens hat. Aber selbst in seinen besten Stimmungen kennt er keine große Zärtlichkeit und ist früher oder später – meistens früher als später – geneigt, seine Nestlinge mit einem Kratzer seiner Klaue, einem Hieb seines Schnabels oder einer schwärenden Wunde von seinen widerhakenden Pfeilen hinauszuwerfen.

Das Pflaster rund um das oben beschriebene Gebäude – welches wir nun endlich als das Zollhaus des Hafens vorstellen sollten – hat Gras genug in seinen Ritzen wachsen, um darzutun, daß es letzthin nicht von einem Übermaß an Geschäftigkeit in Anspruch genommen worden ist. In einigen Monaten des Jahres jedoch kommt schon mal öfter ein Vormittag vor, da die Dinge sich mit lebhafterem Schritt voranbewegen. Solche Gelegenheiten erinnern vielleicht unsere älteren Mitbürger an die Zeit vor dem letzten Krieg mit England, als Salem noch ein Hafen aus eigenem Recht war; nicht, wie heute, von seinen eigenen Kaufleuten und Reedern verachtet, die es zulassen, daß seine Kais verfallen, während ihre Unternehmen überflüssigerweise und im übrigen, ohne daß man den Unterschied sähe, den mächtigen Strom des Handels von New York oder Boston anschwellen lassen. An einem solchen Morgen, wenn drei oder vier Schiffe zufällig zugleich angekommen sind, meist aus Afrika oder Südamerika, oder kurz vor ihrer Abfahrt dahin stehen, hört man das Getrappel von Füßen, die kräftig auf den granitenen Stufen auf- und niederschreiten. Hier kann man den eben angekommenen, von der See gebräunten Kapitän sehen, noch bevor seine Frau ihn begrüßt hat, die Schiffspapiere unter dem Arm in einer verwitterten Blechschachtel. Hier kommt auch sein Reeder, freudig oder düster, gnädig oder grollend, je nachdem, ob die Pläne der eben beendeten Kauffahrt sich in Waren realisiert haben, die sich leicht zu Geld machen lassen, oder ihn unter einem Haufen unnützen Zeugs begraben haben, das ihm niemand abzunehmen gedenkt. Hier ist auch – Keimzelle des runzelgesichtigen, graubärtigen, sorgengeplagten Kaufmanns – der gewitzte junge Handlungsgehilfe, der am Handel Geschmack findet wie ein junger Wolf am Blut und der schon im Schiff seines Chefs Waren auf eigene Rechnung mitreisen läßt, während er besser noch auf einem Mühlteich Spielschiffchen segeln lassen sollte. Eine andere Figur solcher Szenen ist der Matrose vor der Ausfahrt, der einen Schutzbrief anstrebt, oder ein soeben eingetroffener, der, blaß und schwach, sich ins Hospital überweisen läßt. Vergessen sollten wir auch nicht die Kapitäne der ältlichen kleinen Schoner, die aus den britischen Provinzen Feuerholz einführen; eine etwas rauh aussehende Schar in ihrem Ölzeug und ohne die Lebhaftigkeit der Yankees, die aber unserem niedergehenden Handel ein nicht zu vernachlässigendes Kontingent zuführen.

Nimmt man all diese Personen zusammen, wie es manchmal durchaus vorkam, mit noch anderen vermischten Gestalten, so bot das Zollhaus für eine Weile einen bunten und lebhaften Anblick. Aber noch häufiger kam es vor, daß der seine Treppe Hinaufsteigende entweder im Eingang, wenn es Sommer war, oder in seinen jeweiligen Räumen, im Winter oder bei unfreundlichem Wetter, eine Reihe ehrwürdiger Figuren wahrnahm. Sie saßen in altmodischen Stühlen, die auf ihren hinteren Beinen standen und gegen die Wand abgestützt waren. Oft schliefen die Gestalten, aber gelegentlich konnte man sie auch miteinander reden hören, mit Stimmen, die zwischen Sprache und Schnarchen die Mitte hielten. Auch verrieten sie jenen Mangel an Energie, der die Einwohner von Armenhäusern auszeichnet sowie alle jene Menschen, die ihren Unterhalt von Almosen, von monopolisierter Arbeit oder von irgend etwas anderem als ihren eigenen, unabhängigen Anstrengungen herleiten. Diese alten Herren, die wie Matthäus an der Zolleinnahme saßen, aber kaum in Gefahr waren, gleich ihm zu apostolischen Aufträgen gerufen zu werden, waren Zollbeamte.

Linker Hand, wenn man durch die Vordertür kommt, gibt es dann noch einen gewissen Raum, oder ein Büro, so an die fünfzehn Fuß im Quadrat und von erhabener Höhe, dessen zwei Spitzbogenfenster einen Blick auf den beschriebenen verfallenen Kai bieten, während ein drittes über eine enge Gasse hinweg einen Teil der Derby Street erkennen läßt. Alle drei erlauben sie Blicke auf Krämer, Blockmacher, Verkäufer von billigem Gesöff und Schiffslieferanten, und vor ihren Türen sieht man meist Gruppen alter Seeleute lachen und schwatzen und andere Kairatten, wie sie nun einmal das Wapping eines Überseehafens heimsuchen. Der Raum selbst ist von Spinnweben überzogen und von abgeblätterter Farbe schmuddelig; sein Boden ist mit grauem Sand bestreut, nach einer anderswo längst aus der Mode gekommenen Art. Der Schluß liegt nahe, daß bei der allgemeinen Vernachlässigung des Orts dies eine Zuflucht ist, in die Frauen mit ihren Wunderwaffen, dem Besen und dem Mop, nur sehr selten eindringen. Als Einrichtungsgegenstände finden wir einen Ofen mit großem Abzugsrohr, ein altes Schreibpult aus Fichte nebst dreibeinigem Schemel, zwei oder drei höchst baufällige und unsichere Stühle mit Holzböden, und – um die Bibliothek nicht zu vergessen – auf einigen Borden mehrere Dutzend Bände mit den Gesetzen des Bundesparlaments und einem voluminösen Kompendium der Zollgesetze. Eine Blechröhre steigt durch die Decke empor und erlaubt mündliche Verständigung mit anderen Teilen des Gebäudes. Und hier, es liegt noch nicht länger als etwa sechs Monate zurück, könnten Sie, verehrter Leser, das gleiche Individuum erkannt haben, das Sie in seine gemütliche kleine Studierstube an der Westseite des alten Pfarrhauses eingeladen hatte, wo der Sonnenschein so lieblich durch die Weidenzweige schimmerte – aber nun aus einer Ecke in die andere schreitend oder auf dem hochbeinigen Schemel hockend, Ellbogen auf dem Pult, und die Augen die Spalten der Morgenzeitung auf- und niedergleiten lassend. Wenn Sie ihn dagegen heute dort aufzusuchen wünschten, dann würden Sie vergebens nach dem »Locofoco«-Zollaufseher fragen. Der Reformbesen hat ihn aus dem Amt gefegt, und ein achtbarerer Nachfolger trägt die Insignien seiner Würde und steckt sein Gehalt ein.

Diese alte Stadt Salem – meine Vaterstadt, auch wenn ich sowohl in meiner Kindheit als auch in reiferen Jahren oft außerhalb gewohnt habe – hält, oder hielt, meine Zuneigung gefangen mit einer Kraft, die ich während meines tatsächlichen Wohnsitzes hier nicht recht einzuschätzen wußte. Was ihre rein physischen Züge betrifft, so könnte man freilich ebensogut eine sentimentale Zuneigung zu einem durcheinandergewürfelten Damebrett aufbringen – mit ihrer flachen, abwechslungsarmen Topographie, bedeckt vor allem mit Holzhäusern, von denen wenige oder keine Anspruch auf architektonische Schönheit erheben; ihrer Unregelmäßigkeit, die weder pittoresk noch anheimelnd, sondern einfach zahm ist; ihrer langen, trägen Hauptstraße, die sich ermüdend über die ganze Halbinsel erstreckt, mit dem Galgenhügel und Neu-Guinea am einen Ende, einem Blick auf ein Armenhaus am anderen. Und doch, obwohl ich anderswo ausnahmslos glücklicher bin, habe ich ein Gefühl für das alte Salem in mir, das ich mangels eines besseren Ausdrucks Zuneigung zu nennen mich begnügen muß. Dies Gefühl muß man wohl den tiefen und alten Wurzeln zuschreiben, die meine Familie in den Boden geschlagen hat. Es ist nun beinahe zweieinviertel Jahrhunderte her, seit der originale Engländer, der früheste Auswanderer meines Namens, in der wilden waldumsäumten Siedlung, die seither eine Stadt geworden ist, auftauchte. Hier wurden seine Nachkommen geboren und hier sind sie gestorben, hier haben sie ihren irdischen Stoff mit dem Boden vermengt, bis notwendig kein kleiner Teil davon der sterblichen Hülle verwandt sein muß, in der ich für ein Weilchen die Straßen auf und ab gehe. Zum Teil also ist die Zuneigung, von der ich spreche, nur die sinnliche Sympathie von Staub zu Staub. Wenige meiner Landsleute können wissen, was sie ist, noch sollten sie es zu wissen wünschen, da häufiger Wechsel des Bodens vielleicht besser für Geschlechter ist.

Aber das Gefühl hat zugleich auch eine moralische Qualität. Die Gestalt jenes ersten Vorfahren, dem von der Familientradition eine undeutliche und düstere Großartigkeit beigemessen wurde, stand, solange ich mich erinnern kann, vor meiner knabenhaften Phantasie. Sie geistert immer noch in mir herum und verleiht mir eine Art Heimatgefühl in der Vergangenheit, das ich hinsichtlich der gegenwärtigen Phase der Stadt kaum in Anspruch nehmen darf. Mein Anspruch, hier zu residieren, scheint stärker begründet durch diesen ernsthaften, bärtigen Ahnen in seinem schwarzen Mantel und seinem spitzen Hut, der so früh mit seiner Bibel und seinem Schwert hier eintraf und der die noch fast unbetretene Straße mit so feierlicher Miene abschritt, und der als ein Mann des Krieges und als ein Mann des Friedens eine so wichtige Figur machte – stärker also durch ihn begründet als durch mich selbst, dessen Name selten genannt wird und dessen Gesicht man kaum kennt. Jener war Soldat, Gesetzgeber, Richter; er war einer, der in seiner Kirche zu bestimmen hatte; er hatte alle puritanischen Züge, die guten wie die schlimmen. Er war auch ein bitterer Verfolger, wie die Quäker bezeugen, die ihn in ihrer Geschichtsschreibung nicht vergessen haben und ein Beispiel seiner hartherzigen Strenge gegen eine Frau ihrer Sekte berichten. Man wird sich daran länger erinnern, ist zu fürchten, als an jeden Bericht über seine besseren Taten, obwohl derer nicht wenige waren. Auch sein Sohn erbte den Geist der Verfolgung und tat sich beim Martyrium der Hexen so stark hervor, daß man rundweg sagen kann, ihr Blut habe einen Flecken auf ihm hinterlassen. Einen so tiefdunklen Flecken sogar, daß seine alten trockenen Knochen im Friedhof der Charter Street ihn noch aufweisen müssen, wenn sie nicht gänzlich zu Staub zerfallen sind! Ich weiß nicht, ob diese meine Vorfahren an Reue dachten und für ihre Grausamkeiten die Gnade des Himmels erflehten oder ob sie gar jetzt, in einem anderen Leben, unter ihren Folgen stöhnen. Wie dem auch sein möge – ich, der diese Zeilen schreibt, nehme als ihr Stellvertreter um ihretwillen Schande auf mich und bitte, daß ein Fluch, falls sie sich einen solchen etwa eingehandelt haben – ein Fluch, von dem ich gehört habe, und der sich auch aus der trübseligen und ungedeihlichen Familiensituation seit vielen, vielen Jahren erschließen läßt –, jetzt und immerdar von ihnen genommen sein möge.

Allerdings hätte jeder der beiden strengen finster blickenden Puritaner es als völlig ausreichende Strafe für seine Sünden empfunden, daß der alte Familienstammbaum nach so vielen Jahren und so viel ehrwürdigem Moos als seinen obersten Zweig einen Müßiggänger wie mich hervorbringen mußte. Kein einziges Ziel, das ich mir je gesetzt, hätten die beiden als lobenswert anerkannt; keiner meiner Erfolge – wenn mein Leben jenseits des Familienzirkels je von der

Sonne des Erfolgs beschienen worden ist – wäre ihnen anders vorgekommen als wertlos, wenn nicht geradezu schändlich. »Was ist er denn?« murmelt ein grauer Schatten meiner Vorväter zum andern. »Ein Geschichtenschreiber! Was für eine Lebensaufgabe, was für eine Art, Gott zu preisen oder den Menschen zu seiner Zeit nützlich zu sein, ist das wohl? Der heruntergekommene Bursche könnte ebensogut ein Fiedler geworden sein.« Dergleichen sind die Liebenswürdigkeiten, die zwischen meinen Urvätern und mir ausgetauscht werden, über den Abgrund der Jahre hinweg. Und doch, mögen sie mich auch verachten, wie sehr sie wollen, haben sich starke Züge ihrer Natur mit den meinen verflochten.

Von diesen zwei ernsten und tatkräftigen Männern in die früheste Kindheit und Jugend der Stadt eingepflanzt, hat sich die Familie stets hier erhalten; immer respektabel und niemals, meiner Kenntnis nach, durch ein einziges unwürdiges Mitglied bloßgestellt; aber anderseits selten oder nie, nach den beiden ersten Generationen, durch irgendeine denkwürdige Tat oder auch nur durch den allergeringsten Anspruch auf öffentliche Beachtung ausgezeichnet. Allmählich verlor man sie fast aus den Augen; so wie alte Häuser hie und da in unseren Straßen von neuem Boden bis halb zur Dachrinne hoch verdeckt werden. Hundert Jahre lang gingen sie zur See, der Sohn wie der Vater; in jeder Generation zog sich ein grauhaariger Kapitän vom Achterdeck in sein Häuschen zurück, während ein vierzehnjähriger Junge den ererbten Platz vor dem Mast einnahm und dem salzigen Gischt und dem Sturm die Stirn bot, die schon seinem Vater und seinem Großvater entgegengebraust waren. Der Junge machte zu gegebener Zeit seinen Weg aus der Mannschaftsunterkunft in die Kabine, verbrachte stürmische Mannesjahre und kehrte von seinen Weltfahrten zurück, um alt zu werden und zu sterben und seinen Staub mit der heimatlichen Erde zu vermischen. Diese lange Verbindung einer Familie mit einem Fleck, als Geburtsort und als Grab, schafft eine Verwandtschaft zwischen dem Menschen und dem Ort, die unabhängig ist von szenischem Zauber oder Umständen der moralischen Welt. Das ist keine Liebe, sondern Instinkt. Der Neueinwohner, der selbst aus einem fremden Land kam oder dessen Vater oder Großvater gekommen war, hat wenig Recht, ein Salemer genannt zu werden; er kann sich die austernhafte Zähigkeit nicht vorstellen, mit der sich ein alter Ansiedler, über den das dritte Jahrhundert hinwegkriecht, an die Stelle klammert, an der die Familiengenerationen beerdigt wurden. Gleichviel, ob der Platz für ihn selbst freudlos, daß er der alten Holzhäuser überdrüssig ist, überdrüssig des Schlamms und Staubs, der Flächigkeit und Flachheit des Bodens und des Gefühls, überdrüssig des kalten Ostwinds und der kältesten aller gesellschaftlichen Atmosphären – all das und was er noch etwa an Fehlern sieht oder zu sehen vermeint, tut nichts zur Sache. Der Bann bleibt ungebrochen und ist so mächtig, als wäre der Geburtsort ein irdisches Paradies. So ist's in meinem Fall gewesen. Mir kam es fast wie ein Schicksalsspruch vor, daß ich in Salem mein Haus beziehen mußte, so daß die Gesichts- und Charakterzüge, die hier schon so lange bekannt gewesen waren, auch zu meiner kleinen Zeit in der alten Stadt gesehen und wiedererkannt werden möchten und immer ein Vertreter des Stamms sozusagen seinen Postengang auf der Hauptstraße antreten mußte, wenn sich ein anderer im Grabe zur Ruhe niederlegte. Nichtsdestoweniger ist gerade dieses Gefühl ein Beweis, daß die Verbindung etwas Ungesundes geworden ist und endlich gelöst werden sollte. Menschliche Natur gedeiht so wenig wie Kartoffeln, wenn sie zu viele Generationen nacheinander in denselben erschöpften Boden eingepflanzt und nochmals eingepflanzt wird. Meine Kinder sind andernorts geboren worden und sollen, soweit ihr Schicksal in meiner Hand liegt, ihre Wurzeln in ungewohnter Erde schlagen.

Als ich aus dem alten Pfarrhaus auftauchte, war es hauptsächlich also diese seltsame, träge, freudlose Anhänglichkeit an meine Heimatstadt, die mich dazu brachte, meinen Platz in Onkel Sams Backsteinhaus einzunehmen, wo ich doch ebensogut – oder besser – hätte woanders hingehen können. Mein Verhängnis war über mich gekommen. Es war ja nicht das erste und nicht das zweite Mal gewesen, daß ich – und wie es schien für immer – weggegangen war, aber nur um wiederzukehren wie der unechte Groschen oder so, als sei Salem für mich das unvermeidliche Zentrum des Universums. So schritt ich eines schönen Morgens die Flucht der granitenen Treppen hinan, die Ernennungsurkunde durch den Präsidenten in meiner Tasche, und wurde dem Kollegium der ehrenwerten Herren vorgestellt, die mich in meiner gewichtigen Verantwortung als Hauptvollzugsbeamter des Zollhauses unterstützen sollten.

Ich habe große Zweifel – oder vielmehr, ich habe durchaus keine –, ob je einem Beamten der Vereinigten Staaten, sei es im Zivil- oder im Militärdienst, solch ein patriarchalisches Veteranenkorps unterstanden hat wie mir. Um herauszufinden, wo sich der älteste Einwohner aufhielt, brauchte ich sie mir bloß anzuschauen. Mehr als zwanzig Jahre lang war die Stellung des Zolleinnehmers so unabhängig gewesen, daß er seine Mannschaft aus dem Strudel politischer Veränderungen hatte heraushalten können, die sonst das Festhalten der Posten so schwierig machen. Als ein Soldat, als Neuenglands ausgezeichnetster Soldat, stand er fest auf dem Piedestal seiner tapferen Dienste, und wie er selbst in der weisen Liberalität aufeinanderfolgender Regierungen, unter denen er sein Amt versah, sich sicher wußte, so war er auch Bürge der Sicherheit seiner Untergebenen in mancher Stunde der Gefahr und des Herzklopfens gewesen. General Miller war radikal konservativ, ein Mann, über dessen gütige Natur die Gewohnheit keinen geringen Einfluß hatte, ein Mann, der sich an gewohnte Gesichter klammerte und nur mit Mühe zu Veränderungen zu bewegen war, selbst dann nicht, wenn die Veränderung unbestreitbare Verbesserung mit sich gebracht hätte. Als ich somit meine Abteilung übernahm, fand ich fast nur alte Männer. Es waren meist alte Kapitäne, die, nachdem sie von jeder See geschüttelt worden waren und gegen des Lebens stürmische Winde mit Festigkeit ihren Mann gestanden hatten, am Ende in diesen ruhigen Winkel abgetrieben worden waren, wo sie, abgesehen von den periodischen Schrecken der Präsidentenwahlen, nur wenig erschüttern konnte und wo sie einer wie der andere einen neuen Lebensabschnitt fristen durften. Obwohl sie keinesfalls weniger als andere ihrer Mitmenschen dem Alter und der Hinfälligkeit Tribut zollten, hatten sie doch offenbar irgendeinen Talisman, der sie vor dem Tode bewahrte. Zwei oder drei von ihnen, wie man mir versicherte, die es mit Rheuma und dem Zipperlein zu tun hatten, vielleicht auch bettlägerig waren, dachten während eines großen Teils des Jahres nicht im Traum daran, einmal im Zollhaus aufzutauchen, krochen aber nach einer Winterstarre, so im Mai oder Juni, in den warmen Sonnenschein, versahen träge ihre – wie sie es nannten – Pflicht und begaben sich zu der ihnen angenehmen Zeit zurück ins Bett. Ich muß mich der Tat schuldig bekennen, mehr als einem dieser ehrwürdigen Diener der Republik den Lebensfaden eines Beamten abgekürzt zu haben. Auf meine Vorstellung hin wurde es ihnen gestattet, sich von ihren angestrengten Tätigkeiten auszuruhen, und bald darauf – so als sei ihres Lebens einziges Prinzip der Diensteifer für ihr Vaterland gewesen, wie ich auch tatsächlich glaube, daß es sich so verhielt – zogen sie sich in eine bessere Welt zurück. Mir selbst ist es eine fromme Befriedigung, daß ihnen durch mein Zutun hinreichend Gelegenheit geboten wurde, die bösen, korrupten Praktiken zu bereuen, in die jeder Zollbeamte auf die allernatürlichste Weise fällt, wie man jedenfalls allgemein annimmt. Weder der Vordereingang noch der rückwärtige des Zollhauses öffnet sich auf einen Weg zum Paradies hin.

Die meisten meiner Beamten waren Whigs. Gut war's für diese ihre ehrbare Brüderschaft, daß der neue Zollaufseher kein Politiker war und, wiewohl im Prinzip ein treuer Anhänger der Demokraten, sein Amt weder im Hinblick auf politische Dienste erhalten hatte noch ausübte. Wäre es anders gewesen, hätte ein aktiver Politiker diesen einflußreichen Posten eingenommen und sich der leichten Aufgabe unterzogen, gegen einen Zolleinnehmer der Whigs Boden zu gewinnen, der aufgrund seiner Krankheiten nicht in der Lage war, sein Amt persönlich auszuüben, dann hätten wohl fast alle aus diesem alten Kollegium längstens nach einem Monat, nachdem der Racheengel die Zollhaustreppen hinaufgeschritten wäre, ihr amtliches Leben ausgehaucht. Nach hergebrachten Regeln in dieser Angelegenheit wäre es für einen Politiker geradezu Pflicht gewesen, jeden einzelnen dieser weißhaarigen Köpfe unter die Guillotine zu bringen. Und nur zu deutlich merkte man, daß diese alten Knaben in der Tat eine solche oder eine ähnliche Unfreundlichkeit meinerseits befürchteten. Es schmerzte und amüsierte mich zugleich, den Schrecken zu betrachten, der mit meiner Ankunft verbunden war, die gefurchte Wange, wettergegerbt von einem halben Jahrhundert der Stürme, aschfahl werden zu sehen beim Anblick eines so harmlosen Individuums, wie ich es bin, das Zittern in der Stimme zu vernehmen, wenn der eine oder der andere mich ansprach, die in längst vergangenen Tagen durch das Megaphon zu bellen gewohnt war, und zwar so rauh, daß Boreas selbst vor Schreck verstummt sein mochte. Sie wußten es, diese vortrefflichen alten Herrschaften, daß sie nach jeder eingeübten Spielregel und, in einigen Fällen, zu leicht befunden durch ihre eigene Unfähigkeit für die Amtsgeschäfte, Jüngeren hätten Platz machen sollen, Jüngeren, die politisch rechtgläubiger und überhaupt viel geeigneter gewesen wären, unser aller Onkel zu dienen. Auch ich wußte es und fand doch nie recht den Mut, aufgrund dieser Einsicht zu handeln. So gereichte es mir sehr und verdientermaßen zur Unehre und belastete nicht wenig mein Amtsgewissen, daß sie während meiner Amtszeit fürderhin auf den Kais herumkrochen und auf den Treppen des Zollhauses bummelten. Einen guten Teil ihrer Zeit verbrachten sie schlafend in ihren gewohnten Winkeln, wobei sie ihre Stühle rückwärts gegen die Wand lehnen ließen. Ein- oder zweimal des Vormittags erwachten sie freilich, um einander anzuöden durch die mehrtausendfach wiederholte Erzählung alten Seemannsgarns und durch schimmlige Scherze, die unter ihnen zu Parolen geworden waren, an denen sie sich erkannten.

Bald, so stelle ich mir vor, fand man heraus, daß der neue Zollaufseher ziemlich harmlos war. Leichten Herzens und mit dem glückvollen Bewußtsein, nützlich beschäftigt zu sein – nützlich jedenfalls für sie selbst, wenn auch nicht für unser geliebtes Vaterland –, gingen diese guten alten Herren durch die verschiedenen Formalitäten ihres Amtes. Mit welcher Scharfsicht betrachteten sie, unter ihrer Brille hinweg, die Laderäume der Schiffe! Mächtig regten sie sich über Kleinigkeiten auf, aber wunderbar war zuweilen die Begriffsstutzigkeit, die sie größere Dinge durch ihre Finger gleiten ließ. Immer wenn ein solches Malheur passierte, wenn eine Wagenfuhre voll wertvoller Ware an Land geschmuggelt worden war, vielleicht des Mittags und direkt unter ihren vertrauensseligen Nasen, dann konnte nichts ihre Wachsamkeit und ihren Eifer übertreffen, mit dem sie alle Ausgänge des schuldigen Schiffs verschlossen, doppelt verschlossen, und mit Band und Siegellack sicherten. Anstatt einer Rüge für ihre frühere Nachlässigkeit schien der Fall eher eine Belobigung für ihre erfreuliche Achtsamkeit zu erfordern, eine dankbare Anerkennung für die Promptheit ihrer Bemühung, nachdem das Ding nun einmal passiert war und es kein Heilmittel mehr gab.

Es ist meine törichte Gewohnheit, Leuten, wenn sie nicht über die Maßen widerwärtig sind, Zuneigung entgegenzubringen. Der bessere Teil des Charakters meines Mitmenschen – so er einen solchen hat – steht mir gewöhnlich vor Augen und macht das aus, wodurch ich meinen Mann kenne. Da die meisten dieser alten Zollbeamten gute Züge hatten, und da meine eigene Stellung zu ihnen, väterlich und schützend, wie sie war, dem Wachstum freundlicher Gefühle günstig war, mochte ich sie alle mit der Zeit gut leiden. An Sommervormittagen, wenn die brütende Hitze alle anderen Glieder der Menschenfamilie fast verflüssigte, aber ihren halberstarrten Systemen nur eine angenehme Wärme vermittelte, war es nett, sie am Hintereingang plauschen zu hören, aufgereiht auf ihren an die Wand gelehnten Stühlen, wie gewöhnlich, während die gefrorenen Witzeleien vergangener Generationen aufgetaut wurden und mit Gelächter von ihren Lippen perlten. Äußerlich hat die Lustigkeit betagter Menschen viel mit Frohmut von Kindern gemein; der Intellekt hat ebensowenig etwas damit zu schaffen wie ein tiefer Sinn für Humor. Bei beiden ist es ein auf der Oberfläche spielender Glanz, der einen sonnigen und launigen Anblick sowohl dem grünen Zweig wie dem grauen, morschen Ast verleiht. Nur in einem Fall ist es freilich echter Sonnenschein; im andern ähnelt es mehr dem Phosphoreszieren verfaulenden Holzes.

Der Leser muß wissen, daß nicht alle meine ausgezeichneten alten Freunde in ihrer zweiten Kindheit waren; es so darzustellen hieße, ihnen bitter Unrecht tun. Erstens waren nicht alle meine Mitarbeiter alt; es gab unter ihnen Männer im besten Alter und Vermögen, von ausgeprägter Fähigkeit und Energie, ganz und gar der trägen und abhängigen Lebensart enthoben, der sie ein böses Geschick überantwortet hatte. Und schließlich waren die weißen Locken des

Alters zuweilen die Bedeckung einer intellektuellen Behausung in noch gutem Zustand. Was aber die Mehrzahl meines Veteranenkorps anbetrifft, so tue ich ihnen kein Unrecht, wenn ich sie ganz allgemein als Truppe ermüdender alter Seelen bezeichne, die aus ihrer bunten Lebenserfahrung nichts zusammengetragen hatten, was wert gewesen wäre, bewahrt zu werden. Sie schienen all die goldenen Körner praktischer Weisheit, die zu ernten sie so viele Gelegenheiten gehabt hatten, fortgeworfen zu haben, um dafür um so sorgfältiger ihre Erinnerung mit den leeren Hülsen zu befrachten. Sie sprachen mit viel größerem Interesse und tieferer Inbrunst über ihr Frühstück oder ihre Hauptmahlzeit, von heute oder gestern oder morgen, als vom Schiffbruch, der vierzig oder fünfzig Jahre zurücklag, und all den Weltwundern, die sie mit den Augen ihrer Jugend betrachtet hatten.

Der Vater des Zollhauses – der Patriarch nicht nur dieser kleinen Beamtenriege, sondern, wie ich kühn behaupten möchte, der ehrbaren Körperschaft aller Zollbeamten in unseren Vereinigten Staaten landauf landab – war ein gewisser für dauernd angestellter Inspektor. Man könnte ihn mit Fug und Recht einen legitimen Sohn des Zollsystems nennen, in der Wolle gefärbt oder vielmehr im Purpur geboren, da sein alter Herr, ein Oberst aus der Revolutionszeit und früher einmal Zolleinnehmer des Hafens, ihm ein Amt geschaffen und ihn ernannt hatte, es auszufüllen, und zwar in einer so frühen Vorzeit, daß wenige heute noch Lebende sich an sie erinnern können. Als ich diesen Inspektor kennenlernte, war er ein Mann um die Achtzig und gewiß eines der wundervollsten Exemplare von Wintergrün, als man es in einer Lebenszeit zu entdecken hoffen kann. Mit seinen blühenden Wangen, seiner untersetzten Figur, die in einen blauen Rock mit bunten Knöpfen modisch gekleidet war, seinem raschen und kräftigen Schritt, seinem gesunden und herzhaften Auftreten erschien er nicht so sehr jung, als vielmehr wie eine neue Erfindung von Mutter Natur in Gestalt eines Menschen, den weder Alter noch Gebrechen anfassen durften. Seine Stimme und sein Lachen, die fortwährend durch das Zollhaus schallten, hatten nichts von dem zittrigen Trillern und dem Gekicher eines alten Manns, sondern stolzierten wie das Krähen eines Hahns oder das Schmettern einer Trompete aus seinen Lungen. Betrachtete man ihn nur in seiner Eigenschaft als Tier – und viel mehr gab es da nicht zu betrachten –, war er ein höchst befriedigendes Objekt aufgrund der absoluten Gesundheit seines Organismus und der Fähigkeit, im höchsten Alter noch alle, oder doch fast alle, Freuden zu genießen, die er sich je vorgesetzt oder die zu begreifen er imstande war. Die sorglose Sicherheit seines Lebens im Zollhaus bei regelmäßigem Einkommen und nur geringen und seltenen Befürchtungen, entfernt zu werden, hatte zweifellos dazu beigetragen, daß die Zeit ihn nur leicht berührte. Die ursprünglichen und stärkeren Ursachen lagen jedoch in der seltenen Perfektion seiner animalischen Natur, dem bescheidenen Anteil von Intellekt, der geringfügigen Beimischung moralischer und spiritueller Ingredienzien, wobei letztere Qualitäten tatsächlich nur gerade so stark vertreten waren, daß sie den alten Herrn daran hinderten, auf allen vieren zu marschieren. Er besaß keine Kraft des Denkens, keine Tiefe des Gefühls, keine störenden Sensibilitäten; kurzum nichts als ein paar gewöhnliche Instinkte, die mit Hilfe seiner aus körperlichem Wohlbefinden unvermeidlich erwachsenden guten Laune sehr respektabel und zu allgemeiner Zufriedenheit die Stelle des Herzens vertraten. Er war Gatte dreier Frauen gewesen, die alle längst verstorben waren; er war Vater von zwanzig Kindern, die ebenfalls zu den verschiedensten Zeiten ihrer Jugend oder ihrer Reife zu Staub geworden waren. Man möchte meinen, daß hier Kummer genug war, um die sonnigste Anlage durch und durch mit einer schwarzen Farbe zu durchziehen. Aber nicht bei unserem alten Inspektor! Ein kurzer Seufzer genügte, die ganze Last dieser trüben Erinnerungen abzuwerfen. Schon im nächsten Augenblick war er so bereit, sich vergnüglich zu tummeln wie ein Kind vor den ersten Hosen, viel bereiter etwa als des Zolleinnehmers jüngerer Sekretär, der mit seinen neunzehn Jahren der gesetztere und ernstere Mann von beiden war.

Ich pflegte diese patriarchalische Persönlichkeit mit, so meine ich, lebhafterer Wißbegier zu beobachten und zu studieren als jede andere Form der Menschlichkeit, die sich dort meinem Anblick bot. Er war ein seltenes Phänomen; von einem Standpunkt aus betrachtet so perfekt, und dann wieder so seicht, so täuschend, so ungreifbar, eine so absolute Niete von jedem anderen aus. Ich kam zu dem Schluß, daß er nicht Seele hatte noch Herz noch Hirn; nichts, wie schon gesagt, als Instinkte; aber so schlau waren die wenigen Materialien seines Charakters zusammengefügt worden, daß die Betrachtung keinen schmerzhaften Mangel ergab, sondern meinerseits eine volle Befriedigung mit dem, was ich da sah. Vielleicht war es schwierig, oder sicherlich war es das, sich auszumalen, wie er nach diesem unserem Leben zu existieren gedachte, so irdisch und sinnlich erschien er, aber hier auf Erden war ihm sein Dasein, und mochte es auch mit seinem letzten Atem enden, nicht ohne Wohlwollen zugeteilt worden, da er keine höheren moralischen Verantwortlichkeiten kannte als die Tiere des Feldes, aber sehr viel mehr Vergnüglichkeiten als diese, und da er ihre gesegnete Unanfechtbarkeit durch Trübsal und Düsternis des Alters teilte.

Ganz besonders in einem Punkt war er gegenüber seinen vierfüßigen Brüdern gewaltig im Vorteil. Das war seine Fähigkeit, sich all der guten Mahlzeiten zu erinnern, die zu verspeisen einen nicht geringen Teil seines Lebensglücks ausgemacht hatte. Seine Freßlust war ein sehr sympathischer Zug, und ihn von Gegrilltem nur reden zu hören war so appetitanregend wie Eingemachtes oder eine Auster. Da ihm Höheres fremd war und er keine geistigen Gaben dadurch aufopferte oder verdarb, daß er all seine Energien und Künste dem Vergnügen und Nutzen seines Schlundes unterordnete, befriedigte und erheiterte es mich, ihn über Fisch, Geflügel und das Fleisch beim Schlachter sowie die vortrefflichsten Arten, sie für die Tafel zu bereiten, auspakken zu hören. Seine Memoiren gemütlicher Stimmung, wie verjährt auch das Datum des Banketts, schienen den Geschmack eines Schweines oder eines Truthahns einem direkt unter die Nase zu halten. Auf seinem Gaumen war Wohlgeschmack, der dort nicht weniger als sechzig oder siebzig Jahre verweilt hatte, anscheinend so frisch wie der von dem eben erst zum Frühstück verschlungenen Hammelrippchen. Ich habe gehört, wie er mit der Zunge schnalzte über Mahlzeiten, deren Gäste — ausgenommen er selbst — schon lange den Würmern zum Fraß gedient hatten. Wundersam war es anzusehen, wie die Geister vergangener Mahlzeiten ständig vor ihm aufzogen; nicht im Zorn oder rachelustig, sondern eher dankbar für seine frühere Würdigung und bestrebt, die zugleich schattenhafte wie sinnliche Serie von Vergnügungen endlos zu duplizieren. Ein Rindslendenstück, eine Kalbshaxe, ein Rippenspeer vom Schwein, ein ganz besonderes Huhn oder ein hoch zu preisender Puter, der vielleicht in den Tagen des älteren Adams seine Tafel geziert hatte, wurde der Erinnerung wert befunden, während alle folgende Erfahrung des Menschengeschlechts mitsamt all den Ereignissen, die sein eigenes Leben besonnt oder verdüstert hatten, über ihn mit so wenig Wirkung wie ein vorübergehender Luftzug hinweggegangen war. Das tragischste Ereignis aus dem Leben dieses alten Mannes war, soweit ich das beurteilen kann, ein Mißgeschick mit einer gewissen Gans, die vor zwanzig oder vierzig Jahren gelebt hatte und gestorben war; eine Gans von vielversprechender Gestalt, die sich bei Tisch aber als so unbezwinglich zäh herausgestellt hatte, daß das Vorlegemesser auf ihrem Kadaver keinen Eindruck hinterließ, und die nur mit Axt und Handsäge aufgeteilt werden konnte.

Doch ist es an der Zeit, diese Skizze zu verlassen, wiewohl ich gern noch beträchtlich mehr Zeit auf sie verwenden würde, denn von allen Menschen, die ich je kennengelernt habe, war dieser Mensch am geeignetsten, ein Zollbeamter zu sein. Die meisten Leute nehmen – aus Gründen, die anzudeuten mir der Raum wohl nicht gestatten wird – durch diese besondere Lebensart moralischen Schaden. Der alte Inspektor war dazu unfähig, und sollte er bis an das Ende aller Tage im Amt bleiben, würde er so frisch sein wie je zuvor und sich mit ebenso gutem Appetit zum Mahl setzen.

Mächtig unvollkommen wäre meine Galerie der Zollhäuslerporträts ohne ein Bild, das ich meiner wenigen Gelegenheiten zur Beobachtung wegen nur im äußersten Umriß skizzieren kann. Es ist das des Zolleinnehmers, unseres tapferen alten Generals, der nach seiner glänzenden militärischen Laufbahn und nachdem er ein wildes Territorium im Westen regiert hatte, vor zwanzig Jahren hierher gekommen war, um den Abend seines abwechslungsreichen und ehrenvollen Lebens zu verbringen. Der brave Soldat hatte schon fast oder vielleicht auch volle siebzig Jahre auf dem Buckel und brachte den Rest seines irdischen Marsches mit einer Last von Gebrechen hinter sich, die selbst die Militärmusik seiner anfeuernden Erinnerungen nur um ein weniges erleichtern konnte. Der Schritt, der einst den Angriff angeführt hatte, war jetzt gelähmt. Nur mit Hilfe eines Bediensteten und indem er seine Hand schwer auf die eiserne Balustrade stützte, konnte er langsam und mit Schmerzen die Zollhausstufen erklimmen und nach mühevollem Gang über den ebenen Boden seinen gewohnten Sitz neben dem Kamin erreichen. Da pflegte er dann zu sitzen und mit einer etwas unbestimmten heiteren Gelassenheit die Gestalten zu betrachten, die da kamen und gingen, während mit Papier geraschelt, Eide abgenommen, Geschäfte diskutiert wurden und das beiläufige Gerede eines Büros weiterging, was alles jedoch seine Sinne nur undeutlich zu berühren und kaum geeignet schien, in die innere Sphäre seiner Betrachtungen einzudringen. Sein Antlitz in dieser Ruhelage war mild und gütig. Wenn seine Aufmerksamkeit von jemandem beansprucht wurde, schien ein Ausdruck der Höflichkeit und des Interesses auf seinen Zügen auf und bewies, daß im Inneren ein Licht leuchtete und daß nur das äußere Medium seiner geistigen Illumination die Strahlen in ihrer Passage behinderte. Je näher man der Substanz seines Geistes kam, desto verläßlicher erschien diese. Sowie man nicht mehr von ihm verlangte, zu sprechen oder zuzuhören – was beides ganz offenbar ihm Anstrengung abforderte –, sank sein Gesicht binnen kurzem wieder in die frühere nicht unfreudige Ruhe zurück. Diesen Blick zu sehen war nicht peinvoll, denn, wiewohl distanziert, hatte er nicht die Blödigkeit der Senilität. Das ursprüngliche starke und massige Gerüst seiner Person war noch nicht verfallen.

Unter solchen ungünstigen Bedingungen seinen Charakter zu beobachten und zu umreißen war jedoch so schwierig, wie eine alte Festung, etwa Ticonderoga, aus dem bloßen Anblick ihrer grauen und verstreuten Trümmer nachzuzeichnen und in der Einbildungskraft neu erstehen zu lassen. Hie und da mögen noch Mauern fast unzerstört stehen, aber anderswo findet man nur einen formlosen Hügel, dessen Stärke nur ein Hindernis ist und der in langen Jahren des Friedens und der Vernachlässigung von Gras und Unkraut überwachsen wurde.

Nichtsdestoweniger konnte ich, wenn ich den alten Krieger mit Zuneigung ansah – denn, wie unbedeutend auch die Verbindung zwischen uns war, meine Gefühle ihm gegenüber, wie die aller anderen Zwei- und Vierbeiner, die ihn kannten, lassen sich so nicht unzutreffend bezeichnen –, die wichtigsten Züge seines Porträts ausmachen. Es zeigte die edlen und heroischen Eigenschaften, die bewiesen: es war nicht bloßer Zufall, sondern gutes Recht, daß er einen mit Hochachtung genannten Namen trug. Sein Geist, so stelle ich mir vor, konnte nie durch unruhige Aktivität charakterisiert worden sein; zu jeder Zeit seines Lebens muß es eines Impulses bedurft haben, ihn in Bewegung zu setzen, aber sowie er einmal aufgeregt worden war, zu überwindende Hindernisse wahrnahm und ein erstrebenswertes Ziel vor Augen sah, war es nicht in ihm, abzulassen oder aufzugeben. Die Wärme, die früher seine Natur durchpulst hatte und die auch jetzt noch nicht verloschen war, war niemals von der Art gewesen, die lodernd aufflammt und flackert; sie glich eher einem tiefen, roten Glühen wie von Eisen in einem Schmelzofen. Gewicht, Solidität, Festigkeit strahlten aus seiner Ruhe, selbst noch in der vorzeitig über ihn gekommenen Hinfälligkeit der Epoche, von der ich spreche. Selbst dann noch konnte ich mir vorstellen, daß er unter einer sich tief in sein Bewußtsein bohrenden Erregung – aufgeschreckt durch einen Trompetenstoß, der laut genug wäre, um all seine ja nicht erstorbenen, sondern nur schlafenden Energien aufzuwecken – immer noch fähig war, seine Gebrechen abzuwerfen wie das Kleid eines kranken Mannes, den Stab des Alters abzulegen, um ein Schlachtschwert zu ergreifen und noch einmal aufzustehen als Krieger. In einem solchen gespannten Augenblick würde sein Auftreten ein ruhiges gewesen sein. Aber dies Schauspiel war nur für die Einbildungskraft und weder zu erwarten noch zu wünschen. Was ich in ihm wahrnahm – so offenbar wie die unzerstörbaren Schutzwehren des alten Ticonderoga, die ich schon als geeignetstes Sinnbild genannt habe –, waren die Züge hartnäckiger und massiver Ausdauer, die sich in seinen früheren Tagen durchaus zu Starrsinn verdichtet haben mochten; Integrität, die, wie die meisten anderen seiner Gaben, in einer etwas schweren Masse aufgehäuft und so ungefügig und unmanipulierbar war wie eine Tonne Eisenerz; Wohlwollen, das ich, so wild er auch die Bajonette bei Chippewa oder am Fort Erie anführte, für von so echter Prägung halte wie das, was einen oder alle der polemischen Philanthropen unseres Zeitalters bewegt. Er mochte, soviel ich weiß, mit eigener Hand Menschen getötet haben; gewiß waren sie wie Grashalme unter den Schwingen der Sichel vor dem Ansturm gefallen, dem sein Geist seine triumphierende Energie eingehaucht hatte, aber, wie dem auch sein möge, in seinem Herzen war nicht so viel Grausamkeit, wie es gebraucht hätte, den Staub vom Flügel eines Schmetterlings zu fegen. Ich habe keinen Menschen kennengelernt, dessen angeborener Güte ich mich zuversichtlicher bittend genähert hätte.

Viele charakteristische Eigenschaften, unter ihnen solche, die einer Skizze am deutlichsten Ähnlichkeit verleihen, müssen schon, bevor ich dem General begegnete, verschwunden oder verdunkelt worden sein. Alle nur anmutigen Attribute sind gewöhnlich die flüchtigsten; auch schmückt die Natur nicht eine menschliche Ruine mit Blüten neuer Schönheit, wenn diese ihre Wurzeln und den Ort ihrer Nahrung nur in den Ritzen und Felsspalten des Verfalls finden, so wie sie über die Ruinen der Festung Ticonderoga Goldlack aussät. Und doch gab es selbst hinsichtlich Anmut und Schönheit Punkte, die zu bemerken sich lohnt. Gelegentlich drang ein Strahl von Humor durch den Schleier und schien durch sein Hindernis hindurch freundlich auf unsere Gesichter. Ein Zug angeborener Eleganz, wie man ihn selten in einem männlichen Charakter nach der Kindheit oder frühen Jugend sieht, zeigte sich in des Generals Vorliebe für den Anblick und den Duft von Blumen. Man könnte meinen, daß ein alter Soldat nur den blutigen Lorbeer auf seinem Haupt zu schätzen wisse, aber hier gab es einen, der für die Welt der Blumen die Vorliebe eines jungen Mädchens zu haben schien.

Da also, neben dem Kamin, pflegte der brave alte General zu sitzen, während der Zollaufseher – der nur selten und wenn es nicht anders ging, die schwierige Aufgabe übernahm, ihn in ein Gespräch zu verwickeln – gern in einiger Distanz dastand und seine ruhigen und fast schläfrigen Züge beobachtete. Er schien von uns entfernt, obwohl wir ihn nur ein paar Meter vor uns sahen; abgewandt, auch wenn wir dicht an seinem Sitz vorbeigingen; unerreichbar, selbst wenn wir nur unsere Hände hätten ausstrecken müssen, um die seinen zu berühren. Vielleicht lebte er ein realeres Leben in seinen Gedanken als in der unangemessenen Umwelt eines Zolleinnehmerbüros. Die Manöver der Parade, das Getümmel der Schlacht, der Klang alter heldischer Musik, die vor dreißig Jahren gehört wurde – solche Szenen und Klänge waren vielleicht vor seinem geistigen Auge und Ohr ganz lebendig. Derweil kamen und gingen die Kaufleute und Reeder, die geschniegelten Handlungsgehilfen und die ungepflegten Matrosen; der Betrieb von Handel, Wandel und Zollgeschäften umspülte ihn mit seinem kleinen Murmeln, aber weder mit diesen Menschen noch mit ihren Geschäften schien der General auch nur die entfernteste Beziehung zu pflegen. Er war so deplaziert wie ein altes Schwert unter den Tintenfässern, den Heftern, den Mahagonilinealen auf des stellvertretenden Zolleinnehmers Pult gewesen wäre, verrostet, obwohl es einstmals in der ersten Schlachtreihe geblitzt hatte und auch heute noch eine blanke Stelle auf seiner Scheide aufwies.

Ein Umstand half mir sehr, den standhaften Soldaten der Niagara-Front, den Mann echter und schlichter Willenskraft heraufzubeschwören und neu zu erschaffen. Es war die Erinnerung an seine denkwürdigen Worte – »Ich will's versuchen, Sir!« –, die unmittelbar vor einem verzweifelten und heroischen Unternehmen gesprochen wurden und den innersten Geist neuenglischer Verwegenheit atmeten, die alle Gefahren ermißt und alle aushält. Wenn in unserem Lande Tapferkeit durch heraldische Ehren belohnt würde, dann wäre dieser Satz, der sich so leicht zu sprechen scheint, aber den nur er angesichts einer solchen gefährlichen und ruhmvollen Aufgabe je gesprochen hat, das beste und passendste aller Motti für des Generals Wappen gewesen.

Es trägt sehr zur moralischen und intellektuellen Gesundheit eines Menschen bei, wenn er ständig mit Leuten umzugehen hat, die anders sind als er selbst, die sich wenig aus seinen Zielen machen und deren Lebenswelt und Fähigkeiten zu schätzen er sich einen Stoß geben muß. Die Zufälle meines Lebens haben mir diesen Vorzug oft verschafft, aber nie mit größerer Fülle und Vielfalt als während meiner Amtszeit. Ein Mann besonders war da, dessen Charakter zu beobachten mir einen neuen Begriff von Talent vermittelte. Seine Gaben waren ganz entschieden die eines Geschäftsmanns; er war rasch, scharfsinnig, klardenkend; sein Auge durchdrang alle Verworrenheiten, die wie durch das Schwingen eines Zauberstabs verschwanden, sobald er sich ihrer methodisch annahm. Das Zollhaus war sein Lebenselement, denn er war schon als Junge in ihm groß geworden, und die vielen geschäftlichen Feinheiten, die einem Außenseiter so viel zu schaffen machen, präsentierten sich ihm als die Regelmäßigkeit eines perfekt durchschauten Systems. Nach meiner Ansicht stellte er das Ideal seines Standes da. Er verkörperte in sich geradezu das Zollhaus, oder zumindest seine Triebfeder, die seine verschiedenen Räder in Schwung hielt, denn in einer solchen Institution, deren Leiter zu eigenem Nutz und Frommen ernannt werden und selten nach ihren Fähigkeiten für die ihnen übertragene Aufgabe, müssen diese notwendig die Geschicklichkeit, die sie nicht besitzen, bei anderen suchen.

Mit unerbittlicher Notwendigkeit, so wie ein Magnet Stahlstaub anzieht, zog unser Geschäftsmann sich die Schwierigkeiten zu, mit denen alle zu schaffen hatten. Mit Leutseligkeit und freundlicher Nachsicht für unsere Stupidität, die für einen Geist seiner Ordnung fast kriminell erscheinen mußte, ließ er sogleich, wie mit der Berührung seines kleinen Fingers, das Unverständliche klar wie Tageslicht erscheinen. Die Kaufleute schätzten ihn nicht weniger als wir, seine esoterischen Freunde. Seine Integrität war vollkommen; sie war ihm ein Naturgesetz, mehr als bewußte Wahl oder Prinzip; auch kann es nichts anderes sein als die Grundbedingung eines so klaren und präzisen Geistes wie des seinen, in Verwaltungsdingen ehrlich und zuverlässig zu sein. Ein Flecken auf seinem Gewissen im Zusammenhang mit seinen Berufspflichten würde einen solchen Mann in etwa derselben Weise, nur in sehr viel höherem Maße, betrüben wie ein Irrtum in der Summe einer Addition oder ein Tintenklecks auf der sauberen Seite eines Urkundenbuchs. In einem Wort − und das ist in meinem Leben ein seltenes Beispiel −: ich bin einer Person begegnet, die durch und durch der Stellung angepaßt war, die sie tatsächlich einnahm.

Das waren also ein paar der Leute, mit denen ich nun in Verbindung stand. Ich nahm die Fügung der Vorsehung gutmütig hin, daß ich mich in einer Lage befand, die mit meinen früheren Gewohnheiten so wenig Ähnlichkeit hatte, und machte mich mit Ernst daran, so gut wie möglich davon zu profitieren. Nach meiner Kameradschaft der körperlichen Arbeit und der unpraktikablen Pläne mit den verträumten Brüdern auf Brook Farm, nach drei Jahren unter dem subtilen Einfluß eines Intellekts wie Emersons; nach den wilden freien Tagen am Ufer des Assabeth, wo ich neben unserem Feuer aus gefallenen Zweigen phantastischen Spekulationen mit Ellery Channing nachgehangen war; nachdem ich mit Thoreau über Fichten und indianische Altertümer in seiner Einsiedelei am Walden-See gesprochen hatte; nachdem ich, durch die klassische Bildung Hillards angerührt, feinsinnig geworden war; nachdem ich an Longfellows Herd poetisches Gefühl eingesogen hatte – nach all dem war es an der Zeit, daß ich anderen Seiten meiner Natur eine Chance geben und Nahrung zu mir nehmen sollte, für die ich bislang wenig Appetit gezeigt hatte. Selbst der alte Inspektor war als Abwechslung in der Diät wünschenswert für einen Mann, der Alcott gekannt hatte. Ich betrachtete es als leidlichen Nachweis eines von Natur aus gut ausbalancierten Systems, dem kein wesentlicher Teil einer gründlichen Organisation fehlte, daß ich mich trotz meiner Erinnerungen an solche Bekanntschaften doch sogleich unter Männer ganz anderer Qualitäten mischen konnte, ohne über den Wechsel zu murren.

Die Literatur mit ihren Mühen und Zielen bedeutete mir nun nicht viel. Zu dieser Zeit lag mir nichts an Büchern; sie waren mir fern. Die Natur – mit Ausnahme der menschlichen –, die Natur der Erde und des Himmels war in gewissem Sinne vor mir verborgen, und all das geistige Vergnügen, durch das sie spiritualisiert worden war, entglitt meinem Gemüt. Eine Gabe, eine Fähigkeit, war in mir, wenn nicht für immer verloren, so doch suspendiert worden, verkümmert. In all dem hätte etwas unsagbar Trauriges, Trostloses gelegen, wäre mir nicht bewußt gewesen, daß es nur von meinem Willen abhing, das Wertvolle der Vergangenheit ins Gedächtnis zu rufen. Gewiß mochte ein solches Leben nicht ohne Schaden zu lange zu führen sein; es hätte mich auf die Dauer zu etwas anderem machen können, als ich gewesen war, ohne mich zu einer neuen Form zu bringen, die ich gern an mir gesehen hätte. Aber ich hatte es nie als etwas anderes als einen Übergangszustand angesehen. Es gab in mir stets einen prophetischen Instinkt, ein leises Flüstern in meinem Ohr, daß binnen kurzem, und zwar dann, wenn ein Wechsel der Lebensumstände für mein Wohl unabdingbar wäre, ein solcher Wechsel erfolgen würde.

Derweil war ich da, ein Zollaufseher des Steuerwesens; übrigens, soweit ich mir davon ein Urteil bilden konnte, ein so guter wie nötig. Ein Mann von Intellekt, Geschmack und Sensibilität (und hätte er von diesen Eigenschaften das Zehnfache des Zollaufsehers) kann zu jeder Zeit ein Geschäftsmann sein, wenn er sich nur entschließt, sich die Mühe zu machen. Meine Kollegen, auch die Kaufleute und Kapitäne, mit denen mich meine Dienstpflichten in jede Art von Verbindung brachten, sahen mich in keinem anderen Licht und kannten mich wahrscheinlich in gar keiner anderen Rolle. Keiner von diesen, nehme ich an, hatte je eine Seite gelesen, die auf mich zurückging, oder hätte mich einen Pfifferling höher eingeschätzt, wenn er sie alle gelesen hätte. Zudem hätte es die Sache nicht im geringsten verbessert, wenn jene unprofitablen Seiten mit einer Feder wie der von Burns oder Chaucer geschrieben worden wären, beide zu ihrer Zeit Zollbeamte wie ich. Es ist eine gute Lektion, wiewohl oft eine harte, für einen Mann, der von literarischem Ruhm geträumt hat und davon, sich dadurch einen Platz unter den Würdenträgern der Welt zu schaffen, aus dem engen Zirkel jener herauszutreten, die seine Ansprüche anerkennen, und herauszufinden, wie gänzlich sinnentleert außerhalb dieses Zirkels alles ist, was er vollbracht hat und wonach er strebt. Mir war nicht bewußt, daß ich dieser Lektion besonders bedurft hätte, sei's als Warnung oder Rüge; jedenfalls lernte ich sie gründlich. Auch befriedigt mich der Gedanke, daß diese Wahrheit, als sie mir ins Gesicht starrte, mir nie einen Stich gab oder einen Seufzer abverlangte. Gewiß gab es so etwas wie ein literarisches Gespräch; der Marineoffizier – ein ausgezeichneter Mensch, der mit mir ins Amt stieg und es nur ein wenig später als ich verließ – verwickelte mich des öfteren in eine Diskussion über das eine oder andere seiner

Lieblingsthemen, Napoleon oder Shakespeare. Auch der zweite Sekretär des Zolleinnehmers, ein junger Mann, der, wie man sich zuflüsterte, gelegentlich ein Blatt von Onkel Sams Briefpapier mit etwas bedeckte, was aus der Entfernung von ein paar Metern ganz so aussah wie Gedichte, sprach ab und an mit mir von Büchern als von Dingen, von denen ich vielleicht etwas wußte. Das aber war all mein literarischer Verkehr und reichte auch für meine Bedürfnisse aus.

Nachdem ich nicht mehr danach strebte und es mir auch gleichgültig war, ob mein Name da draußen auf Titelseiten prangte, lächelte ich bei dem Gedanken, daß er jetzt eine andere Art von Verbreitung gefunden hatte. Der Zollhausmarkierer drückte ihn mit Schablone und schwarzer Farbe auf Pfeffersäcke und Körbe mit Anatto und Zigarrenkisten, wie auf alle Ballen zollpflichtiger Handelsware, zum Zeichen, daß diese Güter ihre Abgabe entrichtet und regulär das Amt durchlaufen hatten. Auf so seltsamem Vehikel des Ruhms fortgetragen, erreichte die Kenntnis von meiner Existenz, so weit ein Name davon Kunde gibt, Orte, wo er noch nie gewesen war und hoffentlich auch nie wieder hinkommt.

Doch die Vergangenheit war nicht tot. Einmal in langer Zeit lebten die Gedanken, die einst so lebenswichtig und so tätig gewesen zu sein schienen, aber dann so ohne Aufsehen zur Ruhe gebracht worden waren, wieder auf. Eine der bemerkenswertesten Gelegenheiten, da die Gewohnheit vergangener Tage wieder in mir erwachte, war diejenige, die es mir nach dem Gesetz literarischer Schicklichkeit erlaubt, dem Publikum die Skizze vorzulegen, die ich gerade schreibe.

Im Oberstock des Zollhauses befindet sich ein großer Raum, dessen Ziegelwände und nackte Dachbalken nie mit Holzverkleidung oder Gips bedeckt worden sind. Das ganze Gebäude, ursprünglich entworfen in einem Ausmaß, das dem früheren Umfang der Handelsunternehmungen des Hafens angemessen war, und zudem mit einer Vorstellung späterer Prosperität, die sich nie erfüllen sollte, umfaßt weit mehr Raum, als seine Insassen zu verwenden wissen. Diese luftige Halle über den Räumen des Zolleinnehmers ist also bis zum heutigen Tag unvollendet geblieben und scheint trotz der alten Spinnweben, die ihre düsteren Balken als Girlanden umranken, immer noch auf das Werken des Tischlers und des Maurers zu harren. An einem Ende des Raumes, in einer Nische, befanden sich eine Anzahl Behälter, eines auf das andere getürmt, die Bündel amtlicher Urkunden enthielten. Große Mengen ähnlichen Abfalls lagen auf dem Fußboden. Es war traurig zu bedenken, wie viele Tage und Wochen und Monate, ja Jahre der Mühe auf diese muffigen Papiere verwendet worden waren, die nun nichts weiter darstellten als eine Last auf Erden, in dieser vergessenen Ecke abgestellt, für kein menschliches Auge mehr bestimmt. Aber welche Mengen anderer Manuskripte, nicht mit langweiligen offiziellen Akten, sondern mit den Gedanken erfinderischer Hirne und den reichen Ergüssen tiefer Herzen gefüllt, waren gleichfalls der Vergessenheit anheimgefallen, und das, ohne zu ihrer Zeit irgendeinem Zweck gedient zu haben, wie immerhin diese aufgehäuften Papiere, und – das ist am traurigsten – ohne für ihre Autoren den bequemen Lebensunterhalt zu erkaufen, welchen die Beamten des Zollhauses sich durch diese wertlosen Kratzübungen mit der Feder errungen hatten! Und doch, anderseits, vielleicht nicht völlig wertlos als Materialien zur Heimatgeschichte. Hier ließen sich zweifellos Statistiken über den früheren Handel Salems entdecken, nebst Denkwürdigkeiten seiner fürstlichen Kaufleute – des alten König Derby, des alten Billy Gray, des alten Simon Forrester – und manch eines anderen Magnaten ihrer Tage, dessen gepuderter Kopf freilich kaum unter einem Grabstein lag, als sein aufgetürmter Reichtum schon abzubrökkeln begann. Hier könnte man die Begründer der meisten Familien, die jetzt die Salemer Aristokratie ausmachen, von den unbedeutenden und obskuren Anfängen ihrer Handelsunternehmungen, aus Zeiten, die meist weit nach der Revolution datieren, bis zu ihrem heutigen Rang hin verfolgen, den ihre Kinder für einen altetablierten halten.

Vor der Revolution sind die Quellen dürftig; die früheren Urkunden und Archivalien sind wahrscheinlich nach Halifax gebracht worden, als alle Beamten des Königs die britische Armee bei ihrer Flucht aus Boston begleiteten. Für mich war dieser Umstand stets sehr bedauerlich, denn diese Papiere, die vielleicht bis in die Zeit des Protektorats zurückreichen, müssen viele Hinweise auf vergessene oder auch in Erinnerung gebliebene Menschen, auf alte Gebräuche enthalten haben, die mich mit demselben Vergnügen berührt hätten, wie das Auflesen indianischer Pfeilspitzen im Feld nahe dem alten Pfarrhaus.

Aber eines faulen und regnerischen Tages war es mir vergönnt, eine Entdeckung von leidlichem Interesse zu machen. Als ich mich stochernd in dem aufgehäuften Müll der Ecke eingrub, das eine oder andere Dokument entfaltete, Namen von Schiffen las, die längst auf See gescheitert oder an Kaimauern verfault waren, Namen von Kaufleuten, die man heute auf der Börse nicht mehr kennt und die selbst auf ihren moosigen Grabsteinen nicht mehr ganz leicht zu entziffern sind; als ich all so etwas mit dem trüben, müden, halb widerstrebenden Interesse betrachtete, das wir dem Leichnam abgestorbenen Tuns widmen, und als ich mich bemühte, meine durch Untätigkeit träge Phantasie anzutreiben, aus diesen trockenen Knochen ein Bild der freundlicheren Seiten der alten Stadt zu zaubern, als Indien noch eine neue Region war und nur Salem den Weg dorthin wußte – da legte ich meine Hand zufällig auf ein kleines Päckchen, das sorgfältig in ein Stück alten gelben Pergaments eingewickelt worden war. Dieser Umschlag sah aus wie ein offizieller Bericht aus einer längst vergangenen Zeit, als die Schreiber ihre steife und förmliche Handschrift substantiellerem Material einverleibten als heutzutage. Irgend etwas an der Sache erweckte meine instinktive Neugier und ließ mich das verblichene rote Band, das das Päckchen zusammenhielt, aufknüpfen, wobei ich das Gefühl hatte, einen Schatz ans Tageslicht zu befördern. Als ich die starren Knickfalten des Pergamentumschlags zurückgebogen hatte, sah ich eine Bestallung vor mir, unter der Hand und dem Siegel des Gouverneurs Shirley, zugunsten eines Jonathan Pue, als Zollaufseher der Königlichen Zollverwaltung für den Hafen Salem in der Provinz Massachusetts Bay. Ich erinnere mich, eine Notiz gelesen zu haben vom Ableben des Herrn Zollaufsehers Pue vor etwa achtzig Jahren (wahrscheinlich in Felts Annalen), desgleichen in einer Zeitung aus jüngst vergangener Zeit einen Bericht über das Ausgraben seiner sterblichen Reste in dem kleinen Friedhof der St. Peter's Church, als dieses Gebäude renoviert wurde. Nichts, wenn ich mich recht erinnerte, war von meinem angesehenen Vorgänger übrig geblieben als ein nicht mehr vollständiges Skelett und einige Kleidungsstücke und eine Perücke von majestätischem Aufputz, welch selbige, im Unterschied zu dem Kopf, den sie geziert hatte, in noch sehr zufriedenstellendem Zustand war. Als ich jedoch die Papiere studierte, die das Pergament der Bestallungsurkunde zusammenzuhalten hatte, fand ich mehr Spuren von Herrn Pues geistigem Teil und den Tätigkeiten seines Kopfs, als die gekräuselte Perücke vom ehrwürdigen Schädel selbst enthalten hatte.

Es waren, kurzum, Dokumente nicht offizieller, sondern privater Natur, oder jedenfalls waren sie, anscheinend in seiner eigenen Handschrift, von ihm in seiner Eigenschaft als Privatmann geschrieben worden. Daß sie sich überhaupt in dem Kehricht des Zollhausmaterials befanden, konnte ich mir nur durch den plötzlichen Tod des Herrn Pue erklären; er hatte sie wahrscheinlich in seinem Büropult aufgehoben, ohne daß seine Erben je von ihnen Kenntnis erhalten hatten, oder man hatte gemeint, sie bezögen sich auf das Finanzwesen. Als die Archive nach Halifax geschafft worden waren, war dieses Päckchen, da es öffentlichen Interesses ermangelte, zurückgelassen worden und seitdem ungeöffnet geblieben.

Der Zollaufseher aus alten Tagen, der, wie ich vermute, in jener Frühzeit von Geschäften seines Amtes noch wenig belästigt wurde, scheint einige seiner zahlreichen Mußestunden auf Forschungen verwendet zu haben, wie sie einem Antiquarius seiner Heimatstadt zukommen, so wie auf andere Nachforschungen ähnlicher Natur. Sie gaben einem Geist, der ansonsten vom Rost aufgefressen worden wäre, Material für eine Tätigkeit in kleinem Rahmen. Ein Teil seiner Tatsachen half mir übrigens sehr bei der Vorbereitung des Artikels »Main Street«, der in den hier vorliegenden Band aufgenommen ist. Der Rest mag vielleicht einem ebenso wertvollen Zweck zugeführt werden oder könnte sogar, was nicht unmöglich wäre, soweit verwendbar in eine regelrechte Geschichte von Salem eingearbeitet werden, sollte meine Verehrung für den Boden meiner Heimat mich je zu einer solchen frommen Aufgabe treiben. Mittlerweile stehen sie jedem Herrn zur Verfügung, der geneigt und fähig ist, mir die unprofitable Arbeit aus der Hand zu nehmen. Ich gehe mit dem Gedanken um, als endgültige Bestimmung sie der Essex Historical Society zuzuführen.

Doch der Gegenstand in dem mysteriösen Päckchen, der am meisten meine Aufmerksamkeit fesselte, war eine gewisse Sache aus feinem roten Tuch, sehr abgetragen und verblaßt. Rundherum waren Spuren von Goldstickerei, die jedoch sehr ausgefranst und verunstaltet war; daher war kein Glanz, oder jedenfalls sehr wenig, übriggeblieben. Wie leicht zu erkennen, war eine wunderbare Geschicklichkeit mit der Nadel am Werk gewesen; die Art des Stiches (wie mir Damen versichern, die sich in solchen Mysterien auskennen) legt Zeugnis ab von einer heute vergessenen Kunst, die nicht einmal durch das Herausziehen der Fäden rekonstruiert werden kann. Dieser Fetzen von scharlachrotem Tuch – denn Zeit, Abnutzung und eine Motte, der nichts heilig ist, hatten das Ding zu wenig mehr als einem Fetzen werden lassen – stellte sich bei sorgfältiger Betrachtung als Form eines Buchstabens heraus. Es war der große Buchstabe A. Genau gemessen erwies sich jede Seite als dreieinviertel Zoll lang. Zweifellos war seine Verwendung die eines Kleidungsschmucks gewesen; aber wie es getragen worden war oder was für einen Rang, welche Ehre und Würde in vergangener Zeit dadurch zum Ausdruck gebracht werden sollte, blieb ein Rätsel, das ich (so vergänglich sind die Moden dieser Welt in solchen Einzelheiten) zu lösen kaum eine Hoffnung sah. Und doch interessierte es mich auf seltsame Weise. Meine Augen hefteten sich auf den alten scharlachroten Buchstaben und wollten sich nicht von ihm abbringen lassen. Ganz gewiß lag in ihm eine tiefe Bedeutung, die, der Interpretation höchst würdig, gleichsam aus dem mystischen Symbol strömte und sich auf subtile Weise meinen Empfindungen mitteilte, wiewohl es sich der Analyse meines Verstands entzog.

Während ich so im Zweifel war, und unter anderen Hypothesen die überlegte, ob der Buchstabe nicht eine der Verzierungen gewesen sein mochte, die Weiße verfertigt hatten, um indianische Augen mit ihnen zu verlocken, legte ich ihn zufällig an meine Brust. Mir schien es dabei – der Leser mag lächeln, aber muß es mir abnehmen –, es schien mir, daß ich eine nicht ganz körperliche, aber fast körperliche Empfindung wie von sengender Hitze verspürte, so als sei der Buchstabe nicht aus rotem Tuch, sondern von rotglühendem Eisen. Ich schauderte und ließ ihn unwillkürlich auf den Boden fallen.

Die Betrachtung des scharlachroten Buchstabens hatte mich so ausgefüllt, daß ich es verabsäumt hatte, eine kleine Rolle schmuddeligen Papiers zu prüfen, um die er gewikkelt gewesen war. Diese öffnete ich nun und fand zu meiner Befriedigung eine leidlich vollständige Erklärung der ganzen Angelegenheit, wie sie von der Feder des alten Zollaufsehers aufgezeichnet worden war. Es gab da mehrere Blätter Kanzleipapier, die viele Einzelheiten enthielten bezüglich des Lebens und Treibens einer Esther Prynne, die in den Augen unserer Vorfahren eine recht beachtliche Figur gemacht zu haben schien. Sie hatte zwischen den frühen Tagen von Massachusetts und dem Ende des siebzehnten Jahrhunderts geblüht. Betagte Personen, die zu Zeiten des Zollaufsehers Pue noch lebten und aus deren mündlichem Zeugnis er seinen Bericht zusammengestellt hatte, erinnerten sich aus ihrer Jugendzeit an sie als an eine sehr alte, aber nicht gebrechliche Frau von stattlichem und ernstem Aussehen. Seit unvordenklicher Zeit war es ihre Gewohnheit gewesen, als eine Art freiwilliger Krankenpflegerin durch das Land zu ziehen und hie und da Gutes zu tun, wie sich die Gelegenheit bot; auch nahm sie es auf sich, Rat zu geben in allen Angelegenheiten, zumal denen des Herzens, wodurch sie sich, wie es bei einer Person von solchen Neigungen unvermeidlich ist, bei vielen Leuten eine Ehrfurcht erwarb, wie sie einem Engel zukommt, während sie von andern, wie ich vermute, als zudringlich und lästig angesehen wurde. Nachdem ich weiter neugierig in das Manuskript eingedrungen war, erfuhr ich mehr von den Taten und Leiden dieser einzigartigen Frau, wobei ich den Leser diesbezüglich auf die Geschichte mit dem Titel »Der scharlachrote Buchstabe« verweise; auch sollte man sich sorgfältig in Erinnerung rufen, daß die wichtigsten Tatsachen dieser Geschichte durch das Dokument des Herrn Zollaufsehers Pue autorisiert und in ihrer Wahrheit verbürgt sind. Die Originalpapiere, mitsamt dem Scharlachbuchstaben ein höchst seltsames Relikt, befinden sich noch in meinem Besitz und stehen einem jeden, der durch große Anteilnahme an der Erzählung dazu bewogen wird, frei zur Besichtigung. Freilich möchte ich nicht dahingehend verstanden werden, daß ich mich in der Aufbereitung der Erzählung und beim Nachvollzug der Motive und Leidenschaften der in ihr agierenden Figuren unweigerlich innerhalb der halb Dutzend Seiten Kanzleipapier aufgehalten hätte. Im Gegenteil habe ich, was solche Punkte angeht, mir fast oder gar gänzlich soviel Freiheit gelassen, als ob die Fakten allesamt meiner eigenen Erfindung entsprungen wären. Was ich behaupte, ist nur Authentizität des Umrisses.

Dieses Vorkommnis brachte in gewissem Grad meinen Sinn auf seine alte Fährte zurück. Es schien da die Grundlage für eine Erzählung zu sein. Mir kam es so vor, als habe der Zollaufseher in seinem hundert Jahre alten Kostüm und mit seiner unsterblichen Perücke auf dem Kopf – der Perücke, die mit ihm begraben wurde, aber im Grabe nicht verging – mich in der verlassenen Kammer des Zollhauses getroffen. In seinem Gebaren lag die Würde eines Mannes, der mit Seiner Majestät Bestallung ausgerüstet war und von daher von einem Lichtstrahl erleuchtet wurde, dessen Glanz so blendend um den Thron herum strahlte. Wie anders, ach je, das unterwürfige Auftreten eines republikanischen Beamten, der sich als Diener des Volks geringer einschätzt als der Geringste und niedriger als der Niedrigste seiner Herren. Mit seiner eigenen Geisterhand hatte die nur undeutlich zu sehende, aber majestätische Figur mir das Scharlachsymbol und die kleine Rolle des erklärenden Manuskripts anvertraut. Mit seiner eigenen Geisterstimme hatte er mich auf die heilige Verpflichtung meines kindlichen Gehorsams und meiner Verehrung für ihn hin, der sich nicht grundlos als mein Ahne im Amt ansehen durfte, ermahnt, seine muffigen und mottenzerfressenen gelehrten

Abhandlungen vor das Publikum zu bringen. »Tu dies«, sagte der Geist des Herrn Zollaufsehers Pue und nickte nachdrücklich mit dem Kopf, der in seiner denkwürdigen Perücke so imposant aussah, »tu dies und dein soll der ganze Lohn sein! Du wirst ihn bald brauchen, denn anders ist es in deinen Tagen als es in meinen war, als eines Mannes Amt ein lebenslanges Lehen war und oft ein Familienerbe dazu. Aber ich trage dir auf, in dieser Sache der alten Frau Prynne, dem Andenken deines Vorgängers die Ehre zu geben, die ihm von Rechts wegen zusteht.« Da sagte ich zum Geist des Herrn Zollaufsehers Pue: »Ich werde es tun.«

Auf Esther Prynnes Geschichte verwandte ich also viel Nachdenken. Sie war der Gegenstand meiner Meditationen in mancher Stunde, während ich in meinem Zimmer auf und ab schritt oder, in hundertfacher Wiederholung, die lange Strecke von der Vordertür des Zollhauses bis zum Seiteneingang und wieder zurück. Groß waren Ärger und der Unmut des alten Inspektors und der Waage- und Eichmeister, deren Schlummer durch das gnadenlos ausgedehnte Stampfen meiner vorbeikommenden und wiederkehrenden Schritte gestört wurde. Sich an ihre eigenen früheren Gewohnheiten erinnernd, sagten sie, daß der Zollaufseher das Achterdeck abschreite. Wahrscheinlich nahmen sie an, daß mein einziger Zweck, ja der einzige, für den ein vernünftiger Mensch sich je freiwillig in Bewegung setzen könne, der war, Appetit für das Mittagsmahl zu bekommen. Aber um die Wahrheit zu gestehen, ein durch den in dieser Passage meistens blasenden Ostwind geschärfter Appetit war auch alles an wertvollem Ergebnis, was mir die so unermüdliche Übung einbrachte. So wenig ist die Atmosphäre eines Zollhauses geeignet, die empfindliche Ernte der Phantasie und Sensibilität einzubringen, daß ich daran zweifle, ob die Erzählung ›Der scharlachrote Buchstabe‹ je vor das Auge des Publikums gebracht worden wäre, wenn ich durch weitere zehn Präsidentschaften dort verblieben wäre. Meine Einbildungskraft war ein blindgewordener Spiegel. Sie wollte nicht oder nur mit elender Unschärfe die Figuren zurückwerfen, mit der ich sie eifrig zu bevölkern suchte. Die Charaktere der Erzählung wollten sich nicht erwärmen und schmiegsam machen lassen durch die Glut, die ich in meiner intellektuellen Schmiede entfachen konnte. Sie wollten weder die Glut der Leidenschaft noch das Zartgefühl der Rührung annehmen, sondern behielten die Starre von Leichen und stierten mir mit einem unbewegten und geisterhaften Grinsen verächtlichen Trotzes ins Gesicht. »Was hast du mit uns zu schaffen?« schien ihr Ausdruck zu bedeuten. »Das bißchen Macht, das du dereinst über den Stamm der Unwirklichkeiten gehabt haben magst, ist dahin. Du hast es hergegeben für einen Hungerlohn aus dem öffentlichen Säckel. Geh also und nimm den dir gebührenden Lohn!« Kurzum, die fast leblosen Kreaturen meiner eigenen Phantasie zogen mich mit meiner Blödheit auf, und keinesfalls ohne gehörigen Anlaß.

Nicht nur während der dreieinhalb Stunden, die Onkel Sam als Anteil meines täglichen Lebens für sich beanspruchte, hielt diese elende Gefühllosigkeit in mir an. Sie begleitete mich auf meinen Spaziergängen am Meeresufer und über Land, wann immer – was selten und mit Widerstreben geschah – ich mich dazu aufraffte, den kräftigenden Zauber der Natur zu suchen, der mir soviel Frische und Gedankenflug gegeben hatte, damals, als ich die Schwelle zum alten Pfarrhaus überschritt. Die gleiche Stumpfheit hinsichtlich der Fähigkeit zu intellektuellen Anstrengungen begleitete mich nach Hause und drückte mich nieder in der Stube, die ich ganz absurd als mein Studierzimmer bezeichnete. Auch verließ sie mich nicht, wenn ich spät abends in dem verlassenen Wohnzimmer saß, das nur durch das glimmernde Kohlenfeuer und den Mond erleuchtet war, und versuchte, ausgedachte Szenen bildhaft zu gestalten, die am folgenden Tag in vielfarbiger Beschreibung auf die heller werdende Seite fließen sollten.

Wenn sich die Einbildungskraft zu einer solchen Stunde verweigert, dann kann man wohl von einem hoffnungslosen Fall sprechen. Mondlicht, das in einem gewohnten Raum so weiß auf den Teppich fällt und alle seine Figuren so deutlich sehen läßt, das jeden Gegenstand so im Detail sichtbar macht, aber doch so ganz anders erscheinen läßt als in einer Morgen- oder Mittagssichtbarkeit, ist ein für den Romanschreiber höchst passendes Medium, um mit seinen unkörperlichen Gästen bekannt zu werden. Vor ihm liegt die kleine häusliche Szene seines vertrauten Zimmers, die Stühle, deren jeder seine Eigenart hat, der Tisch in der Mitte, auf dem ein Arbeitskorb und ein oder zwei Bücher liegen, sowie eine ausgelöschte Lampe, das Sofa, das Bücherregal, das Bild an der Wand – all diese Details, so klar zu überblicken, sind durch das ungewohnte Licht so spiritualisiert, daß sie ihre eigentliche Substanz zu verlieren scheinen und Dinge des Geistes werden. Nichts ist zu klein oder zu unbedeutend, um dieser Wandlung unterworfen zu sein und durch sie Dignität zu erhalten. Ein Kinderschuh, die Puppe, die in ihrem kleinen Korbwagen liegt, das Schaukelpferd – was immer, in einem Wort, während des Tages zu Nutzen oder Spiel gebraucht worden ist, steht jetzt mit einer Eigenheit des Fremden und Entfernten bekleidet da, obwohl es fast ebenso lebhaft gegenwärtig ist wie im Tageslicht. Auf diese Weise ist der Fußboden unseres vertrauten Zimmers zu einem neutralen Territorium geworden, das irgendwo zwischen der wirklichen Welt und dem Feenreich liegt, und wo sich das Wirkliche und das Erdachte treffen und einander mit ihrer verschiedenen Natur zu durchdringen vermögen. Hier könnten Geister eintreten, ohne uns in Furcht zu versetzen. Es wäre so sehr im Stile einer solchen Szene, daß es kaum überraschen würde, blickten wir uns um und entdeckten eine geliebte, aber dahingegangene Gestalt, die nun ruhig in einem Streifen dieses magischen Mondscheins säße, mit einem Ausdruck, der uns zweifeln ließe, ob sie von fern zurückgekehrt sei oder sich vielmehr niemals von unserem Herd weggerührt hätte.

Das etwas trübe Kohlenfeuer trägt sehr zu dem Effekt bei, den ich beschreiben möchte. Es wirft seinen unaufdringlichen Schein über den Raum und überzieht mit einer feinen Röte Decke und Wände und wird von der Möbelpolitur zurückgeworfen. Dieses wärmere Licht mischt sich mit der kalten Geisterhaftigkeit des Mondscheins und gibt sozusagen den Formen, welche die Phantasie herbeizitiert hat, ein Herz und die Empfindsamkeit menschlicher Güte. Aus Schneemännern macht es wirkliche Männer und Frauen. Schauen wir auf den Spiegel, dann sehen wir tief in seinem Geisterbereich die schwelende Glut des halb verlöschten Anthrazits, den weißen Mondschein auf dem Fußboden und eine Wiederholung allen Scheinens und aller Schatten der Szene, aber dem Faktischen um einen Schritt entrückt und dem Imaginativen um soviel näher. Zu einer solchen Stunde und mit einer solchen Szene vor sich sollte jemand, der dort allein sitzt und nicht fähig ist, seltsame Dinge zu erträumen und sie wie Wahrheit aussehen zu lassen, niemals versuchen, Romane zu schreiben.

Aber für mich waren während der ganzen Zeit meiner Zollhauserfahrung Mondschein und Sonnenschein und die Glut des Kohlenfeuers ein und dasselbe, und keines nützte mir einen Deut mehr als das Flackern einer Talgkerze. Eine ganze Gruppe von Empfindsamkeiten und eine mit ihnen verbundene Gabe – von keiner großen Fülle oder Werthaftigkeit, aber die beste, die ich hatte – waren mir entglitten.

Ich glaube jedoch, daß meine Fähigkeiten nicht so ohne Pointe und so wirkungslos befunden worden wären, hätte ich mich an eine andere Art der Dichtung gewagt. Zum Beispiel hätte ich mich damit begnügen können, die Erzählungen eines altgedienten Kapitäns, der jetzt Zollinspektor war, aufzuschreiben, und den nicht zu erwähnen sehr undankbar gewesen wäre, da kaum ein Tag verging, daß er mich nicht durch seine wundervollen Gaben als Geschichtenerzähler zum Lachen und zur Bewunderung hinriß. Hätte ich die pittoreske Kraft seines Stils bewahren können, mitsamt der humoristischen Färbung, die über seine Beschreibungen zu werfen die Natur ihn gelehrt hatte, dann, so glaube ich ehrlich, wäre das Ergebnis in der Literatur etwas Neues gewesen. Oder ich hätte auch noch eine ernsthaftere Aufgabe anpacken können. Töricht war es, da die Dichtigkeit täglichen Lebens mich so schwer bedrängte, den Versuch zu machen, mich in ein anderes Zeitalter zurückzuversetzen, darauf zu bestehen, den Anschein einer Welt aus der Luft heraus zu schaffen, da ich doch zu jedem Augenblick gewärtig sein mußte, daß die ungreifbare Schönheit meiner Seifenblase durch die rüde Berührung mit einem wirklichen Gegenstand platzen konnte. Die weisere Bemühung wäre gewesen, Gedanken und Phantasie die dunkle Substanz des Alltäglichen durchdringen zu lassen, um so einen hellen Durchblick zu ermöglichen, die Last zu spiritualisieren, die so schwer zu drücken begann, den wahren und unzerstörbaren Wert energisch aufzusuchen, der in den kleinlichen und ermüdenden Vorfällen, den gewöhnlichen Charakteren, mit denen ich jetzt umging, verborgen lag. Es war mein Fehler. Die Seite im Buch des Lebens, die vor mir ausgebreitet lag, erschien mir langweilig und gemeinplätzlich, nur weil ich ihre tiefere Bedeutung nicht hatte ermessen können. Da war ein besseres Buch, als ich je eins schreiben werde, das sich mir Blatt für Blatt anbot, so wie es von der Aktualität der sich jagenden Stunden geschrieben wurde und so schnell wie geschrieben wieder verschwand, nur weil mein Hirn der Einsicht und meine Hand der Geschicklichkeit ermangelten, das Geschriebene festzuhalten und zu übertragen. Vielleicht werde ich mir eines kommenden Tages einmal einige verstreute Bruchstücke und abgebrochene Absätze in Erinnerung rufen und niederschreiben und finden, wie sich die Buchstaben auf der Seite in Gold verwandeln.

Diese Einsichten sind zu spät gekommen. Im Augenblick war mir nur bewußt, daß das, was einst eine Lust gewesen, nun hoffnungslose Mühe geworden war. Es war aber kein Anlaß, über den Stand dieser Dinge ein Stöhnen anzufangen. Ich hatte halt aufgehört, ein Schreiber leidlich schlechter Erzählungen und Essays zu sein, und war ein leidlich guter Zollaufseher geworden. Das war alles. Nichtsdestoweniger ist es alles andere als angenehm, von dem Verdacht verfolgt zu werden, daß einem die Geisteskräfte zu entschwinden drohen, wie Äther aus der Phiole verduftet, ohne daß man es merkt, so daß man bei jedem Hinschauen einen kleineren und weniger flüchtigen Rest vorfindet. Da an der Tatsache kein Zweifel war, und nach Prüfung meiner selbst und der anderen, kam ich zu dem Schluß, daß die Wirkung eines öffentlichen Amts auf den Charakter nicht von der Art ist, die ein gutes Licht auf diese Lebensweise fallen läßt. Vielleicht werde ich später diese Wirkungen in anderer Form entwickeln. Hier möge es genügen, daß ein langgedienter Zollbeamter kaum eine sehr lobenswerte oder angesehene Persönlichkeit sein kann, und das aus vielen Gründen, von denen einer die Bedingung ist, unter der er seinen Posten behält, und ein anderer die Natur seiner Tätigkeit selbst, die – obwohl, wie ich hoffe, ehrenhaft – von der Art ist, daß sie ihn nicht an dem vereinten Bemühen der Menschheit teilhaben läßt.

Eine Wirkung, die, wie ich glaube, sich mehr oder weniger bei jedem Menschen feststellen läßt, der diese Position eingenommen hat, ist die, daß seine ihm eigene Kraft ihn verläßt, während er sich auf den mächtigen Arm der Republik stützt. Er verliert in einem Maße, das der Schwäche seines angeborenen Naturells proportional ist, die Fähigkeit der Selbsterhaltung. Besitzt er von Haus aus einen ungewöhnlichen Anteil Energie, oder wenn der enervierende Einfluß des Orts nicht zu lange auf ihn einwirkt, können seine verwirkten Fähigkeiten zurückgewonnen werden. Der aus dem Amt Verjagte kann zu sich zurückfinden und wieder ganz werden, was er je war, und sollte sich noch glücklich schätzen wegen des herben Stoßes, der ihn rechtzeitig wieder als Kämpfenden in eine kämpfende Welt befördert hat. Aber das passiert selten. Gewöhnlich hält er sich gerade so lange in seiner Stellung, wie es zu seinem Ruin erforderlich ist, und wird dann mit erschlafften Sehnen hinausgeworfen, um auf dem schwierigen Fußpfad des Lebens so gut er eben kann entlangzutorkeln. Da er um seine eigene Schwäche nur zu gut weiß – sein gehärteter Stahl und seine Elastizität sind dahin –, schaut er sich von nun an immer sehnsüchtig nach einem Rückhalt um, der außerhalb seiner selbst liegt. Es ist seine ständige und alles durchdringende Hoffnung, er werde endlich, und zwar in nicht zu ferner Zeit, durch eine glückliche Fügung von Umständen wieder in ein Amt eingewiesen werden – eine Halluzination, die ihn trotz aller Entmutigung, und während Unmögliches leichthin einkalkuliert wird, sein Leben lang heimsucht und ihn sogar, wie ich mir vorstelle, noch für eine kurze Zeit nach dem Tode quält, mechanisch wie die Krämpfe der Cholera. Es ist dieser Glaube, der mehr als alles andere das Mark und die Greifbarkeit aus allen Unternehmungen entfernt, von denen er etwa geträumt hat. Warum sollte er sich abrackern und so sehr bemühen, sich aus dem Schlamm zu ziehen, wenn ihn recht bald schon der starke Arm seines Onkels aufrichten und stützen wird? Warum sollte er hier für seinen Lebensunterhalt sorgen oder nach Kalifornien Gold graben gehen, wenn er bald in Monatsabständen mit einem kleinen Haufen klingender Münze aus der Tasche des Onkels glücklich gemacht werden wird? Es ist auf melancholische Weise merkwürdig zu beobachten, was für ein geringes Maß an Geschmack, den einer an einem Amt gefunden hat, genügt, ihn mit dieser einzigartigen Krankheit anzustecken. Onkel Sams Gold – wobei ich dem ehrwürdigen alten Herrn nicht zu nahe treten möchte – hat in dieser Beziehung den bindenden Zauber des Teufelslohns. Wer immer ihn berührt, möge auf sich achtgeben, denn er könnte herausfinden, daß der Handel für ihn schlecht ausgeht und wenn nicht seine Seele, so doch viele seiner besseren Eigenschaften antastet: seine trotzige Kraft, seinen Mut und seine Ausdauer, seine Wahrhaftigkeit und sein Selbstvertrauen und alles, was einem mannhaften Charakter Nachdruck verleiht.

Das war eine feine Aussicht vor einem! Nicht daß der Zollaufseher die Lektion auf sich selber anwandte oder zugab, er könne so gänzlich zugrunde gerichtet werden, sei's durch Bestätigung im Amt, sei's durch Ausstoßung. Doch waren meine Überlegungen nicht eben von der angenehmsten Art. Ich fing an, melancholisch und unruhig zu werden und schaute beständig in mich hinein, um herauszufinden, welche meiner armen Fähigkeiten dahin waren und wie groß der Schaden war, den die noch verbliebenen schon genommen hatten. Ich rechnete mir aus, wieviel länger ich noch im Zollhaus verbleiben und es trotzdem noch als Mann verlassen könnte. Um die Wahrheit zu gestehen, war es meine größte Furcht, meine größte Sorge, daß ich in meiner Zollaufseherstelle grau und hinfällig und so eine Art Lebewesen wie der alte Inspektor werden könnte, da es doch niemals eine politische Maßnahme sein würde, ein so ruhiges Individuum, wie ich eins war, hinauszuwerfen, und es auch nicht in der Natur eines Amtsträgers lag, von sich aus zurückzutreten. Konnte es mir in dem langweiligen Lauf des vor mir liegenden Amtsdaseins nicht widerfahren, wie es meinem ehrwürdigen Freund gegangen war, die Mittagsmahlzeit zum Kern des

Tages zu machen und den Rest zu verbringen wie ein alter Hund, nämlich schlafend in der Sonne oder im Schatten? Ein trüber Ausblick für einen Mann, der als die beste Definition von Glück die ansah, nach dem vollen Umfang seiner Fähigkeiten und Sensibilitäten zu leben! Doch machte ich mir allderweil völlig unnötige Sorgen. Die Vorsehung hatte Besseres mit mir vor, als ich mir für mich selber hätte ausdenken können.

Ein bemerkenswertes Ereignis des dritten Jahres meiner Aufsehertätigkeit – um den Ton von P. P. anzunehmen – war die Wahl des Generals Taylor zum Präsidenten. Zu einer kompletten Einschätzung der Vorzüge des Amtslebens gehört es, den Amtsinhaber zu dem Zeitpunkt zu beobachten, da eine feindliche Regierung an die Macht kommt. Seine Lage ist zu der Zeit eine der ärgsten und unter jedem Gesichtspunkt widerwärtigsten, die ein elender Sterblicher nur einnehmen kann; wobei von den Alternativen selten eine gut zu nennen ist, obgleich das, was sich ihm als schlimmster Ausgang darstellt, sehr wahrscheinlich zu seinem Besten ausschlägt. Für einen Mann von Stolz und Feingefühl ist es eine seltsame Erfahrung, zu wissen, daß seine Interessen von Leuten kontrolliert werden, die ihn weder lieben noch verstehen und von denen er, da das eine oder das andere notwendig zu geschehen hat, lieber geschädigt als verwöhnt werden möchte. Seltsam ist es auch für einen, der während des Kampfes seine Ruhe bewahrt hat, den Blutdurst zu beobachten, der in der Stunde des Triumphs sich entwickelt, und dabei zu wissen, daß er selbst zu dessen Zielscheibe gehört. Es gibt wenige häßlichere Züge der menschlichen Natur als diese Neigung, grausam zu werden, nur deswegen, weil man die Macht hat, Schaden zuzufügen; eine Neigung, die ich jetzt in Menschen wahrnahm, die nicht schlimmer waren als ihre Nachbarn. Wäre die Guillotine für Amtsinhaber nicht nur die passendste Metapher, sondern wortwörtliche Wahrheit, dann wären die aktiven Mitglieder der siegreichen Partei, so meine ich aufrichtig, durchaus genügend erregt gewesen, all unsere Köpfe abzuhacken, wobei sie dem Himmel noch für die Gelegenheit gedankt hätten! Es scheint mir, der ich in Sieg oder Niederlage ein besonnener und distanzierter Beobachter gewesen bin, daß dieser herbe und bittere Geist der Bosheit und des Hasses niemals die vielen Triumphe meiner eigenen Partei ausgezeichnet hat, wie er jetzt für die Whigs charakteristisch war. Die Demokraten nehmen die Ämter in der Regel deshalb, weil sie sie brauchen und weil die Praxis vieler Jahre dies als Gesetz politischen Kampfes sanktioniert hat, wogegen sich murrend aufzulehnen nur Schwäche und Feigheit wäre, solange nicht ein anderes System proklamiert ist. Doch hat sie die lange Gewohnheit zu siegen großzügig gemacht. Sie wissen zu schonen, wenn dazu Gelegenheit gegeben ist; wo sie aber zuschlagen, mag die Axt scharf sein, aber ihre Schneide ist selten mit Übelwollen vergiftet; auch ist es nicht ihre Art, nach dem eben abgeschlagenen Kopf mit Verachtung zu treten.

Kurzum, so unangenehm meine Situation selbst im besten Fall war, so sah ich doch viel Grund, mich dazu zu beglückwünschen, daß ich der Seite der Verlierer und nicht etwa der Sieger angehörte. Wenn ich bislang keiner der wärmsten Parteigänger gewesen war, so fing ich jetzt in der Zeit der Gefahr und des Unheils an, sehr wohl zu empfinden, bei welcher Partei meine Vorliebe lag; auch fühlte ich so etwas wie Bedauern und Scham, daß ich nach vernünftiger Kalkulation der Chancen meine eigenen Aussichten, das Amt zu behalten, höher einschätzte als die meiner demokratischen Genossen. Wer aber kann auch nur einen Zoll in die Zukunft blicken, über die eigene Nase hinaus? Mein eigener Kopf war's, der als erster fiel!

Der Augenblick, in dem eines Mannes Kopf fällt, ist selten oder nie, wie ich zu glauben geneigt bin, der ausgesucht angenehmste seines Lebens. Nichtsdestoweniger bringt selbst ein so ernster Zwischenfall, wie sehr häufig im Unglück, sein eigenes Heilmittel und seinen Trost mit sich, wenn der, dem es widerfährt, nur das Beste und nicht das Schlechteste aus dem Unfall macht, der ihm begegnet ist. In meinem besonderen Fall lagen die tröstlichen Umstände auf der Hand und hatten sich in der Tat schon längst in meine Gedanken eingeschlichen, bevor es nötig war, von ihnen Gebrauch zu machen. Angesichts meiner vorherigen Amtsmüdigkeit und der vagen Pläne, um Entlassung zu bitten, ähnelte mein Schicksal etwas dem einer Person, die mit dem Gedanken an Selbstmord umgeht und das unverhoffte Glück hat, ermordet zu werden. Im Zollhaus hatte ich, wie zuvor im alten Pfarrhaus, drei Jahre verbracht; Zeit genug, ein müdes Gehirn auszuruhen; lang genug, mit alten intellektuellen Gewohnheiten zu brechen und Raum für neue zu schaffen; lang genug und sogar zu lang, in einem unnatürlichen Zustand zu verharren, zu tun, was zu tun in Wahrheit einem Menschen weder zum Vorteil gereicht hatte noch Spaß machte, und sich der Mühsal zu entziehen, die zumindest die innere Unruhe zum Schweigen gebracht hätte. Darüber hinaus war der ehemalige Zollaufseher, was seine unzeremonielle Ausweisung aus dem Zollhaus betraf, nicht gänzlich unbefriedigt darüber, daß die Whigs ihn als einen Feind anerkannt hatten; nachdem seine politische Untätigkeit, seine Neigung, in jenem weiten und geruhsamen Feld nach seinem Willen zu schweifen, in dem sich die ganze Menschheit treffen kann, statt sich auf die engen Pfade zu begeben, auf denen Brüder aus demselben Hause einander fremd werden müssen –, nachdem diese Neigungen es seinen demokratischen Genossen fraglich hatten erscheinen lassen, ob er wirklich ihr Freund war. Nun, da er die Märtyrerkrone errungen hatte (obwohl er keinen Kopf mehr besaß, um sie aufzusetzen), konnte dieser Punkt als erledigt gelten. Schließlich, so unheroisch wie er war, schien es ihm würdiger zu sein, mit der Niederlage seiner Partei zu fallen, nachdem er bereit gewesen war, zu ihr zu stehen, denn als verlorenes Relikt zu überleben, während so viele würdigere Männer fielen, um schließlich, nachdem er vier Jahre lang der Gnade einer feindlichen Regierung ausgesetzt gewesen war, gezwungen zu sein, seine Position neu zu bestimmen und die noch demütigendere Gnade einer freundlichen Regierung zu beanspruchen.

Derweil hatte die Presse meinen Fall aufgenommen, und ich ritt ein oder zwei Wochen in meinem enthaupteten Zustand wie Irvings Kopfloser Reiter durch die Gazetten; ein grimmiges Phantom, das beerdigt zu werden wünschte, wie es einem politischen Leichnam zukommt. Soviel zu meinem figurativen Selbst. Der wirkliche Mensch hatte sich während dieser ganzen Zeit mit seinem sicher auf den Schultern sitzenden Kopf zu der beruhigenden Schlußfolgerung durchgerungen, daß alles zum besten sei; er tätigte eine Investition in Tinte, Schreibpapier und Stahlfedern, öffnete sein lange nicht mehr gebrauchtes Schreibpult und war wieder ein Literat.

Hier nun kamen die gelehrten Ausführungen meines Vorgängers aus alter Zeit, des Herrn Zollaufsehers Pue, ins Spiel. Es dauerte seine Zeit, bis meine durch langes Nichtstun rostig gewordene geistige Maschinerie dazu gebracht werden konnte, die Erzählung mit einer leidlich befriedigenden Wirkung zu bearbeiten. Selbst jetzt noch, obwohl endlich meine Gedanken von der Aufgabe sehr absorbiert waren, bietet sie für meine Augen einen strengen und düsteren Anblick; zu ungetröstet durch mitmenschlichen Sonnenschein, zu ungemildert durch zarte und familiäre Einflüsse, die fast jede Szene der Natur und des wirklichen Lebens sanfter machen und zweifellos auch jede Abschilderung sanfter machen sollten. Dieser wenig einnehmende Effekt läßt sich vielleicht auf die Periode der noch kaum vollendeten Umwälzung und noch immer siedenden Unruhe zurückführen, in der die Geschichte Form annahm. Er ist jedenfalls kein Anzeichen für mangelnde Heiterkeit im Geist des Autors, denn er war, während er durch die Düsterkeit dieser unbesonnten Phantasien schritt, glücklicher als zu irgendeiner Zeit, seit er das alte Pfarrhaus verlassen hatte. Einige der kürzeren Artikel, die den Band füllen helfen, sind gleichfalls seit meinem unfreiwilligen Rücktritt von den Mühsalen und Ehren eines öffentlichen Amts geschrieben worden, während der Rest aus Almanachen und Zeitschriften stammt, die schon so alt sind, daß sie den Kreis abgeschritten haben und wieder Neuigkeiten geworden sind.* Die Metapher der Guillotine aufrechterhaltend, könnte man das Ganze bezeichnen als *Die nachgelassenen Papiere eines enthaupteten Zollaufsehers,* und die Skizze, die ich jetzt zu einem Ende bringe, wird, mag sie auch zu autobiographisch für eine zurückhaltende Person sein, um zu Lebzeiten veröffentlicht zu werden, gern entschuldigt werden, wenn sie von einem Herrn kommt, der von jenseits des Grabes spricht. Friede sei mit der ganzen Welt! Mein Segen für meine Freunde! Meine Vergebung für meine Feinde! Denn ich befinde mich im Reich der Ruhe.

Das Leben des Zollhauses liegt wie ein Traum hinter mir. Der alte Inspektor – der übrigens vor einiger Zeit, wie ich zu meinem Bedauern mitteilen muß, von einem Pferd überrannt und getötet wurde, sonst hätte er zweifellos ewig gelebt –, er und alle anderen ehrwürdigen Persönlichkeiten, die mit ihm an der Zolleinnahme saßen, sind nur noch Schatten in meinem Blick; weißhaarige und gerunzelte Abbilder, mit denen meine Phantasie spielte und die sie nun für immer beiseite geworfen hat. Die Kaufleute – Ping-

---

* Zur Zeit, als dieser Artikel geschrieben wurde, war es des Autors Absicht, neben ›Der scharlachrote Buchstabe‹ noch mehrere kürzere Erzählungen und Skizzen zu veröffentlichen. Diese auf später zu verschieben, hat sich als ratsam erwiesen.

ree, Phillips, Shepard, Upton, Kimball, Bertram, Hunt –, diese und viele andere Namen, die noch vor sechs Monaten einen so klassischen Klang für mein Ohr hatten, diese Geschäftsleute, die einen so gewichtigen Platz in der Welt einzunehmen schienen, – wie wenig Zeit hat genügt, mich von ihnen allen zu trennen, nicht nur tatsächlich, sondern auch in Gedanken! Mit Mühe rufe ich mir das Aussehen und die Namen dieser wenigen ins Gedächtnis. Bald wird auch meine alte Heimatstadt mir durch den Dunst der Erinnerung erscheinen, mit einem Nebel über ihr und um sie herum; so als sei sie nicht Teil der wirklichen Erde, sondern ein übergroß gewordenes Dorf im Wolkenland, in dessen hölzernen Häusern nur eingebildete Bewohner hausen und ihre trauten Gassen und die unmalerische Länge ihrer Hauptstraße betreten. Von nun an hört sie auf, in meinem Leben eine Realität zu sein. Ich bin Bürger eines anderen Orts. Meine guten Mitbürger werden mich nicht sehr vermissen, denn – wiewohl es bei meinen literarischen Bemühungen ein mir so am Herzen liegendes Ziel war wie nur irgendein anderes, in ihren Augen etwas darzustellen und mir ein freundliches Andenken dort zu erringen, wo so viele meiner Vorväter gewohnt haben und begraben sind – es hat niemals dort für mich die gesellige Atmosphäre gegeben, die ein Literat braucht, um die beste Ernte seines Geistes zur Reife zu bringen. Unter anderen Gesichtern wird es mir besser ergehen; und diese mir vertrauten, wie ich kaum hinzuzufügen brauche, kommen ohne mich genausogut zurecht.

Jedoch mag es – o hinreißender und triumphaler Gedanke! – dahin kommen, daß die Urenkel der jetzt Lebenden zuweilen freundlich an den Kritzler vergangener Zeit denken, wenn der Antiquar der noch kommenden Tage unter den Sehenswürdigkeiten der Stadtgeschichte hinweist auf die Lokalität der *Stadtpumpe*!

I
Die Gefängnistür

Eine gedrängte Menge von bärtigen Männern, in dunkelfarbigen Kleidern und grauen, hohen, spitz zulaufenden Hüten, wie von mit Kapuzen bedeckten oder barhäuptigen Frauen hatte sich vor einem Holzhause versammelt, dessen Tür aus schweren, starken Eichenbohlen mit eisernen Stacheln besetzt war.

Die Begründer einer neuen Kolonie haben, welches Utopia menschlicher Tugend und Glückseligkeit sie immer auch ursprünglich herbeiführen wollten, doch ohne Ausnahme unter ihren ersten praktischen Bedürfnissen stets gefunden, einen Teil des jungfräulichen Bodens zum Gottesacker und einen andern zum Gefängnis zu bestimmen. Man kann dieser Regel gemäß mit Sicherheit annehmen, daß die Begründer von Boston das erste Gefängnis irgendwo in der Nähe von Cornhill ebenso rechtzeitig gebaut haben, wie sie die Grenzen ihres ersten Begräbnisplatzes auf Isaak Johnsons Feld absteckten, dessen Grab später der Mittelpunkt und Kern aller Begräbnisse auf dem alten Kirchhofe von King's Chapel wurde. Soviel steht fest: Fünfzehn bis zwanzig Jahre nach der Anlage der Stadt war das hölzerne Gefängnisgebäude bereits mit Wetterflecken und andern Zeichen des Alters überdeckt, die seiner düstern Front ein noch finstereres Aussehen gaben. Der Rost auf dem schweren Eisenwerk seiner Eichentür sah antiker als alles andere in der Neuen Welt aus; gleich allem, was sich auf das Verbrechen bezieht, schien es nie eine Jugendzeit besessen zu haben. Vor diesem häßlichen Gebäude und zwischen ihm und dem Rädergleise der Straße lag ein Rasenfleck, stark mit Kletten, Huflattich, Stechapfel und ähnlichem häßlichen Unkraut überwachsen, das offenbar etwas Verwandtes in dem Boden fand, der so früh schon die schwarze Blume der Zivilisation, ein Gefängnis, getragen hatte. Aber auf der einen Seite des Portals, fast an der Schwelle, rankte ein wilder Rosenbusch, der jetzt im Juni mit seinen zarten Juwelen bedeckt war, dem Gefangenen, ging er hinein, und dem verurteilten Verbrecher, kam er heraus, Duft und vergängliche Schönheit zu bieten und ihm zu beweisen, daß das tiefe Herz der Natur ihn bemitleiden und freundlich gegen ihn sein könne.

Dieser Rosenbusch hat sich durch einen sonderbaren Zufall in der Geschichte lebendig erhalten; ob er aber die dunkle alte Wildnis so lange nach dem Fall der riesigen Tannen und Eichen, die ihn ursprünglich beschatteten, überlebt, oder ob er, was zu glauben guter Grund vorhanden ist, unter den Schritten der begnadeten Anna Hutchinson aufgesproßt war, als sie in die Gefängnistür trat: dies zu bestimmen, wollen wir nicht auf uns nehmen. Da wir ihn so hart an der Schwelle unserer Erzählung finden, die jetzt aus jener unglückverkündenden Tür hervortreten soll, konnten wir kaum vermeiden, eine von seinen Blüten zu pflücken und dem Leser darzubieten. Hoffen wir, daß sie als Symbol einer duftigen moralischen Blüte, die sich vielleicht unterwegs findet, diene oder gegen den düstern Schluß einer Geschichte menschlicher Schwäche und Schmerzen freundlich sich abhebe.

II

Der Marktplatz

Der Rasenfleck vor dem Gefängnis im Kerkergäßchen war also an einem Sommermorgen vor nicht weniger als zwei Jahrhunderten mit einer ziemlich großen Anzahl von Einwohnern Bostons bedeckt, deren Augen aufmerksam auf die eisenbeschlagene Eichentür gerichtet waren. Bei jedem andern Volke oder zu jeder spätern Periode der Geschichte von Neuengland würde die düstere Starrheit, welche die bärtigen Physiognomien dieser guten Leute versteinerte, verkündet haben, daß irgend etwas Entsetzliches bevorstehe: sie hätte nichts Geringeres als die erwartete Hinrichtung eines bekannten Verbrechers bezeichnen können, bei dem der Spruch eines Tribunals nur den der öffentlichen Meinung bestätigt hätte. Aber bei der Strenge des Charakters der frühen Puritaner war ein Schluß dieser Art nicht so zweifellos zu ziehen. Es konnte sein, daß ein träger Dienstmann oder ein ungehorsames Kind, das seine Eltern der Zivilbehörde übergeben hatten, am Schandpfahl gezüchtigt werden sollte. Es konnte sein, daß man einen Antinomisten, einen Quäker oder andern ungläubigen Sektierer aus der Stadt peitschen oder einen faulen indianischen Landstreicher, den das Feuerwasser des weißen Mannes zur Verübung von Straßenunfug getrieben, mit Striemen in den Schatten des Waldes hinausjagen wollte. Es konnte sogar sein, daß eine Hexe, wie die alte Frau Hibbins, die bösartige Witwe einer Magistratsperson, am Galgen sterben sollte. In jedem dieser Fälle wäre ziemlich die gleiche Feierlichkeit auf den Gesichtern der Zuschauer zu bemerken gewesen, wie solches einem Volke ziemte, bei welchem Religion und Gesetz fast identisch und in dessen Charakter beide so vollkommen verschmolzen waren, daß die mildesten Handlungen der öffentlichen Disziplin ihm ebenso ehrwürdig und schauerlich erschienen wie die strengsten. Die Teilnahme, welche eine Gesetzesübertretung von solchen um die Schandbühne versammelten Zuschauern erwarten konnte, war in der Tat nur gering und kalt. Andererseits konnte eine Strafe, mit welcher in unserer Zeit unausbleiblich ein hoher Grad von spöttischer Infamie und Lächerlichkeit verbunden sein würde, damals von einer fast ebenso strengen Würde wie die Todesstrafe selbst begleitet sein.

Es war an dem Sommermorgen, wo unsere Geschichte beginnt, ein bemerkenswerter Umstand, daß die Frauen, von denen sich mehrere unter der Menge befanden, ein besonderes Interesse an der Bestrafung, welche hier bevorstand, zu nehmen schienen. Die Zeit besaß noch nicht so viel Gefühlsverfeinerung, daß eine Empfindung des Unpassenden die Trägerinnen von Röcken und Miedern abgehalten hätte, auf die öffentlichen Straßen hinauszutreten und ihre nicht unsubstantiellen Personen, wenn Anlaß dazu vorhanden, bei einer Exekution in die dem Schafott nächsten Reihen der Zuschauer hineinzuzwängen.

Jene Frauen und Jungfrauen von altenglischer Geburt und Erziehung waren moralisch wie physisch aus gröberen Fasern gemacht als ihre schönen, durch eine Reihe von sechs bis sieben Generationen von ihnen getrennten Nachkommen. Denn in dieser Kette der Geschlechtsfolge hat jede Mutter ihrem Kinde eine schwächere Blüte, eine bleichere, kürzer dauernde Schönheit und eine zartere physische Konstitution, wo nicht einen Charakter von geringerer Kraft und Solidität wie ihren eigenen, vermacht. Die Frauen, welche jetzt um die Gefängnistür standen, waren weniger als ein halbes Jahrhundert von der Zeit entfernt, wo die männliche Elisabeth die nicht ganz unpassende Vertreterin ihres Geschlechts gewesen war. Sie waren ihre Landsmänninnen, und das Rindfleisch und das Bier ihrer Heimat waren zusammen mit einer um keinen Deut feineren moralischen Diät zu gutem Teil in ihre Zusammensetzung eingegangen. Die helle Morgensonne schien daher auf breite Schultern und volle Busen und runde, tiefrote Wangen, die auf der fernen Insel zur Reife gediehen und in der Atmosphäre von Neuengland kaum erst bleicher oder schmäler geworden waren. Überdies war jenen Matronen, was die meisten von ihnen zu sein schienen, eine Dreistigkeit und Geradheit der Rede eigen, welche uns sowohl in bezug auf ihre Fassung wie auf das Volumen ihres Tones in Schrecken setzen würde.

»Hört, Weiber!« rief eine Fünfzigjährige mit harten Zügen, »ich will euch etwas sagen. Es würde sehr zum öffentlichen Wohle gereichen, wenn wir Weiber, die wir von reifem Alter und in gutem Rufe stehende Gemeindemitglieder sind, mit der Bestrafung von Missetäterinnen wie dieser Esther Prynne beauftragt würden. Was meint ihr, Gevatterinnen? Würde die schlimme Dirne, wenn sie vor uns fünfen, die wir hier beisammen stehen, zur Aburteilung gelangte, mit einem Spruche, wie ihn die würdigen Richter gefällt haben, davonkommen? Meiner Treu, ich glaub es nicht.«

»Die Leute sagen«, sprach eine andere, »daß Ehrwürden Pfarrer Dimmesdale, ihr frommer Pastor, sich es schwer zu Herzen nähme, daß seine Gemeinde von einem solchen Skandal betroffen worden ist.«

»Die Richter sind gottesfürchtige Herren, aber viel zu gnädig – das ist die Wahrheit«, stimmte eine dritte herbstliche Matrone bei. »Sie hätten allerwenigstens Esther Prynne mit einem glühenden Eisen auf der Stirn brennen sollen. Madam Esther würde dabei schön das Gesicht verzogen haben, darauf könnt ihr euch verlassen. Aber sie, das freche Ding, wird sich wenig daraus machen, was man ihr auf ihr Mieder setzt! Sie kann es ja mit einer Brosche oder irgend so einem heidnischen Zierat bedecken und ebenso munter wie sonst auf der Straße umherlaufen.«

»Ja, aber«, sprach sanfter eine junge Frau, die ein Kind an der Hand hielt, »sie mag das Zeichen bedecken, wie sie will, der Schmerz wird ihr doch immer im Herzen bleiben.«

»Was reden wir da von Zeichen und Brandmarkungen auf ihrem Mieder oder am Fleische ihrer Stirn!« rief ein anderes Frauenzimmer, die häßlichste und zugleich die unbarmherzigste unter diesen selbst eingesetzten Richterinnen. »Das Weib hat über uns alle Schande gebracht und sollte von Rechts wegen sterben. Ist kein Gesetz dafür da? Wahrhaftig, es gibt deren, in der Schrift sowohl wie im Gesetzbuch. Die Richter, die sie wirkungslos gemacht haben, mögen es sich dann selbst danken, wenn ihre eigenen Weiber und Töchter auf Abwege geraten.«

»Gott sei uns gnädig, Gevatterin!« rief ein Mann aus der Menge; »gibt es denn bei den Weibern keine Tugend, außer jener, die einer heilsamen Furcht vor dem Galgen entspringt? Das ist das härteste Wort, was noch gesprochen worden ist. Jetzt still, Basen, der Schlüssel dreht sich in der Gefängnistür und hier kommt Frau Prynne selbst.«

Die Tür des Gefängnisses wurde von innen aufgerissen, es zeigte sich zuerst, gleich einem schwarzen, in den Sonnenschein hinaustretenden Schatten, die Schreckensgestalt des Stadtbüttels, Degen an der Seite und Amtsstab in der Hand. Diese Person verkündete und stellte in ihrer Erscheinung die ganze düstere Strenge des puritanischen Gesetzkodex dar, welchen in seiner letzten und den Übertreter zunächst berührenden Anwendung zur Ausübung zu bringen sein Amt war. Er streckte den Amtsstab in seiner linken Hand aus und legte seine rechte auf die Schulter einer jungen Frau, die er so vorwärts zog, bis sie ihn auf der Schwelle der Gefängnistür mit einer Gebärde voll natürlicher Würde und Charakterstärke zurückstieß und wie aus eigenem Antriebe in die freie Luft hinaustrat. Auf ihren Armen trug sie ein Kind, einen etwa drei Monate alten Säugling, der blinzelnd sein kleines Gesicht von dem zu hellen Lichte des Tages abwandte, weil ihn seine Existenz bisher nur mit dem grauen Zwielicht eines Kerkers oder andern düstern Gemaches im Gefängnis bekannt gemacht hatte.

Als die junge Frau, die Mutter dieses Kindes, der versammelten Menge vollkommen sichtbar wurde, schien es ihr erster Impuls zu sein, das Kind dicht an ihren Busen zu schließen, nicht sowohl von mütterlicher Zärtlichkeit getrieben, als um dadurch ein gewisses Zeichen zu verbergen, das in ihr Gewand gewirkt oder daran befestigt war. Im nächsten Augenblick schloß sie jedoch, daß ein Zeichen der Schande nur schlecht dazu dienen würde, ein anderes zu verbergen, nahm das Kind auf ihren Arm und schaute mit brennendem Erröten und doch stolzem Lächeln und einem Blick, der sich nicht einschüchtern lassen wollte, auf ihre Mitbürger und Nachbarn ringsum. Mitten auf dem Brustteile ihres Gewandes zeigte sich, von feinem rotem Tuch geschnitten und mit prächtig gestickten phantastischen Schnörkeln von Goldfäden umgeben, der Buchstabe A, der Anfangsbuchstabe von Adulteress = Ehebrecherin. Er war so kunstvoll und mit so fruchtbarer üppiger Phantasie eingestickt, daß das Ganze wie ein passender letzter Zierat des Gewandes aussah, welches sie trug, und das von dem Geschmack der Zeit entsprechender, aber weit über das von den Aufwandsgesetzen der Kolonie Erlaubte hinausgehender Pracht war.

Die junge Frau war hochgewachsen und besaß eine Gestalt von vollkommener Eleganz im großen Maßstabe. Sie hatte dunkles, üppiges Haar von solchem Glanze, daß es den Sonnenschein schimmernd zurückwarf, und ein Gesicht, das, nicht bloß durch regelmäßige Züge und warme Farbe schön, auch noch den eindrucksvollen Charakter besaß, welchen eine wohlgeformte Stirn und tiefschwarze Augen verleihen. Überdies sah sie vornehm aus, wie man bei den Frauen jener Zeit die Vornehmheit verstand, das heißt, sie besaß mehr eine gewisse Stattlichkeit und Würde als die zarte, vergängliche und unbeschreibliche Grazie, welche heutzutage als ihre Zeichen gelten. Und nie hatte Esther Prynne vornehmer in diesem alten Sinne des Ausdrucks ausgesehen, als da sie aus dem Gefängnisse trat. Die sie früher gekannt und erwartet hatten, daß ihre Schönheit durch die Wolke des Unglücks getrübt und verdunkelt werden würde, waren erstaunt, ja entsetzt, als sie bemerkten, wie diese hervorleuchtete und das Unglück und die Schmach, worin sie gehüllt war, wie eine Glorie um sie erstrahlen ließ. Zwar lag darin für einen empfindenden Beobachter etwas ausgesucht

Schmerzliches. Ihre Kleidung, die sie für diesen Anlaß im Gefängnisse selbst gefertigt und ganz nach ihrer Phantasie angeordnet hatte, schien die Lage ihres Geistes, die verzweifelte Gleichgültigkeit ihrer Stimmung, durch eine wilde, malerische Eigentümlichkeit auszudrücken; aber der Punkt, welcher aller Augen anzog und sozusagen die Trägerin verwandelte, war das Zeichen, so daß Männer sowohl wie Frauen, welche mit Esther Prynne in vertrauter Bekanntschaft gewesen waren, jetzt den Eindruck empfingen, als erblickten sie sie zum ersten Male mit dem so phantastisch gestickten und auf ihrem Busen leuchtenden Scharlachbuchstaben. Er hatte die Wirkung eines Zaubers, nahm sie aus den gewöhnlichen Verhältnissen und Verbindungen mit der Menschheit und hüllte sie in eine eigene Sphäre.

»Sie hat viel Geschicklichkeit mit der Nadel, das ist gewiß«, bemerkte eine der Zuschauerinnen, »hat aber je ein Frauenzimmer vor dieser schamlosen Dirne eine solche Weise, es zu zeigen, ausfindig gemacht? Nein, Gevatterinnen, wozu dient es, als um unsern wackern Richtern ins Gesicht zu lachen und auf das, was jene, die würdigen Herren, zur Strafe auferlegten, sich etwas zugute zu tun.«

»Es wäre gut«, krächzte das Weib mit dem eisernsten Gesicht, »wenn wir der Madam Esther ihr reiches Kleid von den zarten Schultern rissen, und was den roten Buchstaben betrifft, den sie so absonderlich eingenäht hat, so will ich einen Fetzen von meinem Rheumatismusfell hergeben, um einen passenderen daraus zu machen.«

»Friede, Nachbarinnen, Friede!« flüsterte ihre jüngste Genossin; »laßt sie das nicht hören! In dem gestickten Buchstaben ist kein Stich, den sie nicht in ihrem eigenen Herzen gefühlt hätte.«

Jetzt machte der finstere Büttel eine Bewegung mit dem Stabe.

»Macht Platz, gute Leute, macht Platz – im Namen des Königs!« rief er; »öffnet einen Durchgang und ich verspreche euch, daß Esther Prynne an einen Ort gestellt werden soll, wo Mann, Weib und Kind von jetzt an bis eine Stunde nach Mittag eine gute Aussicht auf ihre schöne Kleidung haben sollen. Gesegnet sei die rechtschaffene Kolonie von Massachusetts, wo die Bosheit an den Sonnenschein gezogen wird. Kommt voran, Madam Esther, und zeigt Euren Scharlachbuchstaben auf dem Marktplatz!«

Sofort öffnete sich eine Gasse unter der Zuschauermenge. Unter dem Vorgange des Büttels und in Begleitung einer unregelmäßigen Prozession von finsterblickenden Männern und Weibern mit unfreundlichen Gesichtern brach Esther Prynne nach dem für ihre Strafe bestimmten Platz auf. Neugierige Schuljungen, die von der Sache wenig mehr verstanden, als daß sie einen halben Feiertag dadurch erhielten, liefen vor dem Zuge her und wendeten beständig den Kopf zurück, um in ihr Gesicht und auf das blinzelnde Kind in ihren Armen und den schmachvollen Buchstaben an ihrer Brust zu gaffen. Zu jener Zeit war die Entfernung von der Gefängnistür nach dem Marktplatze nicht groß. Nach der Erfahrung der Gefangenen zu messen, konnte sie jedoch für eine Reise von einiger Länge gelten, da sie, so hochfahrend ihr Benehmen auch war, wohl bei jedem Schritte jener, welche sich herbeidrängten, um sie zu sehen, eine Qual erlitt, als ob ihr Herz auf die Straße geworfen worden sei, damit sie alle darauf treten und es mit den Füßen von sich stoßen konnten. In unserer Natur liegt jedoch die ebenso wunderbare wie gnädige Vorkehrung, daß der Leidende das Äußerste, was er erduldet, nie an seiner gegenwärtigen Qual, sondern hauptsächlich an dem danach zurückbleibenden Schmerze erkennt. Esther schritt daher mit fast heiterer Haltung durch diesen Teil ihrer Prüfung und gelangte zu einer Art von Schandbühne am westlichen Ende des Marktplatzes. Sie stand fast gerade unter dem Giebel der ersten Kirche von Boston und schien dort niet- und nagelfest zu sein.

Wirklich bildete diese Bühne einen Teil von einer Straf-
maschinerie, welche jetzt seit zwei bis drei Generationen
bei uns nur noch historisch und durch die Sage bekannt ist,
aber in den alten Zeiten für ein so wirksames Hilfsmittel
zur Beförderung des guten Benehmens der Bürger galt, wie
nur je die Guillotine unter den Schreckensmännern von
Frankreich; kurz, es war die Bühne des Prangers, und über
ihr erhob sich das Gestell dieses Disziplinarwerkzeuges,
welches so geformt war, daß es den menschlichen Kopf
umfaßte und ihn so den Blicken des Publikums hinhielt. In
diesem Gerüste von Holz und Eisen verkörperte und offenbarte sich ein Ideal von Schmach. Ich glaube, daß es gegen
unsere gemeinschaftliche Natur, was auch die Vergehen des
Individuums sein mögen, keine größere Mißhandlung geben kann, als dem Schuldigen zu verbieten, sein Gesicht
vor Scham zu verbergen, wie es das Wesen dieser Strafe ist.
In Esther Prynnes Falle lautete jedoch, wie es nicht selten
auch bei anderen vorkam, der Spruch nur darauf, daß sie
eine gewisse Zeit auf der Schandbühne stehen solle, ohne
aber den Griff um den Hals und die Fesselung des Kopfes
zu erleiden, welche die teuflischste Eigenschaft der häßlichen Maschine war. Sie kannte ihre Rolle vollkommen,
stieg eine hölzerne Treppe hinauf und zeigte sich so der sie
umgebenden Menge in etwa der Höhe einer Mannsschul-
ter über der Straße.

Wenn sich unter den puritanischen Zuschauern ein Papist gefunden hätte, so würde er vielleicht in diesem schönen Weibe mit dem Kinde am Busen einen Gegenstand
gesehen haben, der ihn an das Bild der göttlichen Mutter
erinnerte, in dessen Darstellung so viele berühmte Maler
miteinander gewetteifert haben, etwas, das ihn wirklich,
aber nur durch den Kontrast, an das geheiligte Bild sünd-
loser Mutterschaft erinnern mußte, deren Kind die Welt
erlösen sollte. Hier befleckte die tiefste Sünde die heiligste
Eigenschaft des menschlichen Lebens und brachte eine

solche Wirkung hervor, daß die Welt um der Schönheit dieses Weibes willen nur noch dunkler und durch das Kind, welches sie geboren hatte, nur um so mehr verloren war.

Das Schauspiel war nicht ohne eine gewisse Schauerlichkeit, wie sie stets den Anblick von Schuld und Schande bei einem Mitgeschöpfe begleiten muß, ehe die Gesellschaft verderbt genug geworden ist, um darüber zu lächeln, statt sich zu entsetzen. Die Zeugen von Esther Prynnes Schmach waren noch nicht über diese ursprüngliche Einfachheit hinausgekommen; sie waren streng genug, um auf ihren Tod, wenn das Urteil auf diesen gelautet hätte, ohne Murren über die Schwere der Strafe zu blicken, besaßen aber nichts von der Herzlosigkeit eines andern sozialen Zustandes, welcher in einer Schaustellung, wie der gegenwärtigen, nur ein Thema zum Scherzen gefunden haben würde. Selbst wenn Neigung vorhanden gewesen wäre, die Sache ins Lächerliche zu ziehen, so hätte sie von der feierlichen Anwesenheit des Gouverneurs mit mehreren seiner Räte, eines Richters, eines Generals und der Geistlichen der Stadt, welche alle auf einem Balkon des Versammlungshauses, der sich über der Bühne befand, saßen oder standen, überwältigt oder zurückgedrängt werden müssen. Wenn solche Personen einen Teil des Schauspiels bilden konnten, ohne die Majestät oder Ehrwürdigkeit ihres Ranges und Amtes auf das Spiel zu setzen, so war mit Sicherheit zu schließen, daß die Vollstreckung eines Richterspruches eine eindringliche, wirksame Bedeutung haben würde. Die Zuschauermenge blieb daher auch düster und ernst. Die unglückliche Delinquentin hielt sich so gut aufrecht, wie es nur ein Weib unter der Last von Tausenden unbarmherziger, auf sie gehefteter und auf ihren Busen konzentrierter Augen vermochte. Fast war es unerträglich. Von leidenschaftlich impulsiver Natur, hatte sie sich gegen die Stiche und giftigen Verwundungen des Hohnes und der Schmähung des Publikums, die sich in jeder Art von Beleidigungen Luft machen konnten, gerüstet, aber die feierliche Geistesstimmung des Volkes besaß etwas um so viel Furchtbareres, daß sie sich fast sehnte, alle jene starren Gesichter zu spöttischer Lustigkeit verzerrt und sich als Gegenstand derselben zu sehen. Wenn ein schallendes Gelächter unter der Menge ausgebrochen wäre, zu dem jeder Mann, jedes Weib, jedes Kind mit seiner schrillen Stimme einen Anteil geliefert hätte, so würde Esther Prynne darauf vielleicht nur mit einem bitteren, verächtlichen Lächeln geantwortet haben; aber unter der bleiernen Wucht, welche zu ertragen ihr Schicksal war, hatte sie in manchen Augenblicken das Gefühl, als ob sie aus voller Kraft ihrer Lunge schreien und sich von dem Gerüste auf den Boden herabstürzen oder plötzlich wahnsinnig werden müsse.

Und doch gab es Zwischenräume, wo das ganze Schauspiel, dessen hervorragendster Gegenstand sie war, ihren Augen zu entschwinden schien oder wenigstens nur undeutlich vor denselben schimmerte, wie eine Masse von unvollkommen geformten Gespenstergestalten. Ihr Geist und besonders ihr Erinnerungsvermögen entwickelte eine übernatürliche Tätigkeit und stellte fortwährend andere Szenen vor sie hin, als jene grob ausgehauene Straße einer kleinen Stadt am Saume der westlichen Wildnis, andere Gesichter als diejenigen, welche unter den Krempen jener hohen Spitzhüte streng auf sie blickten, Erinnerungen von der geringfügigsten und unwesentlichsten Art; Vorgänge aus ihren Kindheits- und Schuljahren, Spiele, kindische Zänkereien und die kleinen häuslichen Züge ihres Jungfernalters drängten sich in Verbindung mit Bildern aus den ernstesten Verhältnissen ihres späteren Lebens vor sie zusammen, und das eine war genau ebenso lebhaft wie das andere, als ob alle von gleicher Wichtigkeit oder alle gleichmäßig nur ein Spiel seien. Vielleicht war das ein instinktmäßiger Kunstgriff ihres Geistes, um sich durch die Vorstellung dieser phantasmagorischen Gestalten von der drükkenden Last und Härte der Wirklichkeit zu befreien.

Mochte dem sein, wie ihm wollte, die Schandbühne des Prangers war ein Standpunkt, welcher Esther Prynne den ganzen Weg, den sie seit ihrer glücklichen Kindheit gewandelt war, überblicken ließ. Während sie auf dieser Unglückshöhe stand, erblickte sie von neuem ihr Heimatdorf in Alt-England und ihr Vaterhaus, ein verfallenes Gebäude von grauem Stein und ärmlichem Aussehen, das aber als Beweis seiner früheren Vornehmheit noch ein halbverwischtes Wappenschild ihres Vaters mit seiner kahlen Stirn und seinem ehrwürdigen weißen Bart, welcher über den altmodischen Elisabethkragen herabhing, und das ihrer Mutter mit dem Blicke sorglicher Liebe, welchen es stets in ihrer Erinnerung trug und der selbst nach ihrem Tode so oft das Hemmnis eines sanften Vorwurfs in den Pfad ihrer Tochter gelegt hatte. Sie erblickte ihr eigenes, von mädchenhafter Schönheit glühendes Gesicht, welches das ganze Innere des trüben Spiegels erhellte, in welchem sie gewohnt gewesen war, es zu betrachten. Dort sah sie noch ein Gesicht, das eines Mannes von vorgerückten Jahren, ein bleiches, mageres Gelehrtenantlitz mit von dem Lampenscheine, welcher ihnen beigestanden hatte, so manchen schweren Folianten durchzustudieren, getrübten und geschwächten Augen. Und doch besaßen diese trüben Augen eine seltsame, durchdringende Gewalt, wenn es die Absicht ihres Besitzers war, in der menschlichen Seele zu lesen. Diese Gestalt des Studierzimmers und des Klosters war, wie Esther Prynnes weibliche Phantasie heraufzurufen nicht verfehlte, etwas verwachsen und ihre linke Schulter um ein geringes höher als die rechte. Sodann erhoben sich vor ihr in der Bildergalerie der Erinnerung die winkeligen, schmalen Gassen, die hohen grauen Häuser, die mächtigen Kathedralen und die alten, schnörkeligen öffentlichen Gebäude einer Kontinentalstadt, wo sie ein neues, immer noch mit dem verwachsenen Gelehrten in Verbindung stehendes Leben erwartet hatte – ein neues Leben, welches sich aber von gealterten und abgenutzten Materialien genährt, wie ein Büschel grünen Mooses an einer zerbröckelnden Mauer. Endlich kehrte an die Stelle dieser wechselnden Szenen der unebene Marktplatz der puritanischen Niederlassung zurück mit der ganzen versammelten Bewohnerschaft der Stadt, welche ihre strengen Blicke auf Esther Prynne heftete – ja, auf sie selbst, die auf der Bühne des Prangers stand, mit einem Kinde auf ihrem Arm und dem scharlachroten, phantastisch mit Goldseide durchsäumten Buchstaben A auf ihrer Brust.

Konnte es Wahrheit sein? Sie preßte das Kind so heftig an ihre Brust, daß es einen Schrei ausstieß. Sie senkte ihre Augen auf den Scharlachbuchstaben und berührte ihn sogar mit ihrem Finger, um sich zu überzeugen, daß das Kind und die Schande wirklich existierten. Ja, das waren ihre Wirklichkeiten – alles übrige war verschwunden.

III

Die Erkennung

Von diesem sie gänzlich erfüllenden Bewußtsein, daß sie der Gegenstand einer strengen und allgemeinen Beobachtung sei, wurde die Trägerin des Scharlachbuchstabens endlich dadurch erlöst, daß sie am äußeren Saume der Zuschauermenge eine Gestalt bemerkte, welche unwiderstehlich Besitz von ihren Gedanken ergriff. Dort stand ein Indianer in seiner einheimischen Tracht, aber die roten Männer waren nicht so seltene Besucher der englischen Ansiedlungen, daß einer von ihnen zu solcher Zeit Esther Prynnes Aufmerksamkeit erregt oder gar alle übrigen Gegenstände und Gedanken aus ihrem Geiste verbannt haben würde. An der Seite des Indianers, und offenbar als sein Begleiter, stand ein weißer, in ein seltsames Gemisch von zivilisiertem und wildem Kostüm gekleideter Mann.

Er war von kleiner Statur und zeigte ein gefurchtes Gesicht, welches jedoch noch kaum alt genannt werden konnte. In seinen Zügen lag eine bemerkenswerte Intelligenz, als seien es die einer Person, welche ihren geistigen Teil so ausgebildet hatte, daß er nicht verfehlen konnte, den physischen nach sich zu formen und durch unverwechselbare Zeichen sichtbar zu machen. Wiewohl er durch eine scheinbar nachlässige Anordnung seiner zusammengewürfelten Kleidung versucht hatte, die Eigentümlichkeiten zu vermindern oder zu verringern, so war es für Esther Prynne doch erkennbar genug, daß die eine Schulter dieses Mannes sich über die andere erhob. In dem ersten Augenblick, wo sie dieses magere Gesicht und die geringe Entstellung der Gestalt bemerkte, drückte sie ihr Kind wieder mit so krampfhafter Gewalt an ihre Brust, daß der arme Säugling einen zweiten Schmerzensschrei ausstieß. Die Mutter schien ihn jedoch nicht zu hören.

Sobald er auf den Marktplatz gelangt war, und schon einige Zeit ehe sie ihn gesehen, hatte der Fremde seine Augen auf Esther Prynne geheftet. Anfangs war es nachlässig gewesen, wie der Blick eines Mannes, der gewohnt ist, hauptsächlich nach innen zu blicken, und für welchen äußere Dinge ohne Wert und Wichtigkeit sind, wenn sie sich nicht auf etwas in seinem Geiste beziehen. Sehr bald war jedoch sein Blick scharf und durchdringend geworden. Ein zuckendes Entsetzen trat auf seine Züge, wie eine schnell darüber hingleitende Schlange, die eine kleine Pause machte, während alle ihre verschlungenen Wendungen deutlich sichtbar waren. Sein Gesicht wurde durch eine mächtige Bewegung verdunkelt, die er jedoch durch eine Anstrengung seines Willens so augenblicklich zügelte, daß bis auf diesen einzigen Augenblick dessen Ausdruck für den der Ruhe gegolten haben würde. Nach kurzer Zeit wurde das Zucken fast unmerklich und versank endlich ganz in den Tiefen seiner Natur. Als er fand, daß Esther Prynne ihre Augen auf die seinen heftete und sah, daß sie ihn zu erkennen schien, erhob er langsam und ruhig seinen Finger, machte damit eine Bewegung durch die Luft und legte ihn auf seine Lippen.

Hierauf berührte er die Schulter eines neben ihm stehenden Bürgers und redete ihn auf förmliche, höfliche Art an.

»Ich bitte Euch, guter Herr«, sagte er, »mir mitzuteilen, wer dieses Weib ist und weshalb es zur öffentlichen Schande hier steht.«

»Ihr müßt wohl ein Fremder in dieser Gegend sein, Freund«, entgegnete der Städter mit einem neugierigen Blick auf den Fragenden und dessen wilden Gefährten, »sonst würdet Ihr sicherlich von Frau Esther Prynne und ihren Missetaten gehört haben. Ich darf wohl sagen, daß sie großes Ärgernis in der Kirche des gottesfürchtigen Herrn Dimmesdale erregt hat.«

»Ihr habt recht«, entgegnete der andere, »ich bin ein Fremder und war zu meinem Schmerz, nicht freiwillig, ein Wanderer. Ich habe schweres Unglück zur See und zu Lande erfahren und bin lange in den Banden des Heidenvolks im Süden gewesen und jetzt von diesem Indianer hierhergebracht worden, um aus meiner Gefangenschaft erlöst zu werden. Wollt Ihr daher die Güte haben, mir zu sagen, worin Esther Prynnes − habe ich den Namen auch recht gehört? −, worin dieses Weibes Vergehen bestanden und was sie auf jene Schandbühne gebracht hat?«

»Wahrlich, Freund, es muß nach Euern Fährnissen und Eurem Aufenthalt in der Wildnis Euer Herz erfreuen, Euch endlich wieder in einem Lande zu befinden, wo die Sünde aufgespürt und angesichts der Vorgesetzen und des Volkes bestraft wird, wie hier in unserem gottesfürchtigen Neu-England. So wißt, Herr, daß jenes Weib die Ehefrau eines gelehrten Mannes von englischer Geburt war, der aber lange in Amsterdam gelebt hatte, wo es ihm vor einer guten Zeit in den Sinn kam, herüberzufahren und sein Los mit dem unsern in Massachusetts zu vereinigen. Zu diesem Zwecke schickte er seine Frau voraus, während er selbst zurückblieb, um einige notwendige Geschäfte zu besorgen. Nun, guter Herr, in den zwei Jahren oder weniger, wo das Weib hier in Boston gelebt hat, sind keine Nachrichten von dem gelehrten Meister Prynne eingelaufen, und seine junge Frau sehet Ihr, die ihrer eigenen schlimmen Führung überlassen geblieben ist —«

»Oh! ich verstehe Euch,« sagte der Fremde mit bitterem Lächeln. »Ein so gelehrter Mann, wie der, von welchem Ihr sprecht, hätte auch dies aus seinen Büchern gelernt haben sollen, und wer mag, mit Eurer Gunst, Herr, der Vater jenes Kindes sein ... es kommt mir drei bis vier Monate alt vor, welches Frau Prynne in ihrem Arm hält?«

»Wahrlich, Freund, die Sache ist ein Rätsel geblieben, und der Daniel, welcher es lösen soll, fehlt noch«, antwortete der Städter. »Madam Esther weigert sich unbedingt zu sprechen, und die Richter haben vergeblich ihre Köpfe zusammengesteckt. Vielleicht blickt gar der Schuldige, den Menschen unbekannt, auf dieses traurige Schauspiel und vergißt, daß er von Gott gesehen wird.«

»Der gelehrte Mann,« bemerkte der Fremde mit einem abermaligen Lächeln, »sollte selbst kommen, um das Geheimnis zu erforschen.«

»Das geziemt ihm allerdings, wenn er noch am Leben ist«, antwortete der Städter. »Nun, guter Herr, unser Magistrat in Massachusetts hat bedacht, daß dieses Weib jung und schön ist, und ohne Zweifel stark zu ihrem Falle verlockt wurde, und daß überdies aller Wahrscheinlichkeit nach ihr Ehemann auf dem Grunde der See liegt, und deshalb nicht den Mut gehabt, die ganze Strenge unseres gerechten Gesetzes gegen sie zur Anwendung zu bringen. Die Strafe, welches dasselbe auferlegt, ist der Tod, aber in ihrer großen Gnade und Herzensmilde haben sie Frau Prynne nur dazu verurteilt, drei Stunden lang auf dem Gerüste des Prangers zu stehen und von da an bis an ihr Lebensende ein Zeichen der Schande auf ihrer Brust zu tragen.«

»Ein weiser Spruch«, bemerkte der Fremde, ernst den Kopf neigend; »auf diese Weise wird sie eine lebende Predigt gegen die Sünde sein, bis der schmachvolle Buchstabe auf ihrem Leichenstein ausgehauen wird. Dennoch ist's mir ärgerlich, daß der Teilnehmer ihrer Missetat nicht wenigstens auf der Bühne neben ihr steht; aber man wird ihn kennen ... man wird ihn kennen ... man wird ihn kennen!«

Er verbeugte sich höflich gegen den mitteilsamen Bürger, flüsterte seinem indianischen Begleiter einige Worte zu, und sie drängten sich beide durch die Menge.

Während dies vorging, hatte Esther Prynne auf ihrer Erhöhung gestanden und ihre Augen immer noch mit einem so unverwandten Blicke auf den Fremden geheftet, daß in manchen Momenten alle übrigen Gegenstände der sichtbaren Welt zu verschwinden und nur sie und ihn zurückzulassen schienen. Eine solche Begegnung würde ohne Zweifel noch weit entsetzlicher gewesen sein, als selbst deren jetzige Art, wo die heiße Mittagssonne auf ihr Gesicht herab brannte und ihre Schande beschien, mit dem scharlachroten Zeichen der Schmach auf der Brust und dem Sündenkinde auf ihren Armen, mit einem ganzen wie zu einem Feste herbeigekommenen Volke, welches die Züge angaffte, die nur in dem stillen Scheine des Kamins im glücklichen Schatten des Heimathauses oder unter einem Frauenschleier in der Kirche hätten sichtbar sein sollen. So entsetzlich es auch war, so wußte sie doch, daß sie einen Schutz an der Gegenwart dieser Tausende von Zeugen besaß. Es war besser, so dazustehen und so viele zwischen ihm und sich zu haben, als ihn, mit ihm allein, von

Angesicht zu Angesicht zu begrüßen. Sie suchte sozusagen in der öffentlichen Schaustellung Zuflucht und fürchtete den Augenblick, wo ihr deren Schutz entzogen werden würde. In diese Gedanken versunken, hörte sie kaum, daß eine Stimme hinter ihr sprach, bis diese ihren Namen mehr als einmal in lautem, feierlichem, der ganzen Versammlung hörbarem Tone wiederholt hatte.

»Hört mich an, Esther Prynne!« sagte die Stimme.

Es ist bereits gesagt worden, daß gerade über dem Gerüst, auf welchem Esther Prynne stand, eine Art von Balkon oder offener Galerie an dem Versammlungshause angebracht war. Dies war der Ort, wo im Beisein des versammelten Magistrats und mit dem ganzen Pomp und Zeremoniell, wovon dergleichen öffentliche Vorgänge zu jener Zeit begleitet waren, Proklamationen erlassen zu werden pflegten. Hier saß, um die Szene, welche wir beschreiben, anzusehen, Gouverneur Bellingham selbst, mit einer Ehrenwache von vier Hellebarden tragenden Sergeanten um seinen Stuhl. Er hatte eine dunkle Feder an seinem Hute, einen gestickten Saum an seinem Mantel und darunter einen schwarzen Sammetrock, und war ein Mann von vorgerückten Jahren, in dessen Gesicht schwere Erfahrungen ihre Furchen eingegraben hatten. Er war nicht übel zum Haupte und Vertreter einer Gemeinschaft geeignet, welche ihren Ursprung und Fortschritt sowie ihren gegenwärtigen Zustand nicht den Impulsen der Jugend, sondern der strengen gezügelten Energie der Mannesjahre und der finstern Klugheit des Alters verdankte, und gerade deshalb so viel bewirkte, weil sie sich so wenig einbildete und erhoffte. Die übrigen herausragenden Köpfe, welche den Gouverneur umgaben, zeichneten sich durch eine würdevolle Miene aus, wie sie einer Zeit angehörte, in der man die Formen der Obrigkeit in der Heiligkeit göttlicher Gesetze geborgen wußte. Sie waren ohne Zweifel gute, gerechte und weise Männer, aber es würde nicht leicht gewesen sein, unter der ganzen Menschenfamilie die gleiche Anzahl von weisen und tugendhaften Personen auszuwählen, die weniger geeignet gewesen wären, über ein irrendes Frauenherz zu Gericht zu sitzen und dessen Gewebe von Gutem und Bösem zu entwirren, als die streng aussehenden Männer, welchen Esther Prynne jetzt ihr Gesicht zuwendete. Sie schien in der Tat zu wissen, daß die Teilnahme, welche sie erwarten konnte, nur in dem größern und wärmern Herzen der Menge liege, denn als sie ihre Augen zu dem Balkon erhob, erbleichte das unglückliche Weib und bebte.

Die Stimme, die ihre Aufmerksamkeit verlangt hatte, war die des ehrwürdigen und berühmten John Wilson, ältesten Geistlichen von Boston, eines großen Gelehrten, wie die meisten seiner Standesgenossen in jener Zeit, und dabei eines Mannes von gütigem, freundlichem Geiste. Diese letzte Eigenschaft war jedoch weniger sorgfältig entwickelt worden als seine intellektuellen Gaben und, die Wahrheit zu gestehen, eher eine Sache der Beschämung als der Genugtuung für ihn. Da stand er nun mit dem Saume von grauen Locken um sein Käppchen, während seine grauen, an das umschattete Licht seines Studierzimmers gewöhnten Augen in dem unvermischten Sonnenschein blinzelten wie die von Esthers Kind. Er sah aus wie die dunkelgestochenen Porträts, welche wir vor alten Predigtbüchern sehen, und besaß ebensowenig Recht wie eines dieser Porträts hervorzutreten, wie er es jetzt tat, und sich in eine Frage menschlicher Schuld, Leidenschaft und Pein zu mischen.

»Esther Prynne«, sagte der Geistliche, »ich habe mit meinem jungen Amtsbruder hier gerungen, unter dessen Lehre des göttlichen Wortes du zu sitzen das Vorrecht genossen hast –«, hier legte Herr Wilson seine Hand auf die Schulter eines blassen jungen Mannes neben ihm – »ich habe, sage ich, diesen gottesfürchtigen jungen Mann zu überreden gesucht, daß er sich deiner annehmen möchte,

um hier im Angesicht des Himmels und vor diesen rechtschaffenen und weisen Beamteten und dem ganzen Volke
über die Schwärze und Bosheit deiner Sünde zu sprechen.
Da er dein natürliches Temperament besser kennt als ich, so
könnte er auch besser beurteilen, welche Gründe der Liebe
oder der Furcht anzuführen seien, um über deine Hartnäk-
kigkeit und Verstockung zu siegen, damit du nicht länger
den Namen desjenigen verschweigen mögest, welcher dich
zu diesem schweren Falle gelockt hat; aber er stellt mir mit
der übermäßigen Weichheit eines jungen Mannes, obgleich
er über seine Jahre hinaus weise ist, entgegen, daß es der
Natur des Weibes Unrecht tun hieße, wenn man es zwinge,
die Geheimnisse seines Herzens bei so hellem Tageslichte
und in Gegenwart einer so großen Menge aufzudecken.
Wahrlich, die Schmach liegt, wie ich ihn zu überzeugen
suchte, in der Begehung der Sünde und nicht in deren
Offenbarung. Ich frage Euch noch einmal, Bruder Dimmesdale, was sagt Ihr dazu? Mußt du es sein oder ich, der
sich der Seele dieser armen Sünderin annimmt?«

Es erhob sich ein Gemurmel unter den ernsten würdevollen Männern auf dem Balkon, und Gouverneur Bellingham sprach dessen Bedeutung aus, indem er mit gebieten-
der, wenn auch aus Achtung für den jungen Geistlichen,
welchen er anredete, gemilderter Stimme sagte:

»Guter Master Dimmesdale, die Verantwortlichkeit für
die Seele dieses Weibes ist in hohem Maße Eure Sache. Es
geziemt Euch daher, solches zur Reue und als Beweis und
Folge derselben zum Geständnis zu ermahnen.«

Diese direkte Anrede zog die Augen der ganzen versammelten Menge auf Ehrwürden Dimmesdale, einen jungen Geistlichen, der von einer der großen englischen Uni-
versitäten alle Gelehrsamkeiten jener Zeit in unser wildes
Waldland mitgebracht hatte. Seine Beredsamkeit und seine
fromme Begeisterung hatten ihm bereits in seinem Berufe
hohes Ansehen verschafft. Er war ein Mann von höchst

auffallendem Äußern, mit weißer, hoher, fast überhängender Stirn, großen, braunen, melancholischen Augen und einem Munde, der, außer wenn er mit Gewalt zusammengepreßt war, leicht bebte und zugleich nervösen Gefühlsreichtum und eine ungeheure Selbstbeherrschung ausdrückte. Trotz seiner hohen Naturgaben und gelehrten Errungenschaften hatte der junge Geistliche ein besorgtes, erschrecktes, halb wie von Furcht erfülltes Aussehen, als ob er sich auf dem Pfade der menschlichen Existenz völlig verirrt und fremd fühlte und sich nur in seiner eigenen Abgeschiedenheit wohl fühlen könnte. Er wandelte daher, soweit es seine Pflichten gestatteten, auf schattigen Nebenwegen, und erhielt sich auf diese Art einfach und kindlich und trat, wenn es an der Zeit war, dann mit einer Frische und einem Duft und einer tauigen Reinheit des Gedankens hervor, welche, wie viele sagten, sie wie die Rede eines Engels berührten.

Solcher Art war der junge Mann, welchen der ehrwürdige Herr Wilson und der Gouverneur so offen vor das Publikum gezogen und ihm geboten hatten, vor aller Ohren über das selbst in seiner Befleckung so heilige Geheimnis einer Frauenseele zu sprechen. Die Schwierigkeit seiner Lage trieb ihm das Blut aus der Wange und ließ seine Lippen erbeben.

»Sprich zu dem Weibe, mein Bruder«, sagte Herr Wilson, »es ist von Wichtigkeit für ihre Seele und daher, wie der verehrte Gouverneur sagt, auch von Wichtigkeit für deine eigene, unter deren Obhut sich die ihre befindet. Ermahne sie, die Wahrheit zu gestehen.«

Ehrwürden Dimmesdale neigte, wie es schien, in stummem Gebete den Kopf und trat sodann vor.

»Esther Prynne«, sagte er, sich über den Balkon beugend und ihr fest in die Augen blickend, »du hörst, was dieser gute Mann sagt, und siehst die Verantwortlichkeit, in welche ich gestoßen werde. Wenn du fühlst, daß es zur Förderung deines Seelenfriedens beiträgt und daß deine irdische Strafe dadurch wirksamer wird, dir die Seligkeit zu erwerben, so gebiete ich dir, den Namen deines Sünden- und Leidensgenossen auszusprechen. Schweige nicht aus mißverstandenem Mitleid und zarter Rücksicht für ihn, denn glaube mir, Esther, daß es, wenn er auch von einem hohen Platze herabsteigen und dort auf deiner Bühne der Schmach neben dir stehen müßte, doch für ihn so besser wäre, als wenn er lebenslang ein sündiges Herz verbergen müßte. Was kann dein Schweigen für ihn tun, als ihn versuchen, ja gewissermaßen zwingen, seine Sünde durch Heuchelei zu vergrößern! Der Himmel hat dir eine offene Schmach gewährt, damit du dadurch einen offenen Triumph über das Böse in deinem Innern und den äußern Schmerz erringen mögest. Besinne dich, ehe du ihm − der vielleicht nicht den Mut hat, diesen selbst zu erfassen −, den bittern, aber heilsamen Kelch verweigerst, welcher jetzt deinen Lippen geboten wird.«

Die Stimme des jungen Pastors war bebend, lieblich, voll, tief und gebrochen. Das Gefühl, welches sie so offen kundgab, ließ sie mehr noch als die direkte Bedeutung der Worte in aller Herzen widerhallen und einte die Zuhörer zu gleicher Teilnahme. Selbst der arme Säugling an Esthers Busen wurde von demselben Einflusse berührt, denn er lenkte seinen bis jetzt ziellosen Blick auf Herrn Dimmesdale und hielt seine kleinen Arme mit halb erfreutem, halb klagendem Lallen in die Höhe. Dem Volke kam die Aufforderung des Geistlichen so mächtig vor, daß es nicht anders glaubte, als daß Esther Prynne den Namen des Schuldigen aussprechen, oder daß dieser selbst, auf welchem hohen oder geringen Platze er auch stehen mochte, durch eine innere, unvermeidliche Notwendigkeit hervorgezogen und gezwungen werden würde, die Bühne zu besteigen.

Esther schüttelte den Kopf.

»Weib, überschreite nicht die Grenzen der Gnade des Himmels!« rief der ehrwürdige Herr Wilson herber als bisher. »Der kleine Säugling ist mit einer Stimme begabt worden, um den Rat, welchen du gehört hast, zu unterstützen und zu bestätigen. Sprich den Namen aus! Dies und deine Reue wird vielleicht bewirken, daß dir der Scharlachbuchstabe von der Brust genommen wird.«

»Nie!« antwortete Esther Prynne, indem sie nicht auf Herrn Wilson, sondern in die tiefen besorgten Augen des jüngeren Geistlichen blickte. »Er ist zu tief eingebrannt, Ihr könnt ihn nicht hinwegnehmen. Und könnte ich doch seine Pein zugleich mit meiner eigenen auf mich nehmen.«

»Sprich, Weib!« sagte kalt und streng eine andere, aus der um das Gerüst versammelten Menge herauftönende Stimme. »Sprich und gib deinem Kinde einen Vater!«

»Ich will nicht sprechen«, erwiderte Esther, jetzt bleich wie der Tod, aber doch dieser Stimme, welche sie nur zu sicher erkannte, antwortend: »Und mein Kind muß einen himmlischen Vater suchen, es soll nie einen irdischen kennen.«

»Sie will nicht sprechen«, murmelte Herr Dimmesdale, der, über den Balkon gebeugt, eine Hand auf seinem Herzen, das Resultat seiner Aufforderung abgewartet hatte. Jetzt trat er mit einem tiefen Atemzuge zurück. »Wundersame Kraft und Großmut eines Frauenherzens! Sie will nicht sprechen!«

Bei der Wahrnehmung der Unlenksamkeit der armen Sünderin begann der ältere Geistliche, welcher sich sorgfältig darauf vorbereitet hatte, an das Volk eine Rede über die Sünde in allen ihren Verzweigungen, aber mit stetem Bezug auf den Schandbuchstaben zu halten. Er betrachtete dieses Symbol die Stunde hindurch so eindringlich, während welcher er seine Sätze über die Häupter des Volkes grollen ließ, daß es in dessen Einbildungskraft neue Schrecken annahm und seine Scharlachfarben von den Flammen des höllischen

Abgrunds zu erhalten schien. Esther Prynne behielt unterdessen ihre Stellung auf der Schandbühne mit verglasten Augen und einer Miene müder Gleichgültigkeit. Sie hatte den Morgen über alles, was die Natur ertragen konnte, gelitten, und da ihr Temperament nicht von der Art war, welche durch eine Ohnmacht einem zu heftigen Leiden entrinnt, so konnte ihr Geist nur unter einer steinernen Kruste von Unempfindlichkeit Schutz suchen, während die Fähigkeiten des animalischen Lebens unvermindert blieben. In diesem Zustande donnerte die Stimme des Predigers unbarmherzig, aber eindrucklos auf ihre Ohren ein. Das Kind durchdrang während des letzten Teiles ihrer Prüfung die Luft mit seinem Jammer und Geschrei. Sie bemühte sich mechanisch, es zur Ruhe zu bringen, schien aber kaum für seine Not Teilnahme zu fühlen. Mit denselben harten Griffen wurde sie ins Gefängnis zurückgeführt und verschwand hinter seiner eisenbeschlagenen Tür den Blicken der Menge. Die ihr nachlugten flüsterten einander zu, daß der Scharlachbuchstabe einen grellen Schein entlang dem dunklen Gang des Inneren geworfen habe.

IV

Die Zusammenkunft

Nach ihrer Rückkehr in das Gefängnis befand sich Esther Prynne in einem Zustande nervöser Erregung, welcher eine beständige Wachsamkeit erforderte, damit sie nicht gewaltsame Hand an sich legen oder dem armen Säugling in ihrer halben Raserei ein Unheil zufügen möge. Als sich der Abend näherte und Meister Brackett, der Kerkermeister, es unmöglich fand, ihren Ungehorsam durch Tadel oder Strafandrohung zu unterdrücken, hielt er es für angemessen, einen Arzt zu bringen. Er beschrieb ihn als einen Mann von Geschicklichkeit in allen christlichen Arten der

Arzneikunst, der aber auch mit dem, was die Wilden in bezug auf heilende Kräuter und Wurzeln, die im Walde wuchsen, lehren konnten, vertraut sei. Die Wahrheit zu gestehen, bedurfte nicht nur Esther sehr des ärztlichen Beistandes, sondern noch dringender das Kind, welches seinen Lebensquell aus der Mutterbrust erhielt und aus ihr alle Aufregung, Qual und Verzweiflung, die die Seele der Mutter durchdrangen, eingesogen zu haben schien. Es wand sich jetzt in Krämpfen der Pein und bot in seiner kleinen Gestalt ein eindrucksvolles Abbild der moralischen Folter, welche Esther Prynne den Tag über erduldet hatte.

In das düstere Gemach trat dicht hinter dem Kerkermeister das Individuum von seltsamem Aussehen, dessen Gegenwart unter der Menge für die Trägerin des Scharlachbuchstabens von so tiefem Interesse gewesen war. Der Mann war im Gefängnis untergebracht worden, nicht weil man ihn im Verdacht irgendeines Vergehens hatte, sondern weil es die bequemste und paßlichste Weise war, über ihn zu verfügen, bis der Magistrat mit den indianischen Häuptlingen über sein Lösegeld verhandelt haben würde. Er wurde unter dem Namen Roger Chillingworth angemeldet. Der Kerkermeister blieb, nachdem er ihn in den Raum gewiesen, noch einen Augenblick über die verhältnismäßige Ruhe, welche seinem Eintreten gefolgt war, verwundert zurück, denn Esther Prynne war augenblicklich totenstill geworden, wiewohl das Kind zu stöhnen fortfuhr.

»Ich bitte Euch, Freund, mich mit meiner Patientin allein zu lassen«, sagte der Heilkünstler. »Glaubt mir, guter Kerkermeister, daß Ihr in kurzem Frieden in Eurem Hause haben werdet, und ich verspreche Euch, daß Frau Prynne späterhin rechtmäßiger Gewalt fügsamer sein wird, als Ihr sie bisher gefunden haben mögt.«

»Nun, wenn Euer Ehren das zuwege bringen kann«, antwortete Meister Brackett, »so werde ich gestehen, daß Ihr wirklich ein Mann von Geschicklichkeit seid. Wahrlich, das Weib ist wie besessen gewesen, und es hat wenig daran gefehlt, daß ich es nicht übernahm, ihr den Satan mit Schlägen auszutreiben.«

Der Fremde war mit der charakteristischen Ruhe des Standes aufgetreten, als zu welchem gehörig er sich bezeichnet hatte. Sein Benehmen veränderte sich auch dann nicht, als die Entfernung des Gefangenenwärters ihn dem Weibe allein gegenüber ließ, dessen unverwandte Aufmerksamkeit auf ihn unter der Menge ein so nahes Verhältnis zwischen ihm und ihr verkündet hatte. Er wendete seine erste Sorge dem Kinde zu, dessen Geschrei, während es in Krämpfen auf dem Rollbette dalag, allerdings nötig machte, alle andern Geschäfte der Aufgabe seiner Beschwichtigung nachzustellen. Er untersuchte es sorgfältig und öffnete sodann ein ledernes Futteral, welches er unter seinem Gewande hervorzog. Es schien Arzneimittel zu enthalten, von denen er eines in einen Becher mit Wasser schüttete.

»Meine frühern Studien in der Alchemie«, bemerkte er, »und mein länger als ein Jahr dauernder Aufenthalt unter einem in den freundlichen Eigenschaften der Heilkräuter gut bewanderten Volke haben mich zu einem bessern Arzt gemacht als viele, welche den medizinischen Doktorhut beanspruchen. Hier, Weib! Das Kind ist dein – ich habe nichts mit ihm zu schaffen ... auch wird es meine Stimme und meinen Anblick nicht als die eines Vaters anerkennen. Gib ihm daher diesen Trank mit deiner eigenen Hand ein.«

Esther stieß das angebotene Arzneimittel zurück, indem sie mit ausdrucksvoller Besorgnis in sein Gesicht blickte.

»Solltest du dich an dem unschuldigen Säugling rächen wollen?« flüsterte sie.

»Törichtes Frauenzimmer!« antwortete der Arzt halb kalt, halb beschwichtigend. »Wie sollte es mich ankommen, diesem ehrlosen und elenden Kinde ein Leid zuzufügen? Die Arznei ist von kräftiger guter Wirkung, und wär es mein Kind, mein eigenes, so wie es deines ist, so könnte ich ihm nichts Besseres geben.«

Da sie immer noch zauderte, indem sie sich allerdings in keinem vernünftigen Geisteszustande befand, nahm er das Kind auf seine Arme und gab ihm selbst den Trank ein. Der bewies bald seine Wirksamkeit und erfüllte das Versprechen des Arztes. Das Stöhnen des kleinen Patienten legte sich, seine Zuckungen hörten allmählich auf, und nach wenigen Augenblicken versank er, wie es bei sehr jungen Kindern nach einer Befreiung von Schmerz gewöhnlich ist, in einen tiefen Schlummer. Der Heilkünstler, wie man ihn mit gutem Rechte nennen konnte, wendete jetzt der Mutter seine Aufmerksamkeit zu. Er fühlte ihr ruhig und aufmerksam forschend den Puls, blickte in ihre Augen – ein Blick, bei dem ihr Herz zusammenzuckte und schauderte, weil er ihr so vertraut und doch so fremd und kalt war, – und ging endlich, sobald er in seinen Forschungen zu einem Resultate gelangt war, daran, einen zweiten Trank für sie zu mischen.

»Ich kenne weder Lethe noch Nepenthes«, bemerkte er, »aber ich habe in der Wildnis viele neue Geheimnisse gelernt, und hier ist eines davon, ein Rezept, welches mir ein Indianer zur Vergeltung für einige Belehrungen, die so alt wie Paracelsus waren, gegeben hat. Trink! Es mag wohl weniger beruhigend sein als ein sündloses Gewissen. Das kann ich dir nicht geben! Aber es wird deine Leidenschaft beruhigen wie auf die Wellen einer stürmischen See geschüttetes Öl.«

Er reichte den Becher, und Esther nahm ihn mit einem langen, eindringlichen Blick in sein Gesicht an – nicht gerade einem Blicke der Furcht, aber doch des Zweifels und der Frage, was wohl seine Absicht sein möge. Auch ihr schlummerndes Kind betrachtete sie.

»Ich habe an den Tod gedacht«, sagte sie, ». . . habe ihn gewünscht . . . würde selbst darum gebetet haben, wär es recht, daß eine wie ich überhaupt beten dürfte. Sollte aber der Tod in diesem Becher sein, so bitte ich dich, dich noch einmal zu bedenken, ehe du mich ihn leeren lässest. Sieh! Schon ist er an meinen Lippen!«

»Nun trink schon«, antwortete er mit der früheren kalten Fassung. »Kennst du mich so wenig, Esther Prynne? Sind meine Absichten sonst so seicht? Könnte ich, selbst wenn ich einen Racheplan vorhabe, für meinen Zweck etwas Besseres tun, als dich leben zu lassen ... als dir Arzneien gegen alles Unheil und jede Gefahr des Lebens zu geben, damit diese brennende Schmach auf deinem Busen fortlodern möge?« Bei diesen Worten legte er seinen langen Zeigefinger auf den Scharlachbuchstaben, welcher sich sofort in Esthers Brust einzubrennen schien, als ob er glühend wäre. Er bemerkte ihre unwillkürliche Bewegung und lächelte. »Drum lebe und trage dein Urteil mit dir in den Augen von Mann und Weib – vor den Augen desjenigen, den du deinen Gatten genannt hast ..., vor den Augen jenes Kindes mit dir umher! Und damit du leben mögest, so nimm diesen Trank.«

Esther Prynne leerte ohne weitere Einwendungen oder Zögerung den Becher und setzte sich auf einen Wink des Heilkünstlers auf das Bett, wo das Kind schlummerte, während er den einzigen Stuhl, welchen der Raum enthielt, heranzog und sich neben ihr niedersetzte. Sie konnte sich eines Bebens bei diesen Vorbereitungen nicht enthalten, denn sie fühlte, daß er, nachdem er alles getan hatte, was ihm Menschlichkeit oder Grundsatz oder vielleicht selbst eine verfeinerte Grausamkeit zur Erleichterung der physischen Leiden zu tun antrieb, jetzt im Begriff stand, mit ihr als der Mann zu sprechen, welchen sie auf das tiefste und unwiederbringlichste verletzt hatte.

»Esther«, sagte er, »ich frage nicht, weshalb oder wie du in den Pfuhl gefallen, oder sagen wir lieber zum Pranger aufgestiegen bist, wo ich dich fand. Der Grund braucht nicht weit gesucht zu werden. Es war meine Torheit und deine Schwäche. Ich, ein Mann des Gedankens, der Bücherwurm großer Bibliotheken, ein schon dem Verwelken naher Mann, der seine besten Jahre dahingegeben hatte, um den hungrigen Traum der Erkenntnis zu nähren – was hatte ich mit Jugend und Schönheit wie der deinen zu schaffen! Wie konnte ich von meiner Geburtsstunde an Verunstalteter mich mit der Idee verblenden, daß intellektuelle Gaben in der Phantasie eines jungen Mädchens die physische Mißgestalt verschleiern konnten! Die Menschen nennen mich weise. Wären die Weisen je für sich selbst klug gewesen, so hätte ich alles dies vorhersehen können. Ich hätte wissen können, daß, als ich aus den weiten, düstern Wäldern kam und in diese christliche Ansiedlung trat, der erste Gegenstand, welcher sich meinen Augen bot, du selbst sein würdest, Esther Prynne, als Statue der Schande vor dem Volke, – ja, von dem Augenblicke an, wo wir zusammen die alten Kirchenstufen als Ehepaar herabkamen, hätte ich das Signalfeuer dieses Scharlachbuchstabens am Ende unseres Pfades lodern sehen können.«

»Du weißt«, sagte Esther – denn so gedrückt sie auch war, konnte sie doch diesen letzten, ruhigen Stich nach dem Zeichen ihrer Schande nicht ertragen –, »du weißt, daß ich gegen dich offen gewesen bin. Ich habe weder Liebe gefühlt noch sie geheuchelt.«

»Wohl wahr«, antwortete er; »es war meine Torheit! Ich sagte es schon. Aber bis zu jenem Einschnitt meines Lebens hatte ich vergeblich gelebt. Die Welt war so freudlos gewesen. Mein Herz war eine zur Aufnahme vieler Gäste hinreichend große Wohnung, aber einsam und eisig und von keinem häuslichen Feuer erwärmt. Ich sehnte mich, ein solches anzuzünden. Es schien mir kein so phantastischer Traum zu sein, so alt und mürrisch und mißgestaltet ich auch war, daß das einfache Glück mir noch zuteil werden könnte, welches nah und fern verstreut ist, so daß es alle Menschen aufgreifen können. Und so, Esther, zog ich dich in mein Herz, in sein innerstes Gemach, und suchte dich zu wärmen an der Wärme, welche deine Gegenwart dort gab!«

»Ich habe dir großes Unrecht zugefügt«, murmelte Esther.

»Wir haben einander Unrecht zugefügt«, antwortete er. »Ich tat dir zuerst Unrecht, als ich deine knospende Jugend zu einer falschen und unnatürlichen Verbindung mit meinem welkenden Alter verlockte. Als Mann, der nicht umsonst gedacht und philosophiert hat, suche ich daher keine Rache, sinne auf nichts Böses gegen dich. Zwischen dir und mir hängt die Waagschale im Gleichgewicht, aber, Esther, es gibt einen Mann, der gegen uns beide gesündigt hat! Wer ist er?«

»Frage mich nicht«, antwortete Esther Prynne, ihm fest ins Gesicht blickend, »das wirst du nie erfahren.«

»Niemals, sagst du?« entgegnete er mit einem hintergründigen und selbstsicheren Wissen. »Ihn niemals kennen! Glaub mir, Esther, es gibt wenige Dinge, sei es nun in der äußeren Welt oder bis zu einer gewissen Tiefe in der unsichtbaren Sphäre des Gedankens –, wenige Dinge, die dem Manne verborgen bleiben, welcher sich ernstlich und rückhaltlos der Lösung eines Geheimnisses widmet. Du magst dein Geheimnis vor der spähenden Menge verhehlen, du kannst es auch vor den Geistlichen und den Gesetzeshütern verbergen, wie du es heute getan hast, wo sie den Namen aus deinem Herzen hervorreißen und dir einen Partner auf dem Pranger geben wollten. Was aber mich betrifft, so komme ich mit anderen Sinnen, als jene besitzen, zu der Untersuchung. Ich werde diesen Mann suchen, wie ich in den Büchern die Wahrheit, wie ich in der Alchemie das Gold gesucht habe. Es gibt eine Sympathie, die mich ihn ahnen lassen wird. Ich werde ihn zittern sehen, ich werde plötzlich und unerwartet einen Schauder fühlen. Früher oder später muß er mein werden.«

Die Augen des runzeligen Gelehrten glühten sie so tief eindringend an, daß Esther Prynne ihre Hände über ihr Herz schlug in der Furcht, er möchte das Geheimnis dort sogleich entziffern.

»Du willst seinen Namen nicht offenbaren. Nichtsdestoweniger ist er mein«, fuhr er mit einem zuversichtlichen Blicke fort, als ob das Schicksal mit ihm einig wäre. »Er trägt auf seinem Gewande keinen Schandbuchstaben eingewirkt wie du, aber ich werde ihn auf seinem Herzen lesen. Hab aber keine Furcht um ihn! Denke nicht, daß ich mich in die Vergeltung des Himmels mische oder ihn zu meinem eigenen Verluste in die Klauen des menschlichen Gesetzes liefern werde. Ebensowenig meine, daß ich etwas gegen sein Leben oder auch nur gegen seinen Ruf unternehmen werde, wenn er, wie ich glaube, ein Mann von guter Reputation ist. Er mag leben! Er mag sich unter äußeren Ehren verbergen, wenn er kann! Nichtsdestoweniger soll er mein sein!«

»Deine Taten sehen nach Barmherzigkeit aus«, sagte Esther verwirrt und schaudernd, »aber deine Worte legen sie mit Schrecken aus.«

»Eines muß ich dir, die du mein Weib warst, noch auferlegen,« fuhr der Gelehrte fort. »Du hast das Geheimnis deines Liebhabers bewahrt; bewahre auch das meine. Es gibt in diesem Lande keinen, der mich kennt. Verrate keiner Menschenseele je mit dem leisesten Hauche, daß du mich je Gatte genannt hast. Hier an diesem wilden Saume der Erde werde ich mein Zelt aufschlagen, denn anderweits bin ich ein Wanderer und von menschlichen Interessen abgesondert. Hier aber finde ich ein Weib, einen Mann und ein Kind, zwischen denen und mir die engsten Bande vorhanden sind, gleichviel, ob sie der Liebe oder dem Haß, gleichviel, ob sie dem Recht oder Unrecht ihren Ursprung verdanken. Du mit den Deinen, Esther Prynne, gehörst mir. Mein Heim ist, wo du bist und wo er ist, aber du verrate mich nicht.«

»Weshalb verlangst du das?« fragte Esther, die, ohne daß sie selbst wußte, warum, vor diesem geheimen Bunde zurückschauderte; »warum willst du dich nicht offen verkünden und mich ohne weiteres verstoßen?«

»Vielleicht«, erwiderte er, »weil ich nicht die Unehre ertragen will, welche den Ehemann eines treulosen Weibes besudelt; vielleicht auch aus anderen Gründen. Genug, es ist meine Absicht, unerkannt zu leben und zu sterben. Dein Gatte möge daher für die Welt bereits ein Toter sein, von dem nie wieder Nachricht einlaufen wird. Erkenne mich weder durch Worte noch durch Zeichen noch durch Blicke. Verrate vor allem das Geheimnis nicht dem Manne, von dem du weißt. Solltest du mich hierin im Stiche lassen, so hüte dich. Sein Ruf, seine Stellung, sein Leben werden in meinen Händen liegen. Hüte dich!«

»Ich will dein Geheimnis bewahren wie das seine«, sagte Esther.

»Schwöre!« entgegnete er.

Und sie schwur.

»Und nun, Frau Esther Prynne«, sagte der alte Roger Chillingworth, wie er von nun an genannt wurde, »nun laß ich dich allein, allein mit deinem Kinde und dem Scharlachbuchstaben! Wie ist es, Esther? Zwingt dich dein Urteil, das Zeichen auch beim Schlafen zu tragen? Fürchtest du dich nicht vor dem Alb und vor häßlichen Träumen?«

»Warum lächelst du mich so an?« fragte Esther, von dem Ausdruck seiner Augen beunruhigt. »Bist du wie der schwarze Mann, der in dem uns umgebenden Walde spukt? Hast du mich zu einem Bunde verlockt, der meine Seele verderben wird?«

»Nicht deine Seele«, antwortet er mit einem abermaligen Lächeln, »nein, nicht die deine.«

V

Esther mit der Nadel

Esther Prynnes Gefangenschaft war jetzt zu Ende. Die Gefängnistür wurde ihr geöffnet, und sie trat heraus in den Sonnenschein, der, obwohl er auf alle ohne Unterschied fällt, ihrem Herzen in seiner krankhaften Empfindlichkeit zu keinem andern Zwecke da zu sein schien, als um ihren Scharlachbuchstaben auf ihrer Brust zu offenbaren. Vielleicht lag mehr wahre Folter in ihren ersten unbegleiteten Schritten von der Schwelle des Gefängnisses aus, als selbst in der Prozession und dem Schauspiele, welche wir beschrieben haben und worin sie zu der verkörperten Schmach gemacht wurde, zu welcher man alle Menschen herbeirief, um mit Fingern auf sie zu deuten. Damals war sie durch eine unnatürliche Anspannung der Nerven und die ganze kampfbereite Energie ihres Charakters unterstützt worden, die sie fähig machten, die Szene in eine Art schaurigen Triumph zu verwandeln. Überdies war es ein besonders isoliertes Ereignis, das nur einmal im Laufe ihres Lebens vorkommen und zu dessen Bekämpfung sie daher ohne Rücksicht auf Sparsamkeit die ganze Lebenskraft einsetzen konnte, welche für viele ruhige Jahre ausgereicht hätte. Gerade das Gesetz, welches sie verurteilt – ein Riese von strengen Zügen, der aber in seinen eisernen Armen sowohl die Kraft zu unterstützen wie die zu vernichten besaß –, hatte sie bei der furchtbaren Prüfung ihrer Schmach aufrechterhalten. Jetzt aber, mit diesem unbegleiteten Gange von ihrer Gefängnistür aus, begann die tägliche Gewohnheit, und sie mußte es entweder durch die gewöhnlichen Hilfsquellen ihrer Natur ertragen und weiterführen oder darunter zusammenbrechen. Sie konnte nicht mehr bei der Zukunft Anleihen machen, um ihre gegenwärtige Not damit zu überwinden. Das Morgen mußte wieder seine eigene Prüfung mitbringen, der darauf folgende Tag ebenfalls und der nach diesem kommende wieder, ein jeder seine eigene Prüfung und doch gerade dieselbe, welche jetzt so unaussprechlich schwer zu tragen war. Die Tage der fernen Zukunft würden sich vorwärts mühen und jeder wieder die gleiche Last mitbringen, welche sie aufheben und weiterschleppen mußte, aber niemals niederwerfen durfte, denn die auflaufenden Tage und aufgebürdeten Jahre sollten ihr Elend auf die Wucht der Schande häufen. Immerwährend sollte sie ihre Individualität aufgeben und das allgemeine Symbol werden, auf welches der Prediger und Moralist deuten und an welchem sie ihre Bilder von der Schwäche und den sündigen Leidenschaften des Weibes verkörpern und beleben konnten. So auf sie zu schauen würde man die Jungen und Reinen lehren, mit dem auf ihrer Brust flammenden Scharlachbuchstaben; sie, das Kind ehrbarer Eltern, sie, die Mutter eines Kindes, welches dereinst ebenfalls ein Weib werden sollte, sie, die einst unschuldig gewesen war – jetzt aber die gestaltgewordene, verkörperte, verwirklichte Sünde, und noch auf ihrem Grabe würde die Schande, die sie dorthin zu schleppen hätte, ihr einziges Denkmal sein.

Es wird vielleicht wunderbar erscheinen, daß jenes Weib, welches die Welt vor sich hatte – welches durch keine bindende Klausel seines Urteils innerhalb der Grenzen der so abgelegenen und wenig bekannten puritanischen Niederlassung festgehalten wurde, dem es freistand, nach seinem Geburtsorte oder irgendeinem anderen europäischen Lande zurückzukehren und dort seinen Charakter und seine Identität so vollständig unter einem neuen Äußeren zu verbergen, als ob es in ein neues Leben träte –, dem überdies die Pfade des dunkeln, unerforschlichen Waldes offen standen, wo sich die Wildheit seiner Natur mit einem Volke assimilieren konnte, dessen Sitten und Lebensweise dem Gesetze, wodurch es verurteilt worden, fremd waren –, es mag wunderbar erscheinen, daß dieses Weib noch den

Ort, an welchem – und an welchem ausschließlich – es notwendigerweise das Sinnbild der Schande sein müßte, seine Heimat nannte. Aber es gibt ein Schicksal, ein so unwiderstehliches und unvermeidliches Gefühl, daß es die Kraft einer Vorherbestimmung hat, und welches fast stets den Menschen zwingt, in der Nähe des Ortes zu verweilen und gespensterartig denselben heimzusuchen, wo irgendein großes, eingreifendes Ereignis seinem Leben seine Färbung verliehen hat, und welches desto unwiderstehlicher wird, je dunkler die Färbung ist, welche es trübt. Ihre Sünde, ihre Schande waren die Wurzeln, welche sie in den Boden getrieben hatte; es war, als ob eine neue Geburt mit stärkeren Assimilationen als die erste das für jeden anderen Pilger und Wanderer noch immer so unfreundliche Waldland in Esther Prynnes wilde und öde, aber lebenslängliche Heimat verwandelt habe. Alle anderen Plätze der Erde, selbst das Dörfchen im ländlichen England, wo eine glückliche Kindheit und eine fleckenlose Mädchenzeit noch in der Verwahrung ihrer Mutter zu sein schienen, wie schon längst abgelegte Kleider, waren ihr dagegen fremd. Die Kette, die sie hier festhielt, bestand aus eisernen Gliedern und drückte sie bis in die Seele wund, konnte aber nie gebrochen werden.

Überdies konnte es sein – und ohne Zweifel war es auch so, obgleich sie das Geheimnis vor sich selbst verbarg und erbleichte, wenn es sich aus ihrem Herzen hervordrängte wie eine Schlange aus ihrer Höhle –, es konnte sein, daß noch ein anderes Gefühl sie in den Umgebungen und auf dem Pfade festhielt, welche ihr so verderblich gewesen waren. Hier wohnte, hier weilte der Fuß eines Menschen, mit dem sie sich in einer Verbindung für verknüpft hielt, die sie, wenn auch auf Erden nicht anerkannt, doch zusammen vor die Schranken des letzten Gerichts bringen und diese zu ihrem Trauungsaltar für eine gemeinsame Zukunft einer Sühne ohne Ende machen würde. Wieder und immer wieder hatte der Versucher der Seelen diesen Gedanken vor

Esthers inneres Auge gedrängt und über die leidenschaftliche, verzweifelte Freude gelacht, womit sie ihn ergriff und sodann von sich zu werfen suchte. Sie blickte dem Gedanken kaum ins Gesicht und beeilte sich, ihn in ihrem Kerker einzuschließen. Was sie sich selbst zu glauben zwang, was sie sich endlich als ihren Beweggrund zum fortdauernden Aufenthalt in Neu-England einredete, war halb eine Wahrheit, halb ein Selbstbetrug. Hier, sagte sie sich, sei der Ort ihrer Schuld gewesen, hier sollte auch der Ort ihrer irdischen Strafe sein, damit vielleicht die Folter ihrer täglichen Schmach endlich ihre Seele reinige und eine andere Reinheit als die von ihr verlorene, eine heiligere Reinheit herbeiführe, weil sie das Resultat eines Märtyrertums war.

Esther Prynne floh daher nicht. Am äußersten Ende der Stadt, noch innerhalb der Halbinsel, aber nicht in der Nähe irgendeiner andern Wohnung, befand sich ein kleines, mit Stroh bedecktes Haus. Es war von einem früheren Ansiedler erbaut und wieder verlassen worden, weil der Boden ringsum zum Anbau zu unfruchtbar war, während seine leidliche Abgeschiedenheit es außerhalb der Sphäre jener zwischenmenschlichen Beziehungen liegen ließ, die schon damals die Gewohnheiten der Auswanderer bestimmte. Es stand am Strande und schaute über eine Bucht des Meeres hinweg auf die westlichen, mit Wald bekleideten Hügel. Eine Gruppe von strauchartigen Bäumen, der einzige Bewuchs der Halbinsel, verbarg nicht so sehr die Hütte vor dem Blicke, als daß sie anzuzeigen schien, daß hier eine Sache sei, die sich gern verborgen hätte oder doch wenigstens besser verborgen geblieben wäre. In dieser kleinen, einsamen Behausung richtete sich Esther mittels eines geringen Vermögens, das sie besaß, und mit Erlaubnis des Magistrats, welcher immer noch eine inquisitorische Aufsicht über sie bewahrte, mit ihrem Kinde ein. Unmittelbar darauf begann sich auch ein geheimnisvoller Schatten von Argwohn an die Stelle zu heften. Kinder, die noch zu jung waren, um zu begreifen, weshalb diese Frau aus der Sphäre menschlicher Wohltaten ausgeschlossen blieb, krochen nahe genug, um zu sehen, wie die Frau am Fenster die Nadel spielen ließ oder unter der Tür stand oder in dem kleinen Garten arbeitete oder auf dem Pfade, welcher stadtwärts führte, herankam; und sie sprangen, sobald sie den Scharlachbuchstaben auf ihrer Brust unterscheiden konnten, mit einer seltsamen, ansteckenden Furcht davon.

So einsam auch Esthers Lage war, und wenn sie auch keinen Freund auf Erden besaß, welcher für sie aufzutreten gewagt hatte, so war sie doch nicht in Gefahr, Mangel zu leiden. Sie kannte eine Kunst, die selbst in einem Lande, welches verhältnismäßig nur geringen Spielraum zu ihrer Ausübung bot, hinreichend war, um ihr aufwachsendes Kind und sich selbst zu ernähren. Es war die Kunst der Nadelarbeit, damals wie noch jetzt fast die einzige, die eine Frau ergreifen konnte. Sie trug auf ihrer Brust an dem schöngestickten Buchstaben eine Probe ihrer zarten, phantasiereichen Geschicklichkeit, welcher sich die Damen eines Hofes mit Freuden bedient hätten, um ihren seidenen und goldenen Stoffen den reicheren und geistigeren Schmuck der menschlichen Erfindungsgabe zuzufügen. Hier bei der dunklen Einfachheit, welche die puritanische Kleidermode zu charakterisieren pflegte, war der Bedarf an feineren Produkten ihrer Hände weniger häufig; aber der Geschmack des Zeitalters, welcher bei Dingen dieser Art das Künstliche und Mühsame verlangte, verfehlte nicht, seinen Einfluß über unsere strengen Vorfahren auszudehnen, die so viele Moden, deren sich zu entäußern schwerer erscheinen mochte, hinter sich geworfen hatten. Die öffentlichen Zeremonien, wie z. B. Ordinationen, die Einführung von Magistratspersonen und alles, was den Formen, worin sich eine neue Regierung dem Volke kundgab, Majestät verleihen konnte, wurden als Sache bewußter Politik durch ein stattliches, gut ausgeführtes Zeremoniell und einen düsteren, aber doch einstudierten Prachtaufwand bezeichnet. Breite Kragen, auf das feinste gearbeitete Manschetten und prächtig gestickte Handschuhe galten als für die offizielle Erscheinung derjenigen, welche die Zügel der Macht in die Hand nahmen, notwendig und wurden gern durch Rang oder Reichtum ausgezeichneten Individuen erlaubt, selbst während die Aufwandsgesetze dem Plebejerstande diese und ähnliche Verschwendungen verboten. Auch bei der Anordnung der Leichenbegängnisse – sowohl für die Kleidung der Leiche als um die verschiedenartigsten emblematischen Anwendungen von schwarzem Tuch und schneeweißem Musselin den Schmerz der Überlebenden zu versinnbildlichen – gab es ein häufiges charakteristisches Bedürfnis von Arbeiten, wie sie Esther Prynne liefern konnte. Auch das Kinderzeug – denn damals trugen die Säuglinge schon Staatsgewänder – gewährte eine Aussicht auf Arbeit und Verdienst.

Allmählich, und zwar nicht eben langsam, kamen ihre Arbeiten, wie man es jetzt nennen würde, in die Mode. Sei es nun aus Mitleid für ein Weib von so unglücklichem Schicksal oder aus der krankhaften Neugier, welche selbst gewöhnlichen oder wertlosen Dingen einen eingebildeten Wert verleiht, oder aus irgendeinem andern ungreifbaren Umstande, der damals wie jetzt hinreichend war, um manchen Personen das zu gewähren, was andere vergebens suchen mochten, oder weil Esther wirklich eine Lücke ausfüllte, welche sonst hätte leer bleiben müssen, kurz, sie hatte hinreichende und billig vergütete Beschäftigung für so viele Stunden, als sie mit Nadelarbeit auszufüllen gedachte. Vielleicht wollte sich die Eitelkeit eine Buße bereiten, indem sie bei Prunk und Staatszeremonien die Gewänder anlegte, welche ihre sündigen Hände gearbeitet hatten. Ihre Nadelarbeit war an der Krause des Gouverneurs zu sehen, Bürgerwehr trug sie an ihren Schärpen und der Prediger an seinem Beffchen, sie zierte das Mützchen des Säuglings, sie wurde in die Särge der Toten verschlossen, um dort zu verwesen und zu vermodern. Es wird aber kein einziger Fall berichtet, wo ihre Geschicklichkeit benutzt worden wäre, um den weißen Schleier zu sticken, welcher das reine Erröten einer Braut verhüllen sollte. Diese Ausnahme zeigte die unermüdliche Wachsamkeit, mit welcher die Gesellschaft ihre Sünde verdammte.

Esther bemühte sich nicht, mehr zu erwerben als einen Lebensunterhalt der einfachsten und asketischsten Art für sich und eine einfache Fülle für ihr Kind. Ihre eigene Kleidung war von dem gröbsten Stoff und der dunkelsten Färbung mit nur dem einen Zierat: dem Scharlachbuchstaben, welchen zu tragen ihr Urteil gebot. Die Kleidung des Kindes zeichnete sich dagegen durch eine phantasiereiche, oder wir möchten lieber sagen eine phantastische Erfindung aus, die zwar den luftigen Zauber erhöhte, welcher sich frühzeitig an dem kleinen Mädchen zu entwickeln begann, aber auch eine tiefere Bedeutung zu haben schien. Wir werden später wohl noch darüber sprechen. Außer diesem kleinen Aufwand für das Herausputzen ihres Kindes verwendete Esther alle ihre überflüssigen Mittel zu Almosen für Unglückliche, die weniger elend waren als sie und nicht selten die sie nährende Hand schmähten. Einen großen Teil der Zeit, welche sie leicht auf die bessere Ausübung ihrer Kunst hätte verwenden können, benutzte sie zur Anfertigung von groben Kleidungsstücken für die Armen. Es ist wahrscheinlich, daß sie bei dieser Art der Beschäftigung eine Idee von Buße hatte und daß sie ein wirkliches Opfer des Genusses darbrachte, indem sie so viele Stunden auf eine so rauhe Arbeit verwendete. Sie hatte in ihrer Natur eine reiche, üppige, orientalische Eigenart – einen Geschmack an dem prachtvoll Schönen, welcher außer in den köstlichen Hervorbringungen ihrer Nadel in dem ganzen Umfange ihres Lebens keinen Raum zur Entwicklung fand. Die Frauen finden ein dem andern Geschlechte unbegreifliches Vergnügen in der zarten Arbeit der Nadel. Für Esther war sie vielleicht eine Art des Ausdrucks und daher vielleicht die Beschwichtigung der Leidenschaft ihres Lebens. Gleich allen andern Freuden verwarf sie auch diese als Sünde. Diese krankhafte Einmischung des Gewissens in unwesentliche Dinge bewies, wie wir fürchten müssen, keine echte, wankellose Bußfertigkeit, sondern etwas Zweifelhaftes, etwas, das darunter zutiefst unrecht sein konnte.

Auf diese Weise kam es, daß Esther Prynne in der Welt eine Rolle zu spielen hatte. Bei der angeborenen Charakterenergie und seltenen Fähigkeit, welche sie besaß, konnte sie jene nicht völlig abwerfen, obgleich sie ihr ein Zeichen aufgedrückt hatte, welches für das Herz eines Weibes unerträglicher war als das Mal auf Kains Stirn. Bei ihrem ganzen Verkehr mit der Gesellschaft kam jedoch nichts vor, was ihr das Gefühl verliehen hätte, als ob sie zu derselben gehörte. Jede Gebärde, jedes Wort und selbst das Schweigen jener, mit welchen sie in Berührung kam, ließen ahnen und drückten sogar oft aus, daß sie verbannt und ebenso allein sei, als ob sie einen andern Planeten bewohne oder mit der gemeinen Natur durch andere Organe und Sinne als die übrigen Menschen verbunden sei. Sie war von den Interessen der Sterblichen abgesondert und doch dicht neben ihnen wie ein Geist, welcher den heimischen Herd wieder besucht und sich nicht mehr sichtbar oder fühlbar machen, nicht mehr mit der Freude der Haushaltung lächeln, nicht mehr mit dem verwandten Kummer trauern kann, oder wenn es ihm gelingen sollte, seine verbotene Teilnahme kundzugeben, nur Schrecken und furchtbaren Widerwillen erweckt. Diese Empfindungen und überdies die bitterste Verachtung schienen das einzige zu sein, was sie noch im Herzen der Menge bewahrte. Es war kein Zeitalter feiner Empfindungen, und ihre Stellung wurde, wiewohl sie sie vollkommen begriff und nur geringe Gefahr lief, sie zu vergessen, oft durch die rauheste Berührung der zartesten Stellen wie eine neue Qual vor das lebhafte Bewußtsein ihrer selbst gebracht. Die Armen, wie schon gesagt, welche sie aufsuchte, um ihnen wohlzutun, schmähten oft die Hand, welche ausgestreckt wurde, um sie zu unterstützen. Damen von hohem Range, in deren Tür sie trat, wenn es ihre Beschäftigung so mit sich brachte, waren ebenfalls gewohnt, Tropfen der Bitterkeit in ihr Herz fließen zu lassen, zuweilen durch die Alchemie ruhiger Malice, womit die Frauen aus gewöhnlichen Kleinigkeiten ein feines Gift zusammenkochen können, zuweilen auch durch einen gröbern Ausdruck, der auf die ungeschützte Brust der Leidenden fiel, wie ein schwerer Schlag auf eine eiternde Wunde. Esther hatte sich lange und gut geschult: sie antwortete auf diese Angriffe nie durch anderes als eine purpurne Röte, welche unwiderstehlich auf ihre bleiche Wange stieg und wieder in die Tiefen ihrer Brust versank. Sie war geduldig, eine wahre Märtyrerin, aber sie enthielt sich des Gebets für ihre Feinde, damit sich nicht, trotz ihres Wunsches zu verzeihen, die Worte der Segnung hartnäckig in einen Fluch verkehrten.

Immerfort und auf tausenderlei Weise fühlte sie das Herzklopfen der Pein ohne Unterlaß, das ihr von dem unvergänglichen, allzeit tätigen Urteilsspruch des puritanischen Tribunals so ausgeklügelt zugedacht worden war. Geistliche blieben auf der Straße stehen, um Worte der Ermahnung an sie zu richten, die einen Auflauf von Menschen mit seinem Gemisch von Spottlächeln und Stirnrunzeln um das arme sündige Weib versammelten. Wenn sie in eine Kirche trat und das Sonntagslächeln des Vaters aller zu teilen hoffte, so war es oft ihr Mißgeschick, zu finden, daß sie selbst den Text der Rede abgab. Allmählich begann sie vor Kindern Furcht zu hegen, da sie von ihren Eltern eine unbestimmte Vorstellung von etwas Entsetzlichem an diesem einsamen Weibe einsogen, welches so stumm und nie mit andern Gefährten als einem einzigen Kinde durch die Stadt glitt. Sie ließen sie daher zuerst vorüber und verfolgten sie dann aus der Ferne mit schrillem Geschrei und dem Nachrufen eines Wortes, welches für ihr eigenes Bewußtsein keine klare Bedeutung besaß, aber für Esther um so furchtbarer war, weil es von Lippen kam, die es nachschwatzten. Das alles schien eine so weite Verbreitung ihrer Schmach zu beweisen, daß die ganze Natur davon wußte. Es hätte ihr keinen tiefern Schmerz bereiten können, wenn das Laub an den Bäumen sich die düstere Geschichte zugeflüstert, wenn das Sommerlüftchen davon gemurmelt, wenn der Wintersturm sie laut ausgeschrien hätte. Eine andere eigentümliche Folter lag in dem Blicke eines neuen Auges. Schauten Fremde mit Neugier auf den Scharlachbuchstaben – und niemals verfehlte einer dies zu tun –, so brannten sie ihn frisch in Esthers Seele ein; so daß sie sich zuweilen kaum enthalten konnte, sich aber doch stets enthielt, das Symbol mit ihrer Hand zu bedecken. Dann aber hatte auch wieder ein kühles, vertrautes Auge seine eigene Pein aufzuerlegen. Sein kaltes bekanntes Gaffen war unerträglich. Ja, von Anfang bis zu Ende hatte Esther Prynne stets die entsetzliche Qual zu erleiden, daß sie ein menschliches Auge auf dem Zeichen fühlte. Die Stelle wurde nie unempfindlich, es schien sogar, als ob sie durch die tägliche Folter reizbarer werde.

Aber zuweilen in vielen Tagen oder vielleicht in vielen Monaten einmal fühlte sie ein Auge, ein menschliches Auge, auf dem schmählichen Brandmale, und es schien ihr eine vorübergehende Erleichterung zu gewähren, als ob die Hälfte ihrer Pein geteilt werde. Im nächsten Augenblicke strömte sie völlig wieder zurück und fügte ihr eine noch tiefere Qual zu, denn in diesem kurzen Zwischenraum hatte sie von neuem gesündigt. Hatte Esther allein gesündigt?

Ihre Einbildungskraft war einigermaßen von der eigentümlichen einsamen Folter ihres Lebens angegriffen und würde es noch mehr gewesen sein, hätte sie weichere moralische und intellektuelle Fasern besessen. Wenn sie mit ihren einsamen Schritten in der kleinen Welt, mit welcher sie äußerlich verbunden war, her und hin ging, kam es ihr zuweilen vor – war es auch ganz Phantasie, so besaß es doch zu viele Kraft, um Widerstand dagegen leisten zu können –, sie fühlte oder glaubte also zuweilen, daß der Scharlachbuchstabe ihr einen neuen Sinn verliehen habe. Es schauderte ihr bei dem Glauben, und doch konnte sie sich desselben nicht enthalten, daß er ihr eine sympathetische Kenntnis der verborgenen Sünde in dem Herzen anderer verleihe. Sie wurde von Entsetzen über die ihr so zuteil werdenden Enthüllungen ergriffen. Was waren sie? Konnten sie etwas anderes sein als das hinterlistige Flüstern des bösen Engels, der das widerstrebende Weib, bis jetzt nur halb sein Opfer, zu gern überredet hätte, daß die äußere Hülle der Reinheit nur eine Lüge sei und daß, müßte überall die Wahrheit gezeigt werden, mancher andere als Esther Prynne den Scharlachbuchstaben auf seiner Brust flammen sehen würde? Oder mußte sie diese ihr dunkeln und doch so lebhaften Andeutungen als Wahrheit nehmen? In ihrer ganzen unglückseligen Erfahrung gab es nichts Furchtbareres und Abscheu Erregenderes als dieses Gefühl. Es verwirrte und entsetzte sie durch das unehrerbietige Unpassende der Anlässe, das es zu lebhafter Tätigkeit brachte. Zuweilen ließ die rote Schmach auf ihrer Brust ein sympathetisches Pochen fühlen, wenn sie an einem ehrwürdigen Geistlichen oder einer Magistratsperson vorüberkam, zu der jene altertümliche Zeit voller Ehrerbietung als Muster der Frömmigkeit und Gerechtigkeit wie zu einem mit Engeln in Gemeinschaft stehenden Sterblichen emporblickte. ›Welches schlimme Ding ist in der Nähe?‹ pflegte Esther zu sich zu sagen, und wenn sie ihre widerstrebenden Augen erhob, so war nichts Menschliches sichtbar als die Gestalt dieses irdischen Heiligen. Dann wieder machte sich eine mystische Schwesterschaft schmählich bemerkbar, wenn sie dem scheinheiligen Stirnrunzeln einer Matrone begegnete, die, wie alle Zungen behaupteten, ihr Leben lang kalten Schnee in ihrer Brust bewahrt hatte. Jener Schnee in der Matrone Busen, auf den nie ein Sonnenschein gefallen war, und die brennende Schmach auf der Brust Esther Prynnes – was hatten die beiden miteinander gemein? Oder ein anderes Mal verkündete ihr das elektrisierende Zucken: siehe da, Esther, hier ist eine Genossin! Und wenn sie aufblickte, entdeckte sie die Augen eines jungen Mädchens, welches scheu und verstohlen auf den Scharlachbuchstaben blickte und sich schnell wieder mit einem schwachen, kühlen Purpur auf den Wangen abwendete, als ob ihre Reinheit durch die rasche Betrachtung etwas besudelt worden sei. O Teufel, dessen Talisman dieses Symbol des Schreckens war, wolltest du dieser armen Sünderin weder an der Jugend nach am Alter etwas zu verehren übrig lassen? Ein solcher Verlust des Glaubens ist stets eine von den traurigsten Auswirkungen der Sünde. Man nehme als Beweis, daß an diesem armen Opfer seiner eigenen Schwäche und der harten Gesetze der Menschen doch nicht alles verderbt war, den Umstand an, daß Esther Prynne sich immer noch Mühe gab zu glauben, kein sterblicher Mitmensch sei so schuldig wie sie.

Das gemeine Volk, welches in jenen trüben, alten Zeiten dem, was seine Einbildungskraft interessierte, stets einen grotesken Schrecken beimaß, erzählte sich über den Scharlachbuchstaben eine Geschichte, welche wir leicht zu einer schaurigen Legende verarbeiten könnten. Es behauptete, daß das Symbol nicht bloßes, in einem irdischen Farbtopf gefärbtes Scharlachtuch sei, sondern von höllischem Feuer glühe und leuchtend zu sehen wäre, wenn Esther Prynne bei Nacht ihr Haus verlasse; und wir müssen schon sagen: es brannte in Esthers Busen so tief hinein, daß in dem Gerüchte vielleicht mehr Wahrheit lag, als unser moderner Unglaube zuzugeben geneigt ist.

VI
Perle

Wir haben bis jetzt kaum des Kindes erwähnt, des kleinen Geschöpfes, dessen unschuldiges Leben nach dem unerforschlichen Ratschluß der Vorsehung wie eine liebliche unsterbliche Blume aus der wuchernden Üppigkeit einer schuldig gewordenen Leidenschaft aufgeschossen war. Wie seltsam erschien es dem traurigen Weibe, wenn es das Wachstum und die Schönheit beobachtete, die täglich glanzvoller wurden, und den Verstand, welcher seinen blitzenden Sonnenschein auf die niedlichen Züge dieses Kindes warf! Ihre Perle! Denn so hatte sie Esther genannt, nicht um ihr Äußeres damit zu bezeichnen, welches nichts von dem ruhigen, weißen, leidenschaftslosen Schimmer besaß, welchen die Vergleichung andeuten könnte; aber sie nannte das Kind deshalb Perle, weil es von hohem Preise, mit allem, was sie hatte, erkauft, ihr einziger Mutterschatz war. Wie seltsam. Der Mensch hatte die Sünde dieses Weibes durch einen Scharlachbuchstaben bezeichnet, der eine so gewaltige unheilvolle Wirkung ausübte, daß sie keine menschliche Sympathie erreichen konnte, wenn sie nicht gleich ihr sündig war. Gott hatte ihr als unmittelbare Folge der Sünde, welche der Mensch auf diese Weise bestrafte, ein liebliches Kind gegeben, dessen Platz an eben diesem entehrten Busen war, und das seine Mutter für immer mit dem Geschlecht der Sterblichen verbinden und endlich ein seliger Geist im Himmel werden sollte. Diese Gedanken erfüllten Esther Prynne aber weniger mit Hoffnung als mit Besorgnis. Sie wußte, daß ihre Tat schlimm gewesen war, und konnte daher nicht glauben, daß deren Folgen gut sein würden. Tag um Tag blickte sie voll Furcht auf die sich entfaltende Natur des Kindes und fürchtete stets irgendeine düstere, wilde Eigentümlichkeit zu entdecken, die der Schuld, welcher sie ihr Dasein verdankte, entsprechen würde.

Ein körperlicher Mangel war sicherlich nicht vorhanden. Nach seiner vollkommenen Gestalt, seiner Kraft und natürlichen Geschicklichkeit in der Anwendung aller seiner noch unerprobten Glieder, war das Kind würdig, im Garten Eden gezeugt worden zu sein; würdig auch, dort als Spielzeug der Engel belassen zu werden, nachdem der Welt erste Eltern vertrieben worden waren. Das Kind besaß eine angeborene Anmut, welche nicht stets mit fehlerloser Schönheit vereinigt ist. Seine Kleidung, wie einfach sie auch sein mochte, gab dem Beschauer stets den Eindruck, als sei sie genau das Gewand, welches ihm am besten anstehe. Perlchen war aber nicht in ländliche Kleidung gesteckt worden. Ihre Mutter hatte mit einer krankhaften Absicht, die später besser verständlich werden wird, die reichsten Stoffe, welche zu erlangen waren, gekauft und ihrer Phantasie in der Anordnung und Verzierung der Kleider, welche das Kind vor den Augen der Menschen trug, freies Spiel gelassen. So prächtig war die kleine Gestalt, wenn sie so geziert war, und so strahlend Perlchens eigene Schönheit, die über die reichen Gewänder, welche seine bleichere Lieblichkeit verwischt haben würden, hervorschimmerte, daß geradezu ein strahlender Lichtkranz auf dem dunklen Hüttenboden um sie schwebte. Und doch gewährte ein von den muntern Spielen des Kindes zerrissenes und beschmutztes braunes Kleidchen ein ebenso vollkommenes Bild von ihr. Perlchens Äußeres war von einem Zauber unendlicher Verschiedenheit erfüllt, in diesem einen Kinde waren viele Kinder vereinigt, und es umfaßte den vollen Spielraum zwischen der Waldblumenfrische eines Bauernkindes und dem Pomp en miniature einer jungen Prinzessin. Bei allen diesen Eigentümlichkeiten war jedoch eine Leidenschaftlichkeit, eine gewisse Tiefe der Färbung vorhanden, welche es nie verlor, und wenn es bei irgendeiner seiner Veränderungen schwächer oder bleicher geworden wäre, so hätte es aufgehört, es selbst zu sein – es wäre nicht mehr Perle gewesen.

Diese äußere Veränderlichkeit zeigte die verschiedenen Eigenschaften ihres inneren Lebens an und drückte sie nur eben aus. Ihre Natur schien aber nicht nur Verschiedenartigkeit, sondern auch Tiefe zu besitzen, jedoch mangelte es ihr, wenn Esther nicht von ihren Befürchtungen getäuscht wurde, an Beziehung auf und Fügung in die Welt, in die sie geboren war. Das Kind ließ sich keiner Regel unterwerfen. Durch seinen Eintritt in das Leben war ein wichtiges Gesetz gebrochen worden, und das Ergebnis war ein Wesen, dessen Elemente wohl schön und schimmernd waren, aber sich alle in Unordnung oder in einer ihnen eigentümlichen Ordnung befanden, in welcher der Punkt, von wo die Verschiedenheit und Anordnung ausging, sich schwer oder unmöglich entdecken ließ. Esther konnte den Charakter des Kindes nur dadurch, und selbst so höchst unbestimmt und unvollkommen erklären, daß sie sich an das erinnerte, was sie selbst während jener wichtigen Periode gewesen, in welcher Perle ihre Seele von der geistigen Welt und ihre körperliche Gestalt von ihrem Erdenmaterial eingesogen hatte. Der leidenschaftliche Zustand der Mutter war das Mittel gewesen, durch welches dem noch ungeborenen Kinde die Strahlen seines moralischen Lebens überliefert wurden, und wie weiß und klar sie ursprünglich auch gewesen sein mochten, so hatten sie doch die tiefe, purpurne und goldene Färbung, den feurigen Schimmer, den schwarzen Schatten und das ungemilderte Licht der vermittelnden Substanz angenommen. Vor allem war in Perle der Kampf fortgepflanzt worden, welcher zu jener Zeit in Esthers Geiste stattfand. Sie konnte ihre wilde, verzweifelte, trotzige Stimmung, die Flatterhaftigkeit ihrer Launen und selbst einige von den Wolkengestalten der Düsterheit und Entmutigung wiedererkennen, welche in ihrem Herzen gebrütet hatten. Sie wurden jetzt durch den Morgenstrahl eines kindlichen Charakters erleuchtet, konnten aber beim weiteren Vorrücken des Tages der irdischen Existenz an Stürmen und Wirbelwinden fruchtbar werden.

Die Familiendisziplin war in jener Zeit weit härter als jetzt. Der strenge Blick, der scharfe Tadel, die von der Heiligen Schrift gebotene häufige Anwendung der Rute, wurden nicht nur als Strafen für wirkliche Vergehen, sondern auch als heilsame Zuchtmittel für das Wachstum und die Beförderung aller kindlichen Tugenden betrachtet. Esther Prynne, die alleinstehende Mutter dieses einen Kindes, lief jedoch nur geringe Gefahr, auf der Seite unziemlicher Strenge zu irren; da sie sich indes fortwährend ihrer eigenen Irrtümer und Unfälle erinnerte, bemühte sie sich früh schon, der unsterblichen Seele des ihrer Obhut anvertrauten Kindes eine liebevolle, aber strenge Erziehung zu geben. Die Aufgabe überforderte sie jedoch. Nachdem sie sowohl Güte wie Strenge versucht, aber gefunden hatte, daß keine von beiden Behandlungsweisen einen irgend berechenbaren Einfluß ausübte, sah sich Esther endlich gezwungen, beiseite zu treten und es dem Kinde zu überlassen, wohin es seine eigenen Impulse führen würden. Körperlicher Zwang oder Antrieb war natürlich wirksam, solange er dauerte, was aber jede andere Art der Disziplinierung betraf, mochte sie sich nun an ihren Geist oder ihr Herz wenden, so befand sich die kleine Perle je nach Laune, welche den Augenblick beherrschte, bald in deren Bereich, bald auch nicht. Ihre Mutter lernte, als Perle noch ein Kind war, einen gewissen eigentümlichen Blick kennen, welcher ihr verkündete, wenn es vergebliche Mühe sein würde, zu beharren, zu überreden oder zu bitten; es war ein so intelligenter und doch unerklärlicher, so eigenwilliger, zuweilen so boshafter, gewöhnlich aber von einer so wilden, übermütigen Laune begleiteter Blick, daß Esther sich in solchen Momenten fragen mußte, ob Perle ein Menschenkind sei. Sie schien eher ein Luftgeist zu sein, der, nachdem er eine kurze Zeitlang seine phantastischen Spiele auf dem Boden der Hütte getrieben, mit einem spöttischen Lächeln wieder verschwinden würde. Wenn je sich dieser Blick in ihren unsteten, strahlenden, tiefschwarzen Augen zeigte, so bekleidete er sie mit einer seltsamen Abwesenheit und Unfaßbarkeit; es war, als ob sie in der Luft schwebte und plötzlich wieder unsichtbar werden könne, wie ein schimmerndes Licht, welches kommt und geht, wir wissen nicht woher noch wohin. Wenn ihn Esther wahrnahm, so mußte sie auf das Kind zustürzen, den kleinen Elfen auf der Flucht, die er stets begann, verfolgen und ihn mit innigem Druck und eifrigen Küssen an ihren Busen pressen, nicht sowohl aus überströmender Liebe, wie um sich zu überzeugen, daß Perle ein Wesen von Fleisch und Blut und nicht geradezu ein Blendwerk sei. Wenn Perle aber gefangen wurde, so machte ihr Lachen, wiewohl es voller Heiterkeit und Wohllaut war, die Mutter doch noch zweifelhafter als vorher.

Im tiefsten Herzen über diesen neckenden und verwirrenden Zauber verwundet, welcher sich so oft zwischen sie und ihren einzigen Schatz stellte, den sie so teuer erkauft hatte und der ihre ganze Welt war, brach Esther zuweilen in unaufhaltsames Weinen aus. Dann runzelte vielleicht – denn man konnte nicht voraussehen, wie es sie berühren würde – Perle die Stirn und ballte ihre kleine Faust und verhärtete ihre niedlichen Züge zu einer finstern gefühllosen Miene voller Unzufriedenheit. Nicht selten traf es sich, daß sie von neuem und lauter als vorher lachte, wie ein Ding, das des menschlichen Kummers unfähig und dem er unverständlich wäre, oder – aber dies kam seltener vor – sie wurde von einem Schmerzparoxismus durchkrampft und schluchzte ihre Liebe zu ihrer Mutter in gebrochenen Worten aus und schien beweisen zu wollen, daß sie ein Herz habe, indem sie es brechen ließ. Esther konnte sich jedoch kaum mit Zuversicht dieser stürmischen Zärtlichkeit hingeben, denn sie verging ebenso plötzlich wieder, wie sie gekommen war. Die Mutter brütete über allen diesen Din-

gen und hatte ein Gefühl, als ob sie einen Geist herauf-
beschworen, aber infolge irgendeiner Unregelmäßigkeit
bei der Beschwörung nicht vermocht habe, das Meister-
wort zu erlangen, welches dieses neue, uns unverständliche
Wesen beherrschte. Ihr einziger wirklicher Trost war der,
das Kind im ruhigen, sanften Schlafe liegen zu sehen. Dann
war sie seiner sicher und genoß Stunden stillen, trüben,
köstlichen Glückes, bis die kleine Perle erwachte und vielleicht eben jener verkehrte Ausdruck unter ihren neuge-
öffneten Lidern hervorschimmerte.

Wie bald − mit welcher seltsamen Schnelligkeit − gelangte Perle zu dem Alter, welches eines weiteren geselligen
Verkehrs als desjenigen mit dem stets bereiten Lächeln und
den kindischen Schmeichelworten der Mutter fähig war!
Und welches Glück würde es dann für Esther Prynne
gewesen sein, wenn sie gehört hätte, wie ihre klaren, vogel-
ähnlichen Töne sich mit dem Lärm anderer Kinderstim-
men vermischten, und sie imstande gewesen wäre, Laute
ihres Lieblings unter dem verwirrten Geschrei einer Gruppe von spielenden Kindern zu unterscheiden und herauszufinden. Aber dies konnte niemals sein. Perle war schon
von Geburt an von der Kinderwelt ausgeschlossen. Als ein
böser Kobold, ein Sinnbild und eine Frucht der Sünde,
hatte sie kein Recht, sich unter Christenkinder zu mischen.
Es konnte nichts Merkwürdigeres geben, als den Instinkt,
denn dies schien es zu sein, womit das Kind seine Einsamkeit, das Schicksal, welches einen undurchdringlichen Kreis
um es gezogen hatte, kurz, die ganze Eigentümlichkeit
seiner Lage in bezug auf andere Kinder begriff. Seit ihrer
Entlassung aus dem Gefängnisse war Esther nie ohne Perle
in der Öffentlichkeit erschienen. Bei allen Spaziergängen
um die Stadt hatte sie auch ihr Kind bei sich, anfangs als
Säugling auf dem Arme und später als kleines Mädchen, als
Begleiterin ihrer Mutter, die mit ihrer ganzen Hand einen
Zeigefinger umfaßt hielt und auf einen Schritt Esthers drei

bis vier nebenhertrippelte. Sie sah die Kinder der Niederlassung auf dem berasten Rande der Straße oder auf den Schwellen der Familienhäuser auf die ernste Weise spielen, wie es die puritanische Erziehung gestattete, etwa In-die-Kirche-gehen oder Quäker peitschen oder in einem Scheingefecht mit Indianern Skalpe nehmen oder einander mit eingebildeten Hexereien in Furcht jagen. Perle sah sie und blickte sie aufmerksam an, bemühte sich aber nie, Bekanntschaft zu machen. Wenn sie angeredet wurde, so antwortete sie nicht. Wenn sich die Kinder um sie versammelten, wie es zuweilen geschah, so wurde Perle in ihrem Kinderzorn wahrhaft entsetzlich, hob Steine auf, um sie nach ihnen zu schleudern und stieß schrille, unzusammenhängende Schreie aus, bei welchen ihre Mutter erbebte, weil sie soviel von dem Klange der Verwünschungen einer Hexe in irgendeiner unbekannten Zunge an sich hatten.

Das Wahre an der Sache war, daß die kleinen Puritaner, die zu dem unduldsamsten Geschlechte, welches je gelebt, gehörten, eine unbestimmte Idee von etwas Ausländischem, Unmenschlichem oder mit dem gewöhnlichen Leben in Widerspruch Stehendem über Mutter und Kind gefaßt hatten und sie daher in ihrem Herzen verachteten und nicht selten mit ihren Zungen schmähten. Perle fühlte diese Einschätzung und vergalt sie mit dem bittersten Hasse, welcher an einem Kinderherzen fressen kann. Diese Ausbrüche eines zornigen Charakters besaßen eine Art von Wert und selbst Trost für die Mutter, da in dieser Stimmung wenigstens ein verständlicher Sinn statt der unbeständigen Laune lag, welche sie bei den Äußerungen des Kindes so oft in Verwirrung gesetzt hatte. Dessen ungeachtet aber schauderte ihr, als sie auch hier wieder eine schattengleiche Abspiegelung des Bösen entdecken mußte, welches in ihr selbst existiert hatte. Alle diese Feindseligkeit und Leidenschaftlichkeit hatte Perle nach unveräußerlichem Rechte aus Esthers Herzen geerbt. Mutter und Tochter standen in dem gleichen Kreise der Abgeschlossenheit von der menschlichen Gesellschaft beisammen, und in der Natur des Kindes schienen sich die unruhigen Elemente fortzupflanzen, welche Esther Prynne von Perlens Geburt durchwühlt, seitdem aber begonnen hatten, von den erweichenden Einflüssen der Mutterschaft beschwichtigt zu werden.

Daheim in der Hütte ihrer Mutter und um dieselbe fehlte es Perlchen nicht an einem weiten, verschiedenartigen Bekanntenkreise. Der Zauber des Lebens ging von ihrem stets schöpferischen Geiste aus und teilte sich tausenderlei Gegenständen mit, wie eine Fackel eine Flamme entzündet, wo sie auch angelegt werden mag. Die scheinbar untauglichsten Stoffe, ein Stock, ein Lumpenbündel, eine Blume waren die Puppen der Zauberei Perlens und paßten sich, ohne eine äußere Veränderung zu erfahren, geistig jedem Drama an, welches die Bühne ihrer inneren Welt einnahm. Ihre eine Kinderstimme diente einer Menge von eingebildeten Personen, so alten wie jungen, zum Sprechen. Die alten schwarzen, ernsthaften Fichten, welche ihr Stöhnen und andere traurige Töne von dem Winde forttragen ließen, bedurften nur einer geringen Umwandlung, um als puritanische Kirchenälteste zu figurieren, die häßlichsten Unkräuter im Garten waren deren Kinder, die Perle auf das unbarmherzigste niederschlug und ausriß. Es war wunderbar, in welche Vielzahl von Formen sie ihren Verstand fügte, allerdings ohne Zusammenhang, aber sie schossen auf und tanzten in einem Zustande übernatürlicher Beweglichkeit, sanken bald wieder zusammen, wie von einer schnell strömenden, fieberischen Lebensglut erschöpft, und hatten andere Gestalten von gleicher, wilder Energie zu Nachfolgern. Es glich nichts so sehr wie dem phantasmagorischen Spiele des Nordlichtes. In der bloßen Übung der Phantasie und der spielenden Beweglichkeit ihres wachsenden Geistes mochte jedoch wohl wenig mehr sein, als bei anderen Kindern von glänzenden Fähigkeiten zu bemerken ist, außer insofern Perle bei dem Mangel an menschlichen Spielgenossen mehr auf die visionären Wesen, welche sie erschuf, angewiesen war. Die Sonderbarkeit lag in den feindlichen Gefühlen, mit welchem das Kind alle diese Sprößlinge ihres eigenen Herzens und Geistes betrachtete. Sie erschuf nie einen Freund, sondern schien stets die Drachenzähne auszusäen, aus denen eine Ernte von bewaffneten Feinden hervorkeimte, gegen die sie in den Kampf stürmte. Es war unaussprechlich traurig! Welche Tiefe von Kummer mußte es für eine Mutter sein, die in ihrem eigenen Herzen den Grund davon fühlte, an einem so jungen Wesen dieses beständige Erkennen einer feindlichen Welt und eine so gewaltsame Einübung der Kräfte zu erkennen, welche in dem Kampfe, der erfolgen mußte, ihre Sache vertreten sollten!

Wenn Esther Prynne auf Perle blickte, so ließ sie oft ihre Arbeit sinken und rief mit einer Pein, die sie gern verborgen hätte, die sich aber in Tönen, die zwischen der Rede und einem Stöhnen lagen, Luft machte: »Vater im Himmel! Wenn du noch mein Vater bist – was ist dieses Wesen, das ich auf die Welt gebracht habe?« Und Perle, die den Ausruf hörte oder durch irgendeinen feinen Kanal diese Kundgebungen der Pein bemerkte, wendete dann ihr lebhaftes schönes Gesichtchen ihrer Mutter zu, lächelte mit koboldartigem Verständnis und fuhr in ihren Spielen fort.

Eine Eigentümlichkeit in dem Benehmen des Kindes muß noch mitgeteilt werden. Das erste, was sie in ihrem Leben bemerkt hatte, war – was wohl? – nicht das Lächeln der Mutter, dem sie, wie andere Kinder mit jenem schwachen Lächeln des kleinen Mundes geantwortet hätte, dessen man sich später so zweifelhaft und mit so zärtlicher Überlegung, ob es wirklich ein Lächeln gewesen sei, erinnert – nein, keineswegs. Der erste Gegenstand, welchen Perle zu bemerken schien, war – müssen wir es sagen? – der Scharlachbuchstabe auf Esthers Brust! Eines Tages, als sich die Mutter über die Wiege beugte, waren die Augen des Kindes von dem Schimmer der Goldstickerei um den Buchstaben angezogen worden, und es hatte seine kleine Hand erhoben und lächelnd, nicht zweifelhaft, sondern mit einem entschiedenen Freudenstrahle, welcher seinem Gesicht das Aussehen eines weit älteren Kindes verlieh, darnach gegriffen. Da hatte Esther Prynne, nach Atem ringend, das schicksalhafte Zeichen erfaßt und instinktgemäß versucht, es hinwegzureißen, so unermeßlich war die Qual, welche die verständige Berührung der Säuglingshand Perlens ihr zugefügt hatte. Und wieder blickte Perle in ihre Augen, als ob die schmerzvolle Gebärde ihrer Mutter nur in der Absicht hervorgebracht worden sei, ihr ein Spiel zu bereiten – und lächelte.

Von dieser Zeit an hatte Esther, außer wenn das Kind schlief, keinen Augenblick der Sicherheit, keinen Augenblick des ruhigen Genusses gefunden. Allerdings vergingen zuweilen Wochen, während welcher Perlens Blick sich nie auf den Scharlachbuchstaben zu heften schien, dann aber kam er unerwartet wie der Streich plötzlichen Todes und stets mit dem eigentümlichen Lächeln und dem sonderbaren Ausdrucke der Augen.

Einmal trat dieser neckische Koboldausdruck in die Augen des Kindes, während Esther in ihm ihr eigenes Bild anblickte, wie es die Mütter gern tun, und plötzlich – denn einsam lebende Frauen mit geplagtem Herzen werden von unerklärlichen Täuschungen verfolgt – kam es ihr vor, als ob sie nicht ihr eigenes Miniatur-Porträt, sondern ein anderes Gesicht in dem kleinen schwarzen Spiegel in Perlens Auge erblickte. Es war ein dämonisches Gesicht voll lächelnder Bosheit, und doch ähnelte es Zügen, welche sie gut gekannt hatte, wenn auch selten mit einem Lächeln und nie mit einem boshaften Ausdruck. Es war, als ob das Kind von einem bösen Geiste besessen sei, der soeben spöttisch herausgeschaut habe. Noch oftmals später war Esther, wenn auch weniger lebhaft, von dem gleichen Gaukelspiel gequält worden.

Am Nachmittage eines Sommertages, als Perle schon groß genug geworden war, um umherzulaufen, unterhielt sie sich damit, daß sie Hände voll wilder Blumen pflückte, sie einzeln nach der Brust ihrer Mutter warf und auf und ab tanzte, wie ein kleiner Kobold, wenn sie den Scharlachbuchstaben traf. Esthers erster Antrieb war es gewesen, ihre Brust mit ihren gefalteten Händen zu bedecken; aber, sei es nun aus Stolz oder aus Resignation, oder dem Gefühle, daß ihre Buße am besten durch diese unaussprechliche Pein befördert werden könne, sie widerstand der Regung und blieb aufrecht und totenbleich sitzen und blickte traurig in die milden Augen der kleinen Perle. Die Beschießung mit Blumen dauerte fort, traf fast ohne Ausnahme ihr Ziel und bedeckte die Brust der Mutter mit Wunden, für welche sie auf dieser Welt keinen Balsam finden konnte und nicht wußte, wie sie ihn in einer andern suchen sollte. Endlich waren alle Geschosse verbraucht, und das Kind blieb stehen und blickte Esther an, während das kleine, lachende Dämonenbild aus dem unerforschlichen Abgrund ihrer schwarzen Augen hervorschaute, oder, wenn dies auch nicht der Fall war, es doch ihrer Mutter so vorkam.

»Kind, wer bist du?« rief die Mutter.

»Oh, ich bin deine kleine Perle!« antwortete das Kind.

Während sie es aber sagte, lachte Perle und begann mit den munteren Gestikulationen eines kleinen Teufelchens, dessen nächster Streich es vielleicht sein könnte, den Schornstein hinaufzufliegen, auf und ab zu tanzen.

»Und bist du denn wirklich mein Kind?« fragte Esther.

Sie stellte die Frage nicht vollkommen müßigerweise, sondern für den Augenblick mit einem Anteil echten Ernstes, denn Perlens wunderbarer Verstand war so groß, daß ihre Mutter halb und halb im Zweifel war, ob sie nicht vielleicht den geheimen Zauberspruch ihrer Existenz kenne und sich jetzt offenbaren werde.

»Ja, ich bin die kleine Perle!« wiederholte das Kind, indem es seine Sprünge fortsetzte.

»Du bist nicht mein Kind! Du bist nicht meine Perle«, sagte die Mutter halb scherzhaft, denn es traf sich oft, daß mitten in ihrem tiefsten Leiden sich bei ihr ein neckischer Antrieb einstellte. »So sage mir, wer du bist und wer dich geschickt hat.«

»Sage du es mir, Mutter«, sprach das Kind ernsthaft, indem es zu Esther herankam und sich dicht an ihre Knie schmiegte. »Sage du es mir.«

»Dein himmlischer Vater hat dich geschickt«, antwortete Esther Prynne.

Sie sagte dies aber mit einem Zaudern, welches dem Scharfsinn des Mädchens nicht entging. Mochte sie nun bloß von ihrer gewöhnlichen Schelmerei angetrieben werden oder ein böser Geist ihr es eingeflüstert haben, sie erhob ihren kleinen Zeigefinger und rührte den Scharlachbuchstaben an.

»Er hat mich nicht geschickt!« rief sie bestimmt, »ich habe keinen himmlischen Vater!«

»Still, Perle, still, du darfst nicht so sprechen«, antwortete die Mutter, indem sie ein Stöhnen unterdrückte, »er hat uns alle auf die Welt geschickt; er hat selbst mich, deine Mutter, gesendet; um wieviel mehr also dich! Oder wenn es nicht so ist, du seltsames Elfenkind, woher bist du denn gekommen?«

»Sag es mir! Sag es mir!« wiederholte Perle, nicht mehr ernsthaft, sondern lachend und im Zimmer umherspringend. »Du bist es, die es mir sagen muß.«

Esther konnte aber die Frage nicht beantworten, da sie sich selbst in einem zwielichtigen Labyrinth des Zweifels befand. Sie erinnerte sich – halb mit Lächeln, halb mit einem Schauder – der Reden der benachbarten Städter, die, da sie vergebens anderwärts nach dem Vater des Kindes suchten, nachdem sie einige von seinen sonderbaren Eigenschaften wahrgenommen, behauptet hatten, daß die arme kleine Perle ein Dämonensprößling wäre, wie sie seit den alten katholischen Zeiten durch Vermittlung der Sünde ihrer Mutter und zur Beförderung irgendeines bösen, gottlosen Zweckes zuweilen auf Erden gesehen worden seien. Luther gehörte, den Schmähungen seiner Mönchsfeinde zufolge, zu dieser Höllenbrut, und auch Perle war nicht das einzige Kind, welchem unter den Puritanern von Neu-England dieser häßliche Ursprung zugeschrieben wurde.

VII

Das Haus des Gouverneurs

Esther Prynne ging eines Tages mit einem Paar Handschuhe, die sie auf Bestellung mit Fransen besetzt und gestickt hatte und die bei einer großen Staatsaktion getragen werden sollten, nach dem Haus des Gouverneurs Bellingham, denn wiewohl die Wechselfälle der Volkswahl den früheren Regenten um ein bis zwei Stufen vom höchsten Range herabgerückt hatten, so nahm er doch immer noch eine ehrenvolle, einflußreiche Stellung in der Magistratur der Kolonie ein.

Esther wurde aber zu dieser Zeit noch durch einen andern weit wichtigeren Grund als die Ablieferung eines Paares Handschuhe angetrieben, eine Unterredung mit einer Person von so großer Gewalt und so tätiger Wirksamkeit in den Geschäften der Kolonie zu suchen. Es war ihr zu Ohren gekommen, daß einige von den höherstehenden Bewohnern der Stadt, die sich zu strengeren Grundsätzen der Religion und Regierung bekannten, die Absicht hätten, sie ihres Kindes zu berauben. In der schon angedeuteten Idee, daß Perle dämonischen Ursprungs sei, waren diese guten Leute nicht ganz unvernünftigerweise zu dem

Schlusse gekommen, daß die christliche Teilnahme an der Seele der Mutter erfordere, dieser ein solches Hindernis der Seligkeit von ihrem Lebenspfade zu entfernen. Wenn das Kind anderseits wirklich einer moralischen und religiösen Ausbildung fähig sei und die Elemente besitze, welche es in den Stand setzen konnten, dereinst zur Seligkeit zu gelangen, so würde es, wie sie glaubten, bessere Aussicht haben, in Besitz dieser Vorteile zu kommen, wenn man es einer reicheren und besseren Person als Esther Prynne zur Erziehung übergebe. Unter denjenigen, welche mit diesem Plane umgingen, war Gouverneur Bellingham, dem Gerüchte nach, einer von den Tätigsten. Es mag unsern Lesern wohl sonderbar, um nicht zu sagen ein bißchen komisch, vorkommen, daß eine Angelegenheit, welche in späteren Zeiten keiner höheren Jurisdiktion übertragen sein würde, als der des Stadtrates, damals ein Gegenstand öffentlicher Diskussion war, in bezug auf welchen hochstehende Staatsmänner für und wider Partei nahmen. Zu jener einfachen Zeit wurden jedoch Dinge von weit geringerem öffentlichen Interesse und weit weniger innerer Wichtigkeit als die Wohlfahrt Esther Prynnes und ihres Kindes als Gegenstände der Beratungen gesetzgebender Körperschaften und der Staatsakte behandelt. Die Periode, wo ein Streit über das Eigentumsrecht an einem Schweine nicht nur einen bitteren, heftigen Streit unter der gesetzgebenden Körperschaft des Staates, sondern auch eine wichtige Modifikation der Verfassung selbst zur Folge gehabt hatte, war zur Zeit unserer Geschichte kaum erst vorüber.

Voller Bekümmernis, aber sich ihres Rechtes so bewußt, daß der Streit zwischen der Öffentlichkeit einerseits und einem schutzlosen Frauenzimmer, welches sich nur auf die Sympathien der Natur berufen konnte, auf der andern Seite ihr kaum ein ungleicher Kampf zu sein schien, verließ Esther Prynne ihr einsames Haus. Natürlich ließ sie sich von Perlchen begleiten. Diese war jetzt alt genug, um leicht neben ihrer Mutter her zu laufen, und hätte, da sie vom Morgen bis Sonnenuntergang in Bewegung war, ohne Mühe auch einen weiteren Weg, als den jetzt vor ihr liegenden, machen können. Dessenungeachtet verlangte sie oft, wenn auch mehr aus Laune als aus Notwendigkeit, auf die Arme genommen zu werden, worauf sie aber bald ebenso heftig forderte, daß sie Esther wieder zur Erde setzen möge und dann unter harmlosen Sprüngen und Scherzen auf dem Graswege vor dieser hin eilte. Wir haben von Perlens üppiger, luxuriöser Schönheit gesprochen; eine Schönheit voll tiefer, lebhafter Farben, einem von der Röte der Gesundheit geschmückten Gesichte, Augen voller Tiefe und Glanz und schon schimmernd braun gefärbtem Haar, welches in späteren Jahren fast schwarz zu werden verhieß. Sie war von Feuer erfüllt und hatte ganz das Wesen des Sprößlings eines unbedachten, leidenschaftlichen Augenblickes an sich. Ihre Mutter hatte bei der Anfertigung der Kleider des Kindes ihrer üppigen Phantasie freien Spielraum gelassen und es in ein Purpursamtkleid von eigentümlichem Schnitt mit Goldstickerei von krausen Kringeln gehüllt. Eine so reiche, warme Färbung, die Wangen von zarterer Blüte hätte bleich erscheinen lassen müssen, war aber für Perles Schönheit aufs trefflichste geeignet und machte sie zu dem glänzendsten kleinen Flämmchen, welches je auf Erden getanzt hatte.

Es war jedoch eine merkwürdige Eigenschaft dieser Kleidung und überhaupt des ganzen Äußeren des Kindes, daß es den Beschauer unwiderstehlich und unvermeidlich an das Zeichen erinnerte, welches Esther auf ihrem Busen zu tragen verdammt war. Es war der Scharlachbuchstabe in einer andern Form – der Scharlachbuchstabe, welcher mit Leben begabt worden war. Die Mutter selbst hatte, als ob die rote Schmach sich so tief und unverlöschlich in ihr Gehirn gebrannt habe, daß alle ihre Vorstellungen die Form derselben annehmen mußten, sorgfältig die Ähnlichkeit herausgearbeitet und viele Stunden krankhafter Übung ihres Scharfsinns darauf verwendet, eine Analogie zwischen dem Gegenstande ihrer Liebe und dem Zeichen ihrer Sünde und Qual zu erschaffen. In der Tat war Perle das eine sowohl wie das andere, und Esther hatte nur infolge dieser Identität den Scharlachbuchstaben in ihrem Äußeren so vollkommen darzustellen vermocht.

Als die beiden Wanderinnen in den Bereich der Stadt kamen, schauten die Kinder der Puritaner von ihren Spielen oder dem, was bei diesen düsteren kleinen Gesellen für Spiele galt, in die Höhe und sprachen gravitätisch zueinander:

»Siehe wahrlich, dort kommt das Weib mit dem Scharlachbuchstaben, und das Bild des Scharlachbuchstabens läuft neben ihr hin. Kommt herbei und laßt uns die beiden mit Dreck bewerfen.«

Perle, die ein unerschrockenes Kind war, stürmte aber, nachdem sie die Stirn gerunzelt, mit dem Fuße gestampft und mit ihrer kleinen Hand eine Menge drohender Gebärden gegen ihre Feinde gemacht hatte, auf dieselben ein und trieb sie alle in die Flucht. Sie glich in ihrer wütenden Verfolgung einer Kinderpestilenz, dem Scharlachfieber, oder sonst einem halbflüggen Engel des Gerichts, dessen Sendung es war, die Sünden des aufwachsenden Geschlechts zu bestrafen. Sie kreischte und schrie in furchtbar lauten Tönen, bei denen die Herzen der Flüchtlinge ohne Zweifel erbebten. Sobald sie den Sieg errungen hatte, kam Perle wieder zu ihrer Mutter zurück und blickte ihr lächelnd ins Gesicht.

Sie gelangten ohne weitere Abenteuer in das Gebäude des Gouverneurs. Es war ein großes, hölzernes Haus, in der Bauart, von welcher mitunter noch Proben in den Straßen unserer älteren amerikanischen Städte vorhanden sind, die aber jetzt mit Moos überwachsen, verfallen und über die vielen freudigen und traurigen Ereignisse, welche sich in ihren düsteren Räumen zugetragen haben und teilweise noch innerlich, zum größten Teil aber vergessen sind, von

Herzen wehmütig dastehen. Damals war ihr Äußeres aber noch frisch; erst vor kurzem erbaut, schimmerte aus ihren sonnigen Fenstern die Heiterkeit, welche Menschenwohnungen, in die der Tod noch nicht getreten ist, zu besitzen pflegen. In der Tat sah auch das Gebäude freundlich genug aus, da die Wände mit einer Art von Stukkaturarbeit bekleidet waren, in welche man Spiegelscheiben gemischt hatte und die, fiel die Sonne schräg darauf, dem Ganzen ein Aussehen verliehen, als ob man mit beiden Händen Diamanten dagegen geworfen habe. Dieser Glanz wäre eher in Aladins Palaste als in der Wohnung eines ernsthaften alten puritanischen Gesetzgebers am Platze gewesen. Das Haus war mit sonderbaren, dem Anscheine nach kabbalistischen Zeichen und Drudenfüßen, wie sie der ausgefallene Geschmack jener Zeit liebte, verziert und dadurch angebracht, daß man sie beim Bewerfen des Gebäudes in den Gips gezeichnet hatte, worauf sie zur Bewunderung späterer Generationen hart und dauerhaft geworden waren.

Als Perle dieses blanke Wunderwerk von einem Hause wahrnahm, begann sie zu tanzen und zu hüpfen und forderte gebieterisch, daß man ihm die ganze Breite des Sonnenscheins von der Vorderseite abstreifen und ihr zum Spielen geben solle.

»Nein, kleine Perle«, sagte ihre Mutter, »du mußt dir selbst deinen Sonnenschein sammeln. Ich kann dir keinen geben.«

Sie näherte sich dem Tore, das gewölbt war und auf beiden Seiten etwas hervorragende schmale Türme hatte, in denen sich Fenster mit hölzernen verschließbaren Läden befanden. Esther Prynne hob den an der Pforte hängenden eisernen Hammer und klopfte, worauf einer von den Bediensteten des Gouverneurs erschien, der, einst ein freigeborener Engländer, jetzt aber auf sieben Jahre zum Sklaven geworden war, während welcher Zeit er seinem Herrn geradeso gehörte und ebensogut verkauft werden konnte wie ein Ochs oder Klappstuhl. Der Bedienstete trug einen blauen Rock, die gewöhnliche Tracht der Dienstleute jener Zeit und lange davor in den altvererbten Landsitzen.

»Ist der ehrenwerte Gouverneur Bellingham daheim?« fragte Esther.

»Allerdings«, antwortete der Bedienstete, der mit weit offenem Auge auf den Scharlachbuchstaben blickte, den er, vor kurzem erst angekommen, noch nie gesehen hatte. »Ja, Seine Ehren sind daheim. Es befinden sich bei ihm aber ein oder zwei fromme Geistliche und ein Arzt. Ihr könnt jetzt den Herrn nicht sehen.«

»Es tut nichts, ich will dennoch eintreten«, antwortete Esther Prynne, und der Bedienstete, welcher vielleicht dem schimmernden Symbole auf ihrer Brust und ihrem entschiedenen Wesen nach glaubte, daß sie eine große Dame des Landes sei, leistete keinen Widerstand.

Die Mutter und Perlchen befanden sich also jetzt in der Eingangshalle. Gouverneur Bellingham hatte, wenn auch mit vielen Abänderungen, welche die Art des Baumaterials, die Verschiedenheit des Klimas und der Lebensweise geboten, seine neue Wohnung nach dem Muster der Gebäude wohlhabender Herren in seinem Vaterlande eingerichtet. Hier gab es zuerst eine geräumige und leidlich hohe Halle, die sich durch die ganze Tiefe des Hauses erstreckte und eine mehr oder weniger direkte Verbindung mit allen Gemächern gewährte. An dem einen Ende war diese Halle von den Fenstern der beiden Türme erleuchtet, die an den Seiten des Einganges Nischen bildeten. An der andern Seite fiel das Licht, wenn auch von einem Vorhang gedämpft, durch eins von den erkerartigen Fenstern herein, von welchen wir in alten Büchern lesen. Es war mit einem Kissensitze versehen, auf welchem ein Folioband lag, wahrscheinlich eine Chronik von England oder etwas Gleichgewichtiges, wie wir in unserer Zeit auf den Mitteltisch Goldschnittbücher legen, damit sich der etwa einsprechende Gast daran unterhalten möge. Der Hausrat der Halle bestand aus einigen massiven Stühlen, deren Rücklehne reich mit Girlanden von in das Eichenholz geschnitzten Blumen verziert war, und einem Tische in demselben Geschmacke, sämtliche Gegenstände aus der Zeit der Königin Elisabeth oder wohl auch einer früheren, die der Gouverneur als Erbstücke aus seinem väterlichen Hause mit hierher gebracht hatte. Auf dem Tische stand zum Zeichen, daß das Gefühl der altenglischen Gastlichkeit nicht in England dahinten geblieben sei, ein großer zinnerner Krug, auf dessen Grunde Esther oder Perle, wenn sie hineingeschaut hätten, den Schaum des vor kurzem geleerten Inhaltes an Ale bemerkt haben würden.

An den Wänden hing eine Reihe von Bildnissen, welche die Ahnen der Bellinghamschen Familie darstellten; teilweise mit Brustharnisch, teilweise auch mit stattlichen Krausen und Gewändern des Friedens. Allen eignete die Strenge und Düsterkeit, welche alte Porträts so unweigerlich annehmen, als ob sie nicht sowohl die Abbildungen, sondern vielmehr die Gespenster der entschlafenen Honoratioren wären und mit hartem, unduldsamem Tadel auf die Geschäfte und Freuden der Lebenden blickten.

Ungefähr in der Mitte der eichenen Vertäfelung, mit welcher die Halle ausgekleidet war, hing eine Rüstung, welche, nicht wie die Gemälde ein Erbteil der Ahnen, aus der allerneuesten Zeit herrührte, denn sie war in demselben Jahre, wo Gouverneur Bellingham nach Neu-England abreiste, von einem geschickten Waffenschmiede in London angefertigt worden. Sie bestand aus einer Stahlhaube, einem Brustharnisch, einer Halsberge und Arm- und Beinschienen, und darunter hingen ein Paar Stahlhandschuhe und ein Schwert. Alles, besonders aber der Helm und der Brustharnisch, war so hoch poliert, daß es mit weißen Strahlen zu glänzen schien und den Fußboden ringsumher erhellte. Dieser helle Waffenschmuck war nicht bloß zu müßigem Prunke bestimmt, sondern von dem Gouverneur bei mehreren feierlichen Musterungen und Manövern getragen worden und hatte sogar an der Spitze eines Regimentes im Kriege gegen die Pequot-Indianer Dienste geleistet. Gouverneur Bellingham war nämlich, obgleich zum Juristen erzogen und gewohnt, von Bacon, Coke, Noye und Finch als seinen Kollegen zu sprechen, doch durch die Bedürfnisse seines neuen Vaterlandes nicht bloß zu einem Staatsmann und Regenten, sondern auch zu einem Soldaten umgewandelt worden.

Perlchen war über die schimmernde Rüstung ebenso erfreut wie vorher über die schimmernde Front des Hauses und blieb einige Zeit vor dem polierten Spiegel des Harnisch stehen, in welchen sie blickte.

»Mutter«, rief sie, »ich sehe dich hier. Sieh nur! sieh!«

Esther blickte hin, um dem Kinde den Willen zu tun, und entdeckte, daß in diesem konvexen Spiegel der Scharlachbuchstabe in übertriebenen, riesenmäßigen Verhältnissen erschien, so daß er bei weitem den hervorragendsten Teil ihrer Erscheinung bildete. Sie schien geradezu hinter demselben zu verschwinden. Perle deutete sodann nach oben, wo an dem Helm ein gleiches Bild zu sehen war; dabei lächelte sie ihre Mutter mit dem koboldartigen verständigen Ausdruck an, der ihr so geläufig war. Auch diese Miene ungezogener Heiterkeit wurde von dem Spiegel mit solcher Breite und Intensität zurückgeworfen, daß Esther Prynne ein Gefühl hatte, als ob es nicht das Bild ihres Kindes sein könne, sondern das eines Kobolds sein müsse, welcher Perlchens Gestalt einzunehmen versuche.

»Komm hierher, Perle«, sagte sie, indem sie ihr Kind hinwegzog, »komm und schau in diesen schönen Garten hinaus; vielleicht sehen wir dort noch schönere Blumen, als wir im Walde finden.«

Perle entsprach dieser Aufforderung, lief nach dem andern Ende der Halle und blickte von dort aus dem Erkerfenster einen Gartenweg entlang, der mit kurzgeschorenem Gras besetzt und von einem unbeholfen angelegten Strauchwerk eingesäumt war. Der Eigentümer schien aber bereits den Versuch als hoffnungslos aufgegeben zu haben, auf der andern Seite des atlantischen Meeres, auf unwirtlichem Boden, wo alles von dem Kampf um die Existenz in Anspruch genommen wurde, seinen angeborenen englischen Geschmack an der Ziergärtnerei fortzuüben. Man sah ganz in der Nähe Kohlstauden stehen, und die Ranken einer in einiger Entfernung wurzelnden Kürbispflanze waren über den zwischenliegenden Raum gelaufen und hatten eines von ihren riesenhaften Produkten dicht unter dem Hallenfenster niedergelegt, wie um den Gouverneur daran zu erinnern, daß dieser große Klumpen von vegetabilischem Gold die üppigste Zierde sei, welche ihm die Erde von Neu-England gewähren werde. Im Garten standen jedoch noch einige Rosensträucher und eine Anzahl von Apfelbäumen, wahrscheinlich Nachkommen derjenigen, welche der ehrwürdige Blackstone gepflanzt hatte, der erste, welcher sich auf der Halbinsel niedergelassen, jene halbmythische Person, die auf dem Rücken eines Stieres sitzend durch die ältesten Annalen des Landes reitet.

Als Perle die Rosensträucher sah, begann sie nach einer roten Rose zu schreien und wollte sich nicht beschwichtigen lassen.

»Still, Kind, still«, sagte ihre Mutter ernst. »Weine nicht, liebe kleine Perle! Ich höre Stimmen im Garten, der Gouverneur wird gleich kommen, und es befinden sich noch andere Herren bei ihm.«

In der Tat sah man den Gartenweg herauf eine Anzahl von Personen sich dem Hause nähern. Perle stieß, trotz des Versuches ihrer Mutter, sie zu beruhigen, einen koboldartigen Schrei aus und wurde dann still, nicht etwa um ihr Gehorsam zu leisten, sondern weil die bewegliche Neugier ihres Charakters durch das Erscheinen dieser neuen Personen erregt wurde.

VIII
Das Elfenkind und der Geistliche

Gouverneur Bellingham ging in einem weiten Gewande und einer weichen Mütze, wie sie ältliche Herren im Hause zu tragen pflegten, voran und schien seine Besitztümer zu zeigen und sich über seine beabsichtigten Verbesserungen zu verbreiten. Der weite Umfang einer feingearbeiteten Krause nach der veralteten Mode, welche unter der Regierung König Jakobs gebräuchlich gewesen war, unter seinem grauen Barte, ließ seinen Kopf fast gerade wie den Johannes des Täufers auf einem Präsentierteller erscheinen. Der Eindruck, welchen sein strenges, starres, von mehr als herbstlichem Alter erkältetes Äußere machte, wollte sich nicht recht mit den Mitteln des weltlichen Genusses vertragen, womit er sich offenbar auf das sorgfältigste umgeben hatte. Es ist aber ein Irrtum, wenn man annimmt, daß unsere ernsten Voreltern, wenn sie auch gewohnt waren, von der menschlichen Existenz nur als einem Zustande der Prüfung und des Kampfes zu denken und zu sprechen, und wenn sie auch ohne Heuchelei bereit standen, Gut und Blut für die Gebote der Pflicht aufzuopfern, es zu einer Gewissenssache gemacht hätten, diejenigen Mittel zur Behaglichkeit und Üppigkeit, welche in ihrem Bereiche lagen, von sich zu werfen. Dieser Glaube wurde z. B. von dem ehrwürdigen Pastor John Wilson nie gelehrt, dessen Bart – weiß wie eine Schneeverwehung – über Gouverneur Bellinghams Schulter sichtbar wurde und dessen Mund dafür gutzustehen schien, daß Birnen und Pfirsiche noch in dem Klima von Neu-England eingebürgert und vielleicht Purpurtrauben zum Blühen an der sonnigen Gartenmauer gebracht werden könnten; der alte, an der reichen Brust der englischen Kirche genährte Geistliche besaß einen tief eingewurzelten, rechtmäßigen Geschmack an allem Guten und Behaglichen, und wie streng er sich auch auf der Kanzel oder bei dem öffentlichen Tadel von Vergehen, wie das Esther Prynnes gewesen war, erwies, so hatte ihm doch das milde Wohlwollen seines Privatlebens größere Zuneigung erworben, als irgendeinem von seinen damaligen Amtsbrüdern zuteil wurde.

Hinter dem Gouverneur und Pastor Wilson kamen noch zwei Gäste, Ehrwürden Arthur Dimmesdale, der, wie sich der Leser erinnern wird, bei dem mit Esther Prynnes Schmach verbundenen Schauspiele einen kurzen und widerstrebenden Anteil genommen, und dicht neben ihm der alte Roger Chillingworth, ein Mann von großer ärztlicher Geschicklichkeit, der sich seit zwei bis drei Jahren in der Stadt niedergelassen hatte. Man wußte, daß dieser gelehrte Mann nicht bloß der Arzt, sondern auch der Freund des jungen Geistlichen war, dessen Gesundheit letzthin durch sein zu rückhaltloses Dahingeben an die Arbeiten und Pflichten des Pastoralberufes sehr gelitten hatte.

Der Gouverneur stieg vor seinen Besuchern ein paar Stufen hinauf, öffnete die Flügel der großen, in die Halle führenden Glastüre und sah hier Perlchen dicht vor sich. Esther Prynne wurde durch den Schatten des Vorhanges halb verborgen.

»Was haben wir da?« sagte Gouverneur Bellingham mit einem erstaunten Blicke auf das Scharlachfigürchen vor sich. »Ich gestehe, daß ich seit meinen Tagen der Eitelkeit, zur Zeit des alten Königs Jakob, wo ich es für eine hohe Gunst zu halten pflegte, wenn ich bei einem Hofmaskenspiel zugelassen wurde, nie etwas dergleichen gesehen habe. Es pflegte zur Feiertagszeit ein Schwarm von diesen kleinen Erscheinungen da zu sein, und wir nannten sie nur Kinder des Herrn des Ungehorsams. Wie mag aber ein solcher Gast in meine Halle gekommen sein?«

»Ja wahrhaftig«, rief der gute Pastor Wilson, »was für ein scharlachgefiedertes Vögelchen mag dies sein? Ich habe wohl schon solche Gestalten gesehen, wenn die Sonne durch ein buntgemaltes Fenster schien und die goldenen und purpurnen Bilder auf dem Boden abzeichnete; das war aber im alten Lande. Sprich, Kleines, wer bist du und wie kommt deine Mutter dazu, dich auf so seltsame Weise herauszuputzen? Bist du ein Christenkind – wie? Kannst du deinen Katechismus hersagen? Oder bist du eine von den garstigen Elfen oder Feen, die wir mit anderen Überbleibseln der Papisterei im lustigen Alt-England zurückgelassen zu haben glaubten.«

»Ich bin meiner Mutter Kind«, antwortete die scharlachene Erscheinung, »und mein Name ist Perle.‹

»Perle? eher Rubin! oder Koralle! – oder zum wenigsten rote Rose, wenn du deinen Namen nach deiner Farbe hast erhalten sollen!« antwortete der alte Geistliche, indem er seine Hand zu einem vergeblichen Versuche, Perlchen auf die Wange zu klopfen, ausstreckte. »Wo ist aber deine Mutter? Oh, ich verstehe«, fügte er hinzu, wendete sich zu Gouverneur Bellingham und flüsterte: »Das ist eben das Kind, über welches wir zusammen gesprochen haben, und siehe, da ist auch das unglückliche Weib, Esther Prynne, seine Mutter!«

»Wirklich?« rief der Gouverneur, »wir hätten uns ja denken können, daß die Mutter eines solchen Kindes ein scharlachenes Weib und ein würdiges Abbild jenes babylonischen sein müsse. Sie kommt aber zur rechten Zeit, und wir wollen die Sache sofort untersuchen.«

Gouverneur Bellingham trat durch die Glastüre in die Halle, wohin ihm seine drei Gäste folgten.

»Esther Prynne«, sagte er, seinen von Natur strengen Blick auf die Trägerin des Scharlachbuchstabens heftend, »in der jüngsten Zeit ist von dir häufig die Rede gewesen. Es ist gewichtig besprochen worden, ob wir, die wir Gewalt und Einfluß besitzen, unsren Gewissen auch Genüge leisten, wenn wir eine unsterbliche Seele, wie die jenes Kindes dort, der Leitung einer Person überlassen, die gestrauchelt und in die Fallstricke dieser Welt gestürzt ist. Sprich du, die eigene Mutter des Kindes! Denkst du nicht, daß es für das zeitliche und ewige Wohl deiner Kleinen besser wäre, wenn sie deiner Obhut entnommen und geziemend gekleidet und in strenger Zucht gehalten und in den Wahrheiten des Himmels und der Erde unterrichtet würde? Was kannst du in dieser Hinsicht für das Kind tun?«

»Ich kann meine kleine Perle lehren, was ich hiervon gelernt habe«, antwortete Esther Prynne und sie legte ihren Finger auf das rote Zeichen.

»Weib, das ist dein Mal der Schande«, antwortete der strenge Richter, »eben wegen des Fleckens, welchen jener Buchstabe anzeigt, möchten wir dein Kind anderen Händen übergeben.«

»Dennoch hat mir«, sagte die Mutter ruhig, wiewohl sie bei diesen Worten bleicher wurde, »dieses Schandmal Lehren gegeben, gibt sie mir täglich, gibt sie mir selbst in diesem Augenblicke – Lehren, durch die mein Kind weiser und besser werden kann, wenn sie auch mir selbst keinen Vorteil zu bringen vermögen.«

»Wir wollen vorsichtig urteilen«, sagte Bellingham, »und geziemend überlegen, was wir tun sollen. Ich bitte Euch, guter Pastor Wilson, fragt diese Perle, da dies ihr Name ist, aus, und sehet zu, ob sie eine christliche Erziehung, wie sie einem Kinde ihres Alters geziemt, erhalten hat.«

Der alte Pfarrer setzte sich auf einen Lehnstuhl und versuchte Perlchen zwischen seine Knie zu ziehen; das Kind, welches nur an die Berührung und Vertraulichkeit seiner Mutter gewöhnt war, entwischte jedoch durch die offene Glastür und blieb auf der oberen Stufe stehen, wo es aussah wie ein wilder, buntgefiederter, tropischer Vogel, der seinen Flug in die höheren Luftregionen antreten will. Wilson war über diesen Ausbruch nicht wenig erstaunt, denn er hatte eine Art von großväterlichem Wesen an sich und war bei den Kindern sonst ungemein beliebt, versuchte aber dennoch, das Verhör vorzunehmen.

»Perle«, sagte er mit großer Feierlichkeit, »du mußt auf Belehrung achten, damit du zur gehörigen Zeit die kostbare Perle in deiner Brust tragen mögest. Kannst du mir sagen, mein Kind, wer dich erschaffen hat?«

Nun wußte Perle recht gut, wer sie geschaffen, da Esther Prynne, die Tochter eines frommen Hauses, sehr bald nach ihrem Gespräch mit dem Kinde über dessen himmlischen Vater, begonnen hatte, es über jene Wahrheiten zu belehren, welche der menschliche Geist selbst im unreifsten Zustande mit so gierigem Interesse einsaugt. Die Kenntnisse, welche Perle in den drei Jahren ihres jungen Lebens gesammelt hatte, waren daher so groß, daß sie recht leidlich eine Verhörung aus der neuenglischen Fibel oder den ersten Seiten des Westminster Katechismus hätte bestehen können, obgleich sie mit der äußeren Form jener beiden berühmten Werke unbekannt war. Die Bockigkeit, welche alle Kinder in höherem oder geringerem Grade besitzen und von welcher Perlchen mit einem zehnfältigen Anteil begabt war, bemächtigte sich ihrer jedoch jetzt gerade in dem unpassendsten Augenblicke und verschloß ihr die Lippen oder trieb sie an, ungehörige Worte auszusprechen. Nachdem das Kind seinen Finger in den Mund gesteckt und sich mehrfach heftig geweigert hatte, die Frage des guten Pfarrers Wilson zu beantworten, erwiderte es endlich, daß es gar nicht geschaffen worden sei, sondern daß seine Mutter es von dem wilden Rosenbusche gepflückt habe, welcher neben der Gefängnistür stand.

Diese phantastische Idee hatte ihr wahrscheinlich die Nähe der roten Rosen des Gouverneurs vor der Glastür nebst ihrer Erinnerung an den Rosenstrauch am Gefängnisse eingegeben, an welchem letzteren sie beim Hierherkommen vorübergegangen war.

Der alte Roger Chillingworth flüsterte dem jungen Geistlichen mit lächelndem Gesichte etwas ins Ohr. Esther Prynne warf einen Blick auf den Heilkünstler und nahm selbst jetzt, wo ihr Schicksal auf dem Spiele stand, mit Schrecken die Veränderung wahr, welche in seinen Zügen stattgefunden hatte. Um wieviel häßlicher er geworden, wie seine dunkle Gesichtsfarbe noch schwärzlicher und sein Körper noch mißgestalter geworden zu sein schien, als zu der Zeit, wo sie in vertrautem Verhältnisse mit ihm gestanden hatte. Ihre Augen trafen sich; sie sah sich aber sogleich genötigt, dem weiteren Fortgange der Szene vor ihr ausschließliche Aufmerksamkeit zu schenken.

»Das ist entsetzlich!« rief der Gouverneur, als er sich langsam wieder von dem Erstaunen erholte, worein ihn Perlens Antwort versetzt hatte. »Das Kind ist drei Jahre alt, und es kann noch nicht einmal sagen, wer es geschaffen hat! Ohne Zweifel schwebt die Kleine über ihre Seele, die gegenwärtige Entartung und das künftige Schicksal derselben ebensosehr im Dunkeln. Ich denke, ihr Herren, daß wir nicht weiter zu fragen brauchen.«

Esther erfaßte Perle, preßte sie heftig in ihre Arme und stellte sich dem alten puritanischen Herrscher mit fast wütendem Ausdrucke entgegen. Allein in der Welt, die sie ausgestoßen hatte, und nur noch in Besitz dieses einzigen Schatzes, der das Leben ihres Herzens erhalten konnte, fühlte sie, daß sie gegen die Welt unverwirkbare Rechte besitze und war bereit, dieselben bis zum Tode zu verteidigen.

»Gott hat mir das Kind gegeben; er hat es mir als Ersatz aller andern Güter geschenkt, die ihr mir genommen hattet. Sie ist mein Glück, nichtsdestoweniger aber auch meine Qual! Perle erhält mich hier im Leben! Aber Perle bestraft mich auch! Seht ihr nicht, daß sie der Scharlachbuchstabe ist, nur daß sie die Fähigkeit erhalten hat, geliebt zu werden, und damit eine millionenfache Gewalt der Vergeltung für meine Sünde? Ihr sollt sie mir nicht nehmen, lieber will ich sterben!«

»Du armes Weib«, sagte der nicht herzlose alte Prediger,

»das Kind soll gut versorgt werden; weit besser, als du es vermöchtest.«

»Gott hat es mir zur Bewahrung anvertraut«, wiederholte Esther, mit fast zum Schreien gesteigerter Stimme, »ich will es nicht hergeben!« und hier wendete sie sich, wie von einem plötzlichen Impuls getrieben, zu dem jungen Geistlichen Dimmesdale, welchen sie bis zu diesem Moment kaum angeblickt hatte. »Sprich du für mich«, rief sie, »du bist mein Pastor gewesen und hast meine Seele in Obhut gehabt und kennst mich besser, als es diese Männer vermögen. Ich will das Kind nicht hergeben; sprich du für mich, du weißt, was in meinem Herzen vorgeht, denn du hast Sympathien, die diesen Männern fehlen, und weißt, was Mutterrechte sind und um wieviel stärker sie werden, wenn eine Mutter nur ihr Kind und den Scharlachbuchstaben hat. Sieh du zu! Ich will das Kind nicht verlieren! Sieh du zu!«

Als der junge Geistliche diese seltsame Aufforderung vernahm, welche kundgab, daß Esther Prynne durch ihre Lage zu einem dem Wahnsinne nahe kommenden Gemütszustande aufgereizt worden war, trat er augenblicklich vor. Er war bleich und hielt die Hand an sein Herz, wie es seine Gewohnheit war, wenn seine eigentümlich reizbaren Nerven in Aufregung gebracht wurden. Er sah jetzt noch sorgenschwerer und abgezehrter aus als damals, wo wir sein Äußeres bei der öffentlichen Schmachszene Esthers beschrieben, und in der unruhigen, wehmütigen Tiefe seiner großen, schwarzen Augen lag, sei es nun infolge seiner abnehmenden Gesundheit oder aus irgendeinem andern Grunde, eine Welt von Pein.

»In dem, was sie sagt, liegt viel Wahres«, begann der Geistliche mit wohlklingender, bebender, aber doch so kräftiger Stimme, daß in der Halle ein Echo hervorgerufen wurde und die hohle Rüstung widerklang. »Es liegt viel Wahres in dem, was Esther sagt, und in dem Gefühle, welches sie beseelt! Gott hat ihr das Kind gegeben und dazu eine instinktmäßige Kenntnis seiner Natur und Bedürfnisse, die beide, dem Anscheine nach, so eigentümlich sind – und die kein anderes sterbliches Wesen besitzen kann. Und liegt nicht überdies eine schaurige Heiligkeit in dem Verhältnisse zwischen dieser Mutter und diesem Kinde?«

»Wieso, guter Herr Dimmesdale?« unterbrach ihn der Gouverneur, »ich bitte Euch, das deutlich zu machen.«

»Es muß so sein«, fuhr der Geistliche fort, »denn sagen wir nicht, wenn wir anderer Ansicht sind, eben dadurch, daß der himmlische Vater, der Schöpfer alles Fleisches, eine Tat der Sünde leichthin anerkannt und den Unterschied zwischen unheiliger Lust und geheiligter Liebe für nichts geachtet habe? Dieses Kind der Schuld des Vaters und der Schande der Mutter ist aus Gottes Händen gekommen, um in vielerlei Weisen auf das Herz derjenigen zu wirken, welche so eindringlich und mit solcher Bitterkeit des Geistes das Recht, es zu behalten, beansprucht. Es sollte eine Segnung, die einzige Segnung ihres Lebens sein! Es war ohne Zweifel auch, wie uns die Mutter selbst gesagt hat, zu einer Vergeltung bestimmt; einer Folter, die sie in so manchem Augenblicke, von welchem wir nichts ahnen, fühlen sollte; einer Pein, einem Stachel, einem stets wiederkehrenden Schmerze inmitten einer unruhigen Freude! Hat sie nicht diesen Gedanken in der Kleidung des armen Kindes ausgedrückt, welches uns so mächtig an das rote Symbol erinnert, das wie ein Mal auf ihrem Busen brennt?«

»Gut gesagt auch das!« rief der gute Herr Wilson. »Ich fürchtete, daß das Weib keinen besseren Gedanken gehabt habe als den, eine Luftspringerin aus dem Kinde zu machen.«

»Oh, nicht so – nicht so«, fuhr Dimmesdale fort. »Glaubt mir, daß sie das hohe Wunder anerkennt, welches Gott durch die Existenz dieses Kindes gewirkt hat, und möge sie ferner fühlen – was, wie ich glaube, die volle Wahrheit ist –, daß diese Gnadengabe vor allem dazu bestimmt war, die Seele der Mutter lebendig zu erhalten und sie vor schwärzeren Tiefen der Sünde zu bewahren, in welche sie Satan sonst hätte stürzen können. Es ist daher gut für dieses arme, sündige Weib, daß seiner Fürsorge eine unsterbliche Seele, ein ewiger Freude und Schmerzen fähiges Wesen anvertraut worden ist, welches von ihr zur Rechtschaffenheit aufgezogen worden, sie in jedem Augenblicke an ihren Fall erinnern, aber sie auch gewissermaßen durch ein heiliges Versprechen des Schöpfers lehren soll, daß, wenn sie das Kind in den Himmel bringen, eben dieses auch seine Mutter in denselben bringen werde! Hierin ist die sündige Mutter besser daran als der sündige Vater. Wir wollen also um Esther Prynnes und nicht weniger um des armen Kindes willen die beiden in dem Verhältnisse lassen, in welches sie zu versetzen die Vorsehung für angemessen erachtet hat.«

»Ihr sprecht mit seltsamer Eindringlichkeit, mein Freund«, sagte der alte Roger Chillingworth und lächelte ihn an.

»Und das, was mein junger Bruder gesprochen, ist von gewichtiger Bedeutung«, fügte Pfarrer Wilson hinzu. »Was meint Ihr, verehrter Herr Bellingham? Hat er nicht gut für das arme Weib geredet?«

»Das hat er in der Tat«, antwortete der Gouverneur, »und er hat solche Gründe angeführt, daß wir die Sache lassen wollen, wie sie jetzt steht – auf so lange wenigstens, als das Weib kein weiteres Ärgernis verursacht. Es muß jedoch dafür gesorgt werden, daß das Kind von Euch oder Dimmesdale zu bestimmten Zeiten gehörig aus dem Katechismus verhört wird, und wenn die geeignete Zeit kommt, so müssen die Zehentmänner darauf achten, daß sie sowohl zur Schule wie zum Gottesdienst geht.«

Der junge Prediger hatte sich, nachdem er seine Fürsprache beendigt, um einige Schritte von der Gruppe entfernt und stand mit teilweise von den dichten Falten des Türvorhanges verborgenem Gesicht da, während der von dem Sonnenscheine auf den Boden geworfene Schatten seiner Gestalt noch von der Heftigkeit seiner Fürsprache erbebte. Perle, der wilde, flüchtige, kleine Elf, schlich leise zu ihm hin, erfaßte seine Hand mit ihren beiden und legte ihre Wange daran; eine so zärtliche und dabei doch so wenig zudringliche Liebkosung, daß ihre Mutter, welche ihr zusah, sich fragte: ›Ist das meine Perle?‹ und doch wußte sie, daß in dem Herzen des Kindes Liebe war, wiewohl sie sich meist in leidenschaftlicher Heftigkeit kundgab und kaum zweimal in dessen Leben von solcher Sanftheit wie jetzt erweicht worden war. Der Geistliche – denn es gibt außer der lange ersehnten Liebe des Weibes nichts Süßeres als diese freiwillig durch einen geistigen Instinkt gewährten Zeichen kindlicher, vorzugsweiser Neigung, die daher auf etwas wahrhaft Liebenswertes an uns zu deuten scheint –, der Geistliche blickte sich um, legte seine Hand auf das Haupt des Kindes, zögerte einen Augenblick und küßte dann dessen Stirn. Die ungewohnte Gefühlsentwicklung Perlchens hielt aber auch nicht länger an, sie lachte und sprang so leicht durch die Halle hin, daß der alte Wilson die Frage erhob, ob auch nur ihre Zehenspitzen den Boden berührten.

»Die kleine Bagage ist ein wahres Hexchen, das muß ich gestehen«, sagte er zu Dimmesdale. »Sie bedarf keines Besenstieles, wie ein altes Weib, zum Fliegen.«

»Ein seltsames Kind!« bemerkte der alte Roger Chillingworth. »Der Anteil, welchen sie von ihrer Mutter hat, ist leicht zu ersehen. Meint Ihr Herren, daß es über die Fähigkeiten eines Philosophen ginge, die Natur dieses Kindes zu analysieren und nach seiner Art und seinen Eigenschaften listig den Vater zu erraten?«

»Nein, es würde sündig sein, in einer solchen Frage den Schlüssen der profanen Philosophie zu folgen«, sagte Pastor Wilson, »besser wäre es, mit Fasten und Beten darauf zu sinnen, und vielleicht noch besser, das Geheimnis so zu lassen, wie wir es finden, wenn es nicht die Vorsehung freiwillig offenbarte. Hierdurch hat jeder gute Christ ein Recht, dem armen verlassenen Kinde die Liebe eines Vaters zu beweisen.«

Sobald die Sache auf so befriedigende Weise abgemacht worden war, verließ Esther Prynne mit Perle das Haus. Man behauptet, daß, als sie die Stufen vor der Tür hinab-stiegen, das Fenster eines Gemaches geöffnet worden sei und Frau Hibbins, Gouverneur Bellinghams zänkische Schwester, dieselbe, die einige Jahre später als Hexe hinge-richtet wurde, in den sonnigen Tag hinausgeschaut habe.

»Pscht, pscht«, sagte sie, und ihr unheilverkündendes Ge-sicht schien einen Schatten auf die heitere Neuheit des Hauses zu werfen. »Willst du heute nacht mit uns kommen, es wird eine lustige Gesellschaft im Walde sein, und ich habe dem schwarzen Manne halb und halb versprochen, daß die hübsche Esther Prynne sich uns anschließen werde.«

»Seid so gut, mich bei ihm zu entschuldigen«, antwortete Esther mit triumphierendem Lächeln, »ich muß daheim bleiben und meine kleine Perle in Obacht nehmen. Wenn sie mir genommen worden wäre, so würde ich gern mit Euch in den Wald gegangen sein und meinen Namen mit meinem eigenen Blute in das Buch des schwarzen Mannes geschrieben haben.«

»Du wirst noch früh genug kommen«, erwiderte die Hexendame mit verzogener Stirn und zog ihren Kopf zu-rück.

Hier zeigte sich aber bereits – wenn wir das Gespräch zwischen Esther Prynne und der Hibbins für wohl verbürgt und nicht für eine Parabel halten – ein Beleg für die Gründe, welche der junge Geistliche gegen die Trennung einer gefallenen Mutter von der Frucht ihrer Schwäche aufgestellt hatte. So früh schon war sie durch das Kind vor den Fallstricken des Satans bewahrt worden.

IX

Der Heilkünstler

Unter dem Namen Roger Chillingworth war, wie sich der Leser erinnern wird, ein anderer Name verborgen, der nach dem Willen seines früheren Trägers nie mehr ausgesprochen werden sollte. Es ist erzählt worden, wie unter der Menge um Esther Prynnes Ausstellung am Pranger ein ältlicher, reisemüder Mann gestanden, der bei seiner Rückkehr aus der gefahrvollen Wildnis das Weib, in welchem er die Wärme und die Frohheit der Heimat verkörpert zu finden gehofft, vor allem Volk als Bild der Sünde aufgestellt sah. Ihr Ruf als Frau wurde von allen mit Füßen getreten, die Schmach war um sie auf öffentlichem Markte zum Geschwätz geworden; für ihre Familie, wenn die Nachricht je bis zu ihr dringen sollte, und die Genossen ihres einst fleckenlosen Lebens war nichts mehr geblieben als die ansteckende Pest ihrer Unehre, welche in strenger Übereinstimmung und im genauen Verhältnisse mit der Innigkeit und Heiligkeit ihrer früheren Bande verteilt werden mußte. Warum sollte also, da ihm die Wahl freistand, der Mann, dessen Verbindung mit der Gefallenen die innigste und heiligste gewesen war, auftreten, um seinen Anspruch auf eine so wenig wünschenswerte Erbschaft geltend zu machen? Er beschloß, sich nicht neben ihr auf das Gerüst der Schande stellen zu lassen: allen, bis auf Esther Prynne, unbekannt und im Besitz des Schlosses und Schlüssels zu ihrem Schweigen, zog er es vor, seinen Namen aus der Liste der Menschheit zu verwischen, und, so weit es seine früheren Verbindungen und Interessen betraf, so völlig aus dem Leben zu verschwinden, als ob er wirklich auf dem Meeresgrunde liege, wo ihm das Gerücht schon längst seinen Platz angewiesen hatte. Sobald er erst diesen Zweck erreicht, erhoben sich um ihn auch neue Interessen und ein neuer Lebenszweck; allerdings ein düsterer, wo nicht sündiger, der aber Gewalt genug besaß, um die volle Kraft aller seiner Fähigkeiten in Anspruch zu nehmen.

Diesem Entschlusse gemäß schlug er in der Puritanerstadt seinen Wohnsitz als Roger Chillingworth und ohne weitere Empfehlung auf als die Gelehrsamkeit und Talente, von denen er ein mehr als gewöhnliches Maß in Besitz hatte. Da er durch seine in einer früheren Lebensperiode gemachten Studien mit dem damaligen Stande der medizinischen Wissenschaft sehr vertraut war, gab er sich für einen Arzt aus und fand als solcher herzliche Aufnahme. Geschickte Männer ärztlichen und wundärztlichen Standes waren in der Kolonie selten. Sie besaßen, wie es schien, nicht häufig den religiösen Eifer, welcher andere Auswanderer über das atlantische Meer führte. Vielleicht waren durch ihre Forschungen in bezug auf den menschlichen Körper die höheren, geistigen Fähigkeiten solcher Männer zu materiell geworden, und sie hatten über dem Labyrinthe jenes wunderbaren Mechanismus, welches Kunst genug in Anspruch zu nehmen schien, um das ganze Leben in sich zu begreifen, den Blick für eine vergeistigte Existenz verloren. Jedenfalls war die Gesundheit der guten Stadt Boston, sofern die Heilkunde etwas damit zu tun hatte, bisher unter der Obhut eines bejahrten Kirchenältesten und Apothekers gewesen, dessen Frömmigkeit und gutes Benehmen gewichtigere Zeugnisse seiner Kunst zu seinen Gunsten waren, als er in Gestalt eines Diploms beizubringen vermocht haben würde. Der einzige Wundarzt war ein Mann, der die gelegentliche Ausübung jener edlen Kunst mit dem täglichen Schwingen des Rasiermessers verband. Für eine solche medizinische Körperschaft war Roger Chillingworth eine glänzende Akquisition. Er betätigte bald seine vertraute Bekanntschaft mit der schwerfälligen, imposanten Maschinerie der alten Heilkunde, in welcher jedes Heilmittel eine Menge von weithergeholten und verschiedenartigen Ingredienzen enthielt, die so mühsam zusammengemischt waren, als ob das Elixier des Lebens daraus hätte werden sollen. Überdies hatte er in seiner Gefangenschaft bei den Indianern eine umfassende Kenntnis der Eigenschaften der einheimischen Kräuter und Wurzeln erworben und verhehlte seinen Kranken nicht, daß er diesen einfachen, dem ungelehrten Wilden von der Natur geschenkten Heilmitteln ebenso großes Vertrauen gewähre wie der europäischen Pharmakopöe, auf deren Ausarbeitung so viele gelehrte Doktoren Jahrhunderte verwendet hatten.

Dieser gelehrte Fremde war, wenigstens soweit es die äußeren Formen eines religiösen Lebens betraf, von exemplarischer Frömmigkeit und hatte bald nach seiner Ankunft den ehrwürdigen Herrn Dimmesdale zu seinem geistlichen Führer erwählt. Der junge Prediger, dessen gelehrter Ruhm noch in Oxford nicht untergegangen war, wurde von seinen wärmeren Bewunderern als beinahe wie ein vom Himmel gesandter Apostel betrachtet, der, sollte er die normale Lebenszeit wirken und arbeiten dürfen, dazu bestimmt sei, ebenso große Dinge für die jetzt schwache neuenglische Kirche zu tun, wie die ersten Kirchenväter für die Kindheit des christlichen Glaubens getan hatten. Um diese Zeit hatte jedoch die Gesundheit des Herrn Dimmesdale offenbar abzunehmen begonnen. Die seine Gewohnheiten am besten kannten, erklärten die Bleichheit der Wangen des jungen Geistlichen durch seine zu eifrige Hingabe an das Studium, seine peinliche Erfüllung der Seelsorgerpflichten und mehr als alles durch die Fasten und Nachtwachen, die er sich häufig auferlegte, um den groben irdischen Ton abzuhalten, seine geistliche Lampe zu verdunkeln und niederzudrücken. Manche behaupteten, daß, wenn Pastor Dimmesdale wirklich sterben sollte, Grund genug vorhanden sei, daß die Welt nicht verdiene, länger von seinen Füßen betreten zu werden. Er selbst gestand andererseits mit charakteristischer Demut öffentlich den Glauben ein, daß, wenn es die Vorsehung für angemessen halten sollte, ihn zu entfernen, seine eigene Unwürdigkeit, auch die geringfügigste Sendung hier auf Erden auzuüben, daran schuld sei. Bei allen diesen Meinungsverschiedenheiten über den Grund seines körperlichen Verfalls konnte doch über die Tatsache selbst kein Zweifel walten. Seine Gestalt wurde abgezehrt, seine Stimme enthielt, wiewohl sie immer noch voll und wohlklingend war, eine gewisse traurige Prophezeiung des Todes. Man bemerkte oft, daß er bei einem leisen Erschrecken oder irgendeinem andern plötzlichen Vorfalle die Hand auf das Herz legte und zuerst errötete und dann erbleichte, was ohne Zweifel vom Schmerz verursacht wurde.

Dies war der Zustand des jungen Geistlichen, und so drohend war die Aussicht, daß sein aufstrahlendes Licht vor der Zeit verlöschen würde, als Roger Chillingworth in der Stadt ankam. Schon sein erstes Auftreten war sozusagen ein vom Himmel Herabfallen oder aus der Erde Aufsteigen, besaß etwas Geheimnisvolles, was leicht bis zum Wunderbaren gesteigert wurde. Er war als ein geschickter Mann bekannt. Man bemerkte, daß er Kräuter und die Blüten wilder Blumen sammelte und Wurzeln ausgrub und Zweige von Waldbäumen pflückte, als ob er mit den verborgenen Kräften desjenigen, was für gemeine Augen wertlos war, bekannt sei. Man hörte, daß er von Sir Kenelm Digby und andern berühmten Männern, deren wissenschaftliche Kenntnisse als fast übernatürlich betrachtet wurden, so sprach, daß sie seine Korrespondenten oder Genossen gewesen sein mußten. Warum war er hierhergekommen, da er einen solchen Rang in der gelehrten Welt besaß? Was konnte er, dessen Wirkungskreis in großen Städten war, in der Wildnis suchen? Zur Antwort auf diese Fragen gewann ein Gerücht an Glauben und wurde, wie abgeschmackt es auch war, von einigen sehr vernünftigen Leuten unterhalten: daß der Himmel geradezu ein Wunder getan habe, indem er einen ausgezeichneten Doktor der Arzneikunde von einer deutschen Universität körperlich durch die Luft getragen und ihn vor der Studierzimmertür des Herrn Dimmesdale niedergelassen habe. Menschen von weiserem Glauben, welche wußten, daß der Himmel ohne die Bühneneffekte der sogenannten wunderbaren Einmischung seine Zwecke erfüllt, waren aber doch geneigt, in Roger Chillingworths so gelegener Ankunft die Hand der Vorsehung zu erblicken.

Diese Idee wurde durch das starke Interesse unterstützt, welches der Arzt stets an dem jungen Geistlichen kundgab. Er heftete sich als Mitglied seiner Gemeinde an ihn und suchte seiner natürlichen Zurückhaltung eine freundliche Zuneigung und Vertrauen abzugewinnen. Er drückte große Besorgnis über den Gesundheitszustand seines Pastors aus, verlangte aber eifrig danach, die Kur zu versuchen, und schien, wenn sie zeitig begonnen würde, an einem günstigen Erfolge nicht zu zweifeln. Die Kirchenältesten, die Diakone, die Matronen und die jungen und schönen Jungfrauen der Gemeinde des Pfarrers Dimmesdale drangen alle gleich stark in ihn, die offen angebotene Geschicklichkeit des Arztes zu benutzen. Dimmesdale wies ihre Bitten sanft zurück.

»Ich bedarf keiner Medizin«, sagte er.

Wie konnte aber der junge Geistliche so sprechen, da doch mit jedem Sonntag seine Wange bleicher und magerer und seine Stimme bebender geworden war – da es mehr zu einer beständigen Gewohnheit als zu einer zufälligen Gebärde wurde, seine Hand auf sein Herz zu drücken? War er seiner Arbeiten müde? Wünschte er den Tod? Diese Fragen wurden dem Pastor Dimmesdale von den älteren Geistlichen in Boston und den Vorstehern seiner Kirche vorgelegt, die ihn »sich vornahmen« wegen der Sünde, die Hilfe, die ihm die Vorsehung so offenbar gewähren wollte, zurückweisen. Er hörte ihnen schweigend zu und versprach endlich, mit dem Arzte zu reden.

»Wäre es Gottes Wille«, sagte Ehrwürden Dimmesdale, als er seinem Versprechen gemäß den alten Roger Chillingworth um seinen ärztlichen Rat ersuchte, »so würde ich zufrieden sein, wenn meine Arbeiten und Kümmernisse und Sünden und Schmerzen in kurzem mit mir zu Ende gingen und daß, was daran Irdisches ist, in meinem Grabe beerdigt würde und das Geistige mit mir in das Jenseits hinüberginge. Jedenfalls wäre mir dieses lieber, als wenn Ihr Eure Geschicklichkeit zu meinem Besten auf die Probe stelltet.«

»Oh«, antwortete Roger Chillingworth mit der Ruhe, welche, mochte sie nun gespielt oder natürlich sein, sein Benehmen stets auszeichnete, »so kann wohl ein junger Geistlicher sprechen. Junge Männer, die noch nicht tiefe Wurzeln geschlagen haben, lassen so leicht vom Leben ab, und fromme Männer, die mit Gott auf Erden wandeln, möchten gern hinweg, um mit ihm in den goldenen Straßen des neuen Jerusalem einherzuschreiten.«

»Nicht doch«, entgegnete der junge Geistliche, indem er die Hand auf sein Herz legte und eine peinliche Röte über seine Stirne zog, »wenn ich würdiger wäre, dort zu wandeln, so möchte ich zufriedener sein, hier zu wirken.«

»Gute Menschen halten sich stets für zu gering«, sagte der Arzt.

Auf diese Weise wurde der geheimnisvolle alte Roger Chillingworth der ärztliche Ratgeber des Herrn Dimmesdale. Da nicht nur die Krankheit das Interesse des Arztes erregte, sondern er auch starke Beweggründe hatte, den Charakter und die geistigen Eigenschaften des Patienten zu erforschen, so verbrachten allmählich diese beiden an Alter so verschiedenen Männer einen großen Teil ihrer Zeit miteinander. Zur Beförderung der Gesundheit des Geistlichen und um den Arzt in den Stand zu setzen, heilsame Pflanzen zu suchen, machten sie lange Spaziergänge an der Meeresküste oder im Walde, wo sie verschiedenartige Reden unter dem Plätschern und Murmeln der Wellen und der feierlichen Hymne des Windes in den Baumwipfeln wechselten. Oft war der eine bei dem andern in seinem einsamen Studierzimmer zu Gaste. Für den Geistlichen lag ein gewisser Zauber in der Gesellschaft des Gelehrten, bei welchem er eine intellektuelle Ausbildung von großer Tiefe und Umfang und eine umfassende Freiheit der Ideen fand, welche er vergebens unter den Mitgliedern seines eigenen Standes gesucht haben würde. Er war eigentlich erschreckt, wo nicht entsetzt, diese Eigenschaft an dem Arzte zu finden. Dimmesdale war ein echter Priester, ein wahrer Mann der Religion, bei dem das Gefühl der Ehrfurcht vor Gott stark entwickelt war und den seine Geistesrichtung zwang, diese mächtig in das Bett eines Glaubensbekenntnisses zu ergießen, wo sie sich im Laufe der Zeit immer tiefer einwühlte. Er würde in keinem Zustande der Gesellschaft das gewesen sein, was man einen Man von liberalen Ansichten nennt, für seinen Frieden mußte es stets ein wesentliches Erfordernis sein, sich von dem Druck eines Glaubens, welcher ihn mit seinem Eisengerüste zugleich einschloß und aufrechterhielt, umgeben zu fühlen. Nichtsdestoweniger empfand er, wenn auch mit einem zitternden Genuß, zuweilen Erleichterung darin, die Welt durch das Mittel einer anderen Art des Geistes als jener, mit welcher er gewöhnlich umging, zu erblicken. Es war, als ob ein Fenster geöffnet würde, welches einer freieren Atmosphäre Zutritt in das enge, schwüle Studierzimmer verstattete, wo sein Leben bei Lampenlicht oder gedämpftem Sonnenschein und dem den Büchern entströmenden, sinnlich wahrnehmbaren oder moralischen Modergeruch verrann. Die Luft war aber zu frisch und kühl, um sie lange mit Behaglichkeit einzuatmen, und der Geistliche – und mit ihm der Arzt – zog sich daher wieder innerhalb der Grenzen dessen zurück, was seine Kirche als orthodox bezeichnete.

So erforschte Roger Chillingworth sorgfältig seinen Patienten, sowohl wie er ihn im gewöhnlichen Leben sah, wo er einen gewohnten Pfad im Bereiche ihm vertrauter Gedanken erhielt, als auch wie er erschien, wenn er in andere moralische Umgebung geriet, deren Neuheit etwas noch nicht Dagewesenes an die Oberfläche seines Charakters heraufbringen konnte. Er hielt es dem Anscheine nach für eine wesentliche Notwendigkeit, den Mann zu kennen, ehe er den Versuch machte, ihm wohlzutun. Überall, wo sein Herz und ein Verstand vorhanden, färben sich die Krankheiten des Leibes mit deren Eigentümlichkeiten. Bei Arthur Dimmesdale waren die Denkkraft und Phantasie so tätig und das Gefühl so reizbar, daß wahrscheinlich die körperliche Gebrechlichkeit darin ihren Ursprung hatte. Roger Chillingworth, der Mann des Wissens, der gute, freundliche Arzt, bemühte sich daher, einen tiefen Blick in das Innere seines Patienten zu werfen, in seine Grundsätze einzudringen, seine Erinnerungen zu erspähen und alle diese Dinge mit vorsichtiger Berührung zu sondieren, wie ein Schatzgräber in einem dunklen Schachte. Nur wenige Geheimnisse können einem Forscher entgehen, der die Gelegenheit und Erlaubnis hat, eine solche Untersuchung vorzunehmen, und dem es nicht an Talent mangelt, sie durchzuführen. Wer mit einem Geheimnisse beladen ist, sollte den vertrauten Umgang mit einem Arzte ganz besonders meiden. Wenn der Arzt angeborenen Scharfsinn und dabei ein gewisses Namenloses, das wir Intuition nennen wollen, besitzt, wenn er keine zudringliche Egozentrik, keine unangenehmen hervorragenden Eigentümlichkeiten besitzt, wenn er die angeborene Fähigkeit hat, seinen Geist mit dem seines Patienten so gleichzustimmen, daß dieser, ohne es zu wissen, dasjenige ausspricht, was er nur gedacht zu haben glaubt, wenn solche Enthüllungen ohne Aufsehen entgegengenommen und weniger durch ausgesprochene Teilnahme als durch Schweigen, einen unartikulierten tiefen Atemzug und hier und da ein Wort, um anzudeuten, daß alles begriffen sei, anerkannt werden, wenn zu diesen Fähigkeiten eines Vertrauten noch die Vorteile kommen, welche sein anerkannt ärztlicher Charakter gewährt, dann wird in irgendeinem unvermeidlichen Augenblicke die Seele des Leidenden in ihre Bestandteile zerlegt werden und sich in einem dunklen, aber durchsichtigen Strome ergießen, der alle ihre Geheimnisse an das Licht des Tages bringt.

Roger Chillingworth besaß alle oder die meisten von den aufgezählten Eigenschaften. Dessenungeachtet verging die Zeit, eine Art von Vertraulichkeit erzeugte sich, wie wir bemerkt haben, zwischen diesen beiden gebildeten Geistern, die ein Feld so umfassend wie die ganze Sphäre der menschlichen Gedanken und Studien zur Begegnung hatten, sie besprachen jeden Gegenstand der Ethik und Religion, der öffentlichen Angelegenheiten und des Privatcharakters, sie redeten beiderseits viel von Dingen, die sie persönlich zu betreffen schienen, und doch stahl sich aus dem Bewußtsein des Geistlichen nie ein Geheimnis wie das, von welchem sein Gefährte glaubte, daß es dort vorhanden sein müsse. Der Arzt hatte sogar den Verdacht, daß ihm nicht einmal die Natur der Körperkrankheit des Arthur Dimmesdale offen mitgeteilt worden sei; es bestand eine seltsame Zurückhaltung.

Nach einiger Zeit führten auf eine Andeutung Roger Chillingsworths die Freunde Dimmesdales ein Arrangement herbei, dem zufolge die beiden in dem gleichen Hause eingemietet wurden, damit jede Ebbe und Flut in den Lebensgezeiten des Geistlichen dem Auge seines besorgten, anhänglichen Arztes sichtbar werden möge. In der Stadt herrschte große Freude, als dieser allgemein gewünschte Zweck erreicht wurde. Man hielt es für die beste Maßregel, die für die Wohlfahrt des jungen Geistlichen möglich sei, falls er nicht wie jene, welche dazu berechtigt zu sein glaubten und es auch von ihm verlangten, eine von den blühenden Jungfrauen der Stadt, die ihn als ihren Seelsorger so innig liebten, zu seiner hingebenden Gattin wählen wollte. Es war jedoch für jetzt keine Aussicht vorhanden, daß Arthur Dimmesdale sich bewegen lassen würde, diesen Schritt zu tun, da er alle derartigen Vorschläge verwarf, als ob das Priesterzölibat zu seinen Artikeln der Kirchenzucht gehöre. Da Dimmesdale also durch eigene Wahl so offenbar dazu bestimmt war, seine Speisen an dem Tische anderer zu genießen und die lebenslängliche Kälte zu ertragen, welche das Los jenes sein muß, welcher sich nur am Kamin eines anderen zu wärmen sucht, schien es wirklich, als ob dieser scharfsinnige, erfahrene, wohlwollende alte Arzt mit seiner zugleich väterlichen und ehrerbietigen Liebe zu dem jungen Pfarrherrn vor allem gerade am besten geeignet sein würde, sich beständig im Bereiche seiner Stimme aufzuhalten.

Die neue Wohnung der beiden Freunde befand sich bei einer frommen Witwe von anständigem sozialen Rang, in einem Hause, das fast genau auf der Stelle stand, wo später der ehrwürdige Bau von King's Chapel errichtet worden ist. Auf dessen einer Seite lag der Begräbnisplatz, ursprünglich Isaak Johnsons Anwesen, und es war daher trefflich geeignet, bei dem Geistlichen sowohl wie bei dem Arzte ernste, ihren Beschäftigungen angemessene Reflexionen zu erregen. Die mütterliche Fürsorge der guten Witwe wies Dimmesdale ein Vorderzimmer auf der Sonnenseite mit dichten Fenstergardinen an, um es des Mittags, falls er es wünschen sollte, zu beschatten. An den Wänden hingen gewirkte Tapeten, angeblich aus der Werkstatt der Gobelins, welche die Geschichte von David und Bathseba und dem Propheten Nathan in noch unverblichenen Farben darstellten, die aber das schöne Weib fast ebenso schaurig erscheinen ließen wie den unheilverkündenden Seher. Hier stellte der bleiche Geistliche seine Bibliothek auf, reich an in Pergament gebundenen Folianten von Kirchenvätern und Büchern voll rabbinischer und Mönchsgelehrsamkeit. Auf der andern Seite des Hauses richtete der alte Roger Chillingworth sein Studierzimmer und Laboratorium ein, welches nicht von der Art war, wie es ein moderner Gelehrter auch nur für leidlich vollständig halten würde, sondern nur einen Destillierapparat enthielt und die Mittel, Kräuter und die Chemikalien zu mischen, die der geübte Alchimist gut anzuwenden verstand. In dieser bequemen Lage ließen sich die beiden Gelehrten, jeder in seinem besonderen Reiche, nieder, gingen aber vertraut zwischen dem einen und dem andern Gemache hin und her und ließen gegenseitig ihren Beschäftigungen eine der Neugier nicht ganz ermangelnde Besichtigung zuteil werden.

Die nachdenklichsten Freunde Dimmesdales waren, wie schon angedeutet, ganz vernünftigerweise der Ansicht, daß die Hand der Vorsehung alles dies zu dem in so vielen öffentlichen und häuslichen und geheimen Gebeten erflehten Zwecke getan habe, dem jungen Geistlichen seine Gesundheit zurückzugeben. Wir müssen aber jetzt sagen, daß ein anderer Teil der Gemeinde in der letzten Zeit seine besonderen Gedanken von dem Verhältnisse zwischen Dimmesdale und dem geheimnisvollen alten Arzte zu fassen begonnen hatte. Wenn eine ungelehrte Menge mit eigenen Augen zu sehen versucht, kommt es ungemein leicht vor, daß sie sich täuscht; wenn sie jedoch ihr Urteil, wie sie es gewöhnlich tut, nach den Eingebungen ihres großen warmen Herzens bildet, so sind die Schlüsse, zu welchen sie auf diese Weise gelangt, oft so tief und richtig, daß sie den Charakter von auf übernatürliche Weise offenbarten Wahrheiten besitzen. Das Volk konnte sein Vorurteil gegen Roger Chillingworth durch keine einer ernstlichen Widerlegung verdienende Tatsachen oder Gründe rechtfertigen. Allerdings gab es im Orte einen betagten Handwerker, der zur Zeit der Ermordung Sir Thomas Overburys vor einigen dreißig Jahren Bürger von London gewesen war und behauptete, daß er den Arzt unter einem andern Namen, welchen der Erzähler der Geschichte jetzt vergessen hatte, in Gesellschaft des in Overburys Geschichte verwickelten Doktor Forman, des berüchtigten alten Zauberers, gesehen habe. Zwei bis drei Individuen deuteten an, daß der Gelehrte während seiner Gefangenschaft bei den Indianern seine medizinischen Kenntnisse durch Teilnahme an den Beschwörungen der Priester der Wilden erweitert habe, die, wie allgemein bekannt, mächtige Zauberer seien und durch ihre Geschicklichkeit in der Schwarzen Kunst oftmals dem Anscheine nach wunderbare Kuren verrichteten. Eine große Zahl – und viele darunter waren Personen von so nüchternem Verstand und so praktischer Beobachtungsgabe, daß in anderen Dingen ihre Ansichten wertvoll gewesen sein würden, – behauptete, daß Roger Chillingworths Äußeres während seines Aufenthaltes in der Stadt, und besonders in der Zeit seines Zusammenwohnens mit Dimmesdale, eine merkwürdige Veränderung erlitten habe. Anfangs sei sein Ausdruck ruhig, nachdenklich und gelehrtenartig gewesen, jetzt aber zeige sein Gesicht etwas Häßliches und Böses, was sie früher nicht bemerkt hätten und was dem Auge desto deutlicher werde, je öfter sie ihn anblickten. Dem Volksglauben nach stammte das Feuer in seinem Laboratorium aus den unteren Regionen und wurde mit höllischem Material genährt, und sein Gesicht ward daher, wie sich leicht denken ließ, von dem Rauche rußig.

Um alles zusammenzufassen, wollen wir kurz sagen, daß sich allgemein die Ansicht verbreitete, der ehrwürdige Arthur Dimmesdale werde gleich vielen anderen Personen von besonderer Heiligkeit zu allen Perioden der christlichen Welt entweder vom Satan selbst oder einem Sendling des Satans in Gestalt des alten Roger Chillingworth heimgesucht. Dieser teuflische Agent besitze auf einige Zeit die Macht, sich in das Vertrauen des Geistlichen einzuwühlen und gegen seine Seele Ränke zu schmieden. Kein vernünftiger Mensch konnte aber, wie man dabei zugleich gestand, bezweifeln, auf wessen Seite endlich der Sieg bleiben werde. Das Volk erwartete mit unerschütterlicher Hoffnung, der Geistliche werde, von der Glorie, die er sicher erwerben müsse, verklärt, aus dem Kampfe hervorgehen. Unterdessen war es allerdings ein trauriger Gedanke, welche tödliche Pein er vielleicht überstehen müßte, ehe er seinen Triumph erringen könne.

Der Düsterheit und dem Schrecken im Auge des armen Geistlichen nach zu urteilen, war aber leider der Kampf ein schwerer und der Sieg keineswegs gewiß.

X
Der Arzt und sein Patient

Der alte Roger Chillingworth war sein ganzes Leben hindurch von ruhigem Temperament, menschenfreundlichem, wenn auch nicht warmem Charakter, aber in allen seinen Verhältnissen zu der Welt ein reiner und rechtschaffener Mensch gewesen. Er hatte eine Untersuchung begonnen, und zwar, wie er sich vorstellte, mit der strengen gleichmütigen Lauterkeit eines Richters, der nur die Wahrheit erforschen will, und als ob die Frage nicht mehr in sich begreife, wie die luftigen Linien und Figuren eines geometrischen Problems statt menschlicher Leidenschaften und ihm selbst zugefügten Unrechts. Als er aber tiefer in die Sache eindrang, bemächtigte sich des alten Mannes ein entsetzlicher fesselnder Zauber, eine Art von grimmiger, dabei aber doch ruhiger Notwendigkeit und ließ ihn nicht eher wieder frei, als bis er ihre Gebote vollkommen ausgeführt hatte. Er wühlte jetzt in dem Herzen des armen Geistlichen wie ein nach Gold suchender Bergmann oder vielmehr wie ein Totengräber, der in einem Grabe vielleicht nach einem Juwel sucht, das auf der Brust eines Toten mit begraben worden war, der aber aller Erwartung nach nichts finden sollte als Moder und Verwesung. Wie unglücklich war aber seine eigene Seele, wenn dies das war, was er suchte.

Zuweilen schimmerte aus den Augen des Arztes ein Licht, blau und unheilverkündend, wie der Widerschein eines Schmelzofens, oder sagen wir, wie das Aufscheinen jenes geisterhaften Feuers, das aus Bunyans furchtbarem Eingang im Hügel schoß und auf des Pilgers Gesicht flackerte. Der Boden, worin der düstere Bergmann grub, hatte ihm vielleicht Zeichen gegeben, welche ihn zum Fortfahren ermunterten.

»Dieser Mann«, sagte er in einem solchen Augenblicke zu sich, »hat, für so rein man ihn auch hält, so geistig er auch scheint, von seinem Vater oder seiner Mutter eine starke animalische Natur ererbt. Graben wir noch etwas weiter in der Richtung dieser Ader.«

Nach langem Suchen in dem nebelig trüben Innern des Geistlichen und vielfachem Umwühlen einer Menge kostbarer Materialien in Gestalt hoher Wünsche für das Glück seines Geschlechts, warmer Liebe der Seelen, reiner Gefühle, natürlicher durch Denken und Studium verstärkter und durch die Offenbarung erleuchteter Frömmigkeit – unschätzbares Gold, das dem Suchenden vielleicht nicht besser erschien als taubes Gestein –, wendete er sich entmutigt zurück und erneuerte seine Suche in anderer Richtung. Er schlich so leise, mit so vorsichtigem Tritt und so umsichtigem Blicke daher wie ein Dieb, der in ein Gemach kommt, wo ein Mensch halb im Schlafe oder vielleicht auch ganz munter daliegt, um den Schatz zu stehlen, welchen jener Mensch wie seinen Augapfel hütet. Trotz seiner wohlbedachten Vorsicht knarrte doch von Zeit zu Zeit der Fußboden, seine Gewänder rauschten, der Schatten seiner Gegenwart in verbotener Nähe fiel auf das Opfer. Mit anderen Worten: Dimmesdale, dessen Nervenreizbarkeit oft die Wirkung geistiger Intuition hatte, nahm unbestimmt wahr, daß sich etwas seinem Frieden Feindliches in erzwungene Verbindung mit ihm gesetzt hatte. Aber auch der alte Roger Chillingworth hatte ein fast intuitives Wahrnehmungsvermögen, und wenn der Prediger seine erschreckten Augen auf ihn warf, so saß der Arzt als gütiger, wachsamer, teilnehmender aber nie aufdringlicher Freund da.

Dimmesdale würde jedoch den Charakter dieses Menschen vollkommener erkannt haben, hätte ihn nicht eine gewisse Krankhaftigkeit, der verletzte Herzen oft ausgesetzt sind, gegen alle Menschen argwöhnisch gemacht. Da er keinem als seinem Freunde traute, so konnte er auch seinen Feind nicht erkennen, als dieser wirklich erschien. Er blieb daher im vertrauten Verkehr mit ihm und empfing den alten Arzt täglich in seinem Studierzimmer oder besuchte das Laboratorium und beobachtete zu seiner Erholung die Verfahrensweisen, durch welche Kräuter in kräftige Heilmittel verwandelt wurden.

Eines Tages sprach er, die Stirne auf die Hand und den Ellbogen auf die Brüstung des offenen Fensters gelehnt, das nach dem Gottesacker hinausging, mit Roger Chillingworth, während der alte Mann ein Bündel von unscheinbaren Pflanzen untersuchte.

»Wo«, fragte er mit einem über sie hingleitenden Blicke, denn es war eine Eigentümlichkeit des Geistlichen, daß er jetzt selten einen belebten oder leblosen Gegenstand gerade anschaute, »wo habt Ihr jene Kräuter mit dem dunkeln lappigen Blatte gesammelt, guter Doktor?«

»Auf dem Gottesacker hier vor uns«, antwortete der Arzt, ohne sich in seiner Beschäftigung stören zu lassen. »Sie sind mir neu. Ich fand sie auf einem Grabe, welches außer diesen häßlichen Kräutern, die es übernommen haben, die Erinnerungen an den Toten zu erhalten, weder einen Leichenstein noch ein anderes Denkzeichen besaß. Sie wuchsen aus seinem Herzen und bedeuteten vielleicht ein häßliches Geheimnis, das er besser getan haben würde, während seiner Lebenszeit zu bekennen.«

»Vielleicht«, sagte Dimmesdale, »hat er es ernstlich gewünscht, aber nicht gekonnt.«

»Und weshalb?« erwiderte der Arzt, »weshalb nicht, da alle Kräfte der Natur so eindringlich das Bekenntnis der Sünde verlangen, daß diese schwarzen Kräuter aus einem begrabenen Herzen entsprossen sind, um ein unausgesprochenes Verbrechen offenkundig zu machen.«

»Das ist nur eine Phantasie von Euch, Doktor«, entgegnete der Geistliche, »es kann, ahne ich recht, keine Gewalt, keine unter der göttlichen Gnade stehende Macht geben, die, sei es nun durch ausgesprochene Worte oder durch Zeichen oder Bilder, die mit einem menschlichen Herzen vielleicht begrabenen Geheimnisse offenbaren könnte. Das Herz, welches sich solcher Geheimnisse schuldig macht, muß sie bewahren bis zu dem Tage, da alles Verborgene offenbar werden soll. Auch habe ich die Heilige Schrift nicht so gelesen oder ausgelegt, daß ich der Meinung wäre, die Offenbarung menschlicher Gedanken und Taten, welche dort stattfinden soll, sei als ein Teil der Vergeltung zu betrachten. Das würde sicherlich eine seichte Ansicht von der Sache sein. Nein, diese Enthüllungen sollen, sofern ich nicht sehr irre, bloß dazu dienen, die intellektuelle Genugtuung aller verständigen Wesen zu befördern, die an jenem Tage dastehen und warten werden, um das dunkle Problem dieses Lebens sich aufklären zu sehen. Eine Kenntnis der menschlichen Herzen wird zur vollkommensten Lösung dieses Problems notwendig sein. Und ich bin übrigens der Ansicht, daß diejenigen Herzen, welche so unglückselige Geheimnisse enthalten wie das, von welchem Ihr sprecht, sie an jenem letzten Tage nicht mit Widerstreben, sondern mit einer unaussprechlichen Freude verkünden werden.«

»Warum wollen Sie diese dann nicht hier aufdecken?« fragte Roger Chillingworth mit einem ruhigen Seitenblicke auf den Geistlichen, »warum sollte nicht der Schuldige früher dieser unaussprechlichen Erquickung teilhaftig werden?«

»Es geschieht auch meistens«, sagte der Geistliche, indem er scharf nach seiner Brust griff, als ob ihm wieder ein lästiger Schmerz zu schaffen machte. »Gar manche arme Seele hat mir ihr Vertrauen geschenkt, nicht nur auf dem Sterbebett, sondern auch bei kräftigem Leben und gutem Ruf, und welche Erleichterung habe ich stets nach einem solchen Ausschütten bei jenen sündigen Brüdern wahrgenommen! Gerade wie bei einem, der endlich freie Luft einatmet, nachdem er lange in einem von seinem eignen verderbten Atem verunreinigten Zimmer gewesen ist. Wie kann es auch anders sein? Warum sollte ein Unglücklicher, der, sagen wir einmal, eines Mordes schuldig ist, es vorziehen, den Leichnam in seinem eignen Herzen zu begraben, statt ihn ohne weiteres von sich zu werfen und der Welt zu überlassen, sich seiner anzunehmen.«

»Und doch begraben manche Menschen ihre Geheimnisse auf diese Weise«, bemerkte der ruhige Arzt.

»Ja, es gibt solche Menschen«, antwortete Dimmesdale. »Ohne aber nicht am Tage liegende Gründe anzugeben, können wir glauben, daß sie gerade durch die Art ihrer Natur stumm erhalten werden. Oder können wir nicht das annehmen? – so sündig sie vielleicht auch sind, haben sie doch dessenungeachtet in ihrem Herzen Eifer für den Ruhm Gottes und das Wohlergehen des Menschen bewahrt und schrecken davor zurück, sich dem Auge der Menschen schwarz und kotbefleckt zu zeigen, weil von da an nichts Gutes mehr durch sie bewirkt, keine böse Tat der Vergangenheit durch bessere Handlungen wiedergutgemacht werden kann, so gehen sie zu ihrer eignen unsagbaren Qual unter ihren Mitmenschen umher und scheinen diesen weiß wie frisch gefallener Schnee, während ihre Herzen von einer Schuld befleckt und besudelt sind, deren sie sich nicht entledigen können.«

»Solche Menschen betrügen sich selbst«, sagte Chillingworth mit etwas größerem Nachdruck als gewöhnlich und
machte eine leichte Geste mit seinem Zeigefinger. »Sie
fürchten, die ihnen mit Recht gebührende Schmach auf
sich zu nehmen. Ihre Liebe zum Menschen, ihr Eifer im
Dienst Gottes – diese frommen Triebe mögen oder mögen
nicht in ihrem Herzen zugleich mit den sündigen Bewohnern vorhanden sein, denen ihre Schuld die Tür aufge-
schlossen hat und die notwendigerweise eine Höllenbrut in
ihrem Innern fortpflanzen müssen. Wenn sie aber Gott die
Ehre geben wollen, so mögen sie ihre unreinen Hände
nicht gen Himmel erheben! Wenn sie ihren Nebenmenschen dienen wollen, so mögen sie es dadurch tun, daß sie
die Gewalt und das wirkliche Vorhandensein des Gewissens
offenbar werden und sich zu bußfertiger Selbsterniedrigung
zwingen lassen. Wollt Ihr, mein weiser und frommer
Freund, mich überreden, daß ein solcher Schein besser und
mehr zum Ruhme Gottes oder der Wohlfahrt des Menschen sein könne als die eigene Wahrheit Gottes? Glaubt
mir, solche Menschen betrügen sich selbst!«

»Es mag wohl sein«, sagte der junge Geistliche gleichgültig, als mache er einer Diskussion, die er für nicht hier-
hergehörig oder unpassend halte, ein Ende. Er besaß in der
Tat die Fähigkeit, mit leichter Mühe Gegenständen aus-
zuweichen, die sein zu reizbares Temperament in Aufregung versetzten. »Jetzt aber möchte ich meinen geschickten
Arzt fragen, ob er wirklich glaubt, daß ich von seiner
freundlichen Sorge für diesen meinen schwachen Körper
Nutzen gezogen habe?«

Ehe Roger Chillingworth noch antworten konnte, hörten sie das klare, wilde Lachen der Stimme eines jungen
Kindes von dem benachbarten Begräbnisplatz her. Der
Geistliche blickte instinktmäßig aus dem offenen Fenster,
denn sie befanden sich im Sommer, und sah Esther Prynne
und die kleine Perle auf dem Fußpfade schreiten, welcher

die Einfriedigungen durchschnitt. Perle sah schön wie der Tag aus, war aber in einer jener lustigen und dabei ungehorsamen Launen, durch welche sie, so lange sie dauerten, völlig aus der Sphäre menschlicher Sympathie oder Berührung entfernt zu sein schien. Sie hüpfte jetzt unehrerbietig von einem Grabe zum andern, bis sie zu dem breiten, glatten, mit ausgehauenen Wappenschildern gezierten Grabsteine eines einst angesehenen Mannes – vielleicht Isaak Johnsons selbst – gekommen, darauf zu tanzen anfing. Auf das Gebot und die Bitte ihrer Mutter, sich geziemender zu benehmen, blieb Perlchen einen Augenblick stehen, um vor einer hohen Klettenstaude, die neben dem Grabe stand, die widerhalsigen Kletten zu pflücken. Von diesen nahm sie eine Handvoll und ordnete sie den Linien des Scharlachbuchstabens entlang, welcher den Busen ihrer Mutter dekorierte und an welchem die Kletten, ihrer Natur gemäß, fest hängenblieben. Esther streifte sie nicht ab.

Roger Chillingworth hatte sich jetzt dem Fenster genähert und lächelte trübe.

»In der Natur dieses Kindes ist kein Gesetz, keine Achtung gegen die eingesetzte Gewalt, keine Rücksicht auf menschliche Gebote oder Meinungen, auf Recht oder Unrecht vorhanden«, bemerkte er, zu sich selbst so gut gewendet wie zu seinem Gefährten. »Ich sah, wie sie neulich an der Viehtränke im Spring Lane den Gouverneur selber mit Wasser bespritzte. Was in des Himmels Namen mag sie sein? Ist der Kobold ganz und gar bös? Hat sie Gefühle? Läßt sich irgendein Prinzip ihres Daseins erkennen?«

»Keines – als die Freiheit eines gebrochenen Gesetzes«, antwortete Dimmesdale ruhig, als ob er den Punkt schon bei sich selbst in Betracht gezogen habe. »Ob sie des Guten fähig sein mag, weiß ich nicht.«

Das Kind hatte wahrscheinlich ihre Stimmen gehört, denn es blickte mit einem strahlenden, aber schelmischen

Lächeln voll Lust und Verstand zu dem Fenster hinauf und warf eine von den stacheligen Kletten nach Dimmesdale. Der Geistliche schrak, von nervösem Schauder ergriffen, vor dem leichten Wurfgeschoß zurück. Als Perle seine Bewegung wahrnahm, klatschte sie mit dem überschwenglichsten Entzücken in ihre kleinen Hände. Esther Prynne hatte ebenfalls unwillkürlich hinaufgeblickt und diese vier Personen betrachteten einander schweigend, bis das Kind laut auflachte und schrie: »Komm fort, Mutter! Komm, sonst wird dich der alte schwarze Mann dort fangen. Den Prediger hat er schon. Komm mit, Mutter, sonst wird er dich fangen. Perlchen aber kann er nicht haschen!«

Hiermit zog sie ihre Mutter hinweg und hüpfte, tanzte und sprang phantastisch zwischen den Leicherhügeln umher, wie ein Geschöpf, das mit dem vergangenen und begrabenen Geschlechte nichts gemein hat und keine Verwandtschaft mit ihm anerkennt. Es war, als ob sie frisch aus neuen Elementen geschaffen sei und es ihr notwendigerweise gestattet werden müsse, ihr eigenes Leben zu leben und sich selbst Gesetz zu sein, ohne daß ihre Seltsamkeiten ihr zum Verbrechen angerechnet würden.

»Da geht ein Weib«, begann Roger Chillingworth nach einer Pause von neuem, »das, was auch seine Fehler sein mögen, doch nichts von dem Geheimnisse verborgener Sündhaftigkeit an sich hat, welches Ihr für so schwer zu tragen haltet. Denkt Ihr, Esther Prynne sei um jenes Scharlachbuchstabens auf ihrer Brust willen weniger elend?«

»Ich glaube es wirklich«, antwortete der Geistliche. »Dessenungeachtet kann ich nicht für sie antworten. Auf ihrem Gesicht lag ein Ausdruck der Pein, mit dessen Anblick ich gern verschont geblieben wäre. Dennoch aber denke ich, es würde für den Leidenden besser sein, seine Qual zeigen zu dürfen, wie jenes arme Weib, als sie in seinem Herzen zugedeckt halten zu müssen.«

Es entstand wieder eine Pause, und der Arzt begann von

neuem, die Pflanzen, welche er gesammelt hatte, zu untersuchen und zu ordnen.

»Ihr habt vor einiger Zeit«, sagte er endlich, »mein Urteil über Eure Gesundheit verlangt.«

»Das habe ich getan«, antwortete der Geistliche, »und möchte es gerne erfahren. Ich bitte Euch, offen zu sprechen, sei es zum Leben oder zum Tode.«

»Also offen und ehrlich gesagt«, sprach der Heilkünstler, immer noch mit seinen Pflanzen beschäftigt, aber mit einem wachen Auge auf Dimmesdale, »die Krankheit ist eine seltsame; nicht sowohl an sich oder in ihren äußeren Kundgebungen – wenigstens soweit als die Symptome mir klar geworden sind. Da ich Euch täglich ansehe, mein guter Herr, und Euer Äußeres jetzt seit einigen Monaten beobachtete, muß ich Euch wohl für einen sehr kranken Mann halten, aber nicht für so krank, daß ein gelehrter und wachsamer Arzt nicht noch mit Grund hoffen könnte, Euch zu heilen – aber – ich weiß nicht, was ich sagen soll – die Krankheit ist von einer Art, die ich zu kennen scheine und doch nicht kenne.«

»Ihr sprecht in Rätseln, gelehrter Herr«, sagte der blasse Geistliche, indem er seitwärts aus dem Fenster blickte.

»Dann muß ich deutlicher sprechen«, fuhr der Arzt fort, »und ich bitte für diese notwendige Deutlichkeit meiner Rede um Verzeihung – wenn sie der Verzeihung zu bedürfen scheinen sollte. Erlaubt mir zu fragen – als Euer Freund – als einer, dem nach der Vorsehung Euer Leben und körperliches Wohlsein anvertraut ist –, habt Ihr mir auch alle Wirksamkeit dieser Krankheit offen dargelegt und berichtet?«

»Wie könnt Ihr das in Frage ziehen?« fragte der Geistliche. »Es würde ja eine Kindertorheit sein, den Arzt herbeizurufen und dann die wunde Stelle zu verbergen.«

»Ihr wollt mir damit also sagen, daß ich alles wisse«, sagte Roger Chillingworth langsam und heftete sein von hoher konzentrierter Intelligenz strahlendes Auge auf das Gesicht des Geistlichen. »Es mag sein! Aber ich sage wieder: Der, welchem nur das äußere und physische Übel aufgedeckt wird, kennt oftmals nur die Hälfte der Krankheit, deren Heilung man von ihm verlangt. Eine körperliche Krankheit, die wir als ein Ganzes an sich selbst betrachten, kann am Ende doch nur ein Symptom eines Gebrestes unseres geistigen Teiles sein. Ich bitte Euch nochmals um Verzeihung, guter Herr, wenn meine Worte auch nur den Schatten einer Kränkung enthalten sollten. Ihr, Herr, seid von allen Menschen, die ich noch gekannt habe, derjenige, dessen Körper mit dem Geiste, dessen Werkzeug er ist, am engsten zusammenhängt und sich sozusagen identifiziert.«

»Dann brauche ich Euch nicht weiter zu fragen«, sagte der Geistliche, indem er sich etwas hastig von seinem Stuhle erhob. »Denn ich nehme nicht an, daß Ihr es mit Arznei für die Seele zu tun habt.«

»So hat eine Krankheit«, fuhr Roger Chillingworth mit unverändertem Tone und ohne auf die Unterbrechung zu achten, fort, indem er aber aufstand und sich mit seiner kleinen, dunklen, verunstalteten Figur vor den verhärmten und bleichgesichtigen Geistlichen hinstellte – »eine wunde Stelle in Eurem Geiste, wenn wir es so nennen wollen, sofort auch ihre geeignete Kundgebung in Eurem Körper. Wollt Ihr daher, daß Euer Arzt das körperliche Übel heile, so muß ich Euch darauf antworten, wie ist das möglich, wenn Ihr ihm nicht vorher die Wunde oder die kranke Stelle in Eurer Seele offen darlegt?«

»Nein! – weder Euch noch irgendeinem irdischen Arzte!« rief Dimmesdale leidenschaftlich und heftete seine Augen voll und schimmernd und mit einer Art von Heftigkeit auf den alten Roger Chillingworth. »Euch nicht! Wenn es aber eine Krankheit der Seele ist, dann empfehle ich mich dem einen Arzt der Seelen! Er kann, wenn es seinem Ratschlusse entspricht, heilen oder töten. Er mag mit mir verfahren, wie es ihm in seiner Weisheit und Gerechtigkeit angemessen erscheint; aber wer bist du, daß du dich in diese Sache mischest? – daß du es wagst, dich zwischen den Leidenden und seinen Gott zu drängen?«

Er eilte mit einer Gebärde halber Raserei aus dem Zimmer.

»Es ist gut, daß ich diesen Schritt getan habe«, sagte sich Roger Chillingworth und blickte dem Geistlichen mit einem ernsten Lächeln nach. »Es ist nichts verloren. Wir werden bald wieder Freunde sein, aber sieh einer an, wie sich die Leidenschaft dieses Mannes bemächtigte und ihn außer sich bringt! Wie es sich mit der einen Leidenschaft verhält, so auch mit anderen. Der fromme Herr Dimmesdale wird wohl schon einmal etwas ganz Wildes getan haben.«

Es erwies sich nicht als schwierig, die Vertraulichkeit der beiden Gefährten auf demselben Fuße und in demselben Grade wie früher wiederherzustellen. Der junge Geistliche begriff nach einigen allein zugebrachten Stunden, daß seine Nervenreizbarkeit ihn zu einem unziemlichen Zornesausbruch getrieben hatte, der durch nichts in den Worten des Arztes entschuldigt werden konnte. Er wunderte sich in der Tat über die Gewaltsamkeit, womit er den freundlichen alten Mann zurückgestoßen hatte, als dieser ihm bloß den Rat anbot, welchen ihm zu geben seine Pflicht war und den er selbst ausdrücklich verlangt hatte. In diesem reuigen Gefühle brachte er ihm ohne Zeitverlust die umfassendsten Entschuldigungen dar und bat seinen Freund, die Fürsorge fortzusetzen, welche, wenn sie auch nicht imstande sei, ihm die Gesundheit wiederzugeben, doch aller Wahrscheinlichkeit nach bewirkt habe, daß seine schwache Existenz bis zu dieser Stunde verlängert worden sei. Roger Chillingworth willigte gern ein, setzte seine medizinische Obhut über den Geistlichen fort und tat für ihn alles, was er vermochte, verließ jedoch nach jedem ärztlichen Besuche des Patienten dessen Zimmer mit einem geheimnisvollen, rätselhaften Lächeln auf den Lippen. Dieser Ausdruck war in Dimmesdales Gegenwart unsichtbar, zeigte sich jedoch stets von dem Augenblicke an, wo der Arzt über die Schwelle trat.

»Ein seltsamer Fall!« sagte er zu sich selbst; »ich muß einen tieferen Einblick gewinnen; eine seltsame Sympathie zwischen Seele und Körper; ich muß der Sache auf den Grund kommen, wenn es auch nur um der Kunst willen wäre.«

Nicht lange nach dem berichteten Auftritte traf es sich, daß Dimmesdale am hellen Mittage und ganz ohne es zu bemerken, während er auf seinem Stuhle saß und einen großen, mit gotischen Buchstaben gedruckten Folianten vor sich geöffnet auf dem Tische liegen hatte, in einen tiefen Schlummer sank. Das Werk mußte ein Beispiel hohen Talentes in der einschläfernden Schule der Literatur sein. Die ungewöhnliche Tiefe der Ruhe des Geistlichen war um so merkwürdiger, als er sonst zu den Personen gehörte, deren Schlaf so leise, so launisch und so leicht verscheuchbar ist wie ein in den Zweigen hüpfendes Vögelchen. Sein Geist hatte sich jedoch jetzt bis zu einer so ungewöhnlichen Ferne in sich selbst zurückgezogen, daß er sich nicht auf seinem Stuhl bewegte, als der alte Roger Chillingworth ohne besondere Vorsichtsmaßregel in das Zimmer trat. Der Arzt ging sogleich auf seinen Patienten zu, legte seine Hand auf dessen Brust und schob das Kleidungsstück beiseite, welches diese bisher stets, selbst vor dem Auge der Wissenschaft, verborgen gehalten hatte.

Jetzt schauerte Dimmesdale in der Tat zusammen und bewegte sich leise.

Nach einer kurzen Pause wendete sich der Arzt von ihm ab.

Aber mit welchem wilden Blick der Verwunderung, der Freude und des Entsetzens! Mit welchem schauderhaften Entzücken, das zu mächtig war, um sich nur durch das

Auge und die Züge des Gesichts ausdrücken zu lassen und daher durch die ganze Häßlichkeit seiner Gestalt hervorbrach und sich sogar lärmend in den ausschweifenden Gebärden kundgab, womit er seine Arme nach der Decke emporwarf und mit dem Fuße auf den Boden stampfte. Wer den alten Roger Chillingworth in jenem Augenblicke seiner Ekstase gesehen hätte, würde sich nicht zu fragen gebraucht haben, wie sich Satan benimmt, wenn eine kostbare Menschenseele dem Himmel verlorengeht und seinem Reiche gewonnen wird.

Was aber die Ekstase des Arztes von der des Satans unterschied, das war der Zug von Verwunderung, welcher sich darin kundgab.

XI

Das Innere eines Herzens

Nach dem letztbeschriebenen Vorfalle war der Verkehr zwischen dem Geistlichen und dem Arzte, wiewohl äußerlich noch der gleiche, doch wirklich von einem anderen Charakter als früher. Roger Chillingworths Verstand hatte jetzt einen Weg vor sich, der klar genug dalag. Allerdings war es nicht gerade der, auf dessen Betretung er sich vorbereitet hatte. So ruhig, sanft und leidenschaftslos er auch schien, besaß der unglückliche alte Mann doch, wie wir fürchten müssen, eine stille, tiefe Bosheit, die bisher geschlummert hatte, jetzt aber zur Tätigkeit gelangte und ihn antrieb, sich eine seelische Rache auszudenken, wie sie noch nie ein Sterblicher an einem Feinde geübt hatte. Er wollte sich zu dem einzigen vertrauten Freunde machen, dem alle Furcht, Gewissensbisse, Qual, wirkungslose Reue, jede Rückströmung sündiger, vergebens verbannter Gedanken mitgeteilt werden sollte. Der ganze sündige Schmerz, der vor der Welt verborgen gehalten wurde, deren großes

Herz ihn bemitleidet und ihm verziehen haben würde, sollte ihm, dem Mitleidlosen, ihm, dem Nieverzeihenden, offenbart, alle jene dunkeln Schätze gerade an denjenigen verschwendet werden, welchem nichts anderes so angemessen die Schuld der Rache zu zahlen vermochte!

Die scheue, reizbare Zurückhaltung des Geistlichen hatte diesen Plan zunichte gemacht. Roger Chillingworth war jedoch kaum geneigt, mit der Lage der Dinge weniger zufrieden zu sein, welche die Vorsehung, sich des Rächers und seines Opfers zu ihren eigenen Zwecken bedienend und vielleicht da verzeihend, wo sie am schwersten zu strafen schien, an die Stelle seiner schwarzen Absichten gesetzt hatte. Er konnte beinahe sagen, ihm sei eine Offenbarung zuteil geworden, und für seinen Zweck war es fast gleichviel, ob dieselbe vom Himmel oder aus einer andern Region kam. Mit ihrer Hilfe schien ihm in allen späteren Beziehungen zwischen ihm und Dimmesdale nicht bloß die äußerliche Gegenwart, sondern auch das Innerste von dessen Seele vor die Augen gestellt zu werden, so daß er jede ihrer Bewegungen sehen und begreifen konnte. Er war von da an nicht mehr bloß ein Zuschauer, sondern spielte eine Hauptrolle in der inneren Welt des armen Geistlichen. Er konnte auf ihm spielen, wie es ihm beliebte. Wollte er ihn durch ein Zucken der Qual aufstacheln? Das Opfer lag beständig auf der Folter, er brauchte nur die Feder zu kennen, wodurch die Maschine in Tätigkeit geriet, und der Arzt kannte sie vollkommen. Wollte er ihn durch plötzliche Furcht erschrecken? Wie durch die Bewegung eines Zauberstabes erhob sich ein grausiges Gespenst, drängte sich in vielfacher Gestalt, in der des Todes oder noch entsetzlicherer Schmach, um den Geistlichen und deutete mit den Fingern auf seine Brust.

Alles dies geschah mit so vollkommener Feinheit, daß der Geistliche, wiewohl in beständiger unbestimmter Ahnung, daß ein böser Einfluß über ihm wache, doch nie zur

Kenntnis von deren eigentlicher Natur gelangen konnte. Allerdings blickte er voller Zweifel und Furcht, zuweilen sogar mit dem Abscheu und der Bitterkeit des Hasses auf die unförmige Gestalt des alten Arztes. Seine Gebärden, sein Gang, sein grauer Bart, seine gewöhnlichsten und gleichgültigsten Handlungen, ja selbst der Schnitt seiner Kleider waren ihm verhaßt – ein unbedingt zuverlässiges Merkmal einer tieferen Antipathie in seiner Brust, als er sich selber gestehen wollte; denn da es unmöglich war, einen Grund für ein solches Mißtrauen und solchen Abscheu anzugeben, schrieb Dimmesdale in dem Bewußtsein, daß das Gift der einen kranken Stelle sein ganzes Herz angesteckt habe, alle seine Ahnungen keiner anderen Ursache zu. Er warf sich selbst seine Abneigung gegen Roger Chillingworth vor, ließ die Lehre, welche er daraus hätte ziehen sollen, unbeachtet und strengte sich an, sie auszurotten. Obgleich er dies nicht vermochte, setzte er doch grundsatzmäßig den gewohnten vertraulichen Umgang mit dem alten Manne fort und gewährte ihm so beständig Gelegenheiten zur Ausführung des Zweckes, welchem sich der Rächer geweiht hatte, dieses arme, vereinsamte Geschöpf, dessen Unglück noch tiefer als das seines Opfers war.

Während er so an körperlicher Krankheit litt und die schwarze Unruhe seiner Seele an ihm nagte und ihn folterte und er dem Tun seines Todfeindes ausgesetzt war, hatte Dimmesdale in seinem heiligen Amte einen glänzenden Ruhm erworben. Er errang ihn in der Tat zum großen Teil eben durch seine Verzweiflungen. Seine intellektuellen Gaben, seine moralischen Fähigkeiten, seine Kraft, Empfindungen zu fühlen und mitzuteilen, wurden durch den Stachel und die Pein seines täglichen Lebens in einem Zustande nicht mehr ganz natürlicher Tätigkeit erhalten. Sein Ruhm überschattete, obgleich er seinen Gipfelpunkt noch nicht erreicht hatte, doch bereits den weniger glänzenden

Ruf seiner Amtsbrüder, so ausgezeichnet auch einige davon waren. Es gab unter ihnen Gelehrte, die auf die Erwerbung abstruser theologischer Kenntnisse eine größere Anzahl von Jahren verwendet hatten als Dimmesdales ganzes Leben umfaßte, und die daher in dergleichen soliden und wertvollen Dingen größere Erfahrung besitzen mußten als ihr jugendlicher Kollege. Es gab ferner Männer von robusterer Geistesart und mit größerem Anteil an gewitztem harten, eisernen und granitenen Verstande, der im gehörigen Gemisch mit einer guten Quantität von dogmatischen Ingredienzen eine höchst achtbare, wirksame und unliebenswürdige Varietät des klerikalen Geschlechtes bildet. Weiter befanden sich unter ihnen wahrhaft heilige Väter, deren Fähigkeiten durch mühsame Arbeit an ihren Büchern, durch geduldiges Denken erweitert und, mehr noch, durch geistliche Verbindung mit einer besseren Welt verfeinert worden waren, in die sie durch die Reinheit ihres Lebens fast schon eingetreten wären, während die Kleidung des Fleischlichen noch an ihnen hing. Ihnen mangelte weiter nichts als die Gabe, welche am Pfingstfeste in Flammenzungen auf die erwählten Jünger herabgestiegen war, was, so will es uns scheinen, nicht die Macht der Rede in fremden und unbekannten Zungen bedeuten soll, sondern die Fähigkeit, das ganze Menschengeschlecht in der dem Herzen angeborenen Sprache anzureden. Diesen in jeder andern Hinsicht so apostolischen Vätern mangelte des Himmels letztes und köstlichstes Zeugnis ihres Amtes, die Flammenzunge. Sie würden sich vergeblich bestrebt haben, wenn ihnen dieses Streben auch nur im Traum eingefallen wäre, die höchsten Wahrheiten durch das bescheidenste Mittel bekannter Worte und Bilder auszudrücken. Ihre Stimmen drangen fern und undeutlich aus den oberen Höhen herab, wo sie ihre Wohnung aufgeschlagen hatten.

Es ist nicht unwahrscheinlich, daß Dimmesdale durch viele seiner Charakterzüge eigentlich zu dieser letztern

Menschenklasse gehörte. Er wäre zu den hohen Berggipfeln des Glaubens und der Frömmigkeit emporgeklommen, wenn nicht sein Streben durch die Last, sei es nun des Vergehens oder der Pein, gehemmt worden wäre, unter welcher dahinzuschwanken sein Schicksal mit sich brachte. Sie hielt ihn nieder auf dem gleichen Niveau mit dem Geringsten, ihn, den Mann der sublimen Eigenschaften, auf dessen Stimme sonst die Engel gelauscht und geantwortet hätten. Aber gerade diese Bürde war es, welche ihm ein so inniges Gleichgefühl mit der sündigen Brüderschaft der Menschheit verlieh, so daß sein Herz mit dem ihren gleichgestimmt schlug und ihre Pein in sich selbst aufnahm und seinen eigenen Pulsschlag des Schmerzes in Strömen trauriger, überzeugender Beredsamkeit durch tausend andere Herzen trieb. Am häufigsten sprach er überredend, zuweilen aber auch entsetzlich. Das Volk wußte nicht, durch welche Kraft es so bewegt wurde. Es hielt den jungen Geistlichen für ein Wunder von Heiligkeit. Es glaubte, daß durch seinen Mund der Himmel Botschaften der Weisheit und des Tadels und der Liebe herabsende. In den Augen des Volkes war schon der Boden, welchen er betrat, geheiligt. Die Jungfrauen seiner Gemeinde wurden um ihn her bleich, sie waren die Opfer einer so von religiöser Empfindung gedrängten Liebe, daß sie diese für nichts als Religion hielten und offen in ihrem weißen Busen als ihr annehmbarstes Opfer vor dem Altare darbrachten. Die bejahrten Mitglieder seiner Herde, welche Dimmesdales Körper so schwach sahen, während sie selbst noch in ihrer Altersschwäche so kräftig waren, glaubten, daß er vor ihnen zum Himmel emporsteigen würde und schärften ihren Kindern ein, daß sie ihre Gebeine direkt bei dem heiligen Grabe ihres jungen Pastors begraben sollten. Und diese ganze Zeit über fragte sich vielleicht der arme Dimmesdale, wenn er an sein Grab dachte, ob je Gras darauf wachsen würde, weil ein fluchbeladener Leichnam darin begraben liegen müsse.

Mit welcher Qual folterte ihn diese öffentliche Verehrung! Es war seine Natur, die Wahrheit anzubeten und alles, was nicht ihre göttliche Wesenheit als das Leben in seinem Leben besaß, für Schatten anzusehen, die gänzlich ohne Wert oder Gewicht seien. Was war er aber? Ein Körper – der nebelhafteste aller Schatten! Er sehnte sich, von seiner Kanzel herab mit voller Kraft seiner erhobenen Stimme zu sprechen und dem Volke zu sagen, was er sei. »Ich, den ihr in diesen schwarzen Priestergewändern erblickt, ich, der ich zu der geheiligten Kanzel emporsteige und mein blasses Gesicht gen Himmel kehre und es auf mich nehme, für euch mit dem Höchsten, dem Allwissenden in Verbindung zu treten, ich, in dessen täglichem Leben ihr die Frömmigkeit eines Henoch erblickt, ich, dessen Schritte, eurem Glauben nach, auf meinem irdischen Pfade einen Schimmer zurücklassen, welcher die nach mir kommenden Pilger nach den Regionen der Seligen führen wird, ich, der ich die Hand der Taufe auf eure Kinder gelegt habe, ich, der ich das letzte Gebet über eure sterbenden Freunde gehaucht habe, denen das Amen nur noch schwach aus einer Welt, die sie verlassen hatten, nachklang, ich – euer Pastor, den ihr so verehrt und dem ihr so innig vertraut, bin nichts als Moder und Lüge!«

Mehr als einmal war Dimmesdale in der Absicht auf die Kanzel gestiegen, nicht eher wieder herabzukommen, als bis er Worte wie die obigen gesprochen hätte, mehr als einmal hatte er sich geräuspert und den langen, tiefen, bebenden Atemzug getan, welcher bei seinem Wiederausströmen mit dem schwarzen Geheimnisse seiner Seele belastet hervorkommen sollte. Mehr als einmal, mehr als hundert Male hatte er wirklich gesprochen! Gesprochen, aber wie? Er hatte seinen Zuhörern gesagt, daß er ganz und gar schlecht, ein lasterhafter Genosse der Lasterhaften, der schlimmste aller Sünder, ein Abscheu vor Gott und den Menschen, ein Ding von unerdenklicher Sündhaftigkeit sei und daß das größte Wunder nur das wäre, daß sie nicht seinen elenden Körper vor ihren Augen durch den glühenden Zorn des Allmächtigen verschrumpfen sähen. Konnte es deutlichere Worte geben als diese? Sollte darauf nicht das Volk, von einem gemeinschaftlichen Antriebe ergriffen, aus seinen Kirchenstühlen aufspringen und ihn von der Kanzel, welche er entweihte, herabschleppen? Aber nicht doch! Sie hörten es alle und verehrten ihn nur um so mehr. Sie ahnten nicht, welch tödlicher Sinn in diesen sich selbst verdammenden Worten lauerte. »Der fromme, junge Mann!« sagten sie zueinander. »Der Heilige auf Erden! Ach wenn er in seiner eignen reinen Seele solche Sündhaftigkeit entdecken kann, welches grausige Schauspiel würde er dann in der deinen oder meinen erblicken!« Der Prediger, jener feine, aber reuige Heuchler wußte recht gut, in welchem Lichte sein unbestimmt gefaßtes Bekenntnis aufgenommen würde. Er hatte sich bemüht, sich selbst zu betrügen, indem er das Geständnis eines sündigen Gewissens ablegte, aber nur noch eine weitere Sünde und eine sich selbst gestandene Schande erworben, ohne auch nur die augenblickliche Erleichterung der Selbsttäuschung zu erlangen. Er hatte die volle Wahrheit gesprochen und sie in die größte Lüge umgewandelt. Und doch liebte er von Natur die Wahrheit und verabscheute die Lüge so sehr, wie außer ihm nur wenige. Deshalb verabscheute er vor allen andern Dingen sein elendes Ich.

Seine innere Unruhe trieb ihn zu Gebräuchen, die eher mit dem alten, verderbten Glauben Roms im Einklang standen als mit dem helleren Licht der Kirche, in welcher er geboren und erzogen war. In Dimmesdales Schlafgemach befand sich unter Schloß und Riegel eine blutige Geißel. Oftmals hatte sie der protestantische und puritanische Geistliche gegen seine eigenen Schultern geschwungen und dabei bitter über sich selbst gelacht und wegen eben jenes bittern Lachens um so unbarmherziger zugeschlagen.

Er hatte überdies die Gewohnheit zu fasten, wie so viele andere fromme Puritaner, aber nicht, um, wie sie, den Körper zu höherer Reinheit zu führen und ihn zu einem passendern Gegenstand himmlischer Erleuchtung zu machen, sondern als einen strengen Akt der Buße und bis seine Knie unter ihm zitterten. Dann hielt er eine Nachtwache um die andere, zuweilen in völliger Finsternis, zuweilen bei einer schwach schimmernden Lampe und mitunter vor einem Spiegel, in dem er sein eigenes Gesicht bei dem stärksten Lichte, welches er darauf werfen konnte, betrachtete. Auf diese Weise versinnbildlichte er die beständige Selbstschau, womit er sich folterte, aber sich nicht zu reinigen vermochte; bei diesen anhaltenden Vigilien drehte sich ihm oft das Hirn im Kreise und vor ihm schienen Visionen vorüberzuschweben, die er vielleicht zweifelhaft und in einem schwachen, von ihm selbst ausgeströmten Lichte in dem entfernten Düster des Gemaches erblickte, oder die lebhafter und dicht neben ihm im Spiegel zu sehen waren. Bald war es eine Herde diabolischer Gestalten, die den blassen Geistlichen angrinsten und verspotteten und ihm winkten mitzukommen, bald eine Gruppe schimmernder Engel, die schwer, wie kummerbeladen, aufwärtsflogen, aber desto ätherischer wurden, je höher sie stiegen. Dann kamen die toten Freunde seiner Jugend und sein weißbärtiger Vater mit fromm gerunzelter Stirn und seine Mutter, die im Vorübergleiten ihr Gesicht abwendete. Der Geist einer Mutter, die körperloseste Phantasie von einer Mutter, sie hätte doch wohl einen mitleidigen Blick auf ihren Sohn werfen können! Und nun glitt durch das Gemach, welches diese gespenstischen Gedanken so schaurig gemacht hatten, Esther Prynne mit Perlchen in ihrem Scharlachgewande und deutete mit dem Zeigefinger zuerst auf den Scharlachbuchstaben an ihrem Busen und dann auf des Geistlichen eigene Brust.

Von diesen Visionen täuschte ihn keine je vollkommen.

Er konnte jeden Augenblick mit einer Anstrengung seines Willens Gegenstände durch ihre nebelhafte Körperlosigkeit erkennen und sich überzeugen, daß sie nicht von solider Natur seien, wie jener geschnitzte Eichentisch oder das dicke, viereckige, ledergebundene Buch mit Messingklappen dort. Bei alledem waren sie aber in einem Sinne die wirklichsten und wesenhaftesten Dinge, mit welchen jetzt der arme Geistliche zu tun hatte. Es ist das unnennbare Elend eines so falschen Lebens wie des seinigen, daß es allem Wirklichen, was uns umgibt und was von dem Himmel zur Freude und Nahrung des Geistes bestimmt ist, sein Mark und seine Wesenhaftigkeit raubt. Dem Unwahren ist die ganze Welt eine Lüge, ist ungreifbar, zerfließt in seiner Hand in nichts, und er selbst wird, soweit er sich in einem falschen Lichte zeigt, zu einem Schatten oder hört eigentlich völlig zu existieren auf. Die einzige Wahrheit, welche dem Pfarrer Dimmesdale eine wirkliche Existenz auf dieser Erde zu geben fortfuhr, war die Seelenqual in seinem tiefsten Innern und der unverstellte Ausdruck davon auf seinem Gesicht. Hätte er nur ein einziges Mal die Kraft gefunden, zu lächeln und eine heitere Miene zu zeigen, so würde es gar keinen solchen Menschen mehr gegeben haben!

In einer jener häßlichen Nächte, die wir nur angedeutet, uns aber enthalten haben, völlig auszumalen, sprang der Prediger von seinem Stuhle auf. Ein neuer Gedanke hatte sich seiner bemächtigt. Es war möglich, daß er dadurch auf einen Augenblick zu Frieden gelangte. Er kleidete sich mit ebenso großer Sorgfalt wie zum öffentlichen Gottesdienst und genau auf die gleiche Weise an, stahl sich leise die Treppe hinab, öffnete die Tür und trat auf die Straße hinaus.

XII
Die Vigilie des Geistlichen

Gewissermaßen in Traumesschatten dahinschreitend und vielleicht auch wirklich unter dem Einflusse einer Art von Somnambulismus erreichte Dimmesdale die Stelle, wo vor jetzt so langer Zeit Esther Prynne ihre erste Stunde der öffentlichen Schmach durchlebt hatte. Unter dem Balkon des Versammlungshauses stand noch dasselbe Gerüst, schmerzlich und von dem Sturm und Sonnenschein sieben langer Jahre gefärbt und von den Schritten der vielen Sünder, welche seitdem hinaufgestiegen waren, ausgetreten. Der Geistliche erstieg die Stufen.

Es war eine dunkle Nacht zu Anfang des Monats Mai. Der ganze Himmel war vom Zenit bis zum Horizont von einer ununterbrochenen Wolkendecke verhüllt. Wenn jetzt dieselbe Volksmenge, welche Augenzeuge der Strafe Esther Prynnes gewesen war, hätte herbeigerufen werden können, so würde sie auf dem Gerüste kein Gesicht, ja in dem dunklen Grau der Mitternacht kaum die Umrisse einer menschlichen Gestalt wahrgenommen haben. In der Stadt schlief jedoch alles, es war keine Gefahr der Entdeckung. Der Geistliche konnte, wenn es ihm beliebte, dort stehen bleiben, bis der Morgen sich im Osten rötete, ohne weitere Gefahr zu laufen, als daß die feuchte, kalte Nachtluft in seinen Körper drang und seine Glieder mit rheumatischer Steifheit erfüllte und seine Kehle durch Katarrh und Husten heiser machte und dadurch die erwartungsvolle Gemeinde um das Gebet am nächsten Morgen und die Predigt brachte. Kein Auge konnte ihn erblicken, außer dem stets wachenden, welches ihn in seinem Gemach die blutige Geißel hatte schwingen sehen. Warum war er aber dann hierhergekommen? War es bloß die Parodie eines Bußaktes? Allerdings eine Parodie, bei der seine Seele ihrer selbst spottete, eine Parodie, über welche Engel erröteten und weinten, während Teufel mit höhnischem Gelächter jubelten. Er war von der Macht der Reue, die ihn überall verfolgte und deren Schwester und engverbundene Gefährtin die Feigheit war, welche ihn stets mit ihrer zitternden Hand zurückzog, wenn ihn der andere Impuls bis zur Grenze eines Geständnisses gedrängt hatte, hierher getrieben worden. Der unglückliche Mann! Welches Recht hatte eine Schwäche, wie die seine, sich mit einem Verbrechen zu belasten? Das Verbrechen ist für mit eisernen Nerven Begabte, welche die Wahl haben, es entweder zu tragen oder, wenn es zu schwer lasten sollte, ihre wilde, wütige Kraft zu einem guten Zwecke anzuwenden und es mit einem Male von sich zu werfen! Dieser schwache und von seinen Gefühlen beherrschte Geist konnte keines von beiden tun, und doch tat er beständig eines oder das andere, was die Qual dem Himmel trotzender Sünde und vergebliche Reue zu dem gleichen unauflöslichen Knoten verschlang.

Und während Dimmesdale in dieser eitlen Nachäfferei der Sühne auf dem Gerüste stand, bemächtigte sich seiner ein tiefer Schrecken des Geistes, als blicke die ganze Welt auf ein scharlachrotes Zeichen auf seiner nackten Brust gerade über dem Herzen. An dieser Stelle befand sich in der Tat und schon lange der nagende, giftige Zahn körperlichen Schmerzes. Ohne eine Anstrengung seines Willens, ohne Kraft, sich zurückzuhalten, schrie er laut auf, daß es durch die Nacht hallte und von einem Hause gegen das andere geworfen wurde und von dem Hügel im Hintergrund antwortete, als ob eine Gesellschaft von Teufeln so großes Elend und Entsetzen in dem Laute entdeckt habe und ihn zu ihrem Spielwerk gemacht hätte und scherzend hin und her schleudere.

»Es ist vollbracht«, flüsterte der Geistliche und bedeckte sein Gesicht mit den Händen. »Die ganze Stadt wird erwachen und herbeieilen und mich hier finden!«

Aber dem war nicht so. Der Schrei war vielleicht mit weit größerer Kraft, als er wirklich besaß, in seinen eigenen erschreckten Ohren erklungen. Die Stadt erwachte nicht, oder wenn sie es tat, so hielten die müden Schläfer den Schrei entweder für einen furchtbaren Traum oder für den Lärm der Hexen, deren Stimmen man zu damaliger Zeit oft über die Niederlassungen und einsamen Hütten hinziehen hörte, wenn sie mit Satan durch die Luft ritten. Da der Geistliche kein Zeichen einer Störung seiner Einsamkeit wahrnahm, entfernte er die Hand, womit er sein Gesicht bedeckt hatte, von den Augen und blickte um sich. An einem von den Kammerfenstern des Herrschaftshauses des Gouverneurs Bellingham, welches in einiger Entfernung in der Linie einer andern Straße stand, bemerkte er die Gestalt des alten Magistratsherrn selbst mit einer Lampe in der Hand, einer weißen Nachtmütze auf dem Kopfe und einem langen, weißen Nachtgewande, das seine Figur einhüllte. Er sah aus wie ein zur unrechten Zeit aus dem Grabe heraufbeschworener Geist. Der Schrei hatte ihn offenbar aufgeschreckt. An einem andern Fenster desselben Hauses zeigte sich überdies die alte Hibbins, die Schwester des Gouverneurs, ebenfalls mit einer Lampe, die selbst in so weiter Ferne den Ausdruck ihres versäuerten, unzufriedenen Gesichtes erkennen ließ. Sie streckte ihren Kopf aus dem Fenster und blickte aufmerksam in die Höhe. Ohne allen Zweifel hatte die ehrwürdige Hexendame Dimmesdales Schrei gehört und ihn mit seinen zahlreichen Widerhallen und Echos für den Lärm der Dämonen und Nachtgespenster gehalten, mit welchen sie bekanntlich Ausflüge in den Wald machte.

Als die alte Dame den Schimmer der Lampe des Gouverneurs Bellingham bemerkte, löschte sie schnell ihr Licht aus und verschwand. Vielleicht fuhr sie hinauf in die Wolken. Der Prediger sah von ihren Bewegungen weiter nichts. Der Gouverneur zog sich nach einigen in die Dunkelheit hinausgeworfenen Blicken, die ihn jedoch nicht tiefer in diese dringen ließen wie in einen Mühlstein, vom Fenster zurück.

Der Geistliche wurde etwas ruhiger. Seine Augen bemerkten jedoch bald ein kleines schimmerndes Licht, welches anfänglich eine weite Strecke entfernt die Straße entlang herankam. Es warf einen Strahl des Erkennens hier auf einen Pfosten, dort auf einen Gartenzaun, da wieder auf eine Fensterscheibe und dann auf einen Brunnen mit seinem vollen Wassertroge und hier endlich auf eine gewölbte, eichene Tür mit einem eisernen Klopfer und einem behauenen Klotze statt der Schwelle. Dimmesdale bemerkte alle diese kleinen Einzelheiten, selbst während er fest überzeugt war, daß das Strafgericht seiner Existenz in den Schritten, die er jetzt hörte, heranschleiche, und daß in wenigen Augenblicken der Strahl der Laterne auf ihn fallen und sein lange verborgen gehaltenes Geheimnis enthüllen würde. Als das Licht näher kam, erblickte er in dem erhellten Kreise seinen Kollegen oder, genauer gesagt, seinen geistlichen Vater und hochgeschätzten Freund, den ehrwürdigen Herrn Wilson, der, wie Pfarrer Dimmesdale jetzt vermutete, am Bette eines Sterbenden gebetet hatte. So war es auch. Der gute alte Pfarrer kam direkt aus dem Sterbezimmer des Gouverneurs Winthrop, der in eben jener Stunde die Erde mit dem Himmel vertauscht hatte, und nun begab sich, wie die Heiligen des Altertums mit einer Strahlenglorie umgeben, die ihn mitten in dieser düsteren Nacht der Sünde erhellte, als ob ihm der dahingeschiedene Gouverneur seine Herrlichkeit zum Erbteil zurückgelassen, als ob auf ihn selbst der ferne Glanz des himmlischen Jerusalems gefallen sei, während er emporblickte, um den triumphierenden Pilger in dessen Tore eingehen zu sehen – jetzt begab sich der gute Vater Wilson nach Hause, indem er seine Schritte nach dem Scheine einer Laterne lenkte. Deren Licht gab dem Dimmesdale diese Gedanken ein und er lächelte, ja er lachte sogar fast über sie und fragte sich dann selbst, ob er nicht wahnsinnig werde.

Als der ehrwürdige Pastor Wilson unter dem Gerüst vorüberging und sein Genfer Mäntelchen mit der einen Hand dicht um sich schlang, während er mit der andern die Laterne vor seine Brust hielt, konnte der junge Geistliche sich kaum des Sprechens enthalten.

»Guten Abend, ehrwürdiger Vater Wilson. Ich bitte Euch, kommt herauf und bringt mit mir ein angenehmes Stündchen zu.«

Lieber Himmel! Hatte Dimmesdale wirklich gesprochen? Einen Augenblick glaubte er, daß diese Worte über seine Lippen gegangen seien, sie waren aber nur in seiner Phantasie ausgesprochen worden. Der ehrwürdige Vater Wilson schritt ruhig weiter, blickte vorsichtig auf den schmutzigen Weg zu seinen Füßen und wendete den Kopf nicht ein einziges Mal der Schandbühne zu. Als das Licht der Laterne gänzlich verschwunden war, bemerkte der Prediger an der Schwäche, die sich seiner bemächtigte, daß die letzten Augenblicke eine Krisis furchtbarer Angst gewesen waren, wiewohl sein Geist eine unwillkürliche Anstrengung gemacht hatte, sich durch eine Art von gewitterschwüler Scherzhaftigkeit zu erleichtern.

Bald nachher schlich sich das gleiche grauenhafte Gefühl für das Komische wieder unter die ernsten Phantome seiner Gedanken ein. Er fühlte, wie seine Glieder von der ungewohnten Kälte der Nacht steif wurden, und bezweifelte, daß er imstande sein würde, wieder die Stufen des Prangers hinabzusteigen. Der Morgen mußte bald anbrechen und ihn dort finden. Die Nachbarschaft würde anfangen sich zu ermuntern. Der am zeitigsten Aufstehende würde aus dem trüben Zwielicht auftauchen und eine undeutliche Gestalt hoch auf dem Schandplatz stehen sehen, halb irre zwischen Angst und Neugier von Tür zu Tür eilen und klopfen und alle Bewohner herausrufen, damit sie das Gespenst – denn dafür mußte er ihn halten – eines verstorbenen Sünders anschauen könnten. Ein trüber Tumult würde seine Schwinge von einem Hause zum andern schwingen, dann würden mit dem stärker werdenden Morgenlichte alte Patriarchen hastig in ihren Flanellröcken und Matronen, ohne sich zum Ablegen ihrer Nachtgewänder Zeit zu nehmen, herauseilen. Alle jene anständigen Personagen, die sich bisher noch nie mit auch nur einem verkrümmten Haare ihres Hauptes hatten sehen lassen, würden mit einer Verstörung wie vom Alpdrücken vor die Augen der Menge treten. Der alte Gouverneur Bellingham würde finster und mit verkehrt umgebundener Krause herauskommen, und am Saume des Gewandes der Hibbins würden noch einige Zweige des Waldes haften und jene selbst sauertöpfischer denn je aussehen, da sie nach ihrem nächtlichen Ritt kaum einen Augenblick hätte schlafen können. Auch der gute Vater Wilson würde, nachdem er die halbe Nacht an einem Sterbebette gewesen, sich nicht gern so früh aus seinen Träumen von den Heiligen im Himmel stören lassen. Hierher würden ferner die ältesten der Kirche Dimmesdales und die Jungfrauen kommen, die ihren Prediger so vergötterten und ihm Altäre in ihren weißen Busen errichtet hatten, die sie sich jetzt in ihrer Eile und Verwirrung kaum Zeit gelassen haben würden, mit ihrem Brusttüchlein zu bedecken. Kurz, die ganze Stadt würde aus den Häusern stolpern und ihre erstaunten und entsetzten Gesichter zu dem Pranger erheben. Wen würde man dort mit dem roten Morgenlicht auf seiner Stirn entdecken? Wen anders als Seine Ehrwürden, den Arthur Dimmesdale, der halb erfroren, von Scham niedergedrückt da stand, wo einst Esther Prynne gestanden hatte.

Von dem grotesken Grausen dieses Bildes mit fortgerissen, brach der Prediger unwillkürlich und zu seinem eigenen unendlichen Schrecken in lautes Gelächter aus. Diesem antwortete augenblicklich ein leichtes, lustiges, kindisches Lachen, in welchem er mit einem Beben des Herzens, von dem er nicht wußte, ob er es unendlicher Pein oder ebenso großer Freude zuschreiben sollte, die Stimme Perlchens erkannte.

»Perle, Perlchen!« rief er nach einer momentanen Pause, und dann mit gedämpfter Stimme: »Esther! Esther Prynne! Bist du da?«

»Ja, es ist Esther Prynne«, antwortete sie im Tone des Erstaunens, und der Geistliche hörte, wie sich ihre Schritte von dem Bürgersteig her, auf welchem sie gegangen war, näherten. »Ich bin es mit meiner kleinen Perle.«

»Woher kommst du, Esther?« fragte der Prediger. »Was bringt dich hierher?«

»Ich habe an einem Sterbebette gewacht!« antwortete Esther Prynne, »an Gouverneur Winthrops Sterbebette und ihm das Maß zu einem Leichenkleid genommen, und gehe jetzt heim nach meiner Wohnung.«

»Komm herauf, Esther, du und Perlchen!« sagte Dimmesdale. Ihr seid beide schon hier gewesen, aber ich war nicht bei euch. Kommt noch einmal herauf, und wir wollen alle drei beisammenstehen.«

Sie erstieg schweigend die Stufen und stellte sich, mit Perlchen an der Hand, auf die Bühne. Der Geistliche faßte nach der andern Hand des Kindes und nahm sie. In dem Augenblicke, wo er dies tat, kam, wie es ihm schien, eine brausende Flut neuen Lebens, anderen Lebens als das seine, wie ein Bergstrom in sein Herz und jagte durch alle seine Adern, als ob Mutter und Kind seinem halb erstarrten Körper die Lebenswärme mitteilten. Die drei bildeten eine elektrische Kette.

»Prediger«, flüsterte Perlchen.

»Was willst du, Kind?« fragte Dimmesdale.

»Willst du morgen mittag mit der Mutter und mir hier stehen?« fragte Perle.

»Nicht so, mein Perlchen«, antwortete der Geistliche,

denn mit der neuen Energie des Augenblicks war die ganze Furcht vor öffentlicher Schmach, die so lange die Qual seines Lebens gewesen war, zurückgekehrt, und er zitterte bereits über die Lage, in welcher er sich, wenn auch mit einer seltsamen Freude, gegenwärtig befand.

»Nicht so, mein Kind, wir werden in der Tat noch eines Tages beisammenstehen, aber nicht morgen.«

Perle lachte und versuchte, ihre Hand hinwegzuziehen; der Geistliche hielt diese aber fest. »Einen Augenblick noch, mein Kind!« sagte er.

»Willst du mir versprechen«, sagte Perle, »morgen mittag meine und meiner Mutter Hand zu nehmen?«

»Morgen nicht, Perle«, sagte der Geistliche, aber ein anderes Mal.«

»Welch anderes Mal?« fragte das Kind von neuem.

»Am großen Tage des Gerichtes!« flüsterte der Geistliche. Und seltsam genug trieb ihn das Bewußtsein, daß sein Amt das eines Lehrers der göttlichen Wahrheit sei, an, dem Kinde so zu antworten. »Dann müssen vor dem großen Richterthrone deine Mutter und du und ich beisammen stehen! Aber das Tageslicht dieser Welt soll unsere Vereinigung nicht bescheinen.«

Perle lachte von neuem.

Ehe aber Dimmesdale noch zu Ende gesprochen hatte, strahlte weit und breit ein Licht über den ganzen bewölkten Himmel hinweg. Ohne Zweifel kam es von einem jener Meteore, welche der die Nacht Durchwachende so oft in den leeren Regionen der Atmosphäre verglühen sieht. So mächtig war sein Strahlenglanz, daß er die dichten Wolken zwischen dem Himmel und der Erde völlig erleuchtete. Das große Gewölbe hellte sich auf wie die Glocke einer ungeheueren Lampe; es zeigte die bekannten Gegenstände der Straße mit der Deutlichkeit des Mittags, aber auch mit der Schauerlichkeit, welche bekannten Gegenständen stets durch ein ungewohntes Licht erteilt wird. Die hölzernen

Häuser mit ihren hervorspringenden Stockwerken und wunderlichen Giebelspitzen, die Türstufen und Schwellen, um welche das Frühlingsgras aufsproßte, die Gartenbeete, auf welchen schwarz die frisch umgestürzte Erde lag, das wenig benutzte Wagengleise, zu dessen beiden Seiten selbst auf dem Marktplatze grüne Ränder zu sehen waren. Alles dies war sichtbar, aber mit einer Eigentümlichkeit, welche den Dingen dieser Welt eine andere moralische Bedeutung zu verleihen schien, als sie je vorher besessen hatten. Und da stand der Geistliche mit der Hand auf dem Herzen und Esther Prynne mit dem auf ihrem Busen schimmernden und gestickten Buchstaben und Perlchen, selbst ein Symbol und das Verbindungsglied zwischen jenen beiden. Sie standen in der Mittagshelle jenes seltsamen feierlichen Glanzes da, als ob er das Licht wäre, welches alle Geheimnisse offenbaren, und der Morgen, welcher alle, die zueinander gehören, vereinigen soll.

In den Augen Perlchens lag ein zauberhafter Ausdruck, und ihr Gesicht ließ, als sie zu dem Geistlichen hinaufblickte, das schelmische Lächeln wahrnehmen, welches seinen Ausdruck oftmals so elfenartig gemacht hatte. Sie zog ihre Hand aus der Dimmesdales und deutete über die Straße hin. Aber er faltete beide Hände auf seiner Brust und richtete seine Augen zu dem Zenit empor.

Es gab in jener Zeit nichts Gewöhnlicheres, als daß man alle meteorischen Erscheinungen und andere Naturphänomene, die sich mit weniger Regelmäßigkeit als das Aufgehen der Sonne und des Mondes ereigneten, als Offenbarungen einer übernatürlichen Macht auslegte. So verkündete ein glühender Speer, ein Flammenschwert, ein Bogen oder ein Bündel Pfeile, welches man am mitternächtlichen Himmel sah, Krieg mit den Indianern. Man wußte, daß eine Pest durch einen Regen von Purpurlicht im voraus angezeigt worden war. Wir zweifeln, ob in Neu-England von der ersten Kolonisation an bis zur Revolutionszeit je ein bedeutendes, gutes oder schlimmes Ereignis vorgefallen ist, welches nicht den Einwohnern voraus durch irgendein Schauspiel dieser Art angezeigt worden wäre. Nicht selten war es von einer Menge von Menschen gesehen worden; häufiger jedoch beruhte seine Glaubwürdigkeit auf dem Worte eines einzelnen Augenzeugen, der das Wunder durch das gefärbte, vergrößernde und entstellende Mittel seiner Einbildungskraft erblickte und ihm in seinen späteren Gedanken eine bestimmtere Form gab. Es war gewiß ein majestätischer Gedanke, daß das Schicksal von Nationen in dieser feurigen Hieroglyphe am Himmelsgewölbe offenbart werde. Man konnte eine so weit gefaßte Schriftrolle nicht für zu ausgedehnt halten, als daß die Vorsehung das Schicksal eines Volkes darauf nicht verzeichnen dürfte. Es war ein Lieblingsglaube unserer Vorväter, da er zu verstehen gab, daß ihr jugendlicher Staat unter einer himmlischen Obhut von besonderer Intimität und Strenge stehe. Was sollen wir aber sagen, wenn ein Individuum eine an sich allein gerichtete Offenbarung auf jenem ungeheuern Aktenbogen entdeckt? In einem solchen Falle konnte es nur ein Symptom von einem in große Unordnung geratenen Geiste sein, wenn ein durch langen, tief einschneidenden geheimen Schmerz krankhaft selbstbeschaulich gewordener Mensch seine Egozentrik über die ganze Ausdehnung der Natur entdeckt hatte, bis das Firmament selber ihm als nicht mehr als ein Blatt zur Aufzeichnung der Geschichte und des Schicksals seiner Seele erschien.

Wir schreiben es daher nur der Krankheit in seinem eigenen Auge und Herzen zu, daß der Geistliche, als er zum Zenit empor sah, dort die Erscheinung eines ungeheuern Buchstaben, den Buchstaben A in Linien eines matten roten Lichtes erblickte. Vielleicht zeigte sich der Meteor an jenem Punkte und glühte düster durch die verschleiernden Wolken, aber er besaß keine Gestalt wie die, welche ihm seine sündige Phantasie zuschrieb, oder mindestens eine so wenig scharf umgrenzte, daß ein anderer Schuldiger ein anderes Symbol darin hätte sehen können.

Ein sonderbarer Umstand charakterisierte Dimmesdales psychologische Verfassung in diesem Augenblicke. Während er zu dem Zenit emporblickte, wußte er doch ganz sicher, daß Perlchen mit dem Finger nach dem alten Roger Chillingworth deutete, der in geringer Entfernung von der Bühne stand. Der Geistliche schien ihn mit demselben Blicke zu sehen, welcher den wunderbaren Buchstaben erkannte. Das meteorische Licht erteilte seinen Zügen, wie allen andern Gegenständen, einen neuen Ausdruck; vielleicht gab sich auch der Arzt in diesem Augenblicke nicht wie sonst stets die Mühe, die Bösartigkeit, womit er sein Opfer betrachtete, zu verbergen.

Als der Meteor den Himmel entzündete und die Erde mit einer Furchtbarkeit, welche Esther Prynne und den Geistlichen an den Tag des Gerichts denken ließ, enthüllte, konnte Roger Chillingworth ihnen wohl als der Erzfeind gelten, der mit einem Hohnlächeln dastand, um sein Eigentum zu fordern. So lebhaft war der Ausdruck oder so heftig die Wahrnehmung des Geistlichen davon, daß er noch in die Finsternis gemalt zu bleiben schien, nachdem der Meteor mit einem Effekt verschwunden war, als ob die Straße und alles andere mit ihm zur gleichen Zeit vernichtet worden sei.

»Wer ist jener Mann, Esther?« stöhnte Dimmesdale vom Schrecken überwältigt. »Er bringt mich zum Beben. Kennst du den Mann? Ich hasse ihn, Esther!«

Sie erinnerte sich ihres Eides und schwieg.

»Ich sage dir, meine Seele erbebt vor ihm«, flüsterte der Prediger von neuem. »Wer ist er? Wer ist er? Kannst du nichts für mich tun? Ich habe ein namenloses Entsetzen vor dem Manne!«

»Prediger«, sagte Perlchen, »ich kann dir sagen, wer er ist.«

»Dann schnell, Kind«, sagte der Geistliche und neigte sein Ohr dicht an ihre Lippe. »Schnell! und so leise du flüstern kannst.«

Perle murmelte etwas in sein Ohr, was allerdings wie eine menschliche Rede lautete, aber nur solcher Unsinn war, wie der, mit welchem man Kinder sich oft stundenlang unterhalten hören kann. Auf alle Fälle war es, wenn es auch geheime Mitteilungen in bezug auf den alten Roger Chillingworth enthielt, in einer dem gelehrten Geistlichen unbekannten Sprache und erhöhte nur die Verwirrung seines Geistes.

Das Elfenkind lachte laut auf.

»Verspottest du mich noch?« sagte der Geistliche.

»Du warst nicht mutig! Du warst nicht treu!« antwortete das Kind; »du wolltest nicht versprechen, morgen mittag mich und die Mutter bei der Hand zu nehmen.«

»Hochwürdiger Herr«, sprach der Arzt, der jetzt an den Fuß des Gerüstes gekommen war. »Frommer Herr Dimmesdale! Seid Ihr es wirklich? Nun, nun, wahrhaftig! Wir Gelehrten, die wir den Kopf in unsern Büchern haben, müssen scharf beaufsichtigt werden! Wir träumen in unsern wachen Augenblicken und wandeln in unserm Schlafe. Kommt, guter Herr und lieber Freund, ich bitte Euch, laßt Euch heimgeleiten.«

»Woher wußtest Ihr, daß ich hier sei?« fragte der Geistliche voll Furcht.

»Wahrhaftig«, antwortete Roger Chillingworth, »ich habe von der Sache nichts gewußt. Ich hatte den größten Teil der Nacht am Bette des wackern Gouverneurs Winthrop zugebracht und getan, was meine geringe Geschicklichkeit vermochte, um ihm Erleichterung zu gewähren. Nachdem er zu einer bessern Welt heimgegangen war, befand ich mich ebenfalls auf dem Heimwege, als dieses seltsame Licht so zu scheinen begann. Kommt mit mir, hochwürdiger Herr, ich bitte Euch inständig, sonst werdet Ihr nur schlecht imstande sein, morgen Eure Sonntagspflichten zu erfüllen. Ja, ja, seht nur, wie sie den Kopf verwirren, die Bücher! die Bücher! Ihr solltet weniger studieren, guter Herr, und Euch etwas Zeitvertreib machen, sonst werden Euch diese nächtlichen Launen auch am Tage überfallen.«

»Ich werde mit Euch nach Hause gehen«, sagte Dimmesdale.

Er gab mit eisiger Trostlosigkeit wie einer, der, aller Fassung bar, aus einem häßlichen Traum erwacht, den Bitten des Arztes nach und wurde weggeführt.

Am folgenden Tage, dem Sonntag, hielt er eine Predigt, welche für die schönste und gewaltigste und von himmlischen Einflüssen durchdrungenste gehalten wurde, welche je über seine Lippen gekommen war. Es hieß, daß mehr als eine Seele durch die Kraft dieser Predigt zur Wahrheit gebracht worden sei und sich gelobt habe, ewig eine fromme Dankbarkeit gegen Dimmesdale zu hegen. Als er aber die Kanzeltreppe herabkam, trat ihm der graubärtige Küster mit einem schwarzen Handschuh entgegen, welchen der Prediger als den seinen erkannte.

»Er ist diesen Morgen auf dem Gerüste gefunden worden, wo Missetäter zur öffentlichen Schande stehen müssen«, sagte der Küster. »Der Satan wird ihn wohl dorthin gelegt haben, um einen unehrerbietigen Scherz gegen Euer Hochwürden zu machen. Er ist aber blind und töricht gewesen, wie er stets und immer ist; eine reine Hand bedarf zu ihrer Bedeckung keines Handschuhs!«

»Ich danke Euch, mein guter Freund«, sagte der Prediger ernst, aber im Herzen erschrocken, denn sein Gedächtnis war so wirr, daß er sich fast überredet hatte, die Ereignisse der vergangenen Nacht als einen schweren Traum zu betrachten. »Ja, es scheint wirklich mein Handschuh zu sein.«

»Und da Satan es für angemessen erachtet hat, ihn zu stehlen, so muß ihn Euer Hochwürden von nun an ohne Handschuhe bekämpfen«, bemerkte der alte Küster mit einem grimmigen Lächeln. »Hat Euer Hochwürden aber von dem Zeichen gehört, welches vergangene Nacht zu sehen war? Ein großer roter Buchstabe am Himmel, der Buchstabe A, welchen wir als Angelus auslegen, denn da unser guter Gouverneur Winthrop diese vergangene Nacht zu einem Engel geworden ist, so hat man es oben ohne Zweifel für passend gehalten, eine Notiz davon zu nehmen.«

»Nein«, antwortete der Prediger, »davon hatte ich noch nichts gehört.«

XIII
Ein zweiter Blick auf Esther

Esther Prynne hatte sich bei ihrem sonderbaren Zusammentreffen mit Dimmesdale über den Zustand entsetzt, zu welchem sie den Geistlichen herabgesunken fand. Seine Nerven schienen unwiederbringlich zerstört zu sein. Seine moralische Kraft war zu mehr als kindischer Schwäche reduziert, kroch hilflos auf dem Boden, während seine intellektuellen Fähigkeiten ihre ursprüngliche Stärke bewahrt oder vielleicht sogar eine krankhafte Energie angenommen hatten, die ihnen nur das Leiden gegeben haben konnte. Bei ihrer Bekanntschaft mit einer allen anderen verborgenen Kette von Umständen konnte sie leicht erraten, daß außer der Tätigkeit seines Gewissens eine entsetzliche Foltermaschinerie gegen Dimmesdales Wohlsein und Ruhe gerichtet worden war und immer noch wirkte. Sie wußte, was dieser arme gefallene Mann einst gewesen war, und ihre ganze Seele wurde von dem schaudernden Schrecken gerührt, womit er sich zu ihr, der Ausgestoßenen gewendet hatte, um Schutz gegen seinen instinktmäßig entdeckten Feind zu suchen. Sie kam überdies zu der Überzeugung, daß er ein Recht auf ihren kräftigsten Beistand habe. In ihrer langen Abgeschiedenheit von der Gesellschaft von der Gewohnheit abgekommen, ihre Gedanken von Recht und Unrecht nach irgendeinem außer ihr liegenden Maßstabe zu bemessen, glaubte Esther zu sehen, daß ihr dem Geistlichen gegenüber eine Verantwortlichkeit oblie- ge, welche sie gegen keinen andern, gegen die ganze übrige Welt nicht hatte. Die Bande, welche sie mit der übrigen Menschheit verknüpften, mochten sie nun aus Blumen oder Seide oder Gold oder irgendeinem andern Material bestanden haben, waren alle zerrissen worden. Mit ihm war sie aber durch die eiserne Kette des gemeinsamen Verge- hens verbunden, die weder er noch sie zu brechen ver- mochte und die gleich allen andern Verbindungen ihre Pflichten mit sich brachte.

Esther Prynne nahm jetzt nicht mehr genau die Stellung ein, in der wir sie in der ersten Zeit gesehen hatten. Jahre waren vorübergegangen. Perle war jetzt sieben Jahre alt. Ihre Mutter, mit dem in seiner phantastischen Stickerei schimmernden Scharlachbuchstaben auf der Brust, war für die Mitbürger längst schon ein vertrauter Anblick. Wie es leicht geschieht, wenn eine Person unter den übrigen her- vorragt und zu gleicher Zeit weder öffentliche noch private Interessen und Konvenienzen stört, war auch in bezug auf Esther Prynne eine Art von schließlich allgemeiner Achtung entstanden. Man muß zur Ehre der menschlichen Natur sagen, daß sie, mit Ausnahme der Fälle, wo ihre Selbstsucht ins Spiel kommt, eher liebt als haßt. Der Haß wandelt sich in einem allmählichen ruhigen Übergang sogar in Liebe, wenn die Veränderung nicht durch eine beständig neue Aufreizung des ursprünglichen Gefühls der Feindseligkeit verhindert wird. Bei Esther Prynne war weder Aufreizung noch Unbehaglichkeit im Spiele. Sie kämpfte nie gegen die Öffentlichkeit an, sondern unterwarf sich klaglos schlimm- ster Behandlung; sie erhob zur Vergeltung für das, was sie litt, keine Ansprüche, lastete nicht auf der Menschen Mitleid. Überdies wurde ihr die tadellose Reinheit ihres Lebens während all der Jahre, in denen man sie der Schande anheimgegeben, sehr günstig angerechnet. Jetzt, wo sie in den Augen der Menschen nichts mehr zu verlieren und keine Hoffnung und dem Anscheine nach auch keinen Wunsch mehr besaß, etwas zu gewinnen, konnte es nur eine echte Liebe zur Tugend sein, welche die arme Verirrte wieder auf deren Pfad zurückgeführt hatte.

Ferner bemerkte man, daß Esther, ohne auch nur den geringsten Anspruch auf eine weitergehende Teilnahme an den Rechten der Welt als den, die allen gemeinsame Luft zu atmen und für die kleine Perle und sich durch die Arbeit ihrer Hände das tägliche Brot zu verdienen, stets bereit war, ihre Verwandtschaft mit dem Menschengeschlechte anzuerkennen, wenn sie eine Wohltat erweisen konnte. Niemand war bereitwilliger als sie, ihre kleine Habe mit jedem Anspruche der Armut zu teilen, wenn auch der verbitterte Arme die Nahrung, welche sie regelmäßig an seine Tür brachte, oder die Gewänder, welche ihm die Finger gearbeitet hatten, die fähig gewesen wären, das Prunkkleid eines Monarchen zu sticken, mit Schmähreden vergalt. Niemand war hingebender als Esther, wenn eine Seuche durch die Stadt schritt. Zu allen Zeiten des Unglücks, des allgemeinen sowohl wie des einzelnen, fand die von der Gesellschaft Ausgestoßene sofort ihre Stelle. Sie erschien nicht als Gast, sondern als rechtmäßige Teilhaberin in der Familie, welche von Unglück verdüstert wurde, als ob dessen dunkles Zwielicht das Mittel sei, sie zum Verkehr mit ihren Mitmenschen zu berechtigen. Hier schimmerte der eingestickte Buchstabe freundlich in seinem unirdischen Schein. An andern Orten das Zeichen der Sünde, war er im Krankenzimmer das des Lichts. Er hatte sogar seinen Glanz in der schweren äußersten Not des Leidenden über die Schranken der Zeit hinausgeworfen. Er hatte ihm gezeigt, wohin er seinen Fuß setzen sollte, während ihm das

Licht der Erde verblich und ehe der Glanz der Zukunft zu ihm dringen konnte. In solchen Notfällen erwies sich Esthers Natur warm und reich, als eine Quelle von Menschenliebe, die jeder wahren Anforderung entsprach und selbst durch das stärkste Verlangen nicht erschöpft werden konnte. Ihre Brust mit ihrem Zeichen der Schmach war nur ein weicheres Kissen für das Haupt, welches eines solchen bedurfte. Sie war eine selbsternannte barmherzige Schwester, oder vielmehr, die schwere Hand der Welt hatte sie dazu gemacht, als weder die Welt noch sie selbst dieses Ergebnis erwarteten. Der Buchstabe war das Symbol ihrer Berufung. Sie war so hilfreich, besaß so viel Kraft, zu wirken und mit anderen zu fühlen, daß viele das scharlachrote A nicht nach seiner ursprünglichen Bedeutung auslegen wollten, sondern sagten, daß es »aufrecht« heißen müsse; so viel größer war Esther Prynnes Seelenstärke als die anderer Frauen.

Nur in dem verdunkelten Hause war sie zu finden. Wenn der Sonnenschein wieder durch die Wolken brach, so erblickte man sie nicht mehr. Ihr Schatten war über die Schwelle hinaus verschwunden. Die Hilfreiche war geschieden, ohne einen Blick zurückzuwerfen, um sich der Dankbarkeit jener zu versichern, welchen sie so eifrig gedient hatte. Begegnete sie ihnen auf der Straße, so erhob sie nie das Haupt, um deren Gruß zu empfangen. Waren sie entschlossen, sie anzureden, so legte sie ihren Finger auf den Scharlachbuchstaben und schritt weiter. Dies mochte Stolz sein, aber er war der Demut so ähnlich, daß er den vollen sänftigenden Einfluß der letzteren Eigenschaft auf den Geist der Menge ausübte. Die Menschen sind in ihren Launen despotisch; sie können die größte Gerechtigkeit verweigern, wenn sie zu heftig und als Recht gefordert wird. Ebenso häufig aber gewährt die Menge mehr als Gerechtigkeit, wenn die Berufung, wie es die Despoten lieben, nur an ihre Großmut geht. Die Gesellschaft legte

Esther Prynnes Benehmen als eine Berufung dieser Art aus und war geneigt, ihrem früheren Opfer ein freundlicheres Gesicht zu zeigen, als dieses wünschte oder vielleicht sogar verdiente.

Die Regierenden und die Klugen und Gelehrten des Staates erkannten den Einfluß der guten Eigenschaften Esthers nicht so leicht an wie das Volk. Die Vorurteile, welche sie mit diesem in Gemeinschaft besaßen, wurden bei ihnen durch ein eisernes Gedankengerüst verstärkt, welches die Arbeit, sie auszutreiben, weit schwieriger machte. Dessenungeachtet glätteten sich mit jedem Tage ihre sauertöpfischen und strengen Mienen mehr zu etwas, das im Laufe der Jahre fast zu einem Ausdruck des Wohlwollens werden mochte. So war es bei den Männern von Rang, denen durch ihre hervorragende Stellung die Wächterschaft über die öffentliche Moral auferlegt war. Die Privatleute hatten Esther Prynne unterdessen ihre Schwäche völlig vergeben, ja sogar den Scharlachbuchstaben als das Zeichen nicht der einen Sünde, wofür sie eine so lange und schwere Strafe ertragen, sondern ihrer vielen, seitdem geübten guten Taten zu betrachten begonnen. »Seht Ihr das Weib dort mit dem eingestickten Buchstaben?« pflegten sie zu Fremden zu sagen; »es ist unsere Esther, die Esther unserer Stadt, die so gütig gegen die Armen, so hilfreich gegen die Kranken, so trostreich gegen die Bekümmerten ist!« Dann zwang sie freilich die Geneigtheit der menschlichen Natur, das Schlimmste von sich zu sprechen, wenn es in der Person eines andern verkörpert ist, den schwarzen Skandal der Vergangenheit aufzudecken. Es war jedoch um nichts weniger eine Tatsache, daß in den Augen jener, welche so sprachen, der Scharlachbuchstabe den Eindruck des Kreuzes auf der Brust einer Nonne machte. Er verlieh der Trägerin eine Art von Weihe, welche sie in den Stand setzte, sicher durch alle Gefahren zu wandeln. Wenn sie selbst unter Räuber gefallen wäre, so würde er ihre Sicherheit verbürgt haben. Man erzählte, und viele glaubten es, daß ein Indianer seinen Pfeil gegen den Buchstaben abgeschossen und daß ihn das Geschoß auch getroffen habe, aber unschädlich zu Boden gefallen sei.

Die Wirkung des Symbols, oder vielmehr die Stellung in bezug auf die Gesellschaft, welche dadurch angedeutet wurde, auf den Geist Esther Prynnes selbst war mächtig und eigentümlich. Alles leichte und graziöse Laubwerk ihres Charakters war durch dieses rotglühende Brandmal verdorrt und längst schon abgefallen, so daß nur ein nackter rauher Stamm zurückgeblieben war, welcher abstoßend gewesen wäre, hätte sie Freunde oder Gefährten besessen, die dadurch zurückgestoßen werden konnten. Selbst die Reize ihres Äußeren hatten eine ähnliche Veränderung erlitten. Sie mochte wohl teilweise der studierten Strenge ihrer Kleidung und zum Teil der Unaufdringlichkeit ihres Benehmens zuzuschreiben sein. Auch war es eine traurige Umwandlung, daß ihr üppiges reiches Haar entweder abgeschnitten oder durch eine Haube so völlig versteckt war, daß nie eine glänzende Locke an das Tageslicht hervorkam. Alle diese Ursachen, noch mehr aber etwas anderes, trugen die Schuld, daß in Esthers Gesicht nichts mehr von dem Ausdrucke zu erblicken war, auf welchem die Liebe hätte verweilen mögen, in Esthers majestätischer, statuenhafter Gestalt nichts mehr, was die Leidenschaft zu umfassen gewünscht haben würde, an Esthers Busen nichts, was ihn je wieder zum Kissen der Zuneigung hätte machen können. Es war ihr eine Eigenschaft verlorengegangen, deren dauerndes Vorhandensein wesentlich war, um das Weib in ihr zu erhalten. Dies ist oft das Schicksal und die herbe Entwicklung des weiblichen Charakters und persönlichen Wesens, wenn das Weib eine Erfahrung von ungewöhnlicher Strenge durchlebt hat. Wenn es ganz Liebe ist, so wird es sterben. Überlebt es die Erfahrung, so wird ihm entweder die Liebe völlig ausgerissen oder – was dem äußern Scheine

nach auf dasselbe herauskommt – so tief in das Herz hinab-
gedrückt, daß sie nie wieder zum Vorschein kommen kann.
Letzteres ist vielleicht die richtigere Anschauung. Die einst
ein Weib gewesen ist und aufgehört hat, es zu sein, könnte
in jedem Augenblicke wieder ein Weib werden, wenn nur
die Berührung des Zauberstabes erfolgte, welcher die Umwandlung bewirken könnte. Ob Esther Prynne später je so
berührt und umgewandelt wurde, wird sich zeigen.

Ein großer Teil des marmorkalten Eindrucks, den Esther
machte, war dem Umstande zuzuschreiben, daß sich ihr
Leben in hohem Maße von der Leidenschaft und Empfindung ab- und dem Denken zugewendet hatte. Da sie allein
in der Welt dastand – allein, soweit es Abhängigkeit irgendeiner Art von der Gesellschaft betraf, während sie Perlchen
leiten und schützen mußte –, allein und ohne Aussicht,
wieder in ihr früheres Leben zu kommen, selbst wenn sie
nicht verschmäht hätte, dies für wünschenswert zu halten,
so warf sie die Trümmer der zerbrochenen Kette von sich.
Das Gesetz der Welt war kein Gesetz mehr für ihren Geist.
In jener Zeit hatte der jüngst emanzipierte menschliche
Verstand einen rüstigeren Aufschwung und ausgedehnteren
Wirkungskreis gewonnen als seit vielen Jahrhunderten.
Männer des Schwertes hatten den Adel und das Königtum
gestürzt. Noch kühnere als jene hatten – nicht in der Wirklichkeit, aber in der Theorie, dort wo sie am besten zu
Hause waren – das ganze System alter Vorurteile über den
Haufen geworfen und neu geordnet; ein System von Vor-
urteilen, mit dem freilich auch alte Prinzipientreue verket-
tet war. Esther Prynne hatte diesen Geist eingesogen. Sie
nahm eine Freiheit des Denkens an, die damals auf der
andern Seite des Atlantischen Ozeans gewöhnlich genug
war, die aber für unsere Vorväter, wenn sie dieselbe gekannt
hätten, ein tödlicheres Verbrechen gewesen wäre als das
durch den Scharlachbuchstaben gebrandmarkte. Sie wurde
in ihrer einsamen Hütte an der Meeresküste von Gedanken

heimgesucht, wie sie in keine andere Wohnung in Neu-England zu dringen wagten, – schattenhafte Gäste, die für jene, welche sie aufnahmen, ebenso gefahrvoll wie Dämonen gewesen sein würden, wenn man sie an der Tür hätte klopfen sehen können.

Es ist bemerkenswert, daß die kühnsten Denker sich oft mit der vollkommensten Ruhe den äußeren Regeln der Gesellschaft fügen. Für sie ist der Gedanke hinreichend, ohne in das Fleisch und Blut der Tat überzugehen. So schien es auch bei Esther zu sein. Wäre aber Perlchen nie aus der Geisterwelt zu ihr gekommen, so wäre es vielleicht ganz anders geworden; dann wäre ihr Name möglicherweise Hand in Hand mit dem Anna Hutchinsons als der der Stifterin einer religiösen Sekte auf uns gekommen; in einer ihrer Phasen wäre sie am Ende gar eine Prophetin gewesen. Sie hätte von den strengsten Tribunalen jener Zeit nicht unwahrscheinlich den Tod dafür erlitten, daß sie es versucht, die Grundlagen des puritanischen Gemeinwesens zu untergraben. In der Erziehung ihres Kindes konnte sich jedoch der denkerische Enthusiasmus der Mutter Luft machen. Die Vorsehung hatte Esthers Obhut in Gestalt dieses Kindes den Keim und die Blüte der Weiblichkeit anvertraut, um ihn unter einem Heere von Schwierigkeiten zu pflegen und zu entwickeln. Alles war gegen sie. Die Welt war ihre Feindin, das Kind hatte in seiner eigenen Natur etwas Unrechtes, das beständig bewies, daß es infolge der gesetzlosen Leidenschaft ihrer Mutter geboren war und Esther oftmals antrieb, in der Bitterkeit ihres Herzens zu fragen, ob das kleine Geschöpf zum Bösen oder Guten in die Welt gekommen sei.

Dieselbe düstere Frage stieg oft in bezug auf das ganze Frauengeschlecht in ihrem Geiste auf. War die Existenz selbst für die Glücklichsten darunter der Annahme wert? Soweit es ihre individuelle Existenz betraf, hatte sie die Frage längst schon verneinend entschieden und den Punkt als abgemacht von sich gewiesen. Die Neigung zum theoretischen Denken mag zwar das Weib still machen wie den Mann, sie macht es zugleich auch traurig. Vielleicht kommt dies daher, daß es eine so hoffnungslose Aufgabe vor sich sieht. Beim ersten Schritte schon muß das ganze System der Gesellschaft niedergerissen und neu aufgebaut werden. Dann muß die Natur des andern Geschlechts oder seine lange erblich gewordene Gewohnheit, welche der Natur gleich geworden ist, wesentlich modifiziert werden, ehe das Weib eine dem Anscheine nach passende, billige Stellung einnehmen kann. Sind endlich alle andern Schwierigkeiten überwunden, so kann das Weib diese vorläufigen Reformen nicht eher benützen, als bis es selbst eine noch mächtigere Veränderung erlitten hat, bei der es sich vielleicht finden wird, daß das ätherische Wesen, worin dessen wahrstes Leben besteht, verschwunden ist. Das Weib kann diese Probleme durch keine Übung des Gedankens bewältigen. Sie lassen sich entweder gar nicht oder nur auf eine Art lösen. Wenn das Herz die Oberhand gewinnt, so verschwinden sie. So irrte Esther Prynne, deren Herz seinen regelmäßigen, gesunden Pulsschlag verloren hatte, ohne leitenden Faden in dem dunkeln Labyrinthe des Geistes, wo sie bald auf eine unübersteigliche Felswand stieß, bald vor einem tiefen Abgrund zurückschreckte. Rund umher erblickte sie eine wilde gespenstische Szenerie; nirgends war eine Heimat und Trost zu finden. Zuweilen wollte sich der furchtbare Gedanke ihrer Seele bemächtigen, ob es nicht besser sei, Perle sofort in den Himmel zu senden und selber in ein Jenseits zu schreiten, welches ihr die ewige Gerechtigkeit bereiten werde.

Der Scharlachbuchstabe hatte seinen Zweck nicht erfüllt.

Jetzt hatte ihr jedoch das Zusammentreffen mit Arthur Dimmesdale in der Nacht seiner Vigilie einen neuen Gegenstand zum Nachdenken gegeben und ihr einen Zweck gezeigt, der jeder Anstrengung und jedes Opfers zu seiner Erreichung würdig zu sein schien. Sie hatte das tiefe Elend wahrgenommen, mit welchem der Prediger rang, oder, um es genauer auszudrücken, zu ringen aufgehört hatte. Sie sah, daß er auf der Grenze des Wahnsinns stand, wenn er diese nicht schon überschritten hatte. Es ließ sich unmöglich bezweifeln, daß, welche peinliche Wirkung der geheime Stachel der Reue auch haben mochte, diesem doch durch die Hand, welche Erleichterung und Hilfe bot, ein tödlicheres Gift eingehaucht worden war. Ein geheimer Feind war unter dem Scheine eines Freundes und Helfers beständig an seiner Seite gewesen und hatte die so gebotenen Gelegenheiten benutzt, in die zarten Triebfedern der Natur des Arthur Dimmesdale einzugreifen. Esther konnte sich der Frage nicht enthalten, ob es nicht ursprünglich schon ihrerseits ein Mangel an Wahrhaftigkeit, Mut und Treue gewesen sei, als sie es zugegeben, daß der Geistliche in eine Lage versetzt wurde, von welcher so viel Böses zu ahnen und nichts Günstiges zu hoffen war. Ihre einzige Rechtfertigung lag in dem Umstande, daß sie nicht imstande gewesen war, eine Weise zu entdecken, um ihn von schwärzerem Ruin als dem, welcher sie selbst betroffen hatte, zu retten, außer indem sie sich in Roger Chillingworths Plan der Verstellung fügte. Unter diesen Umständen hatte sie ihre Wahl getroffen, und wie es sich jetzt zeigte, die qualvollere Alternative gewählt. Sie beschloß, ihren Irrtum, sofern es noch möglich war, wieder gutzumachen. Durch Jahre schwerer, ernster Prüfung gekräftigt, fühlte sie sich nicht mehr so unfähig, es mit Roger Chillingworth aufzunehmen, wie in jener Nacht, da sie von Sünde entwürdigt und durch die ihr noch neue Schmach halb wahnsinnig gemacht mit ihm in der Gefängniszelle gesprochen hatte. Sie hatte seitdem eine höhere Ebene erstiegen, während der alte Mann durch die Rache, zu welcher er sich erniedrigt, auf ihr Niveau oder vielleicht sogar unter dasselbe gesunken war.

Kurzum, Esther Prynne beschloß, ihren früheren Gatten aufzusuchen und alles, was in ihrer Macht stand, zur Rettung des Opfers zu tun, in das er so offenbar seine Krallen eingeschlagen hatte. Sie brauchte nicht lange auf eine Gelegenheit zu warten. Als sie eines Nachmittags mit Perle in einer abgelegenen Gegend der Halbinsel spazierenging, sah sie den alten Arzt mit einem Korbe an dem einen Arm und einem Stabe in der andern Hand gebückt vor sich hin schreiten, um Wurzeln und Kräuter zur Bereitung seiner Arzneien zu suchen.

XIV
Esther und der Arzt

Esther hieß die kleine Perle an das Wasser hinablaufen und mit den Muscheln und Seepflanzen spielen, bis sie mit jenem Kräutersammler gesprochen hätte. Das Kind flog davon wie ein Vogel, entblößte seine weißen Füße und plätscherte in das seichte Wasser der See. Hier und da blieb sie stehen und schaute neugierig in eine Pfütze, welche die Ebbe beim Zurückweichen als Spiegel zurückgelassen hatte, damit Perle ihr Gesicht darin sehen könne. Aus der Pfütze blickte sie mit dunkeln, schimmernden Locken um den Kopf und einem Elfenlächeln in den Augen das Bild eines kleinen Mädchens an, welches Perle, da sie keinen andern Spielkameraden besaß, einlud, ihre Hand zu nehmen und mit ihr um die Wette zu laufen. Aber das andere kleine Mädchen winkte ihr ebenfalls, wie um zu sagen: Dies ist ein besserer Ort! Komm du in die Pfütze!, und Perle schritt bis an das Knie hinein und erblickte auf dem Grunde ihre eigenen weißen Füße, während aus einer noch größeren Tiefe der Schimmer einer Art von fragmentarischem Lächeln kam, welches in dem bewegten Wasser hin und her schwamm.

Unterdessen hatte ihre Mutter den Arzt angesprochen.

»Ich möchte ein Wort mit Euch sprechen – ein Wort, das uns beide gleich stark angeht.«

»Ah, hat Frau Esther ein Wort für den alten Roger Chillingworth?« sagte er, indem er sich aus seiner gebückten Stellung erhob. »Von Herzen gern! Ich höre von allen Seiten Gutes über Euch! Erst gestern abend noch sprach eine Magistratsperson, ein weiser und frommer Mann, von Euern Angelegenheiten, Frau Esther, und flüsterte mir zu, daß von Euch die Rede im Rate gewesen sei. Es war besprochen worden, ob Euch der Scharlachbuchstabe mit Sicherheit für das Gemeinwohl von der Brust genommen werden könne oder nicht. Ich gebe Euch mein Wort, Esther, daß ich den Ehrenmann bat, es sofort geschehen zu lassen.«

»Es liegt nicht in dem Belieben des Magistrats, dieses Zeichen abzunehmen«, antwortete Esther ruhig. »Wenn ich verdiente, seiner entledigt zu werden, so würde es von selbst abfallen oder in einen Gegenstand von einer anderen Bedeutung umgewandelt werden.«

»Nun, wenn es Euch besser zusagt, so tragt den Buchstaben nur fort«, entgegnete er. »Ein Frauenzimmer muß bei der Ausschmückung seiner Person seinem eigenen Geschmacke folgen. Der Buchstabe ist hübsch gestickt und sieht auf Euerm Busen ganz vortrefflich aus.«

Während dieses Gespräches hatte Esther den alten Mann unverwandt betrachtet und war entsetzt und von Verwunderung ergriffen, als sie entdeckte, welche Veränderungen die letzten sieben Jahre bei ihm hervorgebracht hatten. Es war weniger das, daß er älter geworden wäre, denn wiewohl die Spuren des vorrückenden Lebens sichtbar waren, trug er doch sein Alter gut und schien eine sehnige Kraft und Rüstigkeit zu bewahren. Aber der frühere Ausdruck eines ruhigen, stillen Forschers im Geiste, dessen sie sich bei ihm am besten erinnerte, war völlig verschwunden und durch einen unsteten, einbohrenden, fast wilden und doch sorgfältig verdeckten Blick ersetzt worden. Es schien sein Wunsch und seine Absicht zu sein, diesen Ausdruck durch ein Lächeln zu maskieren, aber dieses wurde ihm untreu und zuckte so höhnisch über sein Gesicht, daß der Beschauer eben dadurch seine Schwärze nur um so besser sehen konnte. Dann und wann kam aus seinen Augen eine rote Glut, als ob die Seele des alten Mannes brenne und dumpf in seiner Brust glimme, bis sie durch einen vorübergehenden Windstoß der Leidenschaft zu einer momentanen Flamme angefacht wurde. Diese drückte er aber so schnell wie möglich wieder zurück und bemühte sich auszusehen, als ob nichts Derartiges vorgefallen sei.

In einem Wort, der alte Roger Chillingworth war ein auffallender Beweis der Fähigkeit des Menschen, sich in einen Teufel zu verwandeln, wenn er nur eine anständige Zeitlang das Amt des Teufels übernehmen will. Der Unglückliche hatte diese Verwandlung dadurch bewirkt, daß er sich sieben Jahre lang beständig der Analyse eines gequälten Herzens gewidmet und darin seinen Genuß gefunden und die glühenden Qualen, welche er analysierte und an denen er sich weidete, mit neuem Brennstoff versehen hatte.

Der Scharlachbuchstabe brannte auf Esther Prynnes Brust. Vor sich hatte sie einen weiteren Verfall, für den die Verantwortung zu einem Teil auf sie zurückfiel.

»Was seht Ihr in meinem Gesicht«, fragte der Arzt, »daß Ihr es so ernstlich anschaut?«

»Etwas, worüber ich weinte, wenn es Tränen gäbe, die bitter genug dafür wären«, antwortete sie. »Aber lassen wir das! Ich möchte mit Euch über jenen Unglücklichen sprechen.«

»Was ist mit ihm?« rief Roger Chillingworth begierig, als liebe er den Gegenstand und freue sich der Gelegenheit, mit der einzigen Person, die er darüber ins Vertrauen ziehen konnte, davon zu sprechen. »Die Wahrheit zu gestehen, Frau Esther, meine Gedanken beschäftigen sich gerade jetzt ebenfalls mit dem Herrn. Sprecht also ohne Rückhalt, ich werde Euch antworten.«

»Das letzte Mal, als wir zusammen redeten«, sagte Esther, »es sind jetzt sieben Jahre her – beliebte es Euch, mir ein Versprechen der Schweigsamkeit über das früher zwischen uns bestandene Verhältnis abzupressen. Da das Leben und der gute Ruf jenes Mannes in Euern Händen waren, schien ich keine andere Wahl zu haben, als Euerm Verlangen gemäß zu schweigen. Ich wurde jedoch von Ahndungen bedrückt, als ich mich so verbindlich machte, denn nachdem ich alle Pflichten gegen andere menschliche Wesen von mir geworfen, blieb immer noch eine Pflicht gegen ihn zurück, und etwas flüsterte mir zu, daß ich diese Pflicht verrate, indem ich mich verbindlich machte, Euer Geheimnis zu bewahren. Seit jenem Tage steht ihm kein Mensch so nahe wie Ihr. Ihr folgt ihm auf Schritt und Tritt. Ihr seid im Schlafe und im Wachen an seiner Seite. Ihr durchforscht seine Gedanken. Ihr wühlt Euch in seine Brust und nagt an seinem Herzen. Ihr habt sein Leben in Euern Krallen und laßt ihn täglich einen neuen Tod sterben, und dennoch kennt er Euch nicht. Ich habe, indem ich dies zugab, gegen den einzigen Mann, dem ich noch treu zu sein vermochte, eine falsche Rolle gespielt.«

»Welche Wahl hattet Ihr?« fragte Roger Chillingworth. »Hätte ich mit meinem Finger auf den Mann gedeutet, so würde ich ihn von seiner Kanzel in einen Kerker geschleudert und von dort vielleicht sogar an den Galgen gebracht haben.«

»Das wäre besser gewesen«, sagte Esther Prynne.

»Was habe ich dem Manne Übels getan?« fragte Roger Chillingworth noch einmal. »Ich sage dir, Esther Prynne, daß der reichste Lohn, welchen je ein Arzt von einem Herrscher erhalten hat, nicht die Fürsorge hätte erkaufen können, die ich an jenen erbärmlichen Priester verschwendet habe. Ohne meine Hilfe würde sein Leben in den ersten zwei Jahren nach seinem und deinem Verbrechen in Qualen verglüht sein. Seinem Geiste mangelte die Kraft, welche den deinen, Esther, unter einer Bürde wie die deines Scharlachbuchstabens aufrechterhalten hat. Oh, ich könnte ein herrliches Geheimnis enthüllen! Aber lassen wir's. Was die Kunst tun kann, habe ich an ihm erschöpft. Daß er jetzt noch atmet und auf Erden umherschleicht, verdankt er nur mir!«

»Besser, er wäre schnell gestorben«, sagte Esther Prynne.

»Ja, Weib, du sprichst die Wahrheit!« rief der alte Roger Chillingworth, und das düstere Feuer seines Herzens loderte vor ihren Augen; »ja besser wäre er schnell gestorben! Noch nie hat ein Sterblicher gelitten wie dieser Mann, und immer vor den Augen seines schlimmsten Feindes! Er hat geahnt, er hat gefühlt, daß beständig ein Einfluß über ihm hing wie ein Fluch. Er wußte durch ein geistiges Gefühl – denn der Schöpfer hat nie einem Wesen ein reizbareres Empfindungsvermögen verliehen als ihm –, er wußte, daß keine freundliche Hand an den Fasern seines Herzens zog und daß ein Auge, das nur Böses suchte und es fand, aufmerksam in sein Inneres blickte. Aber er wußte nicht, daß das Auge und die Hand die meinen waren! Mit dem seiner Bruderschaft eigenen Aberglauben bildete er sich ein, daß er einem Teufel überliefert sei, der ihn mit furchtbaren Träumen und verzweifelten Gedanken, dem Stachel der Reue und der Verzweiflung an der Verzeihung foltere, um ihm einen Vorgeschmack von dem zu geben, was ihn jenseits des Grabes erwartet. Aber es war der stete Schatten meiner Gegenwart – die nächste Nähe des Mannes, dem er schmähliches Unrecht zugefügt und der am Ende nur noch von diesem ewigen Gifte der grausamsten Rache existierte! Wahrhaftig, er irrte nicht! An seiner Seite stand ein Teufel! Ein sterblicher Mensch mit einst menschlichem Herzen ist, nur um ihn zu quälen, zu einem Teufel geworden.«

Der unglückliche Arzt erhob bei diesen Worten seine Hände mit einem Blick des Entsetzens, als ob er im Spiegel gesehen hätte, wie eine furchtbare Gestalt, die er nicht wiederzuerkennen vermochte, seine Stelle eingenommen habe. Es war einer von den Augenblicken, die nur zuweilen in jahrelangen Zwischenräumen wiederkehren, wenn das moralische Aussehen des Menschen sich seinem geistigen Auge treu widerspiegelt. Vielleicht hatte er sich noch nie so wie jetzt gesehen.

»Hast du ihn noch nicht genug gequält?« sagte Esther, die den Blick des Alten bemerkt hatte; »hat er dir noch nicht genug bezahlt?«

»Nein! Er hat die Schuld nur vergrößert!« antwortete der Arzt, dessen Wesen jetzt seine Wildheit verlor und in Trübsinn fiel. »Erinnerst du dich meiner, Esther, wie ich vor neun Jahren war? Schon damals stand ich im Herbst meiner Tage, und es war nicht der Frühherbst, aber mein ganzes Leben hatte aus fleißigen, eifrig forschenden, gedankenvollen, stillen Jahren bestanden, die ich getreulich zur Vergrößerung meines Wissens und ebenso getreulich, wiewohl der letztere Zweck nur nebenbei mit dem andern zusammenhing, zur Beförderung der menschlichen Wohlfahrt angewendet hatte. Kein Leben war friedlicher und unschuldiger als das meine, wenige Leben so reich an erwiesenen Wohltaten gewesen. Erinnerst du dich meiner? War ich nicht, wenn du mich auch für kalt halten mochtest, dennoch ein Mann, der für andere vorsorglich, für sich nur weniges bedürfend, gütig, wahrhaft, gerecht und von beständiger, wo nicht warmer Zuneigung war? War ich nicht all dies, Esther?«

»All dies und mehr«, sagte Esther.

»Und was bin ich jetzt?« fragte er, indem er in ihr Gesicht blickte und alles Böse seines Innern auf seine Züge heraustreten ließ. »Ich habe dir bereits gesagt, was ich bin – ein Teufel! Wer hat mich dazu gemacht?«

»Ich war es«, rief Esther schaudernd; »ich war es nicht weniger als er. Warum hast du dich nicht an mir gerächt?«

»Ich habe dich dem Scharlachbuchstaben überlassen«, antwortete Roger Chillingworth, »wenn der mich nicht gerächt hat, so kann ich weiter nichts tun.«

Er legte seine Finger darauf und lächelte.

»Er hat dich gerächt!« antwortete Esther Prynne.

»Ich hatte nicht weniger erwartet«, sagte der Arzt. »Und nun, was verlangst du von mir in bezug auf jenen Mann?«

»Ich muß das Geheimnis enthüllen«, antwortete Esther fest; »er muß dich in deinem wahren Charakter erblicken: was die Folgen sein mögen, weiß ich nicht, aber diese lange Schuld des Vertrauens, die ihm, dessen Fluch und Verderben ich gewesen bin, von mir gebührt, soll endlich bezahlt werden. Soweit es den Umsturz oder die Bewahrung seines guten Rufes und irdischen Standes und vielleicht auch sein Leben betrifft, ist er in deinen Händen, und ich, die der Scharlachbuchstabe zur Wahrheit erzogen hat, wenn es auch die Wahrheit des in die Seele dringenden, rotglühenden Eisens ist – ich sehe keinen so großen Vorteil für ihn in einem längeren Leben gespenstischer Leere, daß ich mich erniedrigen sollte, dich um Gnade anzuflehen. Tu mit ihm, was du willst! Es ist für ihn nichts Gutes zu hoffen – nichts Gutes für mich –, nichts Gutes für dich! Da ist nichts Gutes für die kleine Perle. Es gibt keinen Pfad, der uns aus diesem finsteren Labyrinthe führen könnte.«

»Weib, fast möchte ich dich bemitleiden«, sagte Roger Chillingworth, der ein Gefühl von Bewunderung nicht unterdrücken konnte; denn die Verzweiflung, der sie Ausdruck verlieh, hatte etwas Majestätisches an sich. »Du hast große Eigenschaften gehabt. Vielleicht wäre dieses Übel nicht geschehen, wenn du früher auf eine bessere Liebe als die meine gestoßen wärest. Ich bemitleide dich um des Guten willen, das in deiner Natur vergeudet worden ist.«

»Und ich dich«, antwortete Esther Prynne, »wegen des Hasses, der einen weisen und gerechten Mann in einen Teufel verwandelt hat. Willst du ihn von dir austreiben und wieder ein Mensch werden? Wenn auch nicht um meinetwillen, doch doppelt wegen deiner selbst! Verzeih und überlaß die weitere Vergeltung der Macht, welche sie für sich in Anspruch nimmt. Ich habe gesagt, daß nichts Gutes für ihn oder dich oder mich vorhanden sei, die wir hier zusammen in diesem düstern Labyrinth des Übels wandern und bei jedem Schritte über die Schuld straucheln, womit wir unsern Pfad angefüllt haben. Es ist nicht so! Es könnte etwas Gutes für dich, für dich allein geben, da du tief gekränkt worden bist und es dir freisteht zu verzeihen. Willst du dieses einzige Vorrecht aufgeben? Willst du diese unschätzbare Wohltat von dir stoßen?«

»Laß ab, Esther, laß ab!« erwiderte der alte Mann mit trüber Strenge; »es ist mir nicht gegeben zu verzeihen. Ich besitze nicht die Macht, von der du zu mir sprichst. Mein alter, lange vergessener Glaube stellt sich ein und erklärt alles, was wir tun, und alles, was wir leiden. Du hast durch deinen ersten Schritt auf den Irrweg das Samenkorn des Bösen gepflanzt, von jenem Augenblicke an aber ist alles düstere Notwendigkeit gewesen. Ihr, die ihr mir Unrecht zugefügt habt, seid nur in einer Art von typischer Illusion sündig, und ich, der ich dem Satan sein Amt aus den Händen gerissen habe, bin ebensowenig ein Teufel. Es ist unser Schicksal. Laßt die schwarze Blume des Bösen blühen wie sie mag. Jetzt geh deines Weges und verfahre mit jenem Manne, wie du willst.«

Er winkte ihr mit der Hand, hinwegzugehen, und bückte sich wieder zu den Kräutern am Boden.

XV
Esther und Perle

Auf solche Weise nahm Roger Chillingworth, eine ver-
wachsene alte Gestalt mit einem Gesicht, welches den
Menschen länger im Gedächtnis spukte als ihnen angenehm war, von Esther Prynne Abschied und ging, zur Erde
gebückt, weiter. Er pflückte hier eine Pflanze oder grub
dort eine Wurzel aus und steckte sie in den Korb, den er am
Arme trug. Sein grauer Bart berührte fast den Boden, als er
vorankroch.

Esther blickte ihm ein Weilchen mit einer halb phantastischen Neugier nach, um zu sehen, ob das zarte Frühlingsgras nicht unter seinen Tritten verwelken und vergilbt
und braun die Spur seines schwankenden Ganges durch das
heitere Grün zeigen würde. Sie hätte gern gewußt, welche
Art von Kräutern der alte Mann so eifrig sammelte. Ob
nicht die durch die Sympathie seines Auges zu schlimmen
Zwecken befruchtete Erde ihm unter seinen Fingern auf-
wachsende giftige Sträucher von bisher unbekannten Arten
bieten würde? Oder war es für ihn genügend, daß jeder
heilsame Wuchs bei seiner Berührung in etwas Bösartiges
und Schädliches verwandelt ward? Beschien ihn die Sonne,
die alles andere so hell erleuchtete, wirklich? Oder befand
sich dort, wie es vielmals schien, ein trüber Schattenkreis,
der sich mit seiner verwachsenen Gestalt bewegte, wohin er
sich auch wenden mochte? Und wohin ging er jetzt? Würde er nicht plötzlich in die Erde versinken und eine hohle
verbrannte Stelle zurücklassen, wo im Verlauf der Zeit
giftiger Nachtschatten, Schierling, Belladonna und was
sonst das Klima von bösen Pflanzen hervorbringen konnte
mit häßlicher Üppigkeit wuchern würde? Oder würde er
Fledermausschwingen entfalten und hinwegfliegen und um
so häßlicher aussehen, je höher er zum Himmel aufstieg?

»Gleichviel, ob es Sünde ist oder nicht«, sagte Esther

Prynne bitter, indem sie ihm nachblickte, »ich hasse den Mann.«

Sie machte sich Vorwürfe über das Gefühl, konnte es aber weder besiegen noch verwinden. Sie dachte an die lang vergangenen Tage in einem fernen Lande, wo er des Abends aus seinem einsamen Studierzimmer kam und sich am Schimmer des Kaminfeuers ihrer Heimat und im Lichte ihres bräutlichen Lächelns niedersetzte. Er habe es nötig, sich an diesem Lächeln zu wärmen, wie er sagte, um die Kälte so vieler einsamer Stunden unter seinen Büchern vom Herzen abzutauen. Solches war ihr einst nicht anders als glücklich erschienen, jetzt aber, wo sie es durch den Trauerflor ihres späteren Lebens sah, reihten sich diese Szenen unter ihre häßlichsten Erinnerungen. Sie wunderte sich, wie solches nur hatte sein können. Sie wunderte sich, wie sie sich je hatte bewegen lassen, ihn zu heiraten. Sie hielt es für ihr bereuenswertestes Verbrechen, daß sie je den lauen Druck seiner Hand erduldet und erwidert und das Lächeln ihrer Lippen und Augen sich mit dem seinen habe vermischen und verschmelzen lassen. Und es erschien ihr als ein schlimmeres, von Roger Chillingworth begangenes Vergehen als irgendeine Kränkung, die ihm je zugefügt worden war, daß er sie zu der Zeit, wo ihr Herz es nicht besser wußte, überredet hatte, sich an seiner Seite für glücklich zu halten.

»Ja, ich hasse ihn!« wiederholte Esther bitterer noch als vorher, »er hat mich verraten! Er hat mir schlimmeres Unrecht zugefügt als ich ihm.«

Die Männer mögen sich hüten, die Hand eines Weibes zu gewinnen, wenn sie nicht damit zugleich die höchste Leidenschaft ihres Herzens erwerben, sonst kann es ihr unglückliches Schicksal werden, wie das Roger Chillingworths, wenn irgendeine mächtigere Berührung als die ihre alle ihre Gefühle erweckt hat, Vorwürfe selbst über die ruhige Zufriedenheit, das Marmorbild des Glückes zu erhalten, die sie ihr anstelle der warmen Wirklichkeit des Glückes gegeben haben. Aber Esther Prynne hätte längst schon über diese Ungerechtigkeit hinaus sein sollen. Was bewies sie? Hatten sieben lange Jahre unter der Folter des Scharlachbuchstabens ihr so viele Schmerzen auferlegt, ohne Reue hervorzubringen?

Die Empfindungen der kurzen Zeit, während welcher sie stand und der gekrümmten Gestalt des alten Roger Chillingworth nachblickte, warfen ein trübes Licht auf Esthers Zustand und enthüllten vieles, was sie sich sonst vielleicht nicht gestanden hätte.

Sobald er verschwunden war, rief sie ihr Kind zurück.

»Perle! Perlchen! Wo bist du?«

Dem Kinde, dessen Geistestätigkeit nie ermattete, hatte es, während seine Mutter mit dem alten Kräutersammler sprach, nicht an Unterhaltung gefehlt. Anfangs hatte Perle, wie schon berichtet, phantastisch mit ihrem eigenen Bilde in einer Wasserpfütze kokettierend, dem Phantome gewinkt herauszukommen und, da es dies nicht tat, sich selbst einen Durchgang in dessen Sphäre einer unerfaßbaren Erde und eines unerreichbaren Himmels gesucht. Da sie jedoch bald fand, daß es entweder ihr oder dem Bilde an Wirklichkeit mangelte, hatte sie sich anderwärts nach einem bessern Zeitvertreib umgesehen. Sie machte kleine Kähne aus Birkenrinde und befrachtete sie mit Schneckenhäusern und sandte mehr Fahrzeuge auf die See hinaus als irgendein Kaufmann in Neu-England, aber der größte Teil davon scheiterte nahe der Küste. Sie erfaßte eine lebende Krabbe am Schwanze und bemächtigte sich mehrerer Seesterne und legte eine Qualle zum Zerschmelzen an die warme Sonne. Dann nahm sie den weißen Schaum, welcher die Linie der herankommenden Flut säumte, warf ihn in den Wind und sprang ihm mit beflügelten Schritten nach, um die großen Schneeflocken einzuholen, ehe sie fielen. Als sie eine Gesellschaft von Strandläufern wahrnahm, die am Ufer hinliefen und ihre Nahrung suchten, sammelte das garstige Kind eine Schürze voll Kiesel, schlich den kleinen Seevögeln von einem Felsen zum andern nach und bewies eine große Geschicklichkeit im Werfen nach ihnen. Ein kleines graues Vögelchen mit weißer Brust war, wie Perle sicher glaubte, von einem Kiesel getroffen worden und flatterte mit gebrochenem Flügel davon. Dann aber seufzte das Elfenkind und gab seine Jagd auf, weil es ihm leid tat, einem kleinen Wesen Schmerz zugefügt zu haben, das ebenso wild war wie der Seewind oder wie Perle selbst.

Ihr letztes war, Seetang zu suchen und sich daraus eine Schärpe oder einen Mantel oder einen Kopfputz zu machen und auf diese Weise das Aussehen einer kleinen Seejungfer anzunehmen. Sie hatte die Gabe ihrer Mutter geerbt, Draperien und Kostüme zu erfinden. Als letzte Zutat zu ihrer Nereidenkleidung nahm Perle ein paar Riedgrashalme und ahmte, so gut sie konnte, auf ihrer Brust den Zierat nach, der ihr auf ihrer Mutter so vertraut war. Ein Buchstabe – der Buchstabe A –, aber frisch grün, statt scharlachrot! Das Kind legte sein Kinn auf die Brust und betrachtete die Anordnung mit seltsamem Interesse, als ob es nur darum in die Welt geschickt worden wäre, seine verborgene Bedeutung ausfindig zu machen.

›Ich bin gespannt, ob die Mutter mich fragen wird, was er bedeutet!‹ dachte Perle.

Gerade jetzt hörte sie die Stimme ihrer Mutter, flatterte so leicht dahin wie einer von den kleinen Seevögeln und erschien tanzend, lachend und mit dem Finger auf den Zierat an ihrer Brust deutend vor Esther Prynne.

»Mein Perlchen«, sagte Esther nach kurzem Schweigen, »der grüne Buchstabe hat keine Bedeutung auf deiner kindlichen Brust, aber weißt du, mein Kind, was der Buchstabe, welchen deine Mutter tragen muß, zu bedeuten hat?«

»Ja, Mutter«, sagte das Kind, »es ist der große Buchstabe A. Du hast ihn mir in der Fibel gezeigt.«

Esther blickte forschend in ihr kleines Gesicht; wiewohl aber dasselbe den eigentümlichen Ausdruck zeigte, welchen sie so oft in ihren schwarzen Augen bemerkt hatte, konnte sie doch nicht zur Gewißheit darüber kommen, ob Perle irgendeine Bedeutung mit dem Symbole verband. Sie fühlte einen krankhaften Wunsch, die Sache zu ermitteln.

»Weißt du, Kind, weshalb deine Mutter diesen Buchstaben trägt?««

»Freilich weiß ich das!« antwortete Perle und schaute lustig in das Gesicht ihrer Mutter; »aus demselben Grunde, aus dem der Pfarrer die Hand auf sein Herz hält.«

»Und was für ein Grund ist das?« fragte Esther mit einem halben Lächeln über die Ungereimtheit der kindlichen Beobachtung, über die sie jedoch allsogleich erbleichte. »Was hat der Buchstabe mit irgendeinem andern Herzen als dem meinen zu tun?«

»Aber Mutter, ich habe dir alles gesagt, was ich weiß«, sagte Perle ernsthafter, als sie sonst zu sprechen gewohnt war. »Frage den alten Mann, mit dem du soeben sprachst, vielleicht kann er es dir sagen. Aber sag, Mutter, was bedeutet der Scharlachbuchstabe? Und weshalb trägst du ihn auf deiner Brust? Weshalb hält der Prediger die Hand auf sein Herz?«

Sie nahm die Hand ihrer Mutter in ihre beiden Hände und blickte mit einer Innigkeit, welche bei ihrem wilden, launischen Charakter selten war, in ihre Augen. Esther glaubte, daß sich das Kind ihr wirklich mit kindlichem Zutrauen zu nähern suche und alles was es könne und so verständig als es ihm möglich war tue, um einen gemeinsamen Bereich sympathetischen Gefühls zu finden. Dies zeigte das Kind in einem ungewohnten Lichte. Bisher hatte sich die Mutter, ihr Kind mit der Innigkeit eines einzigen Gefühles liebend, darein ergeben, fast keine andere Vergeltung zu hoffen, als die Kaprice eines Aprilwindes, der seine Zeit in lustiger Jagd hinbringt und seine Anfälle unerklärlichen Zornes hat und selbst in seiner besten Laune aufbrausend ist und einen öfter erkältet als liebkost, wenn man ihn an seine Brust nimmt, zur Vergeltung für diese Ungezogenheit aber zuweilen in seiner Laune die Wange mit zweideutiger Zärtlichkeit küßt und einem sanft mit dem Haar spielt und dann wieder seine eignen müßigen Wege geht und einem ein träumerisches Wohlgefühl im Herzen zurückläßt. Dies war das Urteil der Mutter über die Anlage des Kindes. Jeder andere Beobachter würde vielleicht wenige liebenswürdige Züge erblickt und den unliebenswürdigen eine weit dunklere Färbung gegeben haben. Jetzt aber trat der Gedanke lebendig vor Esthers Geist, daß sich Perle mit ihrer auffallenden Frühreife und ihrem Scharfsinne vielleicht schon dem Alter genähert haben möge, wo sie zu einer Freundin gemacht und ihr so viel von den Kümmernissen ihrer Mutter anvertraut werden könne, als sich ihr ohne peinliche Zudringlichkeit für das Kind wie für die Mutter mitteilen lasse. Von Anfang an konnte man aus dem kleinen Chaos des Charakters Perlens die Grundsätze eines unerschütterlichen Mutes, eines unbezähmbaren Willens, eines standhaften Stolzes, der zum Selbstrespekt geschult werden konnte – und einer bitteren Verachtung vieler Dinge, die bei näherer Untersuchung den Makel der Lüge an sich trugen, hervortreten sehen. Sie besaß Neigungen, liebevolle Neigungen, obgleich sie sich bisher noch scharf und unangenehm gezeigt hatten, wie die köstlichsten Früchte, solange sie unreif sind. ›Bei allen diesen trefflichen Eigenschaften‹, dachte Esther, ›muß das Böse, welches sie von ihrer Mutter geerbt hat, sehr groß sein, wenn dieses Elfenkind nicht zu einem edlen Weibe erwächst.‹

Perlens unvermeidliche Neigung, über das Rätsel des Scharlachbuchstabens Aufschluß zu verlangen, schien eine angeborene Eigenschaft ihres Wesens zu sein. Sie hatte dies von der frühesten Zeit ihres bewußten Lebens als die ihr zugewiesene Mission betrachtet. Esther hatte oft geglaubt, daß die Vorsehung, als sie das Kind mit dieser auffallenden Neigung begabte, einen Plan der Gerechtigkeit und Vergeltung gehabt haben müsse, aber bis jetzt noch nie daran gedacht zu fragen, ob nicht mit diesem Plan vielleicht auch eine gnädige und freundliche Absicht verbunden sein möge. Konnte es nicht, wenn Perlchen mit Glauben und Vertrauen als geistiger Bote sowohl wie als Erdenkind aufgenommen wurde, ihre Sendung sein, den Kummer zu verscheuchen, welcher kalt im Herzen ihrer Mutter lag und es in ein Grab verwandelte, und ihr in der Bewältigung der Leidenschaft beizustehen, die einst so glühend gewesen und selbst jetzt noch nicht verstorben oder eingeschlafen, sondern nur in diesem Herzensgrabmale eingekerkert war?

Solcher Art waren die Gedanken, welche sich jetzt mit einer Lebhaftigkeit, als ob sie ihr ins Ohr geflüstert worden wären, in Esthers Geiste regten, und die ganze Zeit über hielt Perlchen die Hand ihrer Mutter in ihren beiden eigenen und wandte ihr Gesicht empor, während sie ein-, zwei-, dreimal die forschenden Fragen stellte.

»Was bedeutet der Buchstabe, Mutter, und warum trägst du ihn? Warum hält der Prediger die Hand auf das Herz?«

›Was soll ich sagen?‹ dachte Esther. ›Nein, wenn dies der Preis der Teilnahme des Kindes ist, so kann ich ihn nicht zahlen.‹

Hierauf sagte sie:

»Törichte Perle, was sind das für Fragen? Es gibt viele Dinge in der Welt, nach denen ein Kind nicht fragen darf. Was weiß ich vom Herzen des Predigers? Und was den Scharlachbuchstaben betrifft, so trage ich ihn wegen seiner Goldfäden.«

Während der ganzen vergangenen sieben Jahre hatte Esther das Symbol auf ihrem Busen noch nie verleugnet. Vielleicht war es der Talisman eines strengen, aber doch schützenden Geistes, der sie jetzt verließ, als er erkannte, daß sich trotz seiner eifrigen Wache über ihr Herz ein neues

Übel in dasselbe geschlichen hatte, oder ein altes nicht völlig aus ihm vertrieben war. Aus Perlchens Gesicht verschwand sofort der Ernst. Aber das Kind hielt es nicht für angemessen, die Sache fallen zu lassen. Noch zwei, drei Male, während es mit seiner Mutter heimwärts ging, und ebensooft beim Abendessen und als es von Esther zu Bett gebracht wurde, und einmal, nachdem sie schon eingeschlafen schien, blickte Perle mit neckisch strahlenden schwarzen Augen auf.

»Mutter«, sagte sie, »was hat der Scharlachbuchstabe zu bedeuten?«

Und den folgenden Morgen gab das Kind dadurch das erste Zeichen seines Erwachens, daß es den Kopf vom Kissen erhob und die andere Frage stellte, welche es so unerklärlich mit seinen Forschungen über den Scharlachbuchstaben verknüpft hatte:

»Mutter! Mutter! Warum hält der Prediger seine Hand auf sein Herz?«

»Halt deinen Mund, du ungezogenes Kind«, antwortete seine Mutter mit einer Rauheit, welche sie sich noch nie gestattet hatte, »plage mich nicht, sonst sperre ich dich in die finstere Kammer.«

XVI
Ein Spaziergang im Walde

Esther Prynne beharrte bei ihrem Entschlusse, Dimmesdale auf jede Gefahr gegenwärtiger Pein oder späterer Folgen hin mit dem wahren Charakter des Mannes, welcher sich in sein Vertrauen geschlichen hatte, bekanntzumachen. Mehrere Tage lang suchte sie vergeblich eine Gelegenheit, ihn auf einem der nachdenklichen Spaziergänge anzureden, die er, wie sie wußte, den Strand der Halbinsel entlang oder auf den waldigen Hügeln der Umgegend zu machen pflegte. Es würde weder üble Nachreden noch Gefahr für den guten Namen des Geistlichen verursacht haben, wenn sie ihn in seinem Studierzimmer besucht hätte, wo schon so manche Büßerin Sünden von vielleicht ebenso dunkler Färbung, wie die durch den Scharlachbuchstaben bezeichnete, bekannt hatte; aber weil sie die geheime oder unverhohlene Einmischung des alten Roger Chillingworth fürchtete, teils auch, weil ihr sündenbewußtes Herz da Verdacht erblickte, wo keiner gefühlt werden konnte, und dann auch, weil sowohl der Geistliche wie sie der ganzen weiten Welt zum Atmen bedürfen würden, während sie miteinander sprachen, aus all diesen Gründen dachte Esther nie daran, ihm in einem beschränkteren Raume als unter dem freien Himmel entgegenzutreten.

Endlich erfuhr sie beim Besuch eines Krankenzimmers, wohin der ehrwürdige Herr Dimmesdale berufen worden war, um ein Gebet zu verrichten, daß er am Tage vorher zu dem Missionar Eliot gegangen sei, um ihm unter seinen indianischen Bekehrten einen Besuch zu machen. Aller Wahrscheinlichkeit nach würde er zu einer gewissen Stunde des morgenden Nachmittags zurückkehren. Esther nahm daher den folgenden Tag beizeiten Perlchen, die notwendigerweise die Gefährtin aller Ausgänge ihrer Mutter war, wie unbequem auch ihre Gegenwart sein mochte, bei der Hand und brach auf.

Der Weg war, nachdem die beiden Wanderinnen von der Halbinsel auf das Festland gekommen waren, nicht mehr als ein Fußpfad. Er zog sich in den geheimnisvollen Urwald, der ihn so eng einschloß und zu beiden Seiten so schwarz und dicht dastand und nur so unvollkommene Ausblicke auf den Himmel erlaubte, daß er für Esthers Geist kein unrichtiges Bild der moralischen Wildnis abgab, in welcher sie so lange umhergeirrt war; der Tag war rauh und düster. Am Himmel hing eine graue Wolkendecke, die jedoch leise vom Winde bewegt wurde, so daß man von Zeit zu Zeit einen flackernden Sonnenstrahl einsam auf dem Pfade sehen konnte. Diese flüchtige Heiterkeit befand sich stets am fernsten Ende einer langen Durchsicht im Walde. Das scherzende Sonnenlicht – nur zaghaft scherzend unter der herrschenden Gedankenschwere des Tages und der Szene – entfernte sich, sobald sie ihm nahe kamen, und hinterließ die Stellen, wo es getanzt hatte, um so trüber, als sie gehofft hatten, diese heiter erleuchtet zu finden.

»Mutter«, sagte Perle, »der Sonnenschein hat dich nicht lieb, er läuft davon und versteckt sich, weil er sich vor etwas auf deiner Brust fürchtet. Sieh nur, da spielt er eine große Strecke entfernt. Bleib du hier stehen und laß mich ihm nachlaufen und ihn fangen. Ich bin ein Kind, er wird nicht vor mir fliehen, denn ich trage noch nichts auf meiner Brust.«

»Und wirst es hoffentlich auch nie, mein Kind«, sagte Esther.

»Und warum nicht, Mutter?« fragte Perle, indem sie gerade im Beginn ihres Laufes stehenblieb; »wird er nicht von selbst kommen, wenn ich ein erwachsenes Frauenzimmer bin?«

»Lauf, Kind«, antwortete die Mutter, »und fange den Sonnenstrahl, er wird bald verschwunden sein.«

Perle lief davon und fing, wie Esther lächelnd merkte, wirklich den Sonnenschein und stand lachend und durch seinen Glanz erhellt und von der Munterkeit, welche die schnelle Bewegung erregt hatte, schimmernd mitten darin. Das Licht verweilte auf dem einsamen Kinde, als freue es sich eines solchen Spielkameraden, bis seine Mutter fast nahe genug gekommen war, um ebenfalls in den Zauberkreis zu treten.

»Jetzt wird er gehen!« sagte Perle kopfschüttelnd.

»Sieh«, antwortete Esther lächelnd, »jetzt kann ich meine Hand ausstrecken und etwas davon erfassen.«

Als sie es versuchte, verschwand der Sonnenschein, oder, nach dem strahlenden Ausdrucke zu urteilen, welcher auf Perlens Zügen tanzte, hätte ihre Mutter glauben können, das Kind habe ihn eingesogen und würde ihn wieder mit einem Schimmer auf ihrem Pfade von sich geben, wenn sie in einen düsteren Schatten gelangten. Keine andere Eigenschaft flößte ihr so sehr das Gefühl einer neuen und ursprünglichen Kraft in Perlens Natur ein, wie diese sie nie verlassende Lebhaftigkeit. Sie besaß nicht die Krankheit des Trübsinns, welche fast alle Kinder unserer Zeit mit den Skrofeln von den Leiden ihrer Vorfahren geerbt haben. Vielleicht war dies ebenfalls eine Krankheit und nur der Widerschein der wilden Energie, mit welcher Esther vor Perlens Geburt gegen ihren Schmerz angekämpft hatte. Sicher war es ein zweideutiger Zauber, der dem Charakter des Kindes einen harten, metallischen Glanz gab. Es mangelte ihm, was manchen Menschen lebenslänglich mangelt, ein Schmerz, der es tief berührte und menschlich und des Mitgefühls fähig machte. Die kleine Perle hatte aber noch Zeit genug vor sich.

»Komm, mein Kind«, sagte Esther und schaute von der Stelle, wo Perle im Sonnenschein stehengeblieben war, um sich. »Wir wollen uns ein wenig im Walde niedersetzen und ausruhen.«

»Ich bin nicht müde, Mutter«, antwortete das kleine Mädchen, »aber du kannst dich niedersetzen, wenn du mir unterdessen eine Geschichte erzählen willst.«

»Eine Geschichte, Kind!« sagte Esther. »Wovon?«

»Oh, eine Geschichte von dem schwarzen Manne«, antwortete Perle, indem sie das Gewand ihrer Mutter erfaßte und halb ernst, halb neckisch in ihr Gesicht aufblickte. »Wie er in diesem Walde spukt und ein Buch trägt – ein dickes, schweres Buch mit eisernen Haspen, und wie dieser häßliche schwarze Mann jedem, der ihm hier unter den Bäumen begegnet, sein Buch und eine eiserne Feder anbietet, und der Mensch seinen Namen mit seinem eigenen Blute einschreiben soll. Und dann setzt er ihm sein Zeichen auf die Brust! Bist du je dem schwarzen Mann begegnet, Mutter?«

»Und wer hat dir diese Geschichte erzählt, Perle?« fragte ihre Mutter, die darin einen gewöhnlichen Aberglauben ihrer Zeit erkannte.

»Es war die alte Frau am Kaminwinkel in dem Hause, wo du vergangene Nacht wachtest«, sagte das Kind. »Sie dachte aber, daß ich schliefe, als sie davon sprach. Sie sagte, daß tausend und abertausend Menschen ihn hier getroffen und in sein Buch geschrieben und sein Zeichen an sich hätten. Und die widrige Dame, die alte Hibbins, sei eine davon. Und Mutter, die alte Frau sagte, daß dieser Scharlachbuchstabe das Zeichen sei, welches der schwarze Mann auf dich gesetzt hätte, und daß es wie eine rote Flamme glühe, wenn du um Mitternacht hier im finstern Walde mit ihm zusammenkämst. Ist das wahr, Mutter? Und gehst du ihm des Nachts entgegen?«

»Hast du je beim Erwachen deine Mutter nicht gefunden?« fragte Esther.

»Nein, nein«, sagte das Kind. »Wenn du mich in unserm Häuschen allein zu lassen fürchtetest, so könntest du mich mitnehmen. Ich würde recht gern gehen! Aber Mutter, sag, ob es einen solchen schwarzen Mann gibt und ob du ihm je begegnet bist? Ist dies sein Zeichen?«

»Wirst du mich in Frieden lassen, wenn ich es dir einmal sage?« fragte ihre Mutter.

»Ja, wenn du mir alles sagst«, antwortete Perle.

»Ich habe einmal in meinem Leben den schwarzen Mann getroffen«, sagte ihre Mutter; »dieser Scharlachbuchstabe ist sein Zeichen.«

Sie waren tief genug in den Wald gelangt, um vor der Beobachtung der etwa Vorübergehenden auf dem Fußpfade sicher zu sein. Hier setzten sie sich auf eine Moosbank, die im vergangenen Jahrhundert einmal eine riesige Fichte mit ihren Wurzeln und ihrem Stamme in den düstern Schatten und ihrem Wipfel hoch oben in der freien Luft gewesen war. Es war eine kleine Vertiefung, in der sie sich niedergesetzt hatten, durch deren Mitte ein Bach über ein Bett von gefallenen Blättern floß, während sich zu beiden Seiten sanfte, laubbedeckte Abhänge hoben. Die darüberhängenden Bäume hatten von Zeit zu Zeit große Äste fallen lassen, welche die Strömung hemmten und sie zwangen, an einigen Punkten Wirbel und schwarze Löcher zu bilden, während an den schnelleren muntereren Stellen ein Grund von Kieseln und braunem, glitzerndem Sand zu sehen war. Wenn sie mit den Augen dem Laufe des Baches folgten, konnten sie das von seinem Wasser zurückgeworfene Licht noch eine kleine Strecke weit im Walde sehen, verloren aber bald dessen Spuren in der Wildnis von Baumstämmen und Gebüsch und hier und da einem mächtigen, mit grauen Flechten bedeckten Felsen. All diese hohen Bäume und Blöcke von Granit schienen verschworen, aus dem Lauf des kleinen Baches ein Geheimnis zu machen, vielleicht weil sie fürchteten, er möchte mit seiner ununterbrochenen Geschwätzigkeit Geschichten erzählen mitten aus dem Herzen des alten Waldes, aus dem er strömte, oder dessen Offenbarungen auf der blanken Oberfläche eines Tümpels spiegeln. Das Bächlein unterhielt während seines Vorwärtsgleitens beständig ein freundliches, ruhiges beschwichtigendes Geplauder, das aber wehmütig war wie die Stimme eines kleinen Kindes, das seine Kindheit ohne Gespielen verlebt und nicht weiß, wie sie unter trübseligen Bekannten und Ereignissen von düsterer Färbung munter sein soll.

»Du törichter und langweiliger kleiner Bach«, rief Perle, nachdem sie eine Zeitlang gehorcht hatte. »Warum bist du so betrübt? Fasse Mut und seufze und murmele nicht die ganze Zeit über.«

Der Bach hatte aber im Verlauf seines kurzen Lebens unter den Waldbäumen so ernste Erfahrungen gemacht, daß er sich nicht enthalten konnte, davon zu sprechen und nichts anderes sagen zu wollen schien. Perle glich dem Bache, insofern der Strom ihres Lebens aus ebenso dunkler Quelle durch eine ebenso düster beschattete Umgebung geflossen war. Aber dem Bächlein unähnlich tanzte und glitzerte und plauderte sie munter in ihrem Laufe.

»Was sagt der traurige kleine Bach, Mutter?« fragte Perle.

»Wenn du selbst einen Kummer hättest, so könnte dir der Bach davon erzählen«, sagte ihre Mutter; »gerade wie er mir von dem meinen erzählt. Jetzt aber, Perle, hör ich einen Schritt auf dem Pfad und das Geräusch, welches ein Mensch macht, der die Äste beiseite biegt. Geh und spiele, und laß mich mit dem, der dort kommt, sprechen.«

»Ist es der schwarze Mann?« fragte sie.

»Willst du wohl gehen und spielen, Kind?« wiederholte ihre Mutter; »lauf aber nicht tief in den Wald und hab acht, auf meinen ersten Ruf zu kommen.«

»Ja, Mutter!« antwortete Perle. »Willst du mich aber nicht einen Augenblick verweilen und ihn mit seinem dikken Buche unter dem Arme anblicken lassen, wenn es der schwarze Mann ist?«

»Geh, törichtes Kind«, sagte die Mutter, »es ist kein schwarzer Mann. Du kannst ihn jetzt durch die Bäume sehen. Es ist der Prediger.«

»Ja, er ist es wirklich!« rief das Kind. »Und Mutter, er hat seine Hand auf dem Herzen. Ist es, weil der schwarze Mann sein Zeichen auf die Stelle gesetzt hat, als der Prediger seinen Namen in das Buch schrieb? Warum trägt er es aber nicht außen auf seiner Brust wie du, Mutter?«

»Geh jetzt, Kind, ein andermal sollst du mich plagen wie du willst!« rief Esther Prynne. »Aber geh nicht weit weg. Bleib, wo du das Plaudern des Baches hören kannst.«

Das Kind entfernte sich singend, folgte dem Laufe des Baches und versuchte, mit dessen wehmütiger Stimme heitere Töne zu vermischen, aber der kleine Bach ließ sich nicht trösten und fuhr fort, sein unverständliches Geheimnis von einem höchst traurigen Ereignis, welches sich im Bezirk des dunklen Waldes zugetragen hatte, zu erzählen oder erhob eine prophetische Wehklage über etwas, was noch darin geschehen sollte. Perle, die in ihrem eignen kleinen Leben Schatten genug hatte, brach also alle Bekanntschaft mit diesem klagenden Bache ab und begann, Veilchen und Anemonen und einige scharlachrote Mohnblumen zu pflücken, die sie in den Spalten eines hohen Felsens fand.

Sobald sich ihr Elfenkind entfernt hatte, tat Esther ein paar Schritte nach dem durch den Wald führenden Pfade hin, ohne jedoch aus dem tiefen Schatten der Bäume hervorzutreten. Sie sah den Geistlichen völlig allein, auf einen Stab gestützt, den er sich am Wege geschnitten hatte, herankommen. Er sah verstört und schwach aus und verriet in seiner Miene eine abgespannte Mutlosigkeit, die auf seinen Spaziergängen in der Ansiedlung und in jeder Situation, in der er sich der Beobachtung ausgesetzt sah, nie so auffallend gewesen war. Hier zeigte sie sich schmerzlich in der tiefen Abgeschiedenheit des Waldes, welche an sich schon eine schwere Prüfung für die Heiterkeit gewesen wäre. Sein Gang zeigte eine Mattigkeit, als ob er keinen Grund sähe, noch einen weiteren Schritt zu tun und auch keinen Wunsch dazu fühlte, sondern froh gewesen wäre, wenn er über irgend etwas hätte froh sein können, sich am Fuße des nächsten Baumes niederzuwerfen und dort ewig ohne Bewegung liegen zu bleiben. Das Laub mochte dann auf ihn herabfallen und die Erde sich allmählich zusammenhäufen und einen kleinen Hügel über seinem Körper bilden, gleichviel, ob noch Leben darin war oder nicht. Der Tod war ein zu bestimmter Gegenstand, als daß er ihn hätte wünschen oder vermeiden mögen.

Für Esthers Augen jedoch ließ der ehrwürdige Herr Dimmesdale kein Symptom eines bestimmten und heftigen Leidens erblicken, außer daß er, wie Perlchen bemerkt hatte, die Hand auf sein Herz hielt.

XVII
Der Pfarrer und sein Pfarrkind

So langsam auch der Geistliche daherkam, war er doch beinahe schon vorüber, ehe Esther Prynne laut genug sprechen konnte, um seine Aufmerksamkeit zu erregen. Endlich gelang es ihr.

»Arthur Dimmesdale!« sagte sie anfangs leise, dann lauter, aber mit heiserem Tone. »Arthur Dimmesdale!«

»Wer spricht?« fragte der Prediger.

Er sammelte sich schnell und stand aufrechter da, als sei er in einer Stimmung überrascht worden, für welche er keine Zeugen zu haben wünschte. Als er besorgt nach der Richtung, von welcher die Stimme gekommen war, blickte, sah er undeutlich unter den Bäumen eine in so dunkle Gewänder gekleidete und von dem grauen Zwielicht, zu welchem der bewölkte Himmel und das dichte Laub die Mittagszeit verdüstert hatten, so wenig abstechende Gestalt, daß er nicht wußte, ob es ein Weib oder ein Schatten sei. Vielleicht wurde er auf seinem Lebenspfade so von einem Gespenste, welches sich aus seinen Gedanken hervorgestohlen hatte, verfolgt.

Er trat einen Schritt näher und entdeckte den Scharlachbuchstaben.

»Esther! Esther Prynne! Bist du es? Bist du noch am Leben?«

»So ist es. In einem solchen Leben wie seit vielen Jahren das meine gewesen ist. Und du, Arthur Dimmesdale, lebst du noch?«

Es war kein Wunder, daß sie so gegenseitig ihre wirkliche und körperliche Existenz in Frage zogen und selbst an ihrer eignen zweifelten. Sie begegneten einander in dem düstern Walde auf so seltsame Weise, daß es dem ersten Zusammentreffen zweier Geister in der Welt jenseits des Grabes glich, die in ihrem frühern Leben in vertrauter Verbindung, jetzt mit kaltem Schauder in gegenseitiger Furcht dastanden, weil sie noch nicht mit ihrer Lage vertraut, nicht an die Gesellschaft entkörperter Wesen gewöhnt waren. Jedes ein Geist und über des andern Geist entsetzt! Auch über sich selbst waren sie entsetzt, weil die Krisis sie auf ihr Bewußtsein zurückwarf und dem Herzen beider seine Geschichte und Erfahrungen enthüllte, wie es das Leben mit Ausnahme solcher atemlosen Momente nie tut. Die Seele erblickte ihre Züge in dem Spiegel des flüchtigen Augenblickes. Es geschah mit Furcht und Beben und wie von einer langsamen, widerstrebenden Notwendigkeit getrieben, daß Arthur Dimmesdale seine leichenkalte Hand ausstreckte und die eisige Hand Esther Prynnes berührte. So kalt der Druck auch war, benahm er doch der Begegnung ihr Traurigstes. Sie fühlten jetzt wenigstens, daß sie Bewohner der gleichen Sphäre waren.

Ohne daß wieder ein Wort gesprochen worden wäre, ohne daß er oder sie das Führeramt auf sich genommen hätte, sondern mit wortloser Übereinstimmung glitten sie in den Schatten des Waldes, aus welchem Esther hervorgekommen war, zurück und setzten sich auf die Moosbank, wo sie vorher mit Perle zusammen gesessen hatte. Sobald sie ihre Stimme wiederfanden, taten sie anfangs nur Bemerkungen und Fragen über den düsteren Himmel, den drohenden Sturm und dann ihre beiderseitige Gesundheit, wie es zwei gewöhnliche Bekannte getan hätten. So näherten sie sich, nicht kühn, sondern Schritt für Schritt den Gegenständen, die in ihrem tiefsten Herzen brüteten. Die durch das Schicksal und die Umstände einander so lange Entfremdeten mußten etwas Gewöhnliches und Unbedeutendes haben, was vorauslief und die Türen des Verkehrs öffnete, damit ihre wahren Gedanken über die Schwelle geführt werden konnten.

Nach einer Weile heftete der Geistliche seine Augen auf die Esther Prynnes.

»Esther«, sagte er, »hast du Frieden gefunden?«

Sie lächelte trüb und blickte auf ihren Busen hinab.

»Und du?« fragte sie.

»Keinen. Nichts als Verzweiflung«, antwortete er. »Was konnte ich, der ich bin, was ich bin, und ein Leben, wie das meine führe, anders erwarten? Wäre ich ein Atheist, ein Mensch ohne Gewissen, ein Bösewicht mit rohen Instinkten, so würde ich längst schon vielleicht Frieden gefunden haben, ja, ich hätte ihn nie verloren. Wie aber die Sachen mit meiner Seele stehen, so ist alles, was ich ursprünglich an guten Fähigkeiten besaß, jede herrliche Gabe Gottes zum Diener der geistigen Qual geworden. Esther, ich bin überaus elend.«

»Das Volk verehrt dich«, sagte Esther, »und du wirkst doch gewiß Gutes unter ihm. Gewährt dir dies keinen Trost?«

»Nur um so mehr Elend − nur um so größeres Elend, Esther«, antwortete der Geistliche bitter. »Was das Gute betrifft, das ich vielleicht zu tun scheine, so habe ich daran keinen Glauben. Es muß ein Blendwerk sein. Was kann eine verderbte Seele, wie die meine, zur Erlösung anderer Seelen oder eine befleckte Seele zu ihrer Reinigung tun? Und wollte Gott, daß sich die Ehrfurcht und Verehrung des Volkes in Haß und Verachtung wandelte. Kannst du es für einen Trost halten, Esther, daß ich auf meine Kanzel treten und so vielen Augen begegnen muß, die zu meinem Gesichte emporgewendet sind, als ob daraus das Licht des Himmels strahlte? Daß meine Herde nach der Wahrheit hungrig nur meinen Worten lauschen muß, als ob eine der Zungen des Pfingstfestes zu ihnen spräche? Und dann nach innen blicke und die schwarze Wirklichkeit dessen, was sie vergöttern, erkenne. Ich habe in Bitternis und Herzenspein über den Kontrast zwischen dem, was ich scheine und was ich bin, gelacht! Und Satan lacht dazu!«

»Darin tust du dir selber Unrecht«, sagte Esther sanft. »Du hast tief und schwer bereut. Deine Sünde ist in den Tagen der Vergangenheit zurückgeblieben. Dein gegenwärtiges Leben ist in voller Wahrheit nicht weniger fromm, als es den Augen des Volkes erscheint. Hat die so durch gute Werke besiegelte und bezeugte Bußfertigkeit keine wirkliche Existenz? Und weshalb sollte sie dir nicht Frieden bringen?«

»Nein, Esther, nein«, antwortete der Geistliche, »es ist nichts Substantielles darin! Sie ist kalt und tot und kann nichts für mich tun. Buße habe ich genug geübt. Wahre Reue aber war da nicht, sonst würde ich schon längst diese Gewänder der erheuchelten Frömmigkeit abgeworfen und mich den Menschen gezeigt haben, wie sie mich am Jüngsten Tage vor dem Richterstuhl Gottes erblicken werden. Glücklich bist du, Esther, daß du den Scharlachbuchstaben offen auf deiner Brust trägst. Der meine glüht im Verborgenen. Du ahnst nicht, welch ein Trost es nach der Qual siebenjährigen Betruges für mich ist, in ein Auge zu blicken, das mich als das erkennt, was ich bin! Hätte ich nur einen Freund oder wäre es auch mein bitterster Feind, zu dem ich mich täglich, wenn mich alle übrigen bis zum Ekel mit Lob überschütten, wenden und dem ich als der niedrigste aller Sünder bekannt sein könnte, so würde sich meine Seele dadurch vielleicht noch am Leben erhalten. Selbst ein so geringer Anteil von Wahrheit würde mich erretten. Aber jetzt ist alles Lüge. Alles Leere – alles Tod!«

Esther Prynne blickte in sein Gesicht, zögerte aber zu sprechen. Indem er jedoch seine lang gezügelten Empfindungen so heftig aussprach, boten ihr seine Worte hier gerade den Punkt, an welchem sie das, was sie zu sagen gekommen war, einschieben konnte. Sie bezwang ihre Furcht und sprach:

»Einen Freund, wie du ihn soeben jetzt gewünscht hast«, sagte sie, »mit dem du deine Sünde beweinen kannst, hast du an mir, der Teilhaberin dieser Sünde.« Von neuem zauderte sie, bezwang sich aber und brachte mit Anstrengung die Worte heraus: »Einen solchen Feind hast du schon lange gehabt und mit ihm unter demselben Dache gewohnt.«

Der Geistliche sprang keuchend auf und griff nach seinem Herzen, als wolle er es aus seiner Brust reißen.

»Was sagst du?« rief er, »einen Feind? Und unter meinem eigenen Dache? Was meinst du?«

Esther Prynne war jetzt vollkommen zum Bewußtsein des tiefen Unrechts gekommen, das sie diesem Unglücklichen zugefügt hatte, indem sie ihn so viele Jahre – doch ein einziger Augenblick wäre schon ebenso schlimm gewesen – der Gnade und Ungnade eines Mannes überlassen hatte, dessen Zwecke nur bösartig sein konnten. Schon die Nähe seines Feindes, unter welcher Maske er sich auch immer verbergen mochte, war hinreichend, um die magnetische Sphäre eines so reizbaren Wesens, wie Arthur Dimmesdale, zu beunruhigen. Es hatte eine Periode gegeben, da Esther dieser Rücksicht weniger Beachtung geschenkt, oder vielleicht hatte sie auch in der Menschenfeindlichkeit ihrer eignen Not dem Geistlichen überlassen, das zu ertragen, was sie sich als ein leidlicheres Schicksal vorstellen mochte. Aber in der jüngsten Zeit, seit der Nacht seiner Vigilie, waren alle ihre Gefühle in bezug auf ihn zugleich gemildert und gekräftigt worden. Sie las jetzt besser in seinem Herzen. Sie bezweifelte nicht, daß die beständige Gegenwart

Roger Chillingworths, der durch das geheime Gift seiner Bosheit die ganze ihn umgebende Luft verpestete, und seine ärztliche Einmischung in die körperlichen und geistigen Gebrechen des Geistlichen, kurz, alle diese Gelegenheiten grausam benutzt worden waren. Mittelst ihrer war das Gewissen des Leidenden in einem gereizten Zustande erhalten worden, dessen Zweck es nicht war, ihn durch heilsamen Schmerz zur Gesundheit zu bringen, sondern sein geistiges Wesen zu zerstören und zu verderben. Das irdische Resultat davon mußte fast notwendigerweise Wahnsinn und das im Jenseits die ewige Entfremdung von dem Guten und Wahren sein, wovon der Wahnsinn vielleicht der irdische Typus ist.

Dies war das Verderben, in welches sie den Mann gestürzt, den sie einst so leidenschaftlich geliebt hatte, den – warum sollten wir es nicht aussprechen – sie immer noch so leidenschaftlich liebte. Esther fühlte, daß die Aufopferung des guten Namens des Geistlichen, ja der Tod selbst, wie sie bereits Roger Chillingworth gesagt hatte, der Alternative, welche sie gewählt, unendlich vorzuziehen gewesen wäre, und jetzt würde sie sich gern auf das Waldlaub niedergelegt haben und dort zu Arthur Dimmesdales Füßen gestorben sein, wenn sie nur nicht dieses schwere Unrecht zu bekennen gehabt hätte.

»Arthur, verzeih mir! In allen andern Dingen habe ich mich bemüht, wahr zu sein! Die Wahrheit war die einzige Tugend, die ich hätte bewahren können und die ich selbst in der äußersten Not bewahrt habe, außer wenn dein Bestes – dein Leben, dein Ruf auf dem Spiele standen. Da willigte ich in eine Täuschung. Aber die Lüge ist nie gut, selbst wenn auf der andern Seite der Tod steht! Verstehst du nicht, was ich sagen will? Jener alte Mann, der Arzt, er, den man Roger Chillingworth nennt – er war mein Gatte.«

Der Geistliche blickte sie einen Moment mit der ganzen auflodernden Leidenschaftlichkeit an, die, in mehr als einer

Gestalt mit seinen höheren, reineren, sanfteren Eigenschaften vermengt, derjenige Teil von ihm war, welchen der Teufel als sein Eigentum ansprach und durch den er das übrige zu gewinnen suchte. Esther hatte noch nie einen schwärzeren oder einen wütenderen Blick auf sich geheftet gesehen. Während des kurzen Zeitraumes, welchen er dauerte, brach er als eine düstere Verwandlung hervor. Sein Charakter war durch Leiden aber so sehr geschwächt worden, daß selbst seine niederen Kräfte für das Böse nur eines kurzen Kampfes fähig waren. Er sank auf den Boden nieder und begrub sein Gesicht in den Händen.

»Ich hätte es wissen können«, murmelte er; »ich wußte es! Wurde mir nicht das Geheimnis durch das natürliche Zurückschrecken meines Herzens bei seinem ersten Anblicke und so oft ich ihn seitdem gesehen habe, verkündet. Warum verstand ich es nicht? O Esther Prynne, du ahnst nicht, wie entsetzlich das ist! Und die Schmach! Das Ungehörige und die abscheuliche Häßlichkeit dieser Bloßlegung eines kranken und sündigen Herzens gerade vor dem Auge, welches sich daran weiden mußte! Weib, Weib, dafür bist du verantwortlich! Ich kann dir nicht verzeihen.«

»Du mußt mir verzeihen!« rief Esther und warf sich neben ihm auf das abgefallene Laub nieder. »Überlaß Gott die Strafe, du mußt verzeihen.«

Mit plötzlicher, verzweifelter Zärtlichkeit schlang sie ihre Arme um ihn und drückte seinen Kopf an ihren Busen, ohne sich darum zu kümmern, daß seine Wange an dem Scharlachbuchstaben ruhte.

Er wollte sich losmachen, rang aber vergeblich. Esther wollte ihn nicht freigeben, damit er ihr nicht streng ins Gesicht blicken möge. Die ganze Welt hatte sie finster angeblickt, sieben lange Jahre hatte sie das alleinstehende Weib mit Zorn betrachtet – und sie hatte alles ertragen und ihre festen traurigen Augen nicht ein einziges Mal abgewendet. Auch der Himmel hatte sich zornig gegen sie erwiesen, und doch war sie nicht gestorben. Aber den erzürnten Blick dieses bleichen, schwachen, sündigen und schmerzbeladenen Mannes konnte Esther nicht ertragen und damit leben.

»Willst du mir doch vergeben?« wiederholte sie aber- und abermals. »Willst du nicht bös dareinsehen? Willst du verzeihen?«

»Ich verzeihe dir, Esther!« antwortete der Prediger end- lich mit tiefer, aus einem Abgrund von Trauer, aber nicht Zorn, heraufkommender Stimme. »Ich verzeihe dir jetzt von ganzem Herzen. Gott vergebe uns beiden. Esther, wir sind nicht die schlimmsten Sünder der Welt. Es gibt einen schlimmeren als selbst den befleckten Priester! Die Rache jenes alten Mannes ist schwärzer gewesen als meine Sünde. Er hat mit kaltem Blute das Heiligtum eines Menschenher- zens geschändet. Wir beide, Esther, haben das nie getan.«

»Nie, nie!« flüsterte sie. »Was wir taten, hatte seine eigene Weihe. Wir fühlten es so – wir sagten es zueinander! Hast du es vergessen?«

»Still, Esther!« sagte Arthur Dimmesdale, sich vom Bo- den erhebend, »nein, ich habe es nicht vergessen.«

Sie setzten sich wieder nebeneinander und mit ver- schlungenen Händen auf den moosbedeckten Stamm des gestürzten Baumes. Das Leben hatte nie eine düsterere Stunde für sie gehabt. Es war der Punkt, auf welchen ihr Pfad so lange zugegangen und in seinem Verlaufe immer dunkler geworden war – und doch umschloß er einen Zauber, der sie zwang, dabei zu verweilen und noch einen und wieder einen und endlich noch einen Augenblick zu verlangen.

Der Wald um sie her war düster und knarrte in einem hindurchgehenden Sturme. Die Zweige schwankten schwer über ihren Köpfen, während ein gewichtiger alter Baum dem anderen seine Trübsal zublies, als ob er ihm die traurige Geschichte der beiden erzählte, die unter ihm saßen, oder gezwungen war, Übles zu prophezeien. Und doch zauderten sie. Wie öde sah der Waldpfad aus, welcher zurück nach der Ansiedelung führte, wo Esther Prynne wieder die Bürde ihrer Schmach und der Geistliche das Trugbild seines guten Namens wieder auf sich nehmen mußte.

So verweilten sie noch einen Augenblick. Kein goldenes Licht war ihnen je so köstlich gewesen wie das Dunkel dieses düsteren Waldes. Hier, wo sie nur von seinen Augen gesehen wurde, brauchte sich der Scharlachbuchstabe nicht in die Brust der Gefallenen einzuglühen. Hier, wo ihn nur ihre Augen erblickten, konnte Arthur Dimmesdale, der Lügner vor Gott und Menschen, auf einen Augenblick wahr sein.

Er schrak zusammen, denn ein Gedanke stieg plötzlich in ihm auf.

»Esther«, rief er, »hier ist ein neues Entsetzen! Roger Chillingworth kennt deine Absicht, seinen wahren Charakter zu enthüllen. Wird er noch weiter unser Geheimnis bewahren? Welchen Weg wird jetzt seine Rache einschlagen?«

»In seiner Natur ist eine seltsame Verschwiegenheit«, antwortete Esther gedankenvoll, »und durch seine versteckten Rachegelüste ist sie nur noch stärker geworden. Ich glaube nicht, daß er das Geheimnis verraten wird. Er wird andere Mittel suchen, seine schwarze Leidenschaft zu sättigen.«

»Und ich! Wie soll ich länger leben und dieselbe Luft mit diesem Todfeind atmen?« rief Arthur Dimmesdale schaudernd und die Hand auf sein Herz pressend – eine Gebärde, die bei ihm zu einer unwillkürlichen geworden war. »Denke für mich, Esther, du bist stark. Fasse du für mich einen Entschluß.«

»Du darfst nicht länger mit diesem Manne zusammenwohnen«, sagte Esther langsam und fest. »Dein Herz darf nicht länger unter seinem bösen Blicke liegen.«

»Es wäre weit schlimmer als der Tod«, antwortete der Geistliche. »Aber wie es vermeiden? Welche Wahl steht mir frei? Soll ich mich wieder auf dieses verwelkte Laub niederlegen, auf das ich mich warf, als du mir sagtest, wer er sei? Muß ich hier niedersinken und auf der Stelle sterben?«

»Ach, welcher Untergang ist über dich gekommen«, sprach Esther, der die Tränen aus den Augen kamen. »Willst du aus Schwäche sterben? Ein anderer Grund ist dazu nicht da.«

»Das Gericht Gottes ist über mir«, antwortete der von seinem Gewissen gepeinigte Priester. »Es ist zu mächtig, als daß ich dagegen ankämpfen könnte.«

»Der Himmel würde dir Gnade erweisen«, erwiderte Esther, »wenn du nur die Kraft hättest, sie zu nutzen.«

»Sei du stark für mich«, antwortete er. »Rate mir, was ich tun soll?«

»Ist denn die Welt so klein?« fragte Esther, indem sie ihre dunkeln Augen auf die des Geistlichen heftete und instinktmäßig eine magnetische Kraft über einen Geist ausübte, der so geschwächt und niedergedrückt war, daß er sich kaum aufrecht zu halten vermochte.

»Liegt die Welt im Umfange jener Stadt, die erst vor kurzem noch nur eine laubige, ebenso einsame Wildnis war, so einsam wie die um uns? Wohin führt jener Waldweg? Zurück zu der Ansiedelung, sagst du. Ja, aber auch vorwärts. Tiefer geht er und immer tiefer in die Wildnis, mit jedem Schritt ist er weniger deutlich zu sehen, bis wenige Meilen von hier die vergilbten Blätter keine Spuren mehr von den Tritten des weißen Mannes zeigen. Dort bist du frei. Eine so kurze Reise würde dich aus einer Welt, in der du elend gewesen bist, in eine andere bringen, wo du noch glücklich sein kannst. Gibt es in diesem ganzen unbegrenzten Walde nicht Schatten genug, um dein Herz vor dem Blicke Roger Chillingworths zu verbergen?«

»Ja, Esther, aber nur unter dem gefallenen Laube«, antwortete der Prediger mit einem trüben Lächeln.

»Dann haben wir noch die breite Straße des Meeres«, fuhr Esther fort. »Sie hat dich hierher gebracht. Wenn du willst, wird sie dich auch wieder zurücktragen. In unserm Heimatlande, sei es nun in einem abgelegenen Dorf oder in dem unermeßlichen London, oder sicherlich dort in Deutschland, in Frankreich, im lieblichen Italien – würdest du seiner Macht und seinem Wissen entronnen sein. Und was hast du mit allen diesen eisernen Männern und ihren Meinungen zu schaffen? Sie haben dein besseres Teil nur zu lange schon in Banden gehalten.«

»Es kann nicht sein!« antwortete der Geistliche, der lauschte, als ob er aufgerufen sei, einen Traum zu verwirklichen. »Ich habe nicht die Kraft zu gehen. So elend und sündig ich auch bin, habe ich doch keinen andern Gedanken gehabt als den, meine irdische Existenz in dem Wirkungskreise, wohin mich die Vorsehung versetzt hat, weiterzuschleppen. So verloren auch meine eigene Seele ist, möchte ich doch für andere menschliche Seelen immer noch tun, was ich kann. Ich wage nicht, meinen Posten zu verlassen, wenn ich auch ein ungetreuer Wächter bin, dessen sicherer Lohn Tod und Schande sein wird, wenn seine traurige Wachtzeit zu Ende geht.«

»Du bist von dieser siebenjährigen Last des Elends erdrückt«, antwortete Esther, fest entschlossen, ihm durch ihre eigne Energie wieder Spannkraft zu verleihen. »Du sollst aber alles hinter dir zurücklassen. Es darf weder deine Schritte hemmen, wenn du auf dem Waldpfad dahinschreitest, noch darfst du das Schiff damit befrachten, wenn du es vorziehst, über das Meer zu gehen. Laß diese Trümmer hier, wo der Einsturz geschehen ist! Kümmere dich nicht weiter darum. Beginne ganz von neuem! Hast du durch das Fehlschlagen dieses einen Versuches alle Möglichkeiten erschöpft? Nicht doch! Die Zukunft ist noch voller Versuche und Erfolge. Es gibt Glück, das du genießen, Gutes, das du tun kannst! Vertausche dein falsches Leben mit einem wahren. Sei, wenn dich dein Geist zu einer solchen Sendung auffordert, der Lehrer und Apostel der roten Männer oder, wie es deiner Natur mehr zusagt, sei ein Gelehrter und Weiser unter den Weisesten und Berühmtesten der gebildeten Welt. Predige! Schreibe! Handle! Tue alles, nur leg dich nicht nieder und stirb! Gib den Namen Arthur Dimmesdale auf und erwirb dir einen anderen und großen, den du ohne Furcht und Scham tragen kannst. Warum willst du auch nur einen Tag in den Qualen verharren, die sich so in dein Leben genagt, die dich schwach in Wollen und Handeln gemacht haben und dich selbst zur Reue unfähig machen werden? Auf, und fort von hier!«

»Esther«, rief Arthur Dimmesdale, in dessen Augen ein durch ihren Enthusiasmus entzündetes, flackerndes Licht aufgelodert und wieder verlöscht war. »Du sagst einem Manne, dessen Knie beben, daß er einen Wettlauf machen solle! Ich muß hier sterben. Ich habe weder die Kraft noch den Mut mehr, mich allein in die weite, fremde und schwierige Welt hinauszuwagen.«

Es war der letzte Ausdruck der Mutlosigkeit eines gebrochenen Geistes. Es fehlte ihm an der Energie, das bessere Glück zu erfassen, welches im Bereich seiner Hände zu sein schien.

Er wiederholte das Wort:

»Allein, Esther!«

»Du sollst nicht allein gehen!« antwortete sie, die Worte flüsternd.

Damit war alles gesagt.

XVIII

Flut von Sonnenschein

Arthur Dimmesdale schaute in Esthers Gesicht mit einem Blick, in welchem wohl Hoffnung und Freude glänzten, dabei aber doch eine Art von Furcht und Schrecken über ihre Kühnheit schimmerten, die das ausgesprochen hatte, was er angedeutet, aber nicht zu sagen gewagt hatte.

Aber Esther Prynne, die einen Geist voll Tatkraft und angeborenen Mutes besaß und eine so lange Zeit der Gesellschaft nicht bloß entfremdet, sondern selbst von ihr geächtet gewesen war, hatte sich an eine Denkfreiheit gewöhnt, wie sie der Geistliche nicht zu fassen vermochte. Sie war ohne Regeln und Führer in einer moralischen Wildnis umhergeirrt, die ebenso unermeßlich verworren und schattig war wie der ungezähmte Urwald, in dessen Dunkel sie jetzt ein Gespräch hielten, welches ihr Schicksal entscheiden sollte. Ihr Verstand und Herz hatten ihre Heimat sozusagen an öden Orten, wo sie ebenso frei wie der wilde Indianer in seinen Wäldern umherschweifte. Seit Jahren hatte sie die menschlichen Institutionen und alles, was Priester und Gesetzgeber festgestellt, aus diesem entfremdeten Gesichtspunkte betrachtet und mit kaum größerer Ehrerbietung beurteilt, als ein Indianer für das geistliche Beffchen, das richterliche Gewand, den Pranger, den Galgen, den häuslichen Herd oder die Kirche fühlen würde. Fatum und Fortuna hatten sie freigesetzt. Der Scharlachbuchstabe war ihr Paß für Regionen, welche andere Frauen nicht zu betreten wagten. Schande, Verzweiflung, Einsamkeit waren ihre Lehrer gewesen – und zwar strenge und grimmige. Diese hatten sie stark gemacht, aber auch öfter in die Irre geführt.

Der Geistliche dagegen hatte nie eine Erfahrung durchgemacht, die ihn über den Bereich der allgemein angenommenen Gesetze hinaus hätte führen können, wenn er auch ein einziges Mal eines von den geheiligtsten derselben so furchtbar übertreten hatte. Dies war aber eine Sünde der Leidenschaft und nicht eine des Grundsatzes oder auch nur der Absicht gewesen. Seit jener Unglückzeit hatte er mit krankhaftem Eifer und Berücksichtigung jedes einzelnen nicht bloß seine Handlungen – denn diese zu ordnen war leicht –, sondern jeden Hauch einer Bewegung und jeden Gedanken beobachtet. An der Spitze des sozialen Systems stehend, wie die Geistlichen jener Zeit im allgemeinen, wurde er durch dessen Regulationen, Grundsätze und selbst Vorurteile nur um so enger gefesselt. Als Priester hemmte ihn das Gerüst seines Standes unvermeidlich; als Mensch, der einmal gesündigt, aber sein Gewissen durch das Nagen einer ungeheilten Wunde in voller Tätigkeit und Empfindlichkeit erhalten hatte, wäre zu erwarten gewesen, daß er sicherer innerhalb der Grenze der Tugend sei, als wenn er nie gesündigt hätte.

So schien es, daß, was Esther Prynne betraf, die ganzen sieben Jahre der Ächtung und Schmach fast nichts gewesen waren als eine Vorbereitung auf gerade diese Stunde.

Aber Arthur Dimmesdale: – Was konnte ein solcher Mann, wenn er nochmals fallen sollte, zur Entschuldigung seines Vergehens vorbringen? Nichts, wenn nicht das, daß er durch langes, tiefes Leiden niedergebrochen, daß sein Geist gerade durch die Reue, welche ihn quälte, verdunkelt und verwirrt war, daß das Gewissen es schwer finden mochte, zwischen dem Fliehen als geständiger Verbrecher und dem Dableiben als Heuchler zur Entscheidung zu kommen, daß es nicht mehr als menschlich war, die Gefahr des Todes und der Schande und die unerforschlichen Machinationen eines Feindes zu vermeiden, daß endlich dem armen, schwachen, kranken, unglücklichen Pilger auf seinem traurigen und öden Pfade ein Lichtblick menschlicher Liebe und Teilnahme ein neues und wahres Leben statt des schweren Fluches, unter welchem er jetzt litt, schimmerte.

Es ist strenge, traurige Wahrheit, und doch sei sie gesagt, daß der Bruch, den die Schuld einmal in der menschlichen Seele aufgerissen hat, in unserm sterblichen Leben nie wieder geheilt wird. Man mag ihn beobachten und bewachen, damit der Feind nicht wieder in die Zitadelle dringe und bei seinen späteren Angriffen lieber einen andern Zugang als den, wo es ihm früher gelungen war, suche. Aber die zertrümmerte Mauer ist immer noch vorhanden und in ihrer Nähe der schleichende Schritt des Feindes, welcher seinen noch nicht vergessenen Triumph von neuem erringen möchte.

Der Kampf, wenn ein solcher stattfand, braucht nicht beschrieben zu werden. Genug, daß der Geistliche beschloß zu fliehen, und nicht allein.

›Wenn ich mich in diesen ganzen sieben Jahren‹, dachte er, ›auch nur eines einzigen Augenblicks des Friedens oder der Hoffnung erinnern könnte, so würde ich um dieser Probe der Gnade des Heiles willen noch länger ausharren. Warum sollte ich aber jetzt, wo ich unwiderruflich verdammt bin, nicht nach der Tröstung greifen, die dem verurteilten Verbrecher vor seiner Hinrichtung gewährt ist? Oder wenn dies der Pfad zu einem bessern Leben ist, wie mich Esther überreden möchte, so gebe ich sicherlich keine bessern Aussichten auf, indem ich ihn betrete! Ebensowenig kann ich länger ohne ihre Gesellschaft leben, so kräftig vermag sie aufrechtzuerhalten, so zärtlich weiß sie zu trösten! Du, zu dem ich meine Augen nicht zu erheben wage, wirst Du mir noch verzeihen?‹

»Du wirst gehen«, sagte Esther ruhig, als er ihrem Blicke begegnete.

Sobald der Entschluß einmal gefaßt war, warf eine Glut seltsamer Lust ihren flackernden Schimmer über die Unruhe seines Herzens. Es war die erheiternde Wirkung, welche das Atmen der wilden freien Atmosphäre einer unbebauten, unchristianisierten, gesetzlosen Gegend auf einen eben erst dem Kerker seines eignen Herzens entronnenen Gefangenen macht. Sein Geist erhob sich sozusagen mit einem Sprunge und erlangte einen näheren Blick auf den Himmel als während des ganzen Elends, das ihn im Staube kriechend an die Erde gefesselt hatte. Bei seinem tiefreligiösen Temperamente nahm diese Stimmung unvermeidlich eine andächtige Färbung an.

»Fühle ich wieder Freude?« rief er, über sich selbst verwundert, aus. »Ich hatte gedacht, daß ihr Keim in mir erstorben sei. O Esther, du bist mein besserer Engel! Es ist mir, als habe ich mich krank, sündebefleckt und schmerzverdüstert auf dieses Waldlaub niedergeworfen und sei neugeschaffen und mit neuen Kräften wieder aufgestanden, um ihn, der mir Gnade bewiesen, zu verherrlichen! Dies ist bereits das bessere Leben. Warum haben wir es nicht früher gefunden?«

»Wir wollen nicht zurückschauen«, antwortete Esther Prynne, »die Vergangenheit ist dahinten. Warum sollten wir noch bei ihr verweilen? Sieh! Mit diesem Symbole lege ich alles von mir ab und mache es wie nie geschehen.«

Mit diesen Worten löste sie die Spange ab, womit der Scharlachbuchstabe befestigt war, nahm ihn von ihrem Busen und warf ihn von sich unter das verwelkte Laub.

Das mystische Zeichen fiel auf das diesseitige Ufer des Baches. Wäre es nur eine Handbreit weiter geflogen, so würde es in das Wasser gefallen sein und dem kleinen Bache außer der unverständlichen Geschichte, von welcher er immer noch murmelte, ein weiteres Weh zu tragen gegeben haben. Aber da lag der gestickte Buchstabe, schimmernd wie ein verlorenes Juwel, und ein unglückseliger Wanderer konnte ihn vielleicht aufheben und von dem Augenblicke an durch seltsame Gespenster der Sünde, Herzensbeklemmung und unerklärliches Unglück verfolgt werden.

Sobald das Brandmal fort war, holte Esther einen langen,

tiefen Seufzer herauf, mit welchem die Last der Scham und Pein von ihrer Brust entfloh. O die köstliche Erleichterung! Sie hatte die Last nicht eher gekannt, als bis sie die Befreiung fühlte. Mit einem zweiten Antriebe nahm sie die förmliche Haube ab, welche ihr Haar umschloß, und dunkel und reich, mit zugleich einem Schatten und einem Lichte in seiner Üppigkeit rollte es herab auf ihre Schultern und erteilte ihren Zügen den Zauber der Milde. Um ihren Mund spielte und aus ihren Augen strahlte ein zärtliches, frohes Lächeln, welches aus dem innersten Herzen der Weiblichkeit hervorzuquellen schien. Auf ihren so lange so bleich gewesenen Wangen brannte eine purpurne Röte. Ihr Geschlecht, ihre Jugend und der ganze Reichtum ihrer Schönheit kamen aus dem, was die Menschen die unwiderrufliche Vergangenheit nennen, zurück und drängten sich mit ihrer jungfräulichen Hoffnung und einer bis jetzt unbekannt gewesenen Glücklichkeit in den Zauberkreis dieser Stunde. Und als ob das Dunkel der Erde und des Himmels nur der Ausfluß dieser beiden sterblichen Herzen gewesen wäre, verschwand es ebenfalls mit ihrem Schmerze. Der Sonnenschein brach plötzlich wie ein Lächeln des Himmels durch die Wolken, ergoß eine wahre Lichtflut in den düsteren Wald, erhellte jedes grüne Blatt, verwandelte das gelbe, abgefallene Laub in Gold und schimmerte auf den grauen Stämmen der feierlich ernsten Bäume. Die Gegenstände, welche bisher das Dunkel gemacht hatten, verkörperten jetzt das Licht; auch die Bahn des kleinen Baches war durch dessen munteres Glitzern tief in das geheimnisvolle Herz des Waldes, dessen Geheimnis eines der Freude geworden, zu verfolgen.

In solcher Sympathie stand die Natur, die wilde heidnische, nie von menschlichen Gesetzen unterjochte, nie von höherer Wahrheit erleuchtete Natur des Waldes mit der Seligkeit dieser beiden Geister. Die Liebe, gleichviel ob sie neugeboren oder aus einem Totenschlafe erwacht ist, muß stets einen Sonnenschein erzeugen, der das Herz so strahlend erfüllt, daß er auf die äußere Welt überströmt. Selbst wenn der Wald in seinem Düster verharrt hätte, würde er in Esthers und Arthur Dimmesdales Augen heiter gewesen sein.

Esther blickte ihn noch mit dem Schauer einer andern Freude an.

»Du mußt Perle kennenlernen«, sagte sie, »unser Perlchen! Du hast sie gesehen – ich weiß es! – aber du wirst sie jetzt mit andern Augen betrachten. Sie ist ein seltsames Kind! Ich begreife sie kaum, aber du wirst sie innig lieben, gleich mir, und mir raten, wie ich sie behandeln soll.«

»Denkst du, daß das Kind erfreut sein wird, mich zu kennen?« fragte der Geistliche etwas verwirrt. »Ich bin seit langem vor Kindern zurückgeschreckt, weil sie oft ein gewisses Mißtrauen, eine Abneigung, sich mir anzuschließen, bewiesen. Ich habe sogar die kleine Perle gefürchtet.«

»Ach, das war traurig«, antwortete die Mutter. »Aber sie wird dich lieben und du sie ebenfalls. Sie ist nicht weit, ich will sie rufen. Perle! Perle!«

»Ich sehe das Kind«, sagte der Geistliche. »Dort steht es in ziemlicher Entfernung in einem Streifen von Sonnenschein auf der andern Seite des Baches. Du denkst also, daß mich das Kind lieben wird?«

Esther lächelte und rief abermals Perle, die, wie es der Geistliche beschrieben hatte, in einiger Entfernung wie eine glänzende Erscheinung in einem Streifen von Sonnenschein sichtbar war, der durch ein Laubgewölbe auf sie niederfiel. Der Strahl zitterte hin und her und machte ihre Gestalt undeutlich und unbestimmt, bald wie die eines wirklichen Kindes, bald gleich der eines Kindergeistes, je nachdem der Glanz kam oder verschwand. Sie hörte die Stimme ihrer Mutter und näherte sich langsam durch den Wald.

Für Perle war die Stunde, während welcher ihre Mutter

mit dem Geistlichen beisammen gesessen hatte, nicht langweilig gewesen. Der große schwarze Wald, so finster er auch denen erschien, welche die Schuld und Qual der Welt in seinen Schoß mitbrachten, wurde zum Spielkameraden des einsamen Kindes, so gut er es verstand. Trotz seiner Dunkelheit legte er doch sein heiterstes Kleid an, um sie willkommen zu heißen; er bot ihr Mitschellabeeren, die im vergangenen Herbst gewachsen, aber erst im Frühling gereift waren und jetzt rot wie Blutstropfen auf dem welken Laube schimmerten. Perle pflückte sie und erfreute sich an ihrem wilden Waldgeschmacke. Die kleinen Bewohner der Wildnis nahmen sich kaum die Mühe, ihr aus dem Wege zu gehen. Zwar lief ihr ein Rebhuhn mit einer Brut von zehn Jungen drohend entgegen, bereute aber bald seinen Zorn und gluckte seinen Jungen zu, daß sie nichts fürchten möchten. Eine auf einem niedrigen Zweige allein sitzende Taube ließ Perlchen bis dicht unter sich kommen und stieß einen Ton der Begrüßung sowohl wie der Besorgnis aus. Ein Eichhörnchen schwatzte von seinem hohen Wohnsitze im Baume zornig oder lustig herab, denn das Eichhörnchen ist eine so cholerische und launische kleine Person, daß es schwer ist, einen Unterschied zwischen seinen verschiedenen Stimmungen zu machen, es schwatzte zu dem Kinde herab und warf ihm eine Nuß auf den Kopf. Es war eine Nuß vom vergangenen Jahre und von seinem scharfen Zahne bereits angenagt. Ein durch ihren leichten Schritt auf den Blättern aus dem Schlafe geweckter Fuchs schaute Perlchen forschend an, als sei er ungewiß, ob es besser wäre, davonzuschleichen oder sein Schläfchen auf derselben Stelle fortzusetzen. Ein Wolf, so erzählt man sich – aber hier gleitet die Geschichte unzweifelhaft ins Unwahrscheinliche ab –, kam herbei und schnupperte an Perlchens Kleid und bot seinen rauhen Kopf ihrer Hand zum Tätscheln dar. Was aber wahr zu sein scheint, ist, daß der mütterliche Wald und die wilden Wesen, denen er Nahrung bot, alle eine

verwandte Wildheit in dem Menschenkind wiedererkann-
ten.

Und Perle war hier sanfter als in den grasumsäumten
Straßen der Ansiedlung oder der Hütte ihrer Mutter. Die
Blumen schienen es zu wissen und flüsterten ihr, als sie
vorüberging, zu: Schmücke dich mit mir, du schönes Kind,
schmücke dich mit mir! Und um ihnen den Gefallen zu
tun, pflückte Perle die Veilchen und die Anemonen und
Mohnblumen und einige Zweige vom frischesten Grün,
die ihr die alten Bäume vor die Augen hielten. Mit diesen
zierte sie ihr Haar und ihren jungen Leib und wurde ein
Nymphenkind oder eine junge Dryade oder was sonst in
der engsten Sympathie mit dem altertümlichen Walde
stand. Auf diese Weise hatte sich Perle geschmückt, als sie
die Stimme ihrer Mutter hörte und langsam zurückkam.

Langsam – denn sie sah den Geistlichen.

XIX
Das Kind am Bache

»Du wirst sie sehr lieben«, wiederholte Esther Prynne, als
sie und der Geistliche Perle beobachteten; »findest du sie
nicht schön? Sieh nur, mit welchem natürlichen Geschick
sie die einfachen Blumen zu ihrer Zierde verwendet hat!
Wenn sie im Walde Perlen und Diamanten und Rubinen
gesammelt hätte, so könnten sie ihr nicht besser anstehen.
Sie ist ein herrliches Kind. Aber ich weiß, wessen Stirn sie
hat.«

»Weißt du, Esther«, sagte Arthur Dimmesdale mit einem
unruhigen Lächeln, »daß dieses liebe, stets an deiner Seite
dahintrippelnde Kind mir manche Besorgnis verursacht
hat? Ich dachte – o Esther, welch ein Gedanke! und wie
entsetzlich, es zu fürchten!, daß sich meine eignen Züge
teilweise in ihrem Gesicht abspiegelten und so auffallend,

daß es die Welt sehen könne! Aber sie gehört zum größten Teile dir an!«

»Nein, nein! Nicht zum größten Teil«, antwortete die Mutter mit einem zärtlichen Lächeln; »nur noch ein wenig länger und du brauchst nicht mehr zu fürchten, wenn man sieht, wessen Kind sie ist. Aber wie eigentümlich schön sie mit jenen wilden Blumen in ihrem Haare aussieht. Es ist, als ob eine von den Feen, die wir in unserm lieben Alt-England zurückließen, sie für uns geschmückt habe.«

Mit einem Gefühle, welches keines von beiden bisher empfunden hatte, saßen sie und betrachteten die langsam näher kommende Perle. In ihr war das Band, welches sie verknüpfte, sichtbar. Sie war seit sieben Jahren der Welt als die lebende Hieroglyphenschrift dargeboten worden, in welcher sich das Geheimnis, das sie so eifrig zu verbergen suchten, offenbarte, in diesem Symbol war alles geschrieben, alles offenkundig – wenn es einen Propheten oder Zauberer gegeben hätte, der imstande gewesen wäre, die Flammenzeichen zu lesen. Und Perle war die Einheit des Wesens beider. Was auch das vorhergegangene Übel sein mochte, nie konnten sie bezweifeln, daß ihr irdisches Leben und zukünftiges Geschick verknüpft war, wenn sie die zugleich materielle Verbindung und geistige Idee erblickten, in welcher sie sich vereinigten und unsterblich zusammen leben sollten. Gedanken wie diese und vielleicht noch andere, die sie sich selbst nicht gestanden oder klarmachten, umgaben das Kind mit Feierlichkeit, als es sich näherte.

»Laß sie nichts Seltsames, keine Leidenschaftlichkeit oder Begier in der Art sehen, wie du sie empfängst!« flüsterte Esther. »Unsere Perle ist manchmal ein launischer und phantastischer kleiner Elf; besonders mag sie nur selten innere Bewegung leiden, wenn sie das Warum und Weshalb nicht vollkommen einsieht. Aber das Kind ist starker Neigungen fähig. Es liebt mich und wird dich lieben.«

»Du kannst dir kaum vorstellen«, sagte der Geistliche,

mit einem Seitenblick auf Esther, »wie mein Herz dieses Zusammentreffen fürchtet und sich doch nach ihm sehnt. In Wahrheit aber, wie ich dir schon sagte, werden Kinder mit mir nicht leicht vertraut, sie klettern nicht auf meine Knie, plaudern nicht in mein Ohr, antworten nicht auf mein Lächeln, sondern stehen abseits und schauen mich seltsam an. Selbst Säuglinge weinen bitterlich, wenn ich sie auf meine Arme nehme. Und doch ist Perle zweimal in ihrem kurzen Leben freundlich gegen mich gewesen! Das erste Mal, weißt du noch. Das letzte Mal, als du sie nach dem Hause jenes strengen alten Gouverneurs führtest.«

»Und du so wacker für mein Kind und mich sprachst!« antwortete die Mutter. »Ich erinnere mich des Umstandes und Perlchen soll es auch. Fürchte nichts! Anfangs mag sie wohl fremd und schüchtern sein, bald aber wird sie dich lieben lernen.«

Perle war jetzt an den Rand des Baches gelangt und stand auf dessen anderer Seite, von wo sie stumm auf Esther und den Geistlichen blickte, die noch auf dem bemoosten alten Baumstamme saßen und sie erwarteten. Gerade, wo sie stehengeblieben war, bildete der Bach zufällig eine so glatte und ruhige Stelle, daß er ein vollkommenes Bild ihrer kleinen Figur mit ihrer ganzen malerischen Schönheit in ihrem Schmucke von Blumen und Laubgewinden abspiegelte, welches aber ätherischer und geistiger als die Wirklichkeit war. Dieses der lebenden Perle so sehr gleichende Bild schien dem Kinde selbst etwas von seiner Schattenhaftigkeit und Körperlosigkeit mitzuteilen. Es war seltsam, wie Perle dastand und sie so fest durch die trübe Luft des dunklen Waldes anblickte, während sie selbst mit einer Glorie von Sonnenschein umgeben war, den sie durch eine gewisse Sympathie angezogen zu haben schien. Unter ihr in dem Bache stand ein zweites Kind, ein anderes und doch dasselbe, gleichfalls mit seinem Strahle goldenen Lichtes. Esther fühlte sich auf eine undeutliche, quälende Weise von

Perle entfremdet, als ob sich das Kind bei seiner einsamen Wanderung durch den Forst aus der Sphäre, in welcher es mit seiner Mutter zusammenlebte, verirrt habe und nun vergebens in dieselbe zurückzukehren suche.

Der Eindruck enthielt sowohl Wahrheit wie Täuschung. Das Kind und die Mutter waren einander entfremdet, aber nicht durch Perlens Schuld, sondern durch die Esthers. Seit das Kind von ihrer Seite hinweggegangen war, hatte die Mutter einen andern Genossen in den Kreis ihrer Gefühle aufgenommen und deren ganzes Aussehen so verändert, daß Perle, die zurückkehrende Wanderin, ihren gewohnten Platz nicht wiederfinden konnte und kaum wußte, wo sie war.

»Es kommt mir seltsamerweise so vor«, bemerkte der sensible Geistliche, »daß dieser Bach die Grenze zwischen zwei Welten ist und daß du nie wieder mit deiner Perle zusammenkommen kannst. Oder ist sie ein elfischer Geist, der, wie uns die Märchen unserer Kindheit gelehrt haben, nicht über ein fließendes Wasser gehen darf? Bring sie schnell herbei, denn dieser Verzug hat meine Nerven bereits zum Zittern gebracht.«

»Komm, liebstes Kind!« sagte Esther aufmunternd und ihre beiden Arme ausstreckend. »Wie langsam du bist! Wann bist du je so träge gewesen? Hier ist ein Freund von mir, der auch dein Freund werden muß, du wirst von nun an doppelt so viel Liebe haben, als deine Mutter allein dir geben kann! Spring über den Bach und komm zu uns. Du kannst springen wie ein junges Reh.«

Perle blieb, ohne irgendwie auf diese Schmeichelreden zu antworten, auf der andern Seite des Baches. Bald heftete sie ihre glänzenden, wilden Augen auf ihre Mutter, bald auf den Geistlichen, und bald umfaßte sie beide mit dem gleichen Blicke, wie um sich die Verbindung, in welcher sie miteinander standen, zu erklären. Aus irgendeinem unbegreiflichen Grunde stahl sich die Hand Arthur Dimmesdales, als er die Augen des Kindes auf sich fühlte, mit der ihm so gewohnt gewordenen, unwillkürlichen Bewegung nach seinem Herzen. Endlich nahm Perle eine eigentümliche gebieterische Miene an, streckte ihre Hand mit offenbar nach der Brust ihrer Mutter deutendem Zeigefinger aus, und unten in dem Spiegel des Baches war das blumenumgürtete, sonnige Bild der kleinen Perle und deutete ebenfalls mit seinem kleinen Zeigefinger.

»Du sonderbares Kind, warum kommst du nicht zu mir?« rief Esther.

Perle deutete immer noch mit ihrem Zeigefinger auf sie, und auf ihrem Gesicht zog sich ein zorniger Ausdruck zusammen, der das kindische, ja fast säuglingshafte Aussehen der Züge nur um so eindrucksvoller machte. Als die Mutter fortfuhr, ihr zu winken und ihr Gesicht in ein ungewohntes lächelndes Feiertagsgewand kleidete, stampfte das Kind mit noch befehlenderen Blicken und Gebärden auf den Boden. Wieder war im Bache die phantastische Schönheit der Gestalt mit ihrem zornigen Gesichtsausdruck, ihrem ausgestreckten Finger und der gebieterischen Gebärde zu sehen, die dem Anblick der kleinen Perle Nachdruck verlieh.

»Beeile dich, Perle, sonst werde ich auf dich böse!« rief Esther Prynne, die zwar an ein solches Benehmen des Elfenkindes gewöhnt war, aber doch eine artigere Aufführung gewünscht hätte. »Spring über den Bach, du garstiges Kind, und lauf hierher! Sonst muß ich zu dir kommen.«

Perle, durch die Drohungen ihrer Mutter ebensowenig erschreckt wie durch ihre Bitten erweicht, brach aber jetzt in einen Zornesanfall aus, gestikulierte heftig und verzerrte ihre kleine Gestalt auf das gewaltsamste. Dies begleitete sie mit durchdringenden Schreien, die im Walde widerhallten, so daß es, wenn sie auch in ihrem kindischen, unverständigen Zorne allein war, schien, als ob eine verborgene Menge sie mit ihrer Sympathie unterstützte.

Auch im Bache spiegelte sich Perlens zorniges Bild, das zwar mit Blumen gekrönt und umgürtet war, aber mit dem Fuße stampfte, wild gestikulierte und dabei mit seinem kleinen Zeigefinger auf Esthers Busen deutete.

»Ich sehe, was dem Kinde fehlt —«, flüsterte Esther dem Geistlichen zu und erbleichte trotz einer kräftigen Anstrengung, ihre Unruhe und ihren Ärger zu verhehlen. »Kinder können nicht die geringste Veränderung in dem gewohnten Aussehen der Dinge, die sich täglich vor ihren Augen befinden, ertragen. Perle vermißt etwas, was sie mich stets hat tragen sehen!«

»Ich bitte dich«, antwortete der Prediger, »wenn du imstande bist, das Kind zu beruhigen, es sofort zu tun. Außer dem giftigen Groll einer alten Hexe wie der Frau Hibbins«, fügte er mit einem Versuch zu lächeln hinzu, »wüßte ich nichts, was ich nicht lieber ertragen möchte als diesen Zorn eines Kindes. Er macht in Perlens junger Schönheit eine ebenso übernatürliche Wirkung wie in der runzeligen Häßlichkeit der Hexe. Bring sie zur Ruhe, Esther, wenn du mich lieb hast.«

Esther wendete sich mit dunklem Erröten und einem befangenen Seitenblick auf den Geistlichen und dann mit einem schweren Seufzer wieder Perlen zu. Ehe sie aber noch zu sprechen vermochte, verwandelte sich die Röte in eine leichenartige Blässe.

»Perle!« sagte sie trübe; »schau zu deinen Füßen, dort — vor dir — auf dieser Seite des Baches!«

Das Kind wendete seine Augen nach dem angedeuteten Punkte, und dort lag der Scharlachbuchstabe so dicht am Rande des Baches, daß sich die Goldstickerei darin widerspiegelte.

»Bring es her!« sagte Esther.

»Komm du und heb es auf!« antwortete Perle.

»Hat man je ein solches Kind gesehen?« bemerkte Esther beiseite gegen den Geistlichen. »Oh, ich habe dir viel über sie zu sagen. Aber sie hat wirklich in bezug auf dieses verhaßte Zeichen recht. Ich muß seine Qual noch ein wenig länger ertragen, nur noch wenige Tage – bis wir diese Gegend verlassen haben und hierher wie nach einem Lande, von dem wir geträumt, zurückblicken werden. Der Wald kann es nicht verbergen! Der Ozean soll es aus meiner Hand nehmen und für immer verschlingen.«

Mit diesen Worten schritt sie auf den Rand des Baches zu, hob den Scharlachbuchstaben auf und befestigte ihn wieder an ihrem Busen. So hoffnungsvoll Esther vor einem Augenblicke davon gesprochen hatte, ihn in das tiefe Meer zu schleudern, so wurde sie doch von einem Gefühle bedrückt, als ob sie ihren Urteilsspruch nie wieder von sich abwälzen könne, als sie dieses tödliche Symbol wieder aus den Händen des Geschickes annahm. Sie hatte es in den unendlichen Raum geworfen! Sie hatte eine Stunde lang frei Atem geschöpft! – und schon glänzte wieder das scharlachene Elend an seinem alten Platze.

So aber ist es immer. Eine böse Tat bekleidet sich mit dem Charakter des Unabwendbaren, ob sie nun durch ein solches Zeichen oder nicht zur Erscheinung kommt. Sodann sammelte Esther wieder ihre schweren Haarflechten und verbarg sie unter ihrer Haube. Als ob in dem Buchstaben ein versengender Zauber gelegen habe, verschwanden ihre Schönheit, die Wärme und Fülle ihrer Weiblichkeit ebenfalls wie verbleichender Sonnenschein, und ein grauer Schatten schien sie umschleiert zu haben.

Sobald die traurige Veränderung bewirkt war, streckte sie ihre Hand gegen Perlen aus.

»Kennst du jetzt deine Mutter, Kind? Willst du jetzt über den Bach kommen und deine Mutter anerkennen, seit sie ihre Schande an sich trägt, seit sie traurig ist?« fragte sie vorwurfsvoll, aber mit verhaltenem Ton.

»Ja, nun will ich es«, antwortete das Kind, indem es über den Bach sprang und Esther mit ihren Armen umfaßte;

»jetzt bist du meine wahre Mutter, und ich bin deine kleine Perle.«

Mit einer Zärtlichkeit, die bei ihr nicht gewöhnlich war, zog sie den Kopf ihrer Mutter nieder und küßte sie auf die Stirn und beide Wangen, dann aber hob Perle, von einer Art von Notwendigkeit getrieben, welche dieses Kind stets zwang, jeden Trost, den es etwa gewähren mochte, mit einem Tropfen von Pein zu vermischen, ihren Mund und küßte auch den Scharlachbuchstaben.

»Das war nicht lieb«, sagte Esther, »wenn du mir ein wenig Liebe bezeigt hast, so spottest du meiner.«

»Warum sitzt der Prediger dort?« fragte Perle.

»Er wartet, um dich zu bewillkommnen«, antwortete ihre Mutter. »Komm und bitte ihn um seinen Segen. Er liebt dich, mein Perlchen, und liebt deine Mutter ebenfalls. Willst du ihn nicht lieb haben? Komm, er sehnt sich, dich zu begrüßen.«

»Hat er uns lieb?« fragte Perle und blickte mit scharfem Verständnis in das Gesicht ihrer Mutter. »Wird er mit uns Hand in Hand in die Stadt gehen?«

»Jetzt noch nicht, liebes Kind«, antwortete Esther; »aber in künftigen Tagen wird er Hand in Hand mit uns gehen. Wir werden ein eigenes Haus haben, und du sollst am Kamin auf seinen Knien sitzen, und er wird dich eine Menge von Dingen lehren und dich sehr lieben. Nicht wahr, du wirst ihn auch sehr lieb haben?«

»Und wird er immer seine Hand über dem Herzen halten?« fragte Perle.

»Törichtes Kind, was für eine Frage das ist!« rief ihre Mutter. »Komm und bitte ihn um seinen Segen.«

Perle wollte aber dem Geistlichen keine Gunst erweisen, sei es nun, daß sie von der Eifersucht erfüllt war, welche jedes verhätschelte Kind instinktmäßig gegen einen gefährlichen Nebenbuhler fühlt, oder von welcher Laune ihrer unberechenbaren Natur sie sonst immer ergriffen sein mochte. Nur durch Anwendung von Gewalt brachte sie ihre Mutter zu ihm heran, aber selbst da widerstrebte sie und gab ihren Widerwillen durch seltsame Fratzen kund, die ihr seit ihrem zartesten Alter in merkwürdiger Reichhaltigkeit zu Gebote gestanden hatten, so daß sie ihrer beweglichen Physiognomie eine Reihe von verschiedenen Ausdrücken geben konnte, von denen der eine immer koboldartiger war als der andere.

Der Geistliche war in peinlicher Verlegenheit, hoffte aber, daß ein Kuß sich als Talisman erweisen und eine freundlichere Zuneigung des Kindes gegen ihn zur Folge haben könne, weshalb er sich vorwärts beugte und einen auf ihre Stirn drückte. Hierauf riß sich indes Perle von ihrer Mutter los, lief an den Bach, kniete auf das Ufer nieder und badete ihre Stirn, bis der unwillkommene Kuß völlig abgewaschen und auf eine weite Wasserstrecke verteilt war. Dann blieb sie abgesondert da stehen und beobachtete schweigend Esther und den Geistlichen, während sie zusammen sprachen und die Anordnungen trafen, welche durch ihre neue Lage und die Absichten, die sie bald auszuführen gedachten, bedingt wurden.

Und nun war diese schicksalsvolle Zusammenkunft zu Ende gediehen. Das Tälchen sollte einsam mit seinen dunklen alten Bäumen zurückbleiben, die mit ihren vielfachen Zungen lange von dem, was dort vorgegangen war, flüstern würden, ohne daß ein Sterblicher dadurch klüger ward; und der traurige Bach hatte diese weitere Geschichte zu dem Geheimnis zu fügen, womit sein kleines Herz bereits überlastet war und von dem es fortwährend ein murmelndes Geschwätz mit ebenso geringer Heiterkeit des Tones wie seit Jahrhunderten unterhielt.

XX

Der Geistliche im Labyrinth

Als sich der Geistliche von Esther Prynne und Perlchen
entfernte, warf er noch einen Blick hinter sich, indem er
halb und halb erwartete, daß er nur noch einige schwach
umgrenzte, langsam in der Dämmerung des Waldes ver-
schwindende Züge und Umrisse der Mutter und des Kindes entdecken würde. Er konnte sich ein so großes Ereignis
in seinem Leben nicht sogleich als wirklich denken. Aber
Esther stand mit ihrem grauen Kleide noch immer neben
dem Baumstamme, der vor langen Jahren durch einen
Sturm niedergestürzt war und den die Zeit seither mit
Moos bedeckt hatte, damit diese beiden mit der schwersten
Last der Erde Beladenen zusammen darauf sitzen und eine
Stunde lang Ruhe und Trost finden konnten. Und Perle
tanzte jetzt, da die aufdringliche dritte Person fort war,
leicht vom Rande des Baches hinweg und nahm wieder
ihren alten Platz an der Seite ihrer Mutter ein. Der Geistliche hatte also nicht geschlafen und geträumt.

Um seinen Geist von der Unbestimmtheit und Zwei-
felhaftigkeit des Eindruckes zu befreien, welcher ihn mit
einer seltsamen Unruhe erfüllte, rief er sich die Pläne zurück, die er mit Esther für ihre Abreise entworfen hatte,
und stellte sie schärfer umgrenzt vor sein Inneres. Sie waren
übereingekommen, daß die alte Welt mit ihrer gedrängten
Bevölkerung und ihren Städten ihnen bessern Schutz und
Verborgenheit gewähren würde als die Wildnisse von Neu-
England oder ganz Amerika mit ihren Alternativen eines
indianischen Wigwams oder die wenigen dünn an der
Meeresküste gesäten europäischen Siedlungen. Ohne der
Gesundheit des Geistlichen zu gedenken, die zu schwach
war, um die Mühseligkeiten und Entbehrungen des Wald-
lebens zu ertragen, konnten ihm seine angeborenen Gaben,
seine Geistesbildung und seine ganze Entwicklung nur in-

mitten der Zivilisation und Kultur eine Heimat verschaffen. Je höher der Bildungszustand war, desto besser eignete sich der Mann dafür. Um diese Wahl zu befördern, traf es sich gerade, daß ein Schiff im Hafen lag, einer von den zu jener Zeit häufigen zweideutigen Kreuzern, die, ohne unbedingt Geächtete des Meeres zu sein, doch mit einer bemerkenswerten Unverantwortlichkeit und Unbestimmtheit des Charakters über dessen Fläche dahin schweiften. Dieses Schiff war vor kurzem aus Westindien angekommen und sollte in drei Tagen nach Bristol absegeln. Esther Prynne, deren Beruf als selbstgeweihte, barmherzige Schwester sie mit dem Kapitän und der Mannschaft bekannt gemacht hatte, konnte es auf sich nehmen, die Überfahrt zweier Individuen und eines Kindes auf so geheime Weise, wie es die Umstände mehr als wünschenswert machten, auszudingen.

Der Prediger hatte Esther mit nicht geringem Interesse nach der genauen Zeit gefragt, in welcher das Absegeln des Schiffes zu erwarten sei, wahrscheinlich würde die Abfahrt am vierten Tage nach der Besprechung stattfinden. ›Das ist ein Glück!‹ hatte er dann zu sich gesagt. Wir zaudern zu enthüllen, weshalb es Ehrwürden Dimmesdale für ein so großes Glück hielt. Da wir jedoch dem Leser nichts vorenthalten dürfen, so wollen wir melden, daß er am dritten Tage, von dem gegenwärtigen gerechnet, die Wahlpredigt halten sollte und er, da ein solcher Anlaß eine ehrenvolle Epoche im Leben eines neuenglischen Geistlichen bildete, keine passendere Weise und Zeit zur Beendigung seiner amtlichen Laufbahn hätte wählen können. ›Man soll wenigstens von mir sagen‹, dachte dieser exemplarische Mann, ›daß ich keine öffentliche Pflicht ungeübt gelassen oder schlecht geübt habe.‹ Es war zu bedauern, daß eine so tiefe und scharfsinnige Einsicht wie die dieses armen Geistlichen sich so traurig täuschte. Wir haben schlimmere Dinge von ihm zu erzählen gehabt und werden vielleicht deren noch zu erzählen haben, aber unserer Ansicht nach nichts so bemitleidenswert Schwaches; keinen zugleich so leise angedeuteten und unumstößlichen Beweis von einer geheimen Krankheit, die sich längst schon in das Mark seines Charakters zu fressen begonnen hatte. Kein Mensch kann längere Zeit gegen sich ein anderes Gesicht tragen als gegen die Menge, ohne endlich irre zu werden, welches das wahre sei.

Dimmesdale erhielt durch die Aufregung seiner Gefühle, als er von seiner Zusammenkunft mit Esther zurückkehrte, ungewohnte körperliche Energie und eilte mit schnellen Schritten der Stadt zu. Der Pfad durch den Wald schien wilder, durch seine natürlichen Hindernisse rauher und weniger von Menschenfüßen betreten zu sein, als er sich von seinem Hingehen her erinnern konnte, aber er sprang über die sumpfigen Stellen, drängte sich durch das dornige Gebüsch, erkletterte die Anhöhen, plantschte in die Vertiefungen hinab, kurz er überwand alle Schwierigkeiten des Pfades mit einer unermüdlichen Rüstigkeit, die ihn in Erstaunen setzte. Er konnte nicht vergessen, wie schwach und mit welchen häufigen Pausen, um Atem zu schöpfen, er erst noch vor zwei Tagen auf demselben Pfade dahingekeucht war. Als er sich der Stadt näherte, bemerkte er, daß auch die Reihe von bekannten Gegenständen, welche sich ihm zeigten, eine Veränderung erfahren hatten. Er schien sie nicht gestern, nicht vor einem, sondern vor vielen Tagen, ja selbst Jahren verlassen zu haben. Allerdings war noch jedes frühere Kennzeichen der Straße, dessen er sich erinnern konnte, und alle Eigentümlichkeiten der Häuser mit der gehörigen Zahl von spitzen Giebeln und an jedem Punkte, wo sein Gedächtnis einen Wetterhahn gelassen hatte, ein solcher vorhanden. Nichtsdestoweniger stellte sich dieses Gefühl der Veränderung zudringlich bei ihm ein. Das gleiche war auch von den Bekannten, welche er traf, und allen so gut erinnerlichen Gestaltungen des menschlichen Lebens in der kleinen Stadt zu sagen. Sie sahen weder älter noch jünger aus als sonst, die Bärte der Greise waren nicht weißer geworden, ebensowenig konnte der Säugling, welcher gestern gekrochen war, heute auf den Füßen gehen; es war vollkommen unmöglich zu beschreiben, in welcher Beziehung sie von den Individuen abwichen, denen er vor so kurzem erst einen Scheideblick zugeworfen hatte, und doch schien der Pfarrer durch sein tiefstes Gefühl von ihrer Veränderung in Kenntnis gesetzt zu werden. Als er an der Mauer seiner eigenen Kirche vorbeikam, machte diese merkwürdigerweise einen ganz gleichen Eindruck. Das Gebäude hatte ein so fremdartiges und doch so bekanntes Aussehen angenommen, daß Dimmesdales Geist zwischen zwei Gedanken schwankte – entweder, daß er es bisher nur im Traume gesehen habe oder daß er jetzt bloß davon träume.

Diese Erscheinung und die verschiedenartigen Gestaltungen, welche sie annahm, verkündeten keine äußere Veränderung, wohl aber eine so plötzliche und wichtige Veränderung bei dem Beschauer jener vertrauten Dinge, daß der Zwischenraum eines einzigen Tages auf sein Bewußtsein gewirkt hatte wie eine ganze Reihe von Jahren. Der Wille des Predigers und der Esthers und das zwischen ihnen erwachsende Schicksal hatten diese Umwandlung bewirkt. Es war noch dieselbe Stadt wie sonst, aber derselbe Geistliche war nicht aus dem Walde zurückgekehrt. Er hätte zu den Freunden, die ihn begrüßten, sagen können: »Ich bin nicht der Mann, für den ihr mich haltet. Ich habe ihn dort im Walde, in ein geheimes Tälchen zurückgezogen, an einem bemoosten Baumstamme bei einem traurig murmelnden Bache zurückgelassen. Geht, sucht euren Prediger und seht zu, ob seine abgezehrte Gestalt, seine eingefallenen Wangen, seine weiße, bewölkte, schmerzgefurchte Stirn nicht dort liegen wie ein abgeworfenes Gewand.« Ohne Zweifel würden seine Freunde gegen ihn darauf bestanden haben: »Du selbst bist der Mann!«, aber der Irrtum wäre der ihre gewesen, nicht der seine.

Ehe Dimmesdale nach Hause gelangte, gab ihm sein Inneres noch andere Beweise einer in der Sphäre des Gedankens und Gefühls vorgegangenen Umwälzung. Wirklich konnte nichts Geringeres als ein völliger Wechsel der Dynastie und des Moralkodex in seinem inneren Reiche die Impulse erklären, welche der arme erschreckte Geistliche empfand. Bei jedem Schritte fühlte er sich versucht, die eine oder andere seltsame, phantastische Gottlosigkeit auszuüben, und hatte dabei das Bewußtsein, daß es zugleich unwillkürlich und absichtlich ihm selbst zum Trotz und doch aus einem tieferen Selbst als demjenigen, welches sich dem Antriebe widersetzte, erwachsen wäre. Er begegnete einem von seinen eigenen Kirchenältesten. Der gute alte Mann redete ihn mit der väterlichen Zuneigung und dem patriarchalischen Vorrecht an, wozu ihn sein ehrwürdiges Alter, sein rechtschaffener frommer Charakter und seine Stellung in der Kirche berechtigte im Verein mit der tiefen, fast anbetenden Achtung, welche das Amt und die Persönlichkeit des Geistlichen forderte. Es konnte kein schöneres Beispiel davon geben, wie sich die Majestät des Alters und der Weisheit mit dem Gehorsam und der Achtung verträgt, die ein niedrigerer sozialer Rang und ein geringerer Grad von Begabung gegen einen höheren beweisen sollte. Bei dem kurzen Gespräch zwischen dem ehrwürdigen Arthur Dimmesdale und diesem trefflichen graubärtigen Kirchenältesten vermochte sich der erstere nur durch die sorgfältigste Selbstbeherrschung zurückzuhalten, einige gotteslästerliche Ideen über das Abendmahl, die ihm in den Sinn kamen, auszusprechen. Er zitterte und wurde aschenbleich, als er fürchtete, daß seine Zunge diese abscheulichen Dinge aussprechen und sich auf seine eigene Zustimmung dazu berufen könne, ohne daß er sie völlig gegeben habe. Und selbst mit diesem Schrecken in seinem Herzen konnte er sich kaum des Lachens enthalten, wenn er sich vorstellte, wie der fromme, alte patriarchalische Kirchenälteste von der Gottlosigkeit seines Predigers versteinert werden würde.

Dann ereignete sich wieder ein Vorfall der gleichen Art. Als Arthur Dimmesdale die Straße entlang eilte, begegnete er dem ältesten weiblichen Mitgliede seiner Kirche, einer als äußerst fromm bekannten alten Frau, die arm, verwitwet, alleinstehend und deren Herz so voller Erinnerungen an ihren verstorbenen Gatten und ihre Kinder und ihre toten Freunde aus alter Zeit war wie ein Kirchhof voller Leichensteine. Und doch wurde alles dies, was sonst ein so schweres Leid gewesen sein würde, der frommen alten Seele durch die religiösen Tröstungen und Wahrheiten der Heiligen Schrift, womit sie sich seit länger als dreißig Jahren beständig genährt hatte, fast zu einer erhabenen Freude, und seit sie zu der Gemeinde des Predigers Dimmesdale gehörte, war es der größte irdische Trost der guten Alten – ein Trost, der zugleich ein himmlischer sein mußte, sonst wäre es gar keiner gewesen –, ihrem Pfarrer entweder zufällig oder absichtlich zu begegnen und mit einem Worte warmer, himmlischer evangelischer Wahrheit von seinen geliebten Lippen in ihr abgestumpftes, aber verzückt aufmerksames Ohr erquickt zu werden. Bei diesem Anlasse konnte sich aber Dimmesdale nach dem Willen des großen Seelenfeindes bis zu dem Augenblicke, wo er seine Lippen an das Ohr des alten Weibes legte, keinen Bibelspruch und auch sonst nichts als eine kurze, kräftige und, wie es ihm in jenem Augenblicke schien, unwiderlegliche Beweisführung gegen die Unsterblichkeit der menschlichen Seele ins Gedächtnis rufen. Wenn er diese ihrem Geiste eingeflößt, so wäre die betagte Schwester aller Wahrscheinlichkeit nach plötzlich tot niedergesunken, als ob sie ein heftiges Gift genossen hätte. Was er ihr wirklich zuflüsterte, konnte sich der Geistliche später nie wieder entsinnen. Vielleicht hatten seine Worte eine glückliche Undeutlichkeit, die dem Begriffsvermögen der guten Witwe keine bestimmte Idee zukommen ließ oder die Vorsehung auf ihre eigene Weise auslegte. Jedenfalls sah der Geistliche, als er zurückschaute, einen Ausdruck frommer Dankbarkeit und Ekstase, der dem Abglanze des himmlischen Jerusalem auf ihrem so runzeligen und aschenbleichen Gesichte glich.

Und wiederum ein drittes Beispiel! Nachdem er von dem alten Kirchenmitgliede geschieden war, begegnete er der jüngsten Schwester von allen. Es war eine Jungfrau, die Arthur Dimmesdale erst am Sonntage nach seiner Vigilie gewonnen hatte, die vergänglichen Freuden der Welt gegen die himmlische Hoffnung zu vertauschen, die um so heller werden sollte, je dunkler das Leben um sie herum würde, und die endlich selbst die tiefste Finsternis mit einer Glorie vergolden würde. Sie war schön und rein wie eine im Paradiese erblühte Lilie. Der Prediger wußte recht gut, daß er selbst in der fleckenlosen Reinheit ihres Herzens aufgenommen war, daß um sein Bild die schneeigen Gardinen hingen und der Religion die Wärme der Liebe und der Liebe eine religiöse Reinheit verliehen waren. Sicherlich hatte der Satan jenen Nachmittag das arme junge Mädchen von der Seite seiner Mutter hinweggeführt und es diesem schwergeprüften, oder − eigentlich wohl besser gesagt − verlorenen und verzweifelten Manne in den Weg geworfen. Als sie ihm näher kam, flüsterte ihm der Erzfeind zu, daß er einen Keim des Bösen, der sicher bald üppige Blüten treiben und schwarze Früchte tragen würde, in wenige Worte zusammendrängen und in diesen zarten Busen senken möge. Sein Bewußtsein der Gewalt über diese gegen ihn so vertrauensvolle reine Seele war so stark, daß der Geistliche sich für fähig hielt, das ganze Feld der Unschuld mit einem einzigen sündigen Blicke zu versengen und das ganze Gegenteil davon mit einem Worte zu entwickeln. Mit einem schwereren Kampfe, als er je einen bestanden, hielt er also sein Genfer Mäntelchen vor das Gesicht, eilte vorüber, ohne ein Zeichen des Erkennens zu geben, und überließ es der jungen Schwester, seine Unhöflichkeit, so gut sie konnte, zu ertragen. Sie durchforschte ihr Gewissen, welches mit harmlosen Kleinigkeiten angefüllt war wie ihre Tasche oder ihr Arbeitsbeutel, und das arme Ding machte sich Vorwürfe über tausend eingebildete Fehler und ging den folgenden Morgen mit geschwollenen Augenlidern an ihre Haushaltungsarbeiten.

Ehe der Prediger noch Zeit hatte, seinen Sieg über diese letzte Versuchung zu feiern, wurde er sich eines andern Impulses bewußt, der noch lächerlicher und fast ebenso gräßlich war. Er bestand darin – und wir schämen uns des Berichts –, auf der Straße stehen zu bleiben und eine Gruppe von kleinen Puritanerkindern, welche dort spielten und eben erst zu sprechen angefangen hatten, einige sehr unanständige Worte zu lehren. Er versagte sich diesen Genuß als seines Gewandes unwürdig; kurz darauf begegnete er aber einem betrunkenen Matrosen von dem aus Westindien angekommenen Schiffe, und hier sehnte sich der arme Dimmesdale, da er doch so tapfer alle andern Versuchungen zurückgeschlagen hatte, wenigstens dem beteerten Schlingel die Hand zu schütteln und sich an einigen ungehörigen Scherzen, wie sie bei liederlichen Matrosen in solchem Überflusse zu finden sind, und einer Salve von guten, runden, strotzenden, dem Himmel trotzenden Flüchen zu erquicken. Es war weniger ein besseres Prinzip als teilweise sein natürlicher guter Geschmack und noch mehr seine Gewohnheit steifer geistlicher Würde, die ihn wohlbehalten aus dieser letzten Krisis führte.

›Was ist es, das mich so verfolgt und versucht?‹ rief der Prediger endlich sich selbst zu, indem er auf der Straße stehenblieb und mit der Hand an seine Stirn fuhr. ›Bin ich toll oder gehöre ich gänzlich dem Bösen an? Habe ich im Walde einen Kontrakt mit ihm geschlossen und mit meinem Blute unterzeichnet, und fordert er mich jetzt dadurch zur Erfüllung auf, daß er mir jede Gottlosigkeit eingibt, die sich seine schändliche Phantasie erdenken kann?‹

In dem Augenblicke, wo Seine Ehrwürden auf diese Weise mit sich sprach und mit der Hand an seine Stirn schlug, soll die alte Hibbins, die im Rufe einer Hexe stand, vorübergekommen sein. Sie sah sehr großartig aus und trug einen hohen Kopfputz, ein schweres Samtkleid und eine Krause, die mit der famosen gelben Stärke gesteift war, wozu ihr Anna Turner, ihre besondere Freundin, das Rezept gegeben hatte, ehe diese gute Dame wegen der Ermordung Sir Thomas Overburys gehängt wurde. Ob die Hexe in den Gedanken des Geistlichen gelesen hatte, weiß man nicht, aber soviel ist gewiß, daß sie vor ihm stehenblieb, schlau in sein Gesicht blickte, listig lächelte und, obwohl sie sonst nicht liebte, sich mit Geistlichen zu unterhalten, ein Gespräch begann.

»Ihr habt also einen Besuch im Walde gemacht, ehrwürdiger Herr«, bemerkte die Hexe, indem sie ihn mit ihrem hohen Kopfputze annickte. »Ich bitte Euch, mich es das nächste Mal voraus wissen zu lassen, wo ich dann stolz sein werde, Euch Gesellschaft zu leisten. Ohne mich zu sehr zu rühmen, aber eine Empfehlung von mir reicht weit, um jedem fremden Herrn einen angenehmen Empfang bei jenem bewußten Potentaten zu verschaffen.«

»Ich gestehe, Madame«, antwortete der Geistliche mit einer ernsten Verbeugung, wie sie der Rang der Dame verlangte und seine eigene Höflichkeit gebieterisch forderte, »ich gestehe auf mein Gewissen und meinen Charakter, daß mir der Sinn Eurer Worte ein völliges Rätsel ist! Ich bin nicht in den Wald gegangen, um einen Potentaten zu suchen, auch beabsichtige ich zu keiner künftigen Zeit einen Besuch daselbst, um die Gunst einer solchen Personage zu erlangen. Mein einziger und genügender Zweck war es, einen frommen Freund von mir, den Missionar

Eliot, zu begrüßen und mich mit ihm der vielen kostbaren Seelen zu erfreuen, die er dem Heidentum abgewonnen hat.«

Da kicherte die alte Hexe und nickte mit ihrem hohen Kopfputze dem Geistlichen zu. »Nun, nun, bei Tage müssen wir schon so sprechen! Ihr bekommt das hin wie einer, der schon lange dabei ist! Aber um Mitternacht und im Walde werden wir anders reden.«

Sie ging weiter mit der Würde ihres Alters, blickte aber oft zurück und lächelte ihm zu, als wünsche sie, eine geheime, vertraute Verbindung anzuerkennen.

›Habe ich mich denn‹, dachte der Geistliche, ›dem Bösen verkauft, den, wenn die Leute die Wahrheit sprechen, jene gelbgestärkte, sammetbekleidete alte Vettel zu ihrem Herrn und Meister erwählt hat?‹

Der Unglückliche! Er hatte einen dem ganz ähnlichen Handel geschlossen. Von einem Traum des Glückes verlockt, hatte er sich mit überlegter Wahl, wie er es noch nie zuvor getan, dem, was er als eine Todsünde kannte, ergeben. So hatte sich das ansteckende Gift dieser Sünde schnell durch seine ganze Seele verbreitet. Es hatte alle gesegneten Triebe betäubt und die ganze Genossenschaft der schlechten zum Leben erweckt. Verachtung, Bitterkeit, unprovozierte Böswilligkeit, mutwilliges Verlangen nach dem Schlechten, Verspottung alles Guten und Frommen – alle diese Triebe hatten sich erhoben, um ihn zu versuchen, wenn sie ihn auch zugleich erschreckten. Und sein Zusammentreffen mit der alten Hibbins zeigte, wenn sie ein wirkliches Ereignis war, nur sein Gleichgefühl und seine Kameradschaft mit bösen Sterblichen und der Welt der verführten Geister.

Er war jetzt in seine Wohnung am Rande des Kirchhofs gelangt, eilte die Treppe hinauf und suchte ein Asyl in seinem Studierzimmer. Der Geistliche war froh, daß er diesen Zufluchtsort erreicht, ohne sich der Welt durch eine von den seltsamen, gottlosen Exzentrizitäten zu verraten, zu welchen er sich auf seinem Wege durch die Straßen beständig angetrieben gefühlt hatte. Er trat in das gewohnte Zimmer und schaute auf die Bücher, die Fenster, den Kamin und die gewirkten Tapeten der Wände mit demselben Gefühl von Fremdartigkeit, welches ihn auf seinem Wege aus dem Waldtälchen nach der Stadt und bis in sein Haus verfolgt hatte. Hier hatte er studiert und geschrieben, hier sich Fasten und Nachtwachen auferlegt, aus denen er nur halb lebendig herausgekommen war, hier hatte er darum gekämpft zu beten und Hunderttausende von Qualen ertragen. Da lag die Bibel in ihrem alten hebräischen Urtext, aus welchem Moses und die Propheten und durch alle die Stimme Gottes zu ihm sprach. Dort auf dem Tische mit der tintengeschwärzten Feder daneben sah er eine unbeendigte Predigt mit einem in der Mitte abgebrochenen Satze, wo seine Gedanken zwei Tage vorher aufgehört hatten, auf das Papier zu strömen. Er wußte, daß er selber, der abgezehrte, bleichwangige Geistliche, es gewesen war, der diese Dinge getan und gelitten und sich so tief in die Wahlpredigt hineingeschrieben hatte. Aber er schien davon getrennt zu stehen und dieses frühere Selbst mit geringschätziger, mitleidiger, aber halb neidischer Neugier zu betrachten. Jenes Selbst war verschwunden. Aus dem Walde war ein anderer Mensch zurückgekehrt, ein weiserer, mit einer Kenntnis verborgener Geheimnisse begabter, in welche die Einfalt des früheren nie hätte dringen können. Es war eine bittere Art von Erkenntnis.

Während er solchen Gedanken hingegeben war, klopfte es an der Tür des Studierzimmers, und der Geistliche rief: »Herein!« ohne sich der Idee, daß er vielleicht einen bösen Geist erblicken würde, gänzlich entledigen zu können. Und so war es auch. Der Eintretende war der alte Roger Chillingworth. Der Geistliche stand bleich und sprachlos da; seine eine Hand auf die hebräische Bibel gelegt, die andere über sein Herz gebreitet.

»Willkommen daheim, Ehrwürden«, sagte der Arzt. »Wie habt Ihr den frommen Eliot gefunden? Mich dünkt aber, lieber Herr, daß Ihr bleich ausseht, als ob die Reise durch die Wildnis Euch zu sehr angegriffen hätte. Wird nicht meine Hilfe erforderlich sein, um Euch die Kraft und den Mut zur Abhaltung Eurer Wahlpredigt zu verleihen?«

»Nein, das denke ich nicht«, antwortete Dimmesdale. »Meine Reise und der Anblick des frommen Missionars und die freie Luft, die ich geatmet, haben mir nach der langen Eingeschlossenheit in meinem Studierzimmer wohlgetan. Ich glaube Eurer Medizin nicht weiter zu bedürfen, mein gütiger Arzt, so gut sie auch ist und von so freundlicher Hand sie auch eingegeben wird.«

Während dieser ganzen Zeit hatte Roger Chillingworth den Geistlichen mit dem ernsten, aufmerksamen Blicke eines Arztes auf seinen Patienten betrachtet. Trotz dieses äußern Scheines war dieser aber doch von der Kenntnis oder wenigstens dem zuversichtlichen Verdacht des Alten in bezug auf seine eigene Zusammenkunft mit Esther Prynne überzeugt. Der Arzt wußte also, daß er in den Augen des Geistlichen nicht mehr ein Freund, dem man vertraut, sondern sein bitterster Feind war. Da soviel bewußt war, möchte es nur natürlich erscheinen, daß ein Teil ausgesprochen würde. Es ist jedoch seltsam, welch lange Zeit oftmals vergeht, ehe Dinge in Worten Gestalt annehmen und mit welcher Sicherheit zwei Menschen, die einen gewissen Gegenstand vermeiden wollen, sich diesem bis an die äußerste Grenze nähern und wieder zurückziehen können, ohne ihn zu berühren. So fühlte der Geistliche keine Besorgnis, daß Roger Chillingworth mit ausdrücklichen Worten die Lage berühre werde, in welcher sie gegenseitig zueinander standen. Jedoch kroch der Arzt in seiner dunklen Weise furchtbar nahe an das Geheimnis heran.

»Wäre es nicht besser«, sagte er, »wenn Ihr Euch heute abend meiner geringen Geschicklichkeit bedientet? Wahrlich, lieber Herr, wir müssen uns Mühe geben, Euch zum Halten der Wahlpredigt stark und kräftig zu machen. Das Volk erwartet von Euch große Dinge, denn es besorgt, daß ein anderes Jahr kommen, aber sein Pastor gegangen sein möchte.«

»Fürwahr, in eine andere Welt«, antwortete der Geistliche mit frommer Ergebenheit. »Der Himmel gebe, daß es eine bessere ist, denn ich denke wahrlich kaum, daß ich noch einmal durch die vier flüchtigen Jahreszeiten bei meiner Herde ausharren werde. Was aber Eure Medizin betrifft, mein guter Herr, so bedarf ich ihrer in meinem jetzigen Körperzustande nicht.«

»Es freut mich, das zu hören!« antwortete der Arzt. »Vielleicht beginnen meine so lange vergebens angewendeten Heilmittel jetzt die gehörige Wirkung zu üben. Ich würde ein glücklicher Mann sein und die Dankbarkeit von Neu-England verdienen, wenn ich diese Kur bewerkstelligen könnte.«

»Ich danke Euch von Herzen, mein höchst wachsamer Freund«, sagte Dimmesdale mit feierlichem Lächeln. »Ich danke Euch und kann Eure Guttaten nur mit meinem Gebete vergelten.«

»Das Gebet eines guten Menschen ist ein goldener Lohn«, entgegnete der alte Roger Chillingworth, als er sich verabschiedete. »Es ist die goldene Münze des neuen Jerusalem und trägt das eigene Gepräge des Königs!«

Sobald der Prediger allein war, ließ er einen Diener des Hauses rufen und verlangte Speisen, die er, als sie ihm vorgesetzt wurden, mit heißhungrigem Appetit verzehrte. Hierauf warf er die bereits geschriebenen Blätter zur Wahlpredigt in das Feuer und begann sofort eine andere, die er mit einem solchen drängenden Zufluß von Gedanken und Empfindungen schrieb, daß er sich für inspiriert hielt und sich nur wunderte, wie der Himmel darauf kam, die feierlichen Töne seiner Orakel durch ein so sündenbeflecktes

Organ wie ihn aussprechen zu lassen. Er überließ jedoch diesem Rätsel, sich selbst zu lösen oder für immer ungelöst zu bleiben, und fuhr mit großer Hast und Verzückung in seiner Aufgabe fort.

So flog die Nacht vorüber, als sei sie ein beflügeltes Roß, auf dem er dahinsprenge. Der Morgen kam rötend durch die Fenstervorhänge, und endlich warf die aufgehende Sonne einen goldenen Strahl in das Studierzimmer und gerade auf die geblendeten Augen des Geistlichen. Da saß er mit der Feder immer noch zwischen den Fingern und hinter ihm lag eine mächtige unermeßliche Strecke geschriebenen Raumes.

XXI
Feiertag in Neu-England

In der Morgenfrühe des Tages, an welchem der neue Gouverneur sein Amt aus den Händen des Volkes empfangen sollte, kamen Esther und Perlchen auf den Marktplatz. Er war bereits von den Handwerkern und andern gemeinen Bewohnern der Stadt angefüllt, die sich in bedeutender Zahl versammelt hatten, und unter ihnen eine Menge rauher Gestalten, deren Kleidung von Hirschfellen sie als zu den Waldansiedlungen gehörig kennzeichnete, wovon die kleine Hauptstadt der Kolonie umgeben war.

An diesem öffentlichen Feiertage, wie seit sieben Jahren bei jedem anderen Anlasse, war Esther in ein Gewand von grobem grauen Stoff gekleidet. Sowohl durch die Farbe wie durch irgendeine Eigentümlichkeit seines Schnittes hatte es die Wirkung, sie persönlich fast verschwinden zu lassen, während sie der Scharlachbuchstabe wieder aus dieser dämmernden Undeutlichkeit hervorhob und aus dem moralischen Gesichtspunkte seiner eigenen Strahlkraft zeigte. Ihr den Städtern so lange schon vertraut bekanntes

Gesicht trug die Marmorruhe, die sie darauf zu erblicken gewohnt waren. Einer Maske glich es oder vielmehr der starren Stille der Züge einer Toten, und es verdankte diese Ähnlichkeit dem Umstand, daß Esther, was jeden Anspruch auf Mitgefühl betraf, wirklich tot und aus der Welt geschieden war, mit welcher sie sich noch zu vermengen schien.

Vielleicht besaß es an jenem einen Tage einen bisher nie gesehenen Ausdruck, der allerdings auch jetzt nicht lebhaft genug war, um sich entdecken zu lassen, wenn nicht ein übernatürlich begabter Beobachter zuerst im Herzen gelesen und sodann in Gesicht und Miene einen entsprechenden Ausdruck gesucht hätte. Ein solcher geistiger Seher hätte denken können, daß sie, nachdem sie sieben Unglücksjahre hindurch den Blick der Menge als Notwendigkeit, als Buße und etwas, dessen Erleiden ihr eine strenge Religion gebot, ertragen, jetzt zum letzten Male ihm freiwillig und offen entgegentrat, um, was so lange eine Folter gewesen war, in eine Art von Triumph zu verwandeln. »Seht euch nur zum letzten Male den Scharlachbuchstaben und seine Trägerin an«, konnte das Opfer des Volkes, und, wie es glaubte, seine lebenslängliche Leibeigene zu ihm sagen. Nur noch ein kleines, und sie wird euerm Bereich entschwunden sein, nur noch wenige Stunden, und der tiefe, geheimnisvolle Ozean wird das Symbol, welches ihr auf ihrem Busen habt glühen lassen, verlöschen und für immer verbergen. Die Annahme würde übrigens kein für die menschliche Natur zu unwahrscheinlicher Widerspruch sein, daß Esther in dem Augenblicke, wo sie zur Freiheit von der Pein gelangen sollte, die so lange mit ihrem Leben verkörpert gewesen, ein Gefühl von Bedauern verspürte. Konnte sie nicht von einem unwiderstehlichen Wunsche ergriffen sein, einen letzten langen, atemlosen Zug aus dem Wermut- und Aloebecher zu tun, von welchem fast alle ihre Frauenjahre bitter waren? Der Wein des Lebens, der hinfort ihren Lippen anzubieten wäre, mußte in seinem reich verzierten goldenen Becher wahrhaft köstlich und erheiternd sein, wenn er nicht nach der bittern Hefe, womit sie beständig getränkt worden war, eine unvermeidliche Schalheit und Mattigkeit zurücklassen sollte.

Perle war mit luftigem Frohsinn gekleidet. Unmöglich hätte man erraten können, daß diese glänzende sonnige Erscheinung ihre Existenz jener düstergrauen Gestalt verdankte oder daß eine so prachtliebende und dabei doch zarte Phantasie, wie sie erforderlich gewesen sein mußte, um die Kleidung des Kindes zu ersinnen, die gleiche war, welche eine vielleicht noch schwierigere Aufgabe gelöst hatte, indem sie dem einfachen Gewande Esthers eine so bestimmte Eigentümlichkeit verlieh. Die Kleidung war Perlchen so angemessen, daß sie ein Ausfluß oder eine unvermeidliche Entwicklung und äußerliche Manifestation ihres Charakters zu sein schien, die sich von ihr ebensowenig trennen ließ wie der bunte Schimmer vom Flügel eines Schmetterlings oder die Farbenpracht vom Blatte einer schönen Blume. Wie bei jener, so war auch bei dem Kinde das Äußere mit ihrer Natur eins. An diesem ereignisvollen Tage besaß ihre Stimmung überdies eine gewisse eigentümliche Unruhe und Aufregung, die mit nichts anderem so viel Ähnlichkeit besaß wie mit dem Schimmer eines Diamanten, der seine Funken oder Blitze sprüht, je nachdem die Brust, auf welcher er angebracht ist, stärker oder schwächer klopft. Kinder haben stets eine gewisse Sympathie mit der innern Bewegung ihnen Nahestehender, besonders, wenn in häuslichen Umständen eine Umwälzung, welcher Art auch immer, bevorsteht, und Perle, die das Juwel auf dem unruhigen Busen ihrer Mutter war, verriet eben durch ihre aufgeregte Stimmung die Empfindungen, welche keiner in der marmornen Ruhe auf Esthers Gesicht zu entdecken vermochte.

Diese Aufregung trieb sie, mehr mit einer vogelartigen Bewegung dahinzutanzen als ruhig neben ihrer Mutter zu gehen. Sie brach beständig in wilde, unartikulierte und zuweilen durchdringende Rufe aus. Als sie auf den Marktplatz gelangten und hier die Geschäftigkeit bemerkten, wurde sie noch ruheloser. Für gewöhnlich sah er eher dem einsamen Rasenplatze vor einem Dorfversammlungshause als dem Mittelpunkte der Geschichte einer Stadt ähnlich, und Perle rief:

»Was ist das, Mutter? Warum haben die Leute alle heute ihre Arbeit verlassen? Ist es für die ganze Welt ein Spieltag? Sieh, dort ist der Schmied! Er hat sein rußiges Gesicht gewaschen und seine Sonntagskleider angezogen und sieht aus, als möchte er gern lustig sein, wäre nur jemand so gut, ihn zu lehren, wie er es anfangen solle! Und dort ist Herr Brackett, der alte Kerkermeister, und nickt und lächelt mich an. Warum tut er das, Mutter?«

»Er hat dich gekannt, als du noch ein ganz kleines Geschöpf warst, mein Kind«, antwortete Esther.

»Deshalb sollte er mich aber doch nicht annicken und -lächeln, der schwarze, böse, finster blickende alte Mann!« sagte Perle. »Dir mag er zunicken, wenn er will, denn du bist in Grau gekleidet und trägst den Scharlachbuchstaben! Aber sieh, Mutter, die vielen fremden Gesichter, auch Indianer sind darunter und Seeleute. Was wollen sie alle hier auf dem Marktplatz tun?«

»Sie wollen den Aufzug vorüberkommen sehen«, sagte Esther; »der Gouverneur und der ganze Magistrat sollen vorüberkommen und die Geistlichen und alle vornehmen und guten Leute, und vor ihnen her werden die Musiker und die Soldaten marschieren.«

»Wird der Pfarrer auch dabei sein?« fragte Perle, »und wird er mir auch seine beiden Hände hinhalten wie neulich, wo du mich am Bache zu ihm führtest?«

»Er wird da sein, Kind«, antwortete ihre Mutter; »aber er wird dich heute nicht begrüßen, und du darfst es auch nicht tun.«

»Welch ein sonderbarer trauriger Mann er ist«, sagte das Kind halb in sich selbst gekehrt. »Bei dunkler Nacht ruft er uns zu sich und hält dich und mich bei der Hand. Weißt du noch, damals, wie wir dort auf dem Gerüste standen und im tiefen Walde, wo es nur die alten Bäume hören und ein Streifen vom Himmel sehen kann, setzt er sich auf einen Haufen Moos und spricht mit dir! Und dann küßt er mich auf die Stirn, daß es der kleine Bach kaum abzuwaschen vermag! Aber hier, am hellen Tage und vor allen Leuten, kennt er uns nicht, und wir dürfen ihn nicht kennen! Er ist ein sonderbarer, trübseliger Mann, mit seiner Hand beständig auf dem Herzen.«

»Sei ruhig, Perle, dergleichen Dinge verstehst du nicht«, sagte ihre Mutter. »Denk jetzt nicht an den Pfarrer, sondern schau dich um und sieh, wie heiter heute alle Gesichter sind. Die Kinder sind aus ihren Schulen gekommen und die erwachsenen Leute aus ihren Werkstätten und von den Feldern, nur um sich zu freuen, denn heute fängt ein neuer Mann an, über sie zu regieren, und so freuen sie sich und jubeln wie jedesmal seit unvordenklichen Zeiten, als ob die arme alte Welt endlich ein gutes goldenes Jahr erleben sollte.«

Es war, wie es Esther gesagt hatte, die Gesichter des Volkes wurden von ungewohnter Heiterkeit hell. In diese festliche Zeit des Jahres drängten die Puritaner während des größten Teiles zweier Jahrhunderte alle Heiterkeit und öffentliche Freude zusammen, welche sie der menschlichen Schwäche gestatteten, und vertrieben dadurch die gewöhnlich über ihnen schwebende Wolke insoweit, daß sie einen einzigen Festtag über fast nicht ernsthafter aussahen als die meisten andern Gemeinwesen zu einer Zeit allgemeiner Betrübnis.

Wir übertreiben jedoch vielleicht die graue oder schwarze Färbung, welche unbezweifelt die Sitten und Gebräuche jener Zeit charakterisierte. Die jetzt auf dem Marktplatz von Boston versammelten Personen waren nicht zu puritanischem Murrsinn in die Welt gekommen. Sie waren Engländer von Geburt, deren Väter in dem sonnigen Glanze der Elisabethanischen Epoche gelebt hatten, einer Zeit, wo das Leben in England, wenn man es im Ganzen betrachtet, so stattlich, prächtig und freudig gewesen zu sein scheint, wie die Welt nur je eins gesehen hat. Wenn sie ihrem angeerbten Geschmacke gefolgt wären, so würden die neu-englischen Ansiedler alle Ereignisse von öffentlicher Wichtigkeit durch Freudenfeuer, Schmäuse, Mummereien und Aufzüge gefeiert haben. Auch wäre es nicht untunlich gewesen, bei dem Begängnisse magistratischer Zeremonien heitere Ergötzlichkeit mit Feierlichkeit zu verbinden und dem prächtigen Staatsgewande, welches sozusagen ein Volk bei solchen Festen anlegt, eine groteske, schimmernde Stikkerei zu geben. Man sah den Schatten eines Versuches dieser Art in der Weise, wie der Tag, an welchem das politische Jahr der Kolonie begann, gefeiert wurde. Ein bleiches Spiegelbild eines ihnen erinnerlichen Glanzes, die farblose und vielfach abgeschwächte Wiederholung dessen, was sie in dem stolzen alten London, wir wollen noch gar nicht sagen bei einer Krönung, sondern bei eines Lord-Mayors Aufzuge wahrgenommen hatten, ließ sich in den Gebräuchen verfolgen, welche die alten Puritaner von Neu-England bei der jährlichen Einführung ihrer Amtspersonen einrichteten. Die Väter und Begründer des Staates – der Staatsmann, der Priester und der Soldat – hielten es damals für eine Pflicht, den äußern Prunk und die Majestät anzulegen, welche dem alten Stile gemäß als das geeignetste Gewand öffentlicher oder sozialer Auszeichnung betrachtet wurde. Sie kamen alle hervor, um in Prozessionen an den Augen des Volkes vorüberzugehen und so dem einfachen Gerüste einer so neuerrichteten Regierung die nötige Würde zu verleihen.

Damals wurde dem Volke auch nachgesehen, wenn es

nicht gar dazu aufgemuntert wurde, daß es in dem strengen und anhaltenden Fleiße in seinen verschiedenartigen Fächern einer rohen, unbehilflichen Industrie nachließ, welche zu jeder andern Zeit mit seiner Religion aus einem Stücke gemacht zu sein schien. Hier gab es allerdings nichts von den Einrichtungen, welche die Lustbarkeiten des Volkes so leicht in dem England der Zeit Elisabeths oder Jakobs gefunden hätten – keine rohen theatralischen Vorstellungen, keine Sänger mit Harfe und legendärer Ballade, keine Tierbändiger mit zu ihrer Musik tanzenden Affen, keine Gaukler mit ihren der Hexerei nahekommenden Künsten, keine Lustigmacher, welche die Menge mit vielleicht jahrhundertealten, aber durch ihre Beziehung auf die allgemeinsten Quellen des Gelächters immer noch wirksamen Späßen aufheiterten. Alle derartigen Ausübenden der verschiedenen Zweige der Belustigung würden nicht nur durch das strenge Gesetz, sondern auch durch das allgemeine Gefühl, welches dem Gesetz seine Lebenskraft verleiht, zurückgewiesen worden sein. Nichtsdestoweniger lächelte das große ehrliche Gesicht des Volkes, wenn auch etwas ernsthaft, doch nicht minder herzlich. Auch fehlte es nicht an Übungen, wie sie die Kolonisten vor langen Jahren bei den Provinzial-Jahrmärkten und auf den Dorfwiesen von England gesehen und daran teilgenommen hatten, und deren Aufrechterhaltung auf diesem neuen Boden wegen des Mutes und der Mannhaftigkeit, die für sie wesentlich waren, für gut erachtet wurde. Hier und da sah man auf dem Marktplatze, wie auf die verschiedenen Arten von Cornwall und Devonshire um die Wette gerungen wurde. In einer Ecke fand ein freundschaftlicher Kampf mit langen zweikantigen Stöcken statt, und was das größte Interesse von allem erregte, auf der Plattform des in unserer Geschichte so vielfach erwähnten Prangers begannen zwei Meister der Verteidigungskunst eine Schaustellung mit Schild und Schwert. Zum großen Ärger der Menge wurde diese aber durch die Einmischung des Stadtbüttels unterbrochen, welcher nicht zugeben wollte, daß die Majestät des Gesetzes durch einen solchen Mißbrauch des ihr geweihten Platzes verletzt werde.

Wir behaupten vielleicht nicht zuviel, wenn wir sagen, daß für das Volk, welches damals in den ersten Stadien des ernsten freudlosen Benehmens stand und von Vätern abstammte, die zu ihrer Zeit lustig zu sein verstanden hatten, im Punkte der Feier eines Festtages der Vergleich selbst mit seinen heutigen Nachkommen günstig ausgefallen wäre. Ihre unmittelbare Nachkommenschaft, die nächste Generation nach den ersten Einwanderern, hüllte sich in den schwärzesten Schatten des Puritanismus und verfinsterte damit das Antlitz der Nation auf solche Weise, daß alle späteren Jahre nicht vermocht haben, es aufzuhellen. Wir müssen noch die vergessene Kunst der Heiterkeit erlernen.

Das Lebensbild auf dem Marktplatz wurde, wenn auch seine allgemeine Färbung das tiefe Grau, Braun oder Schwarz der englischen Auswanderer war, doch durch einige Farbenabwechslung belebt. Eine Gruppe von Indianern in ihrem wilden Putz von merkwürdig gestickten Hirschhautröcken, Wampumgürteln, rotem und gelbem Ocker und Federn, ihrer Bewaffnung mit Bogen und Pfeilen und Speeren mit Steinspitzen stand, mit Gesichtern voll unveränderlicher Gravität, wie sie selbst die Puritaner nicht erreichen konnten, abgesondert da. Aber selbst diese wilden, bemalten Söhne zeigten nicht den wildesten Teil des Schauspiels. Diese Auszeichnung konnte mit größerm Rechte von einigen Seeleuten, einem Teil der Mannschaft des aus Westindien angekommenen Schiffes, beansprucht werden, die ans Land gekommen waren, um das Treiben des Wahltages mit anzusehen. Es waren rauh blickende Gesellen mit sonnverbrannten Gesichtern und ungeheuern Bärten. Ihre weiten, kurzen Beinkleider wurden um den Leib von Gürteln zusammengehalten, die oftmals eine

Spange von roh bearbeitetem Gold besaßen und in denen stets ein langes Messer, mitunter auch ein Säbel stak. Unter ihren breitkrempigen Palmblatthüten glimmten Augen, die, selbst wenn sie gutgelaunt und lustig waren, eine tierische Wildheit an sich hatten. Sie übertraten ohne Furcht oder Bedenken die Verhaltungsregeln, welche für alle andern bindend waren, rauchten vor der Nase des Büttels Tabak, obgleich jede Rauchwolke, die ein Bürger ausgestoßen, diesen einen baren Schilling gekostet hätte, und tranken reichliche Quantitäten von Wein oder Aquavit aus Korbflaschen, welche sie der maulaufsperrenden Menge um sie her freigebig darboten. Es charakterisierte die unvollkommene Moralität jenes Zeitalters, welches wir so streng nennen, auffallend, daß den Seefahrern nicht bloß für ihre lustigen Streiche am Lande, sondern auch für weit verzweifeltere Taten auf ihrem eigenen Elemente eine große Nachsicht zuteil wurde. Der Matrose jener Zeit würde, wenn er in der unsern gelebt hätte, schwerlich einer Anklage als Seeräuber entgangen sein. So konnte etwa wenig Zweifel daran bestehen, daß die hier versammelte Schiffsmannschaft, wiewohl durchaus nicht aus abschreckenden Beispielen der seefahrenden Kumpanei zusammengesetzt, sich – wie wir sagen würden – Übergriffe gegen den spanischen Handel zuschulden kommen gelassen hatte, die heutzutage vor einem modernen Gerichtshof ihre Hälse in Gefahr gebracht hätten.

Aber die See wogte und schäumte zu jener Zeit so ziemlich nach ihrem Willen und Belieben oder war nur dem stürmischen Winde unterworfen, während das menschliche Gesetz kaum je einen Versuch machte, dort Regeln einzuführen. Der Bukanier des Ozeans konnte seinen Beruf aufgeben und sofort, wenn es ihm beliebte, am Lande ein Mann von Rechtschaffenheit und Frömmigkeit werden. Ja selbst mitten in seinem unbekümmerten Leben galt er nicht für eine Person, mit der es unreputierlich gewesen wäre, Handel zu treiben oder, wie es die Gelegenheit bot, zu verkehren. So lächelten die puritanischen Ältesten in ihren schwarzen Mänteln, gestärkten Manschetten und spitzigen Hüten nicht ohne Wohlwollen zu dem Lärm und rauhen Benehmen jener lustigen Seefahrer, und es erregte weder Überraschung noch Unwillen, als selbst ein so geachteter Bürger wie der alte Roger Chillingworth, der Arzt, in ein eifriges und vertrautes Gespräch mit dem Kapitän des zweideutigen Schiffes auf den Marktplatz trat.

Der Kapitän war, was die Kleidung betraf, bei weitem die auffallendste Gestalt, welche man unter der Menge erblickte. Er trug an seinem Rock einen Überfluß von Bändern und an seinem Hute, der überdies mit einer goldenen Kette umschlungen war und auf dem eine wallende Feder steckte, eine breite goldene Tresse. An der Seite hatte er einen Degen, und auf der Stirn erblickte man eine Narbe von einem Schwerthieb, die er, nach der Anordnung der Haare zu schließen, eher zu zeigen als zu verbergen bemüht war. Ein Landbewohner hätte schwerlich diese Kleidung tragen und dieses Gesicht besitzen und dabei eine solche renommistische Miene zeigen können, ohne vor einer Magistratsperson ein strenges Verhör bestehen und vielleicht eine Geld- oder Kerkerstrafe oder wohl gar eine Ausstellung am Pranger erleiden zu müssen. Bei dem Schiffskapitän wurde jedoch alles dies als zu seinem Charakter gehörig betrachtet, so wie zum Fisch seine glitzernden Schuppen gehören.

Nachdem sich der Befehlshaber des Bristoler Schiffes von dem Arzte getrennt hatte, schlenderte er auf dem Marktplatze umher, bis er zufällig an die Stelle kam, wo Esther Prynne stand, diese zu erkennen schien und ohne weiteres anredete. Wie gewöhnlich hatte sich da, wo Esther stand, ein kleiner leerer Raum, eine Art von Zauberkreis um sie gebildet, in welchen sich, obwohl die Menschen einander in geringer Entfernung hin und her stießen, niemand wagte oder zu drängen versuchte. Es war ein eindrucksvolles Sinnbild von der moralischen Einsamkeit, in welche der Scharlachbuchstabe seine Trägerin, teils durch ihre eigene Zurückhaltung, teils durch das instinktmäßige, wenn auch nicht mehr unfreundliche Zurückziehen ihrer Mitmenschen versetzt hatte. Jetzt war ihr dies zum ersten Male von Nutzen, indem es Esther ermöglichte, ohne Gefahr des Behorchtwerdens mit dem Seemann zu sprechen, und in den Augen der Menge war Esther Prynnes Ruf so verändert, daß selbst die durch strengste Moralität ausgezeichnete Matrone der Stadt durch ein solches Gespräch nicht in geringerer Gefahr vor übler Nachrede gewesen sein würde als sie.

»Nun, Frau«, sagte der Seemann, »ich muß meinem Aufwärter also den Auftrag geben, noch einen Verschlag mehr bereitzuhalten, als Ihr ausgemacht hattet. Bei dieser Reise brauchen wir uns vor Skorbut und Schiffsfieber nicht zu fürchten. Der Schiffswundarzt und dieser andere Doktor werden mit ihren Mixturen und Pillen unsere einzige Gefahr sein, um so mehr, als ich eine Menge von Apothekerzeug an Bord habe, das ich einem spanischen Schiffe abgehandelt.«

»Was meint Ihr?« fragte Esther erschrockener, als sie wahrnehmen ließ. »Habt Ihr noch einen Passagier?«

»Wißt Ihr nicht«, rief der Schiffskapitän, »daß der Arzt hier – Chillingworth nennt er sich – die Absicht hat, mit Euch meine Kajütenkost zu versuchen? Ihr müßt es ja gewußt haben, denn er sagte mir, daß er zu Eurer Gesellschaft gehöre und ein vertrauter Freund des Herrn sei, von dem Ihr gesprochen habt –, desjenigen, der in Gefahr vor den sauertöpfischen alten Puritanern hier schwebt.«

»Sie kennen einander allerdings gut«, antwortete Esther mit ruhiger Miene, wiewohl in höchster Bestürzung, »sie haben lange zusammen gewohnt.«

Es wurde zwischen dem Seemann und Esther Prynne kein weiteres Wort gewechselt, aber in jenem Augenblicke sah sie den alten Roger Chillingworth selbst in der entferntesten Ecke des Marktplatzes stehen und ihr über den breiten wimmelnden Platz und das Gespräch und Gelächter und die verschiedenartigen Gedanken, Stimmungen und Interessen der Menge hinweg ein Lächeln von geheimer, furchtbarer Bedeutung zuwerfen.

XXII
Der Aufzug

Ehe Esther Prynne ihre Gedanken zu sammeln und zu überlegen vermochte, was sich in dieser neuen und unerwarteten Lage der Dinge tun lasse, hörte man den Klang der Militärmusik aus einer nahen Straße herankommen. Er bezeichnete das Näherrücken des Aufzuges der Amtspersonen und Bürger auf ihrem Wege nach dem Versammlungshause, wo einem schon früh eingeführten und seither stets beachteten Brauche gemäß der ehrwürdige Herr Dimmesdale die Wahlpredigt halten sollte.

Bald darauf bog die Spitze der Prozession mit langsamem stattlichem Schritt um eine Ecke und bewegte sich quer über den Marktplatz. Zuerst kam die Musik. Sie umfaßte eine Menge verschiedenartiger Instrumente, die vielleicht wohl nur unvollkommen zueinander paßten und mit eben nicht großer Geschicklichkeit gespielt wurden, aber doch den Hauptzweck erreichten, zu welchem sich die Harmonie der Trommel und Trompete an die Menge wendet, dem vor dem Auge vorübergehenden Schauspiele ein erhabeneres und heroischeres Aussehen zu verleihen. Anfangs klatschte Perlchen in die Hände, verlor aber dann für einen Augenblick die rastlose Aufregung, welche sie den Morgen über in beständiger Bewegung gehalten hatte, blickte schweigend darauf hin und schien gleich einem schwimmenden Seevogel auf den langen Wellen der Töne dahingetragen zu werden. Der Schimmer des Sonnenscheines auf den Waffen und der Rüstung der hinter der Musik marschierenden und die Ehrenbegleitung des Zuges bildenden Soldatenkompanie brachte sie indes wieder zu ihrer alten Laune zurück. Diese Truppe von Soldaten, welche immer noch Teil unseres Vereinswesens ist und mit altehrwürdigem Ruhm aus den vergangenen Jahrhunderten in unsere Zeit marschiert ist, bestand nicht aus käuflichem Material. Ihre Reihen rekrutierten sich aus Männern von Stand, welche von martialischem Treiben begeistert waren und eine Art von Waffenkollegium zu errichten suchten, wo sie wie in einem Ritterorden die Wissenschaft und, soweit es eine friedliche Übung gestattete, auch die Praxis des Krieges lernen wollten. Die hohe Achtung, in welcher damals der militärische Charakter stand, war in der stolzen Haltung jedes einzelnen Mitgliedes dieser Kompanie zu erkennen. Einige hatten überdies durch ihre Dienste in den Niederlanden und auf anderen europäischen Schlachtfeldern ihr Recht auf den Namen und den Pomp des Soldatentums erworben. Der ganze in polierten Stahl gekleidete Zug, mit seinen über die glänzenden Helme nickenden Federn, machte einen prächtigen Eindruck, dem keine moderne Schaustellung nahekommen kann.

Und doch verdienten die Männer von Auszeichnung im Zivilfache, welche unmittelbar hinter der militärischen Eskorte kamen, eher die Berücksichtigung eines nachdenkenden Beobachters. Selbst in ihrem äußeren Benehmen ließen sie eine Majestät erkennen, welche den hochmütigen Schritt des Kriegers gemein, wo nicht abgeschmackt erscheinen ließ. Es war eine Zeit, als das, was man jetzt als Talent bezeichnet, weit weniger Beachtung fand als heute, die massiven Materialien, welche Stabilität und Würde des Charakters erzeugen, dagegen bedeutend mehr. Das Volk besaß durch erbliches Recht noch die Fähigkeit der Ehrerbietung, welche, wenn überhaupt noch bei seinen Nachkommen vorhanden, heute in geringerem Maße existiert und bei der Auswahl der Schätzung öffentlicher Männer mit sehr verminderter Kraft wirkt.

Die Veränderung mag nun zum Guten oder Bösen sein und ist zum Teil wahrscheinlich beides. Zu jenen alten Zeiten, da der englische Ansiedler der rauhen amerikanischen Küsten König, Adel und alle Rangstufen hinter sich gelassen, aber die Fähigkeit und Notwendigkeit der Ehrerbietung noch in starkem Maße bewahrt hatte, übertrug er sie auf das weiße Haar und ehrwürdige Antlitz des Alters, auf lange geprüfte Rechtschaffenheit, auf solide Weisheit und ehrfurchtgebietende Erfahrung, auf Gaben der ernsten und gewichtigen Art, welche die Idee der Dauer erzeugt und mit dem allgemeinen Ausdruck der Respektabilität bezeichnet wird. Diese Staatsmänner der ersten Stunde – Bradstreet, Endicott, Dudley, Bellingham und ihresgleichen –, die durch die Wahl des Volkes zur Macht erhoben wurden, scheinen daher nicht glänzende Talente besessen, sondern mehr durch eine gewichtige Nüchternheit als durch Tätigkeit des Verstandes sich ausgezeichnet zu haben. Sie besaßen Standhaftigkeit und Selbstvertrauen und erhoben sich für das Wohl das Staates in Zeiten der Schwierigkeit oder Gefahr wie eine sich gegen die stürmische See anstemmende Klippenreihe. Diese Charakterzüge wurden durch die massigen Gesichter und die starke physische Entwicklung der neuen kolonialen Obrigkeit gut dargestellt. Was ein Benehmen voll natürlicher Würde betraf, hätte sich das Mutterland nicht zu schämen brauchen, diese ersten Männer einer verwirklichten Demokratie in das Haus der Pairs oder den Staatsrat des Souveräns aufzunehmen.

Zunächst hinter der Magistratsperson kam der junge, ausgezeichnete Geistliche, von dessen Lippen man die religiöse Ansprache des Jahrestages erwartete. Sein Stand war zu jener Periode derjenige, in welchem sich weit mehr intellektuelle Befähigung zeigte als im politischen Leben, denn er bot – von höheren Beweggründen ganz abgesehen – durch die fast anbetende Ehrfurcht der Gemeinde Beweggründe genug, um selbst den kühnsten Ehrgeiz für seinen Dienst zu gewinnen. Selbst politische Macht – wie im Falle von Increase Mather – lag im Bereich eines angesehenen Priesters.

Die, welche jetzt den Pastor Dimmesdale erblickten, machten die Feststellung, daß er, seit er seinen Fuß zum ersten Male auf die Küste von Neu-England gesetzt, nie solche Energie in Gang und Miene gezeigt hatte wie jetzt, da er in dem Zuge einherschritt. Man bemerkte keine Schwäche des Ganges wie zu andern Zeiten; sein Körper war nicht gebeugt, seine Hand ruhte nicht auf seinem Herzen. Wenn man aber den Geistlichen recht betrachtete, so zeigte es sich, daß seine Kraft nicht die des Körpers war. Vielleicht war sie geistlicher Art und ihm durch dienende Engel erteilt, vielleicht bestand sie in der Anregung durch jenes mächtige Stärkungsmittel, welches nur in der Schmelzofenglut ernsten und lange anhaltenden Denkens destilliert wird; vielleicht wurde auch sein reizbares Temperament von der lauten durchdringenden Musik gekräftigt, die zum Himmel emporstieg und ihn auf ihre Wogen hob. So zerstreut war jedoch sein Blick, daß sich bezweifeln ließ, ob Dimmesdale überhaupt die Musik hörte. Sein Körper bewegte sich mit ungewohnter Kraft vorwärts. Aber wo war sein Geist? Fern und tief in seinen eigenen Regionen und mit übernatürlicher Tätigkeit geschäftig, einen Zug von majestätischeren Gedanken zu ordnen, welche bald ans Licht treten sollten. Und so sah und hörte und wußte er nichts von dem was um ihn vorging, aber das geistige Element nahm den schwachen Körper und trug ihn, ohne die Last zu merken, dahin und machte ihn zu einem Teil seiner selbst.

Männer von ungewöhnlichen Verstandeskräften, welche krankhaft geworden sind, besitzen diese Fähigkeit gelegentlicher, mächtiger Anstrengungen, in welche sie das Leben vieler Tage werfen und dann ebenso viele andere hindurch leblos sind.

Esther Prynne blickte den Geistlichen unverwandt an und fühlte, daß über sie ein Trübes kam. Woher und weshalb wußte sie jedoch nicht, außer daß jener von ihrem eigenen Kreise so entfernt und so gänzlich außer ihrem Bereich zu sein schien. Sie hatte sich vorgestellt, daß doch wenigstens ein Blick des Erkennens zwischen ihnen gewechselt werden müsse. Sie dachte an den dunkeln Wald mit seinem Tälchen voller Einsamkeit und Liebe und Pein und den bemoosten Baumstamm, wo sie Hand in Hand sitzend neben dem melancholischen Murmeln des Baches ihr trauriges und leidenschaftliches Gespräch hatten. Wie genau hatten sie sich dort gekannt! Und war dies der Mann? Sie erkannte ihn kaum wieder. Ihn, der so stolz, gewissermaßen von der rauschenden Musik umhüllt, mit dem Zuge majestätischer und ehrwürdiger Väter vorüberschritt; ihn, der in seiner weltlichen Stellung und mehr noch in dem fernen Reiche seiner teilnahmslosen Gedanken, durch welche sie ihn jetzt erblickte, so unerreichbar war. Ihr Mut sank in dem Gedanken, daß alles ein Blendwerk gewesen sein müsse und daß, so lebhaft sie auch geträumt, kein wahres Band zwischen dem Geistlichen und ihr bestehen könne. Und Esther hatte so viel Weibliches an sich, daß sie ihm kaum verzeihen konnte – am wenigsten aber jetzt, da der schwere Schritt ihres Schicksals zu hören war, wie er näher, näher, näher rückte. Daß er sich so vollkommen aus ihrer beiderseitigen Welt zurückziehen konnte, während sie im Finstern tastete und ihre kalten Hände ausstreckte und ihn nicht fand.

Perle sah und teilte entweder die Gefühle ihrer Mutter oder fühlte selbst die Ferne und Unfaßbarkeit, welche sich um den Prediger gelegt hatte. Während der Aufzug vorüber ging, war das Kind unruhig und flatterte auf und ab wie ein Vogel, der im Begriff steht emporzufliegen.

Als alles vorbei war, blickte sie in Esthers Gesicht auf.

»Mutter«, sagte sie, »war das derselbe Mann, der mich am Bache küßte?«

»Sei ruhig, liebes Perlchen«, flüsterte ihre Mutter, »wir dürfen auf dem Marktplatze nicht immer von dem sprechen, was uns im Walde begegnet.«

»Er sah so fremd aus, daß ich nicht gewiß war, ob er es sei«, fuhr das Kind fort; »ich wäre sonst zu ihm hingelaufen und hätte ihn gebeten, mich vor aller Welt zu küssen, wie er dort unter den finstern alten Bäumen tat. Was würde der Prediger gesagt haben, Mutter? Würde er die Hand auf das Herz gelegt und mich finster angeblickt und mir befohlen haben zu gehen?«

»Was sollte er sagen, Perle«, antwortete Esther, »außer daß es keine Zeit zum Küssen sei und daß auf dem Marktplatz keine Küsse gegeben würden? Gut für dich, törichtes Kind, daß du ihn nicht anredetest.«

Eine andere Schattierung desselben Gefühles in bezug auf Dimmesdale wurde von einer Person ausgedrückt, welche ihre Exzentrizität – oder ihr Wahnsinn, wie wir es jetzt nennen würden – bewog, das zu tun, was wenige von den Bewohnern der Stadt gewagt haben würden: ein öffentliches Gespräch mit der Trägerin des Scharlachbuchstabens zu beginnen. Es war die alte Hibbins, die prächtig gekleidet mit einer dreifachen Krause, einem gestickten Mieder, einem schweren Sammetkleide und einem goldbeknopften Stocke ausgegangen war, um den Aufzug zu sehen. Da diese alte Dame in dem Rufe stand – welcher sie später einen nicht geringeren Preis als ihr Leben kostete –, eine Hauptrolle in allen den Werken der Zauberei zu spielen, welche beständig vorkommen, machte ihr die Menge Platz und schien die Berührung ihres Gewandes zu fürchten, als trage es die Pest in seinen schweren Falten. Als man sie in Gesellschaft Esther Prynnes erblickte, verdoppelte sich, so freundlich auch das Gefühl war, welches jetzt viele gegen Esther hegten, die durch die Hibbins eingeflößte Furcht und verursachte eine allgemeine Entfernung von dem Teile des Marktplatzes, wo die beiden Frauen standen.

»Wer hätte es denken sollen!« flüsterte die alte Dame Esther vertraulich zu; »jener göttliche Mann, jener Heilige auf Erden, wie ihn die Leute nennen und wie – das muß ich schon sagen – er auch wirklich aussieht! Wer, der ihn in dem Zuge vorübergehen sah, hätte gedacht, vor wie kurzem er noch aus seinem Studierzimmer ging, wobei er sicher einen hebräischen Bibelspruch kaute, um im Walde Luft zu schöpfen. Ah, wir wissen, was das zu bedeuten hat, Esther Prynne! Es wird mir aber wahrhaft schwer zu glauben, daß er derselbe Mann ist. Ich habe gar manches Gemeindemitglied hinter der Musik gesehen, das mit mir in der gleichen Figur getanzt hat, als ein gewisser Jemand aufspielte und vielleicht ein indianischer Pauwau oder ein lappländischer Hexenmeister mit uns herumsprang. Das ist nur eine Kleinigkeit, wenn man als Frau die Welt kennt, aber dieser Prediger! Weißt du gewiß, Esther, daß er derselbe Mann ist, der dir auf dem Waldpfade begegnete?«

»Madame, ich weiß nicht, wovon Ihr sprecht«, antwortete Esther Prynne, welche fühlte, daß Frau Hibbins labilen Geistes war, aber doch durch die Zuversicht, womit sie sich auf eine persönliche Verbindung zwischen so vielen Personen und dem Bösen berief, seltsam erschreckt und verschüchtert wurde. »Es ziemt mir nicht, leichtfertig von einem gelehrten und frommen Prediger des Worts, wie der ehrwürdige Herr Dimmesdale, zu sprechen.«

»Pfui, pfui, Weib!« rief die alte Dame, indem sie ihren Finger gegen Esther schüttelte. »Denkst du, daß ich so viele Male im Walde gewesen bin, ohne beurteilen zu können, wer sonst noch dort gewesen ist? Wahrlich, auch wenn kein

Blatt von den Girlanden, die sie beim Tanzen trugen, mehr in ihrem Haare ist! Ich kenne dich, Esther, denn ich erblikke das Zeichen. Wir können es alle im Sonnenschein sehen und im Finstern glüht es wie eine rote Flamme. Du trägst es offen, wir brauchen also nicht weiter davon zu sprechen. Aber der Prediger! Ich will dir etwas in das Ohr flüstern. Wenn der schwarze Mann sieht, daß einer von seinen gezeichneten und besiegelten Dienern zu scheu ist, sich zu dem Bunde zu bekennen, wie Ehrwürden Dimmesdale, so weiß er es so einzurichten, daß das Zeichen den Augen der Welt am hellen Tage offenbart wird. Was ist es, das der Prediger beständig mit auf das Herz gelegter Hand zu verbergen sucht? Sag mir das, Esther Prynne!«

»Was ist es, gute Frau Hibbins?« fragte Perlchen begierig. »Hast du es gesehen?«

»Kümmere dich nicht darum, mein Herzchen«, antwortete Frau Hibbins mit einer tiefen Verbeugung gegen Perle. »Du wirst es selbst noch einmal sehen. Man sagt, Kind, daß du von dem Fürsten der Luft abstammst. Willst du einmal, wenn es eine schöne Nacht ist, mit mir reiten und deinen Vater besuchen? Dann wirst du erfahren, weshalb der Prediger seine Hand auf das Herz hält.«

Mit einem Lachen, das man über den ganzen Marktplatz hören konnte, entfernte sich die grausliche alte Dame.

Jetzt war in dem Versammlungshause das einleitende Gebet vorüber, und man vernahm die Stimme Dimmesdales, welcher die Wahlpredigt begann. Esther wurde durch ein unwiderstehliches Gefühl festgehalten. Da das ehrwürdige Gebäude zu sehr von Menschen angefüllt war, um weitere Zuhörer aufzunehmen, stellte sie sich dicht neben dem Gerüste des Prangers auf. Es war nahe genug, um die ganze Predigt in Gestalt eines undeutlichen, aber wechselvollen Murmelns, der eigentümlichen Stimme des Predigers, zu ihren Ohren zu bringen.

Dieses Organ war an sich schon eine reiche Begabung,

so daß ein Zuhörer, selbst wenn er nichts von der Sprache verstand, in welcher der Prediger redete, doch durch den bloßen Fall und Ausdruck des Tones bewegt werden mußte. Wie jede andere Musik atmete er in einer dem menschlichen Herzen, wo es auch erzogen sein mochte, angeborenen Zunge Leidenschaft und Pathos, Hohn oder zarte Empfindungen. So sehr auch der Ton auf seinem Wege durch die Kirchenmauern gedämpft wurde, lauschte Esther Prynne doch mit solcher Aufmerksamkeit und nahm so starken Teil daran, daß die ganze Predigt von Anfang bis zu Ende eine von ihren unverständlichen Worten völlig gesonderte Bedeutung für sie besaß. Wenn sie die Worte deutlicher gehört hätte, so würden sie vielleicht ein gröberes Vehikel des Verständnisses gewesen sein und die geistige Bedeutung eher gehemmt haben. Jetzt vernahm sie den leisen Unterton, als ob der Wind zur Ruhe gehe, er stieg dann an und erhob sich durch allmähliche Abstufung voller Lieblichkeit und Gewalt, bis sein Volumen sie mit einer Atmosphäre von feierlicher Großartigkeit zu umhüllen schien. So majestätisch die Stimme zuweilen wurde, besaß sie doch stets einen wesentlich klagenden Charakter, einen lauten oder leisen Ausdruck der Pein, das Flüstern, oder wenn man es so nennen wollte, den Schrei der leidenden Menschheit, welcher in jeder Brust eine gleichgestimmte Saite in Bewegung setzt. Mitunter war dieser tief rührende Ton alles, was sich vernehmen ließ, und auch dies nur mit Mühe, und schien seufzend in einer öden Stille zu verklingen. Aber selbst wenn die Stimme des Predigers laut und gebietend wurde, wenn sie unwiderstehlich emporquoll, wenn sie den äußersten Umfang und die höchste Gewalt annahm und die Kirche so überflutete, daß sie sich einen Weg durch die festen Mauern bahnte und in der freien Luft ausbreitete, selbst dann konnte der aufmerksame Zuhörer, wenn er darauf achtete, denselben Schmerzensschrei darin entdecken. Was war es? Die Klage eines schmerzbeladenen, vielleicht sündigen Menschenherzens, welches sein Geheimnis der Sünde oder des Kummers dem großen Herzen der Menschheit offenbarte und in jedem Augenblicke, in jedem Tone, und nie vergebens, um dessen Teilnahme oder Verzeihung flehte. Dieser tiefe, fortwährend anhaltende Unterton war es, der dem Geistlichen seine eigentliche Macht verlieh.

Die ganze Zeit über stand Esther statuengleich am Fuße des Prangers. Hätte die Stimme des Geistlichen sie nicht dort festgehalten, so würde dessenungeachtet ein unwiderstehlicher Magnetismus in der Stelle gewesen sein, von welcher sie die erste Stunde ihres Lebens der Schmach datierte. Sie hatte eine Empfindung, zu undeutlich umgrenzt, um für einen Gedanken zu gelten, die aber schwer auf ihrem Geiste lastete, daß ihr ganzes früheres wie späteres Leben mit dieser Stelle als dem Punkte, welcher ihm Einheit verlieh, verknüpft sei.

Perlchen hatte unterdessen die Seite ihrer Mutter verlassen und spielte nach ihrem Belieben bald hier, bald dort auf dem Marktplatz. Sie machte durch ihren kometenartigen Glanz die dunkle Menge heiter, wie ein buntgefiederter Vogel einen ganzen düsterbelaubten Baum dadurch erhellt, daß er halb sichtbar und halb versteckt in der Dämmerung des dichten Laubes hin und her schießt. Sie hatte eine wellenförmige, zuweilen aber auch eine eckige und unregelmäßige Bewegung an sich. Sie verkündete die rastlose Lebhaftigkeit ihres Geistes, welcher heute dadurch doppelt unermüdlich in seinem Spitzentanz wurde, daß die Unruhe ihrer Mutter darauf spielte und ihn in vibrierende Bewegung setzte. Wenn Perle etwas sah, wodurch ihre stets lebendige, umherschweifende Neugier erregt wurde, so flog sie darauf zu und bemächtigte sich sozusagen des Menschen oder Dinges, soweit sie es wünschte, als ihres Eigentums, ohne aber auch nur den geringsten Grad von Herrschaft über ihre Bewegungen zu gestatten. Die Puritaner blickten ihr nach und waren, wenn sie auch lächelten, doch nichtsdestoweniger geneigt, das Kind für einen Dämonensprößling zu erklären, so unbeschreiblich war der Zauber der Schönheit und Exzentrizität, welcher ihre kleine Gestalt durchleuchtete und in ihrer Lebhaftigkeit funkelte. Sie lief auf den wilden Indianer zu und blickte ihm ins Gesicht, und er erkannte in ihr eine wildere Natur als seine eigene. Dann flog sie mit angeborener Dreistigkeit, dabei aber mit einer ebenso charakteristischen Zurückhaltung mitten in eine Gruppe von Seeleuten – den dunkelwangigen Wilden des Ozeans, wie die Indianer die des Landes waren –, und sie schauten verwundert und voller Bewunderung auf Perle, als ob die Schaumflocke des Meeres die Gestalt eines kleinen Mädchens angenommen habe und mit einer Seele von dem Seeufer begabt sei, welches bei Nacht unter dem Bug aufblitzt.

Der Schiffskapitän, der mit Esther Prynne gesprochen hatte, war von Perlens Anblick so angetan, daß er den Versuch machte, sie zu packen, um ihr einen Kuß zu rauben. Da er es jedoch ebenso unmöglich fand, sie zu erfassen, wie einen Kolibri in der Luft zu fangen, so nahm er die um seinen Hut geschlungene Kette von diesem ab und warf sie dem Kinde zu. Perle schlang sie augenblicklich mit so glücklicher Geschicklichkeit um ihren Hals und Leib, daß sie, einmal dort gesehen, zu einem Teile von ihr wurde und man sie sich kaum noch ohne diese vorstellen konnte.

»Deine Mutter ist jenes Weib dort mit dem scharlachroten Buchstaben?« sagte der Seemann. »Willst du ihr von mir eine Botschaft überbringen?«

»Gern, wenn mir der Auftrag gefällt«, antwortete Perle.

»So sag ihr«, entgegnete er, »daß ich wieder mit dem griesgrämigen, verwachsenen alten Doktor gesprochen habe und daß er versprochen hat, seinen Freund, den Herrn, von dem sie weiß, an Bord mitzubringen. Deine Mutter soll sich also um nichts weiter als um sich und dich kümmern. Willst du ihr das sagen, du kleine Hexe?«

»Frau Hibbins sagt, mein Vater sei der Fürst der Luft«, rief Perle mit ihrem schelmischen Lächeln. »Wenn du mich bei dem garstigen Namen rufst, so werde ich es ihm sagen, und er wird dein Schiff mit einem Sturme verfolgen.«

Das Kind lief im Zickzack über den Marktplatz, kehrte zu seiner Mutter zurück und teilte ihr das, was der Seemann gesagt hatte, mit. Esthers kräftiger, ruhiger, standhaft duldender Geist wurde fast gänzlich zu Boden gedrückt, als sie das finstere, grausige Antlitz eines unvermeidlichen Schicksals bemerkte, welches sich gerade in dem Augenblicke, wo sich für den Prediger und sie ein Ausweg aus ihrem Labyrinthe des Elends zu zeigen schien, mit einem unbarmherzigen Lächeln mitten auf ihren Pfad stellte.

Während ihr Geist von der entsetzlichen Not gepeinigt wurde, in welche sie die Nachricht des Schiffskapitäns versetzt hatte, mußte sie sich noch einer andern Prüfung unterwerfen. Es waren viele Leute aus dem umliegenden Lande zugegen, die oft von dem Scharlachbuchstaben gehört und denen er durch Hunderte von falschen oder übertriebenen Gerüchten zu einem Schreckbilde gemacht worden war, die ihn aber noch nie mit ihren leiblichen Augen erblickt hatten. Nachdem diese alle übrigen Belustigungen erschöpft, stellten sie sich jetzt mit roher, bäuerischer Zudringlichkeit um Esther Prynne auf. Unverfroren wie diese waren, kamen sie doch nicht näher als bis zu einem Umkreis von einigen Metern heran. In dieser Entfernung blieben sie stehen, fixiert von der zentrifugalen Kraft des Abstoßes, die das mystische Symbol ausstrahlte. Auch die Matrosen, die das Zudringen der Zuschauer bemerkt und die Bedeutung des Scharlachbuchstabens erfahren hatten, kamen und steckten ihre sonnenverbrannten Räubergesichter in den Kreis. Selbst die Indianer wurden von einem gewissen kalten Schatten der Neugier des weißen Mannes ergriffen, glitten durch die Menge und hefteten ihre schwarzen Schlangenaugen auf Esthers Busen, indem sie vielleicht glaubten, daß die Trägerin dieses glänzend gestickten Zeichens eine Person von hoher Wichtigkeit unter ihrem Volke sein müsse. Endlich kamen die Bewohner der Stadt, deren eignes Interesse an dem abgenutzten Gegenstande sich durch die Teilnahme an dem, was sie andere fühlen sahen, allmählich wieder belebte, müßig in dieselbe Gegend geschlendert und quälten Esther vielleicht mehr als alle übrigen durch ihren kaltblütigen, vertraulichen Blick auf das ihnen längst bekannte Zeichen der Schmach. Esther sah und erkannte die Gesichter der Gruppe von Matronen, welche sie vor sieben Jahren beim Herauskommen aus der Gefängnistür erwartet hatten. Sie waren alle hier bis auf eine, die jüngste und einzig mitleidige von ihnen, deren Leichenkleid sie seitdem gefertigt hatte. In der letzten Stunde, wo sie den glühenden Buchstaben alsbald beiseite werfen sollte, war er seltsamerweise zum Mittelpunkte einer noch aufmerksameren Betrachtung und Aufregung geworden und brannte sich so peinvoller als zu jeder Zeit, seit jenem ersten Tage, als sie ihn anlegte, in ihre Brust ein.

Während Esther in jenem Zauberkreise der Schmach stand, in welchen sie die ausgeklügelte Grausamkeit ihres Urteilsspruches für immer gebannt zu haben schien, blickte der treffliche Prediger von der geweihten Kanzel auf eine Gemeinde herab, deren Innerstes völlig von seinen Worten beherrscht wurde. Der einem Heiligen gleiche Priester in der Kirche, das Weib mit dem Scharlachbuchstaben auf dem Marktplatze – welche Phantasie würde unehrerbietig genug gewesen sein, zu vermuten, daß auf beiden das gleiche versengende Brandmal haftete?

XXIII
Die Offenbarung des scharlachroten Buchstabens

Die beredte Stimme, auf welcher die Seelen der lauschen-
den Gemeinde himmelwärts getragen worden waren wie
auf den schwellenden Wogen der See, verstummte endlich.
Es trat eine tiefe Stille ein, wie sie den Aussprüchen von
Orakeln folgen sollte; dann kam ein Murmeln und halber-
sticktes Geräusch, als ob die von dem mächtigen Zauber,
welcher sie in die Region des Geistes eines andern getragen, erlösten Zuhörer mit noch auf ihnen lastender Bewunderung und Ehrfurcht in sich zurückkehrten. Einen
Augenblick darauf begann die Menge aus den Kirchentüren
zu strömen. Jetzt, wo die Predigt zu Ende war, bedurften
sie eines andern zur Beförderung des groben irdischen
Lebens, in welches sie zurücksanken, passenderen Atems als
der Atmosphäre, welche der Prediger in Flammenworte
verwandelt und mit seinen reichen Gedanken erfüllt hatte.

Sobald sie im Freien ankamen, machte sich ihr Entzük-
ken in Worten Luft. Beifall für den Prediger war das Geräusch der Straße und des Marktplatzes, von einem Ende
zum andern. Seine Zuhörer ruhten nicht eher, als bis jeder
dem andern erzählt hatte, was der eine besser wußte als der
andere. Ihrem vereinten Zeugnis zufolge hatte nie ein
Mensch in so weisem, so hohem und so frommem Geiste
gesprochen wie der, welcher an diesem Tage geredet, und
die himmlische Eingebung hatte nie offenbarer durch sterb-
liche Lippen gehaucht als durch die seinen. Man hatte
sehen können, wie ihr Einfluß sich sozusagen auf ihn
niederließ und sich seiner bemächtigte und ihn beständig
über die geschriebene Predigt erhob, die vor ihm lag, und
ihn mit Ideen erfüllte, die für ihn ebenso wunderbar gewesen sein mußten wie für seine Gemeinde. Sein Gegenstand, so erschien es, war das Verhältnis zwischen der Gott-
heit und den menschlichen Gemeinschaften mit besonderer

Beziehung auf das Neu-England gewesen, welches sie hier in der Wildnis gründeten. Als er sich dem Ende näherte, war ein prophetischer Geist auf ihn herabgestiegen und hatte ihn so mächtig wie einst die alten Propheten von Israel zu seinen Zwecken gezwungen, nur mit dem Unterschiede, daß die jüdischen Seher Strafen Gottes und Verderben für ihr Vaterland verkündet hatten, während es seine Sendung gewesen war, für das neu zusammengetretene Volk des Herrn eine hohe herrliche Bestimmung zu weissagen. Bei alledem war aber doch die ganze Predigt von einem traurigen Unterton des Leidens durchzogen worden, welcher nicht anders als der natürliche Schmerz eines seinem Ende Nahen ausgelegt werden konnte. Ja, ihr Prediger, den sie so sehr liebten und der sie alle so lieb hatte, daß er nicht ohne einen Seufzer himmelwärts gehen konnte, er hatte eine Ahnung seines frühzeitigen Todes und wollte sie bald in Tränen zurücklassen! Diese Idee von seinem kurzen Verweilen auf Erden gab der Wirkung, welche der Prediger hervorgebracht hatte, den besonderen Nachdruck; es war, als ob ein Engel auf seinem Fluge zum Himmel hin einen Augenblick seine leuchtenden Flügel über dem Volke geschüttelt und – zugleich ein Schatten und ein Glanz – einen Regen voll goldener Wahrheiten auf es herabgesendet habe.

So war bei Dimmesdale – wie bei den meisten Menschen in ihren verschiedenen Wirkungskreisen, obwohl sie es selten eher erkennen, als bis sie es weit hinter sich sehen – eine glänzendere und triumphreichere Lebensepoche eingetreten als irgendeine frühere oder irgendeine später mögliche. Er stand in diesem Augenblicke auf der stolzesten Höhe, zu welcher die Gaben des Verstandes, eine umfassende Gelehrsamkeit, hervorragende Beredsamkeit und ein Ruf der makellosesten Frömmigkeit in den ersten Tagen von Neu-England erheben konnten, wo die Eigenschaft eines Geistlichen an sich schon hohe Auszeichnung verlieh.

Dies war die Stellung, die der Prediger einnahm, als er am Schlusse seiner Wahlpredigt das Haupt auf die Kissen der Kanzel niederbeugte. Unterdessen stand Esther neben dem Gerüste des Prangers, und auf ihrer Brust brannte der scharlachne Buchstabe immer noch.

Von neuem hörte man das Schmettern der Musik und den gemessenen Tritt der aus der Kirchtür kommenden militärischen Eskorte. Der Zug sollte von hier nach dem Stadthause gehen und dort ein Bankett die Feierlichkeiten des Tages beschließen.

Zum zweiten Male sah man also den Zug der ehrwürdigen und majestätischen Väter durch eine breite Gasse des Volkes schreiten, das sich auf beiden Seiten ehrerbietig zurückzog, als der Gouverneur und die Magistratspersonen, die Alten und Weisen, die frommen Priester und alle, die auf Auszeichnung und Berühmtheit Anspruch machten, sich ihm näherten. Als sie sämtlich auf den Marktplatz gelangt waren, wurden sie von einem lauten Ruf begrüßt. Dieses mochte zwar durch den kindlichen Gehorsam und die Zuneigung, welche jene Zeiten ihren Herrschern zuteil werden ließen, verstärkt werden, aber man fühlte, daß es ein unwiderstehlicher Ausbruch des Enthusiasmus war, welchen die noch in den Ohren der Gemeinde widerhallende hohe Beredsamkeit bei ihr entzündet hatte. Ein jeder fühlte den Antrieb in sich selbst und teilte ihn in demselben Atemzuge seinem Nachbarn mit. Innerhalb der Kirche war er nur mit Mühe zurückgehalten worden, unter freiem Himmel donnerte er zum Zenit empor. Es waren Menschen und gleichgestimmtes, hochgespanntes Gefühl genug vorhanden, um den Ton hervorzubringen, welcher eindrucksvoller ist als die Orgelklänge des Sturmwindes oder der Donner oder das Brausen der See – das mächtige Anschwellen vieler Stimmen, welche durch den allgemeinen Impuls, der aus den vielen ebenfalls nur ein einziges hochklopfendes Herz macht, zu einem einzigen Rufe verschmilzt. Nie noch hatte sich auf dem Boden von Neu-England ein solcher Ruf erhoben. Noch nie hatte auf dem Boden von Neu-England ein Mann gestanden, der von seinen sterblichen Brüdern so geehrt worden wäre wie der Prediger.

Und wie war es mit ihm? Strahlte um sein Gesicht nicht ein Heiligenschein? Betraten seine Füße wirklich den Staub der Erde, da er vom Geiste hinweggerissen und von verehrenden Bewunderern so verherrlicht wurde?

Wie die Reihen der Militärs und der Zivilbeamten vorwärts rückten, wendeten sich aller Augen dem Punkte zu, wo man den Geistlichen unter ihnen herankommen sah. Der Lärm verklang zu einem Murmeln, als ihn ein Teil der Menge nach dem andern erblickte. Wie schwach und bleich er mitten in seinem Triumph aussah! Die Energie oder vielmehr die Begeisterung, welche ihn aufrechterhalten hatte, bis er die heilige Botschaft, die ihre eigene Kraft vom Himmel herabbrachte, verkündet, war ihm jetzt, wo sie ihr Amt so getreulich geübt, entzogen worden. Die Glut, die sie soeben erst noch auf seiner Wange gesehen, war erloschen wie eine hoffnungslos unter die verglimmende Asche herabsinkende Flamme. Sein totenbleiches Gesicht schien kaum das Antlitz eines lebenden Menschen zu sein. Es war kaum ein belebter Mensch, der so kraftlos auf seinem Pfade dahinschwankte, aber doch nur schwankte und nicht fiel.

Einer von seinen geistlichen Brüdern, es war der ehrwürdige John Wilson, bemerkte den Zustand, in welchen Dimmesdale von der zurückweichenden Welle der geistigen Spannung und Erregbarkeit versetzt wurde, und trat hastig auf ihn zu, um ihn zu stützen. Der Prediger wies bebend, aber entschieden den Arm des alten Mannes zurück. Er schritt vorwärts, wenn man die Bewegung so nennen konnte, welche eher den schwankenden Versuchen eines Kindes glich, welches die Arme seiner Mutter ausgestreckt sieht, um es vorwärts zu locken. Und jetzt war er während seiner letzten Schritte fast unmerklich dem ihm wohlbekannten, wettergebräunten Gerüste gegenüber angekommen, wo vor langen Jahren, welche ein so trauriger, trüber Zeitraum mit dem heutigen Tage verband, Esther Prynne schmachvoll den Blicken der Welt ausgesetzt worden war. Dort stand Esther mit Perlchen an der Hand. Und auf ihrer Brust glühte der Scharlachbuchstabe. Der Geistliche blieb hier stehen, wiewohl die Musik immer noch den jubelnden Triumphmarsch spielte, nach welchem sich der Zug bewegte. Er rief ihn vorwärts, vorwärts zum Feste – aber hier blieb er stehen.

Bellingham hatte ihn während der letzten Augenblicke mit besorgten Blicken betrachtet. Er verließ jetzt seinen eigenen Platz in dem Zuge und kam auf ihn zu, um ihn zu stützen, da er nach des Predigers Aussehen glaubte, daß dieser sonst unvermeidlich fallen müsse. In dessen Ausdruck lag aber etwas, das den Gouverneur zurückhielt, obgleich er sonst ein Mann war, der den unbestimmten, aus einem Geiste in den andern übergehenden Kundgebungen nicht leicht gehorchte. Die Menge schaute ihm unterdessen mit Ehrfurcht und Verwunderung zu. Diese irdische Schwäche war in ihren Augen nur eine andere Phase der himmlischen Stärke des Geistlichen, und sie würden es bei einem so frommen Manne für kein zu hohes Wunder gehalten haben, wenn er sich vor ihren Augen erhoben hätte, undeutlicher und glänzender werdend, um endlich im Lichte des Himmels aufzugehen.

Er wendete sich zu dem Gerüste und streckte seine beiden Arme aus.

»Esther«, sagte er, »komm hierher! Komm, meine kleine Perle!«

Es war ein gespenstischer Blick, mit welchem er sie betrachtete, aber in ihm lag zugleich etwas Zärtliches und seltsam Triumphierendes. Das Kind flog mit der vogelartigen Bewegung, welche eine von seinen Eigentümlichkeiten war, auf ihn zu und schlang die Arme um seine Knie. Esther Prynne näherte sich ebenfalls, langsam, wie von einem unvermeidlichen Schicksal getrieben und gegen ihren stärksten Willen – blieb aber stehen, ehe sie ihn erreichte. In diesem Augenblicke drängte sich der alte Roger Chillingworth durch die Menge, so finster, verstört und böse war sein Blick, daß man hätte glauben können, er sei aus der Erde aufgestiegen, um sein Opfer von dem, was es im Sinne hatte, zurückzuhalten. Wie dem auch sein möge, der alte Mann stürzte herbei und erfaßte den Prediger am Arme.

»Wahnsinniger! Was wollt Ihr tun?« flüsterte er. »Weist jenes Weib zurück! Stoßt das Kind von Euch. Es wird noch alles gut werden – wollt Ihr Euren Ruf schwärzen und in Unehre untergehen? Noch kann ich Euch retten! Wollt Ihr Schmach über Euren geweihten Stand bringen?«

»Versucher, mir scheint, du kommst zu spät«, sagte leise der Prediger, indem er seinem Blicke furchtsam, aber fest begegnete. »Mit Gottes Hilfe werde ich dir jetzt entgehen! Deine Macht ist nicht mehr, was sie war.«

Von neuem streckte er seine Hand gegen das Weib mit dem Scharlachbuchstaben aus.

»Esther Prynne!« rief er mit durchdringendem Ernst, »im Namen dessen, der so furchtbar und so gnädig ist, der mir in diesem letzten Augenblicke die Kraft verleiht, das zu tun, wovor ich mich zu meiner schweren Sünde und tiefen Qual vor sieben Jahren zurückhielt, komm jetzt hierher und umschlinge mich mit deiner Kraft! Mit deiner Kraft, Esther! Aber lasse sie von dem Willen lenken, welchen uns Gott verliehen hat. Dieser unglückliche, schwer gekränkte alte Mann widerstrebt mit aller seiner Macht, mit aller seiner eigenen und des Erbfeindes Macht. Komm, Esther, komm! Hilf mir jenes Gerüst ersteigen.«

Die Menge war in höchster Aufregung. Die zunächst um den Geistlichen stehenden Männern von Rang und

Würden waren so überrascht und über die Bedeutung dessen, was sie sahen, so verblüfft und ebenso unfähig, die Erklärung, welche sich ihnen zunächst bot, anzunehmen wie sich irgendeine andere vorzustellen, daß sie schweigende und untätige Zuschauer des Gerichts blieben, das die Vorsehung zu üben im Begriff schien. Sie sahen, wie sich der Geistliche, auf Esthers Schultern gelehnt und von ihrem um ihn geschlungenen Arm gestützt, dem Gerüst näherte und dessen Stufen erstieg, während die kleine Hand des in Sünden geborenen Kindes immer noch von der seinen umschlossen wurde. Ihnen folgte der alte Roger Chillingworth, als mit dem Drama von Sünde und Pein eng verbunden und deshalb vollkommen berechtigt, bei der letzten Szene gegenwärtig zu sein.

»Wenn du die ganze Erde durchsucht hättest«, sagte er mit einem düstern Blick auf den Geistlichen, »so würde kein Ort so geheim, keiner so hoch oder niedrig gewesen sein, wo du mir hättest entrinnen können – keiner außer diesem Gerüste!«

»Dank sei Ihm, der mich hierher geleitet hat!« antwortete der Prediger.

Und doch bebte er und wendete sich mit einem Ausdruck des Zweifels und der Besorgnis in seinen Augen, der trotz des schwachen Lächelns auf seinen Lippen um nichts weniger deutlich zu erkennen war, zu Esther.

»Ist dies nicht besser?« flüsterte er, »als das, wovon wir im Walde träumten?«

»Ich weiß es nicht, ich weiß es nicht!« antwortete sie hastig. »Besser! Ja, wenn wir beide sterben und Perlchen mit uns.«

»Für dich und Perle möge es gehen, wie Gott es will!« sagte der Prediger, »nur Gott ist gnädig. Laß mich jetzt dem Willen gehorchen, den er meinen Augen deutlich gemacht hat. Ja, Esther, ich bin ein Sterbender, laß mich also eilen, meine Schande auf mich zu nehmen.«

Halb auf Esther gestützt und eine Hand Perlchens in der seinen haltend, wendete sich Dimmesdale zu den würdevollen, ehrwürdigen Herrschern, zu den frommen Predigern, die seine Amtsbrüder waren, zu dem Volke, dessen großes Herz erschüttert war und von tränenvollem Mitgefühl überströmte, denn es wußte, daß ihm eine in das tiefste Leben schneidende Sache jetzt offenbar werden sollte, die, wenn auch voller Sünde, doch zugleich voller Qual und Reue war. Die erst wenig über ihre Mittagshöhe hinausgekommene Sonne beschien den Geistlichen und beleuchtete seine Gestalt, wie er so von der ganzen Erde gesondert dastand, um sich vor den Gerichtsschranken der ewigen Gerechtigkeit schuldig zu bekennen.

»Volk von Neu-England!« rief er mit einer Stimme, die sich laut, feierlich und majestätisch hob, aber immer von einem Beben erfüllt und zuweilen von einem Schrei durchzuckt wurde, welcher sich aus einer unergründlichen Tiefe der Reue und des Schmerzes emporrang – »Ihr, die ihr mich geliebt, ihr, die ihr mich für einen Heiligen gehalten habt – seht mich hier als den einzigen Sünder der Welt. Endlich! Endlich stehe ich an dem Orte, wo ich vor sieben Jahren hätte stehen sollen. Hier mit diesem Weibe, dessen Arm mich mehr als die geringe Kraft, womit ich mich hierher geschleppt habe, in diesem furchtbaren Augenblick verhindert, nieder auf mein Angesicht zu stürzen! Seht den scharlachroten Buchstaben, den Esther trägt! Ihr habt alle bei seinem Anblick geschaudert! Überall, wohin sie gegangen ist, überall, wo sie, die so schwer Belastete, gehofft haben mag, Ruhe zu finden, hat er sie mit einem falben Lichte der Furcht und des Abscheus umgeben, aber in eurer Mitte stand einer, vor dessen Brandmal der Sünde und Schmach ihr nicht zurückgeschreckt seid!«

Es schien in diesem Augenblicke, als ob der Geistliche den Rest seines Geheimnisses unenthüllt lassen müsse; aber er kämpfte die körperliche Schwäche und mehr noch die

Mutlosigkeit nieder, welche mit ihm um die Oberhand rang, wies allen Beistand von sich und trat leidenschaftlich um einen Schritt vor das Weib und das Kind.

»Er trug das Zeichen!« fuhr er mit einer wilden Glut fort, so entschlossen war er, alles auszusprechen, »Gottes Auge erblickte es! Die Engel deuteten ständig darauf. Dem Teufel war es wohl bekannt, und er reizte es beständig mit der Berührung seines glühenden Fingers. Aber er verbarg es schlau vor den Menschen und ging unter euch mit der Miene eines Engels umher, welcher trauerte, weil er so rein in einer sündigen Welt dastand und betrübt war, weil er seine himmlischen Verwandten vermißte. Nun in seiner Todesstunde steht er vor euch. Er fordert euch auf, Esthers Scharlachbuchstaben nochmals anzublicken! Er sagt euch, daß dieser mit seinem ganzen geheimnisvollen Schrecken nur der Schatten von dem ist, was er auf seiner eigenen Brust trägt, und selbst dieses, sein eignes rotes Brandmal, nicht mehr als das schwache Abbild desjenigen vorstellt, welches das Innerste seiner Seele versengt hat! Wenn unter euch einer stehen sollte, der bezweifelte, daß Gott die Sünder richtet, so seht, seht einen furchtbaren Zeugen davon!«

Mit einer krampfhaften Bewegung riß er sich die Priesterkrause von der Brust: Da war es offenbar! Es wäre jedoch ehrfurchtslos, die Offenbarung zu beschreiben. Auf einen Moment waren die Blicke der entsetzten Menge auf das grausige Wunder gerichtet, während der Geistliche, mit einer Röte des Triumphs auf seinem Gesicht, wie ein Held, der in der Krisis des schneidendsten Schmerzes einen Sieg errungen, dastand. Dann sank er nieder auf das Gerüst. Esther richtete ihn etwas auf und lehnte seinen Kopf an ihren Busen. Der alte Roger Chillingworth kniete mit einem stumpfen, ausdruckslosen Gesicht, aus welchem alles Leben entwichen schien, neben ihm nieder.

»Du bist mir entronnen«, sagte er immer wieder. »Du bist mir entronnen!«

»Möge Gott dir verzeihen!« rief der Prediger, »auch du hast schwer gesündigt.«

Er wandte seine matter werdenden Augen von dem Greise ab und heftete sie auf das Weib und das Kind.

»Mein Perlchen«, sagte er schwach, und auf sein Gesicht trat ein süßes, mildes Lächeln, wie wenn sein Geist in tiefe Ruhe sänke, ja jetzt, seit die Last von ihm genommen war, schien es fast, als ob er mit dem Kinde scherzen wolle – »mein liebes Perlchen, willst du mich jetzt küssen? Dort in dem Walde wolltest du es nicht! Jetzt aber wirst du es tun.«

Perle küßte seine Lippen. Der Zauber war gebrochen. Der große Schmerz, an welchem das wilde Kind teilnahm, hatte alle seine Sympathien entwickelt, und seine auf die Wangen des Vaters herabrinnenden Tränen waren das Pfand, daß es unter menschlichen Freuden und Kümmernissen aufwachsen werde, nicht, um ewig mit der Welt zu kämpfen, sondern um darin ein Weib zu werden. Auch für ihre Mutter war Perlens Bestimmung, einer Botin der Pein, vollkommen erfüllt.

»Esther«, sagte der Geistliche, »leb wohl!«

»Sollen wir einander nicht mehr treffen?« flüsterte sie mit dicht zu dem seinen herabgebeugtem Gesicht: »Sollen wir unser unsterbliches Leben nicht zusammen zubringen? Wahrlich! Wir haben einander durch unser Leid losgekauft. Du blickst mit deinen hellen sterbenden Augen tief in die Ewigkeit, so sage mir, was du siehst.«

»Still, Esther, still!« antwortete er mit bebender, feierlicher Stimme. »Laß das Gesetz, das wir gebrochen – die Sünde, die sich hier so schauervoll offenbart hat, laß diese allein in deinem Gedanken sein. Ich fürchte – ich fürchte, daß es, als wir unsern Gott vergaßen – als wir gegenseitig die Achtung für unsere Seelen verletzten –, daß es von da an vergeblich war zu hoffen, jenseits wieder zum ewigen fleckenlosen Verein zusammenzukommen. Gott weiß es, und er ist gnädig. Er hat seine Gnade vor allen bei meinen

Leiden bewiesen. Er hat mir diese brennende Qual auf meine Brust gelegt. Er hat jenen finstern, entsetzlichen alten Mann gesandt, um das Folterwerkzeug stets in Glut zu erhalten. Er hat mich hierher geführt, um vor dem Volke diesen Tod triumphierender Schmach zu sterben. Wenn einer von diesen Schmerzen gemangelt hätte, so wäre ich auf ewig verloren gewesen! Gepriesen sei Sein Name. Sein Wille geschehe! Leb wohl!«

Dieses Wort war das letzte, das der Priester sprach. Seine Seele wich von ihm. Die bis dahin schweigende Menge brach in eine seltsame, tiefe Äußerung der Ehrfurcht und der Verwunderung aus, ein Gemurmel, das dumpf dem entwichenen Geist nachhallte.

XXIV
Schluß

Nach vielen Tagen, als das Volk Zeit genug gehabt hatte, seine Gedanken in bezug auf die erlebte Szene zu ordnen, war mehr als ein Bericht über das, was man auf der Prangerbühne wahrgenommen, im Umlauf.

Die meisten Zuschauer behaupteten, daß sie auf der Brust des unglücklichen Priesters einen scharlachroten Buchstaben in das Fleisch eingeprägt gesehen hätten, der dem von Esther Prynne vollkommen gleich gewesen. Über dessen Entstehung gab es verschiedenartige Erklärungen, die alle nur Vermutung sein konnten. Die einen behaupteten, daß Dimmesdale an dem Tage, da Esther Prynne zuerst ihr Schandzeichen trug, dadurch daß er sich eine furchtbare Folter auferlegt, eine später auf so mancherlei nutzlose Weise fortgesetzte Büßung begonnen habe. Andere behaupteten, daß das Stigma nicht eher entstanden sei als zu der Zeit, da es der alte Roger Chillingworth, der ein mächtiger Zauberer gewesen, durch Magie und giftige

Tränke zum Vorschein gebracht habe. Noch andere – und dies waren diejenigen, welche die eigentümliche Empfindungsreizbarkeit des Priesters und die wunderbare Wirkung, welche sein Geist auf den Körper übte, am besten beurteilen konnten – flüsterten ihren Glauben, daß das entsetzliche Symbol die Wirkung des stets tätigen Zahnes der Reue gewesen sei, welcher von dem Herzen nach außen genagt und endlich das schwere Gericht des Himmels durch die sichtbare Gegenwart des Buchstabens kundgegeben habe. Der Leser mag wählen.

Wir haben alles Licht, welches wir selbst bei all diesen Theorien erlangen konnten, auf das Zeichen geworfen und möchten gern, nachdem es sein Amt verrichtet hat, seinen tiefen Eindruck aus unserm Gehirn verwischen, wo er durch langes Nachdenken darüber mit einer höchst unerfreulichen Deutlichkeit eingeprägt worden ist.

Es ist jedoch sonderbar, daß gewisse Personen, welche der ganzen Szene beigewohnt hatten und behaupteten, daß sie ihre Augen kein einziges Mal von dem ehrwürdigen Herrn Dimmesdale abgewendet hätten, bestimmt behaupteten, daß seine Brust ebenso rein wie die eines neugeborenen Kindes gewesen sei. Ihrem Berichte nach hatte er auch durch seine letzten Worte nicht die mindeste Verbindung mit dem Vergehen, für welches Esther Prynne so lange den Scharlachbuchstaben getragen, eingestanden oder auch nur im entferntesten angedeutet. Diesen höchst respektablen Zeugen zufolge hatte der Prediger, im Bewußtsein seines nahen Todes und des Umstandes, daß ihn die Verehrung der Menge bereits unter die Heiligen und Engel versetzt, durch das Aushauchen seines letzten Atemzuges in den Armen jenes gefallenen Weibes der Welt gegenüber ausdrücken wollen, wie nichtig auch die ausgesuchteste Rechtschaffenheit des Menschen sei. Nachdem er seine Lebenskraft in Anstrengungen für das geistige Wohl der Menschheit erschöpft, habe er die Art seines Todes zu einer

Parabel gemacht, um seinen Bewunderern die mächtige, aber traurige Lehre einzuprägen, daß wir in den Augen Gottes allzumal Sünder sind. Sie habe sie lehren sollen, daß selbst der frömmste unter uns sich nur so weit über seine Nebenmenschen erhoben habe, daß er deutlicher die ewige Gnade, welche auf uns herabblickt, zu erkennen und unbedingter das Phantom menschlichen Verdienstes, welches ehrgeizig nach oben blicken will, zu verwerfen vermöchte. Ohne eine so wichtige Wahrheit bestreiten zu wollen, müssen wir doch die Erlaubnis in Anspruch nehmen, diese Lesart der Geschichte des Herrn Dimmesdale als nichts als das Beispiel der hartnäckigen Treue zu betrachten, womit die Freunde eines Mannes – und besonders eines Geistlichen – zuweilen seinen Ruf vertreten, wenn selbst so klare Beweise wie der Mittagssonnenschein auf dem Scharlachbuchstaben feststellen, daß er ein falsches und sündiges Geschöpf des Staubes ist.

Die Autorität, welcher wir hauptsächlich gefolgt sind – ein altes, nach dem mündlichen Zeugnisse von Individuen, die teilweise Esther Prynne gekannt, teils ihre Geschichte von gleichzeitigen Zeugen gehört hatten, aufgesetztes Manuskript –, bestätigt die Ansicht, welcher wir auf den vorhergehenden Blättern gefolgt sind, vollkommen. Unter einer Menge von Moralen, die sich uns aus der unglücklichen Erfahrung des armen Geistlichen aufdrängen, wollen wir nur diese in Worte kleiden: Seid wahr! Seid wahr! Seid wahr! Zeigt der Welt, wenn auch nicht euern schlimmsten, doch irgendeinen Zug, aus welchem sich der schlimmste schließen läßt!

Nichts war merkwürdiger als die Veränderung, welche fast unmittelbar nach Herrn Dimmesdales Tod in dem Äußern und Benehmen des unter dem Namen Roger Chillingworth bekannten alten Mannes eintrat. Alle seine Stärke und Energie, alle seine körperliche und geistige Kraft schien ihn plötzlich zu verlassen, so daß er geradezu verwelkte, verschrumpfte und fast aus den Augen der Menschen verschwand wie eine mit der Wurzel ausgerissene, an der Sonne liegende Pflanze. Der Unglückliche hatte in der Verfolgung und systematischen Ausübung der Rache sein Lebensprinzip gesucht und als durch seinen vollkommensten Triumph dieses böse Prinzip alles Material zu seiner Unterstützung verloren. Als es für ihn auf Erden kein Teufelswerk mehr zu tun gab, blieb dem entmenschlichten Sterblichen nichts weiter übrig, als sich dahin zu begeben, wo ihm sein Herr und Meister Arbeit genug verschaffen und seinen Lohn gehörig zahlen würde. Gegen alle diese schattenhaften Wesen, die so lange unsere nahestehenden Bekannten gewesen sind, gegen Roger Chillingworth sowohl wie gegen seine Genossen, möchten wir gern Gnade beweisen. Es ist ein merkwürdiger Gegenstand für die Beobachtung und Forschung, ob nicht Haß und Liebe im Grunde das gleiche sind. Beide setzen in ihrer äußersten Entwicklung einen hohen Grad von Vertraulichkeit und Herzenskenntnis voraus, beide machen ein Individuum, was die Nahrung seiner Neigungen und seines geistigen Lebens anlangt, von einem andern abhängig, und wenn der leidenschaftlich Liebende oder nicht weniger leidenschaftlich Hassende den Gegenstand seiner Empfindungen verliert, so bleibt er gleich verödet und einsam zurück. Philosophisch betrachtet, scheinen die beiden Leidenschaften daher einander wesentlich gleich zu sein, außer daß man die eine im himmlischen Strahlenglanze, die andere aber in düsterer und greller Glut erblickt. In der Geisterwelt haben vielleicht der alte Arzt und der Priester, jene gegenseitigen Opfer, unerwartet ihren irdischen Vorrat an Haß und Widerwillen in goldene Liebe verwandelt gefunden.

Wir verlassen jedoch diesen Gegenstand, da wir dem Leser eine Geschäftssache mitzuteilen haben. Nach dem Ableben des Roger Chillingworth, welches kaum ein Jahr nach dem des Geistlichen stattfand, zeigte es sich, daß er durch sein Testament, zu dessen Vollstrecker er den Gouverneur Bellingham und den ehrwürdigen Herrn Wilson ernannt, der kleinen Perle, Esther Prynnes Tochter, ein bedeutendes Vermögen sowohl in Amerika wie in England hinterlassen hatte.

Perle, das Elfenkind, der Dämonensprößling, wie sie manche Leute bis zu jener Epoche noch hartnäckig nannten, wurde also die reichste Erbin ihrer Zeit in der Neuen Welt. Nicht unwahrscheinlich brachte dieser Umstand eine wesentliche Veränderung in der öffentlichen Meinung hervor, und wenn Mutter und Kind in Amerika geblieben wären, so hätte Perlchen, zu einem heiratsfähigen Alter gelangt, ihr Blut mit dem eines Sprößlings des frömmsten Puritaners vermischen können. Nicht lange nach dem Tode des Arztes verschwand jedoch die Trägerin des Scharlachbuchstabens und Perle mit ihr. Viele Jahre hindurch fand zwar mitunter ein unbestimmtes Gerücht, wie ein an den Strand geworfenes formloses Stück Treibholz mit den Anfangsbuchstaben eines Namens darauf, seinen Weg über das Meer, doch erhielt man keine Nachrichten von unbezweifelter Gewißheit über sie. Die Geschichte von dem Scharlachbuchstaben wurde zu einer Legende. Ihr Zauber war jedoch immer noch kräftig und umgab das Gerüst, wo der arme Prediger gestorben war, sowie die Hütte am Strande, wo Esther gelebt hatte, mit seinen Schrecken. In der Nähe dieser Hütte waren eines Nachmittags Kinder beim Spielen, als sie plötzlich ein hochgewachsenes Weib in einem grauen Gewande auf die Hüttentür zukommen sahen. Sie war seit den verflossenen Jahren nicht geöffnet worden, aber die Fremde schloß sie entweder auf, oder das morsche Holz und verrostete Eisen wichen ihrer Hand, oder sie glitt wie ein Schatten durch diese sich ihr entgegenstellenden Hindernisse und trat auf alle Fälle ein.

Auf der Schwelle blieb sie stehen, wendete sich halb um, denn vielleicht war doch der Gedanke, ganz allein und so verändert den Schauplatz eines an heißen Empfindungen so reichen früheren Lebens zu betreten, trauriger und bedrückender, als selbst sie ihn zu ertragen vermochte. Ihr Zaudern dauerte aber nur einen Augenblick, wiewohl es lange genug anhielt, um einen Scharlachbuchstaben auf ihrer Brust erkennen zu lassen.

Esther Prynne war also zurückgekehrt und hatte ihr so lange abgelegtes Schandzeichen wieder aufgenommen. Wo war aber Perlchen? Wenn sie noch lebte, so mußte sie sich jetzt in voller Frauenblüte befinden. Niemand wußte oder erfuhr je mit voller Gewißheit, ob das Elfenkind so frühzeitig in ein jungfräuliches Grab gesunken oder ob seine wilde, reiche Natur gemildert und gezügelt und sanften Frauenglückes fähig geworden sei. Esthers übriges Leben hindurch kamen jedoch häufig Zeichen vor, daß die Einsiedlerin mit dem Scharlachbuchstaben ein Gegenstand der Liebe und Teilnahme für einen Bewohner eines andern Landes war. Es liefen Briefe mit Wappensiegeln, wiewohl von der englischen Heraldik unbekannten Prägungen, für sie ein. In der Hütte befanden sich Gegenstände des Behagens und des Luxus, deren sich Esther zwar nie bediente, die aber nur Reichtum erkauft und Liebe für sie ersonnen haben konnten. Außerdem erblickte man Kleinigkeiten, Zieraten, schöne Zeichen beständiger Erinnerung, die von zarten Fingern nach der Eingebung eines liebenden Herzens gearbeitet worden sein mußten, und einmal sah man Esther ein Kinderkleidchen mit so verschwenderischem Reichtum an goldener Phantasie sticken, daß es einen öffentlichen Auflauf erregt hätte, wenn dem düster gekleideten Neu-Engländer ein in solche Gewänder gehülltes Kind gezeigt worden wäre.

Kurz, die Klatschmäuler jener Zeit glaubten – und der Zolldirektor Pue, der ein Jahrhundert später seine Nachforschungen anstellte, glaubte – und einer von seinen neuerlichen Amtsnachfolgern glaubt getreulich –, daß Perle nicht nur lebte, sondern verheiratet und glücklich war und auch ihre traurige und einsame Mutter mit Freuden an ihrem Herd aufgenommen hätte.

Für Esther Prynne gab es in Neu-England aber ein wirklicheres Leben als in der unbekannten Gegend, wo Perle eine neue Heimat gefunden hatte. Hier war der Schauplatz ihrer Sünde und der ihres Schmerzes, und hier sollte noch der ihrer Buße sein. Sie war deshalb zurückgekehrt und hatte freiwillig, denn selbst der strengste Richter jener strengen Zeit würde sie nicht dazu gezwungen haben, wieder das Symbol angelegt, von welchem wir eine so trübe Geschichte erzählt haben. Von da an verließ es ihren Busen nie wieder. Aber im Verlauf der mühseligen, gedankenvollen und ihren Nebenmenschen geweihten Jahre, aus welchen Esthers späteres Leben bestand, hörte der scharlachrote Buchstabe auf, ein Brandmal zu sein, welches die Verachtung und Erbitterung der Welt erregte, und wurde das Zeichen von etwas Beklagenswertem und mit Beben sowohl wie mit Ehrerbietung zu Betrachtendem. Und da Esther Prynne keine selbstsüchtigen Zwecke verfolgte und in keiner Weise ihrem eigenen Nutzen und Vergnügen lebte, trug man ihr alle Kümmernisse und Verlegenheiten zu und bat sie als eine Person, die selbst schwere Prüfungen erlebt hatte, um ihren Rat. Besonders Frauen kamen in den beständig wiederkehrenden Prüfungen verwundeter, verschwendeter, gekränkter, übel angelegter oder irrender und sündiger Liebe oder mit der traurigen Bürde eines unvergebenen, weil ungeschätzten und ungesuchten Herzens in Esthers Hütte und fragten, weshalb sie so elend seien und welches Mittel es dagegen gäbe. Esther unterstützte sie mit Trost und Rat, so gut sie konnte. Sie versicherte sie ihres festen Glaubens, daß zu einer schöneren Zeit, wenn die Welt dafür reif geworden sei, und nach des Himmels eigenem Ratschluß eine neue Wahrheit offenbart werden würde, um das ganze Verhältnis zwischen Mann und Weib auf

einer sichereren Grundlage gegenseitigen Glückes zu errichten. In der früheren Zeit ihres Lebens hatte Esther sich
irrigerweise vorgestellt, daß sie selbst die bestimmte Prophetin sein könnte, aber längst schon die Unmöglichkeit
anerkannt, daß irgendeine Sendung göttlicher, geheimnisvoller Wahrheit einem von Sünde befleckten, von Schande
niedergebeugten oder selbst nur mit einem lebenslangen
Schmerze belasteten Weibe anvertraut werde. Allerdings
muß der Engel und Apostel der nächsten Offenbarung ein
Weib sein, aber ein hohes, reines und schönes und ein nicht
durch Schmerz und Kummer, sondern durch die ätherische
Vermittlung der Freude weises Weib, das durch die beste
Probe beweisen würde, wie uns eine geweihte Liebe glücklich macht —: die eines darin erfolgreichen Lebens.

So sprach Esther Prynne und blickte mit ihren kummer-
vollen Augen auf den scharlachenen Buchstaben nieder,
und nach vielen Jahren wurde auf dem Gottesacker, an
welchem später King's Chapel erbaut worden ist, ein neues
Grab neben einem alten eingesunkenen gemacht. Es war
neben jenem alten und eingesunkenen Grabe, aber doch
mit einem Raume zwischen den beiden, als ob der Staub
der beiden Schläfer nicht das Recht habe, sich zu vermischen. Und doch diente ein Grabstein beiden. Rund umher befanden sich Steine, auf denen Wappenschilder ausgehauen waren, und auch auf dieser einfachen Schiefer-
platte zeigte sich — wie der wißbegierige Forscher noch
jetzt erkennen und über die Bedeutung desselben sich den
Kopf zerbrechen kann — ein eingegrabenes Schild.

Es trug eine Devise, die, wenn man sie aus der Sprache
der Heraldik überträgt, als ein Motto und eine kurze Beschreibung unserer nun vollendeten Legende dienen kann.
So düster ist sie und erleuchtet nur von einem immer
glühenden Lichtpunkt, der düsterer ist als ihr Schatten:

»Auf schwarzem Feld, der Buchstabe A, rot.«

ANHANG

BINNIE KIRSHENBAUM
DER SCHARLACHROTE BUCHSTABE –
NACHGEDANKEN

Aus dem Englischen von Patricia Reimann

Damals, als ich an der Uni Amerikanische Literatur studierte, verging nicht ein Semester, da nicht in dem einen oder anderen Seminar *Der scharlachrote Buchstabe* auf der Lektüreliste stand.

Es war eine Art *running gag,* daß ich denselben Roman in vier Jahren achtmal lesen sollte, irgendwie so, als wäre auch ich dazu verdammt, den scharlachroten Buchstaben zu tragen.

Nun war es nicht so, daß ich es nötig gehabt hätte, das Buch achtmal zu lesen, um meine Klausuren zu schreiben und mich an den Seminardiskussionen zu beteiligen. Nach dem dritten oder vierten Lesen war ich mit Mr. Hawthornes Roman entschieden vertraut genug, um auf weitere Lektüren zu verzichten, ohne irgendwelche nachteiligen Auswirkungen auf meine Noten. Und genau das hatte ich vor, denn, mal ehrlich, wie oft in vier Jahren kann man einen Roman wieder lesen, ohne sich dabei zu Tode zu langweilen? Und doch habe ich dann das Lesen nicht ein einziges Mal ausgelassen. Nicht ein einziges Mal – und das Seltsame war: Ich habe mich nicht nur nicht gelangweilt, sondern ich hatte bei jedem Lesen das Gefühl, einen völlig anderen Roman zu lesen als im Semester davor. Jedesmal eine andere Anmutung, eine neue Sicht. Es schien unmöglich, diese Figuren genau festzulegen. Welche von ihnen war der moralische Charakter? Welche der mutige? Der gute? Der böse?

Schurke und Held – ein alternierendes Paar. Oh, ja, sie waren eine ungreifbare Schar, und hierin liegt das Vergnügen, das Geniale dieses Romans, daß er keine einfachen Antworten parat hält und daß nichts, egal wie oft man ihn liest und wieder liest, genau so ist, wie es zuvor schien.

Seit seinem Erscheinen und all die hundertfünfzig Jahre danach hat praktisch jeder vorstellbare »-ist« und »-ianer« ein Stück von Hester Prynne für sich reklamiert. Erst kamen die Transzendentalisten (zu Lebzeiten Hawthornes die geläufige geistige Strömung) mit ihrer Betonung des Selbstbewußtseins und ihrem Vertrauen auf die angeborene, unbedingte Stimme von Genius und Leidenschaft. Dann kamen die Romantiker, die Humanisten, die Luddisten (Anhänger des englischen Arbeiters Ned Ludd, der 1811–16 das Los der Arbeiter durch die Zerstörung der Maschinen verbessern wollte; A. d. Ü.), die Anarchisten, die Libertarianer (philosophisch-religiös motivierte Anhänger des Prinzips der Willens- und Handlungsfreiheit; A. d. Ü.), die Marxisten, die Freudianer und, natürlich, die Feministen, denen das scharlachrote A (für *adultery*/Ehebruch) als Symbol für das Anbetungswürdige, Archetypische galt, für *able* (»fähig«) und *angel* (»Engel«) gleichermaßen.

Ja wirklich, anbetungswürdig ist so vieles an Hester Prynne, sie ist eine zeitlose Heldin. Sie war schön und leidenschaftlich, dabei stark, besonnen und würdevoll. Sie war ehrlich, aber keine Verräterin. Sie war überaus charakterstark, ein unabhängiger Geist und eine liebende Mutter. Und – man stelle sich vor: Sie war nicht nur in sexueller Hinsicht befreit, sie war auch wirtschaftlich unabhängig, sie ernährte sich selbst und ihr Kind und sie gab den Armen. Trotz all ihres Leidens war Hester Prynne gleichwohl großzügig und edelmütig gegen jene, die noch unglücklicher waren als sie selbst. Allein diese Tatsache, daß sie erkannte, daß andere noch unglücklicher waren als sie, zeugt von ihrer Eignung zur Heiligen. Hester überließ sich niemals dem Selbstmitleid, und sie trug ihre Bürde allein. Will denn irgend jemand bezweifeln, daß Hester Prynne, dort oben am Pranger, mit dem herzblutscharlachroten »A« eine Christusfigur war? Eine Märtyrerin der Frauenheit. Hawthorne sagt uns soviel: »Wenn sich unter den puritanischen Zuschauern ein Papist befunden hätte, so würde er vielleicht in diesem schönen Weibe mit dem Kinde am Busen einen Gegenstand gesehen haben, der ihn an das Bild der göttlichen Mutter erinnerte (...)« (Kap. 2, *Der Marktplatz,* S. 66) Dieses Bild einer selig gesprochenen Hester fand seinen Widerhall sieben Jahre später: »In solchen Notfällen erwies sich Hesters Natur warm und reich, als eine Quelle von Menschenliebe, die jeder wahren Anforderung entsprach und selbst durch das stärkste Verlangen nicht erschöpft werden konnte. Ihre Brust mit ihrem Zeichen der Schmach war nur ein weicheres Kissen für das Haupt, welches eines solchen bedurfte. Sie war eine selbsternannte barmherzige Schwester (...)« (Kap. 13, *Ein zweiter Blick auf Hester*[*], S. 183) Hester muß wohl so etwas wie eine Vorfahrin von Mutter Teresa gewesen sein.

Hester war nicht nur für sich genommen eine ganz wundervolle Person, ihr Nimbus strahlte vor allem im Vergleich mit den übrigen Figuren um so heller. Sie, die anderen, sind ein erbärmlicher Haufen. Besonders die Männer. Nehmen wir Reverend Arthur Dimmesdale, Hesters Liebhaber und Mittäter. Warum ist er nicht mehr als ein schniefender Feigling ohne Rückgrat, der es zuläßt, daß Hester die Strafe allein auf sich nimmt, und was ist das für ein Mann, der ein Kind in die Welt setzt und dann nicht die Verantwortung für sein Wohlergehen übernimmt? Nicht mal in Form von ein paar Hellern Unterstützung.

[*] In der Übersetzung von Franz Blei wurde Hester (ein häufiger, puritanischer Name) in Esther und Pearl in Perle »verwandelt«. Der Entschluß, ihm in diesem Punkt nicht zu folgen, erklärt sich aus Binnie Kirshenbaums Nachwort. (A. d. Ü.)

Selbst sein Name – Dimmesdale, in dem *dim* für trüb im Gegensatz zu strahlend steckt – weist auf diesen Mangel an Stärke hin, während Hester sich von Ester herleitet, jener streitbaren Königin der Juden. Der amerikanische Gelehrte Richard Chase geht in einem Essay für *Nineteenth Century Literary Criticism* (Bd. 10) so weit zu behaupten, »Hester ist die scharlachrote Frau, radikal und nonkonformistisch, zum Teil vielleicht sogar ›jüdisch‹ (ohne Zweifel hat sie etwas Alttestamentarisches an sich, und Hawthorne sagt, ihre Natur sei ›kraftvoll, sinnlich und orientalisch‹).« Alles, was Hester ist, ist Arthur Dimmesdale nicht. Man kann sich wirklich nur wundern, was sie an ihm fand. Doch Dimmesdale ist nicht schlecht, nein. Er ist nicht einmal unmoralisch. Er meint es nicht böse, und sein Gewissen lastet schwer auf ihm. Er ist einfach erbärmlich, ein Feigling und schwach, aber der Schurke ist er nicht.

Der Schurke muß Roger Chillingworth sein. Auch sein Name ist wohl kein Zufall. *Chill* und *chilling,* was soviel heißt wie kalt, frostig, frösteln machend, und *worth,* was den Wert einer Sache meint. Er steht also für die Kälte, der Mann ohne Herz, die Personifizierung der industriellen Revolution, der Triumph der Maschinen über den Menschen, der teuflische Wissenschaftler, der sein Wissen zum Zweck des puren Bösen gebraucht. Hawthorne bezeichnet Chillingworth in einer seiner Kapitelüberschriften als »Der Vampir«, einen widerwärtigen Blutsauger, dessen »schauderhaftes Entzücken (...) durch die ganze Häßlichkeit seiner Gestalt hervorbrach (...). Wer den alten Roger Chillingworth in jenem Augenblicke seiner Ekstase gesehen hätte, würde sich nicht zu fragen gebraucht haben, wie sich Satan benimmt, wenn eine kostbare Menschenseele dem Himmel verloren geht und seinem Reiche gewonnen wird.« (Kap. 10, *Der Arzt und sein Patient,* S. 158) Diese Beschreibung dürfte als eine ziemlich unmißverständliche Äußerung, als Verurteilung des Arztes gelesen werden.

Und man vergesse nicht die Puritaner, diese Gemeinde selbstgerechter Heuchler. So fromm und so blitzschnell bereit, Hester zu verdammen, sie in der Hölle brennen und verrotten zu sehen, und weshalb? Um der Liebe willen. Denn das war Hesters Sünde, stimmt's? Liebe.

Das wär's im großen und ganzen. Hester steht für alles, was gut ist in der Welt. Die anderen Figuren, außer das kleine Goldstück Pearl, verkörpern ein bemerkenswertes Aufgebot menschlichen Versagens, einen Sündenreigen. Was bleibt uns noch zu sagen? Nicht viel, außer ... doch, wiedergelesen, tauchen neue Fragen auf, hier und da nagt ein Zweifel, und man beginnt nachzudenken.

Zunächst mal, warum siedelt Hawthorne die Geschichte im puritanischen Neu-England an und etwa zweihundert Jahre bevor er sie schrieb? Wenn man die Geschichte auf ihren Kern reduziert – verheiratete Frau hat heiße Affäre mit kleinem Kirchenmann und bringt das Kind seiner Liebe zur Welt – bleibt sie hinreichend delikat für so gut wie jede Epoche und jeden Ort. Ja, selbst in unserer abgestumpften Zeit hätte diese Geschichte noch für einen Skandal getaugt. Was also könnte Hawthorne bewogen haben, all die Schwierigkeiten auf sich zu nehmen und *Der scharlachrote Buchstabe* als historischen Roman zu schreiben?

Man hat viel über Hawthornes Beziehung zum puritanischen Neu-England spekuliert, und in der Tat ist das Band kein dünnes. Nathaniel Hawthorne war ein direkter Nachfahre John Hawthornes, einer der drei Richter, die den unrühmlichen Salemer Hexenprozessen vorstanden, eine alles andere als glänzende Episode amerikanischer Geschichte.

Der Rückschluß, daß es Schuld war, liegt nahe – jene Schuld, die nachfolgende Generationen oft für die Sünden ihrer Väter tragen, dürfte Hawthorne veranlaßt haben, die Puritaner der Lächerlichkeit preiszugeben.

Aber war es Hawthorne, der die Puritaner der Lächerlichkeit preisgab? Oder sind es wir, die Leser am Scheitelpunkt des einundzwanzigsten Jahrhunderts, die sie lächerlich machen? Es stimmt, das Wort »puritanisch« wurde zum Synonym für prüde, engstirnig, unterdrückt, freudlos und starr. Aber spiegelt diese Etymologie die so benannten Menschen wirklich?

Zugegeben, die Puritaner waren nicht gerade bekannt für ihre *joie de vivre*. Sie begehrten gegen die *Church of England* auf, weil selbst diese für ihren Glauben zu überladen war. Die Puritaner hielten daran fest, daß das Leben einfach und die Beziehung der Menschen zu Gott rein zu sein habe.

Auch die Zeit darf man nicht vergessen. Die Puritaner hatten die Renaissance kaum zur Kenntnis genommen, und das Zeitalter der Aufklärung lag noch gut hundert Jahre vor ihnen. Man muß ihnen das Recht auf ein gewisses Maß an Ignoranz also zugestehen. Ohne Zweifel hatte Hawthorne dies im Sinn, als er schrieb, »Jene Frauen und Jungfrauen (...) waren moralisch wie physisch aus gröberen Fasern gemacht (...). Denn in dieser Kette der Geschlechtsfolge hat jede Mutter ihrem Kinde eine schwächere Blüte, eine bleichere, kürzer dauernde Schönheit (...) vermacht.« (Kap. 2, *Der Marktplatz*, S. 60)

Nachdem sie England verlassen hatten, und nach einer kurzen und glücklosen Periode in den Niederlanden, segelten die Puritaner weiter, um einen neuen Himmel und eine neue Erde zu finden, eine Stadt Gottes.

In der neuen Welt, wo das Land weit, aber rauh war, gründeten die Puritaner Gemeinden und Dörfer. Sie mußten sich an Regeln halten, andernfalls drohten ihnen Chaos und Tod. Unter kirchlicher Führung war ihre Gesellschaft theokratisch, obwohl die Puritaner bewußt den Grundstein legten für das, was später die amerikanische Demokratie werden sollte. Oh, ja, da war diese häßliche, bereits erwähnte Angelegenheit mit den Salemer Hexenprozessen, aber um den Kolonisten gegenüber gerecht zu sein, Hexen zu verbrennen war ein Tun, das kaum den Puritanern allein vorbehalten war. Und ganz gewiß frönten sie nicht jenem in England und Europa zu dieser Zeit weit verbreiteten Wahn, Menschen als Brennmaterial zu verwenden. Der puritanische Gesetzeskodex verbat vielmehr ausdrücklich Folter, grausame und barbarische Strafen, Lehnsabgaben, Grausamkeit gegenüber Tieren und das Schlagen von Ehefrauen (es sei denn im Fall von Notwehr gegen einen tätlichen Angriff ihrerseits).

Angesichts eines solchen Kodex' mögen wir uns fragen, warum Hester Prynne also derart bestraft wurde? Ja, sie hatte eine Liebesaffäre. Na und? Das geht schließlich nur sie und ihren Mann etwas an. Aber Vorsicht. Das sind wir, die so reden. Die Puritaner gehorchten als Theokraten zuerst und vor allem den Gesetzen Gottes. Und diese ganze läppische Ehebruchskiste mit diesem *du sollst nicht ehebrechen* gehört ohne Zweifel zu Gottes Geboten. Hester Prynne brach ein Gebot Gottes. Sie beging ein durchaus klar zu benennendes Verbrechen. Natürlich, hätte Hester einen Mord oder Raub begangen – jene beiden Vergehen, die in unserer Zeit am schwersten wiegen –, wir hätten gewiß weniger Sympathie für sie. Ja, wir würden darauf bestehen, daß sie bestraft wird. Man denke nur daran, wie die Frauen der Stadt forderten, Hester mit einem glühenden Eisen auf der Stirn zu brennen, sie mit einem Stück Rheumatismusfell (statt des roten Tuches, aus dem das »A« geschnitten war) zu bestrafen und, ja, mit dem Tod selbst. Hawthorne wußte, daß der aufgeklärte Mensch Hester nicht so hart verurteilen würde wie die Puritaner, und so erklärte er, »Die Zeugen von Hester Prynnes Schmach waren noch nicht über diese ursprüngliche Einfachheit hinausgekommen; sie waren streng genug, um auf ihren Tod, wenn das Urteil auf diesen gelautet hätte, ohne Murren über die Schwere der Strafe zu blicken, besaßen aber nichts von der Herzlosigkeit eines andern sozialen Zustandes, welcher in einer Schaustellung, wie der gegenwärtigen, nur ein Thema zum Scherzen gefunden haben würde.« (Kap. 2, *Der Marktplatz,* S. 67)

Im Hinblick auf das Verbrechen des Ehebruchs hält das *Plymouth-Colony*-Gesetz von 1658 fest, »wer immer Ehebruch begeht, werde ernstlich bestraft durch zweimaliges Auspeitschen zu verschiedenen Zeiten ...«. Und da Hawthorne gewissenhaft recherchiert hat, sollte man wissen, daß die Idee des scharlachroten Buchstabens nicht allein seine Erfindung war, denn in jenem Gesetz heißt es weiter, »und trage außerdem die beiden aus Stoff ausgeschnittenen und auf die Oberbekleidung aufgenähten Großbuchstaben A D [für *adultery*/Ehebruch] und falls man jene jemals ohne die besagten Buchstaben in der Öffentlichkeit antrifft, greife man sie auf und peitsche sie öffentlich aus.«

Wenn man all dies bedenkt, kam Hester Prynne ganz gut weg. Sehen wir uns zum Vergleich doch mal jene andere Frau an, die ihren Bund mit Gott brach. Jene erste – Eva. Hester und Eva haben eine Menge gemeinsam, und im gesamten *Scharlachroten Buchstaben* vernehmen wir, was Handlung und Allegorie, Figuren, Symbole und Vorstellungen angeht, ein Echo aus dem Genesis-Kapitel. Die Neue Welt war für die Puritaner wie eine neue Welt, und die Kolonien waren ihr Paradies. Eva und Hester mißachteten beide Gottes Wort und verführten ihre Gefährten, es ihnen gleichzutun. Und, um alles noch schlimmer zu machen, weigerten sich diese Flittchen obendrein, die Wahrheit zu sagen; Eva, indem sie leugnete, von der verbotenen Frucht gegessen zu haben, und Hester offenbarte zumindest nicht die ganze Wahrheit, insofern sie nicht preisgab, mit wem sie gegessen hatte. Während Eva aus dem Paradies verstoßen wurde, lebte Hester als Verstoßene.

Weder Adam noch Arthur konnten der Versucherin widerstehen. Ist das die Sünde des Mannes? Seine Schwäche, nicht anders zu können als der Versuchung nachzugeben, um den hohen Preis seiner eigenen Sterblichkeit willen? Oder ist dieses aus Liebe sterben eine ganz eigene Stärke?

In seinen *Studies in Classic American Literature* behauptete D. H. Lawrence. »O Hester, du bist ein Dämon. Ein Mann muß rein sein, damit du ihn verführen und damit zu Fall bringen kannst ... Und wenn er dann demütig da liegt, wischst du ihm mit deinem Haar den Schmutz ab ... Und dann geht sie nach Haus und vollführt einen Hexentanz in ihrem Triumph ... und wenn er die Lockspeise in den Mund nimmt, dann kommt ein Skorpion heraus ... oh, ja, sie liebt ihn und zerstört ihn, ganz langsam. Eine Frau und ihre Rache!« (Chap. 7)

Lawrences Einschätzung haftet entschieden etwas leicht Hysterisches, Übersteigertes an, aber sie geht vor allem von einer falschen Voraussetzung aus: Denn, warum schwieg Hester? Wieder und wieder wurde sie gefragt, wer der Vater des Kindes sei, und wieder und wieder weigerte sie sich zu sprechen. Sie mag Reverend Dimmesdale durchaus vor Schmach und Schande und vor dem Zorn der Gemeinde bewahrt haben. Oder sie könnte die Gemeinde vor dem Wissen geschützt haben, das zweifellos verheerend und zerstörerisch für alle gewesen wäre. Oder verstand Hester womöglich allzu gut, daß die Drohung der Bloßstellung bei weitem furchtbarer war, als die Preisgabe es je hätte sein können?

Die Furcht, nicht zu wissen, wann, wo, wie oder ob Hester eines Tages alles erzählen würde, muß Dimmesdale von innen zerfressen haben, sie muß seine Gesundheit mindestens so mitgenommen haben wie sein Schuldgefühl oder Roger Chillingworths Kräuter.

Hesters Schweigen gab ihr Macht über den Geistlichen. Sein Schicksal lag in ihren Händen, und das ließ sie ihn wissen. Als Gouverneur Bellingham erwog, ihr Pearl wegzunehmen, wandte Hester sich an Reverend Dimmesdale und forderte: »›Sprich du für mich!‹, rief sie, ›du bist mein

Pastor gewesen und hast meine Seele in Obhut gehabt und kennst mich besser, als es diese Männer vermögen. Ich will das Kind nicht hergeben; sprich du für mich, du weißt, was in meinem Herzen vorgeht (...), weißt, was Mutterrechte sind und um wieviel stärker sie werden, wenn eine Mutter nur ihr Kind und den Scharlachbuchstaben hat. Sieh du zu! Ich will das Kind nicht verlieren. Sieh du zu!«« (Kap. 8, *Das Elfenkind und der Geistliche,* S. 129) Hester drohte ihm, indem sie ihn laut und deutlich wissen ließ, daß er ihr in dieser Sache besser zur Hilfe käme, sonst ... Man muß sich seine Pein vorstellen, wie er da stand, im Haus des Gouverneurs, während Hester schrie, »Du kennst mich besser!« Die Anspannung, darauf zu warten, ob sie die Katze ganz aus dem Sack ließe, ob sie erzählte, *wie* gut er sie kannte, muß ihn in Angst und Schrecken versetzt haben. Es sieht so aus, als habe Hester die Fäden gezogen und der Geistliche getanzt.

Ein Geheimnis zu hüten ist im allgemeinen eine goldene Regel. Es gibt jedoch Zeiten, Ausnahmen, da ein höherer moralischer Grundsatz verlangt, daß es besser sei, das Gelübde der Verschwiegenheit zu brechen. Zum Beispiel, wenn es um Leben und Tod geht. Oder im Fall des Versprechens, das Hester ihrem Mann gab, seine wahre Identität nicht preiszugeben. Erst als klar war, daß Dimmesdale kurz davor war, zugrunde zu gehen, erzählte sie ihm, wer Roger Chillingham wirklich war. Fast mag es dem Leser – so wenig zynisch er auch sein mag – scheinen, daß sie Dimmesdale wirklich leiden sehen wollte; okay, und dann hatte er schließlich genug gelitten. Oder vielleicht beschloß sie um fünf vor zwölf, ihn zu retten, denn wenn er tot wäre, nützte er ihr auch nichts mehr.

Wie seltsam ist auch, daß sie, während sie versuchte, ihn zu retten, zugleich die Gelegenheit wahrnahm, ihn noch einmal zu verführen. »Mit plötzlicher, verzweifelter Zärtlichkeit schlang sie ihre Arme um ihn und drückte seinen

Kopf an ihren Busen, ohne sich darum zu kümmern, daß seine Wange an dem Scharlachbuchstaben ruhte. Er wollte sich losmachen, rang aber vergeblich. Hester wollte ihn nicht freigeben (...)« (Kap. 17, *Der Pfarrer und sein Pfarrkind,* S. 219) So handelt keine Frau, die ihre Sünde bereut hat.

Man kann durchaus die Meinung vertreten, Hester habe – in dem Glauben, ihre Liebe sei rein und ihre Vereinigung, wenn schon nicht von der Kirche, so doch von Gott sanktioniert – keine Sünde begangen. Sie wußte jedoch, daß Dimmesdale ihre sexuelle Beziehung für sündig hielt, und gleichwohl legte sie es auf eine Wiederholung an.

Als die Liebenden beschlossen, zusammen fortzugehen, erlebten Hester und Arthur eine kurze Zeit der Hochstimmung. Der Geistliche fühlte sich glücklich. Hester löste ihren scharlachroten Buchstaben von ihrem Kleid und öffnete ihr Haar, und es schien, als hätten die Götter Mitleid mit ihnen. »Der Sonnenschein brach plötzlich wie ein Lächeln des Himmels durch die Wolken, ergoß eine wahre Lichtflut in der düsteren Wald (...). Die Gegenstände, welche bisher das Dunkel gemacht hatten, verkörperten jetzt das Licht (...). In solcher Sympathie stand die Natur, die wilde heidnische, nie von menschlichen Gesetzen unterjochte, nie von höherer Wahrheit erleuchtete Natur des Waldes mit der Seligkeit dieser beiden Geister.« (Kap. 18, *Flut von Sonnenschein,* S. 229)

Das Problem ist hier, daß Hester Prynne und Arthur Dimmesdale keine Hexen oder Kobolde oder Naturkinder waren. Sie waren Puritaner, und wenn ihr Gott den Himmel öffnete, so wie der Himmel sich für Adam und Eva öffnete, dann war dies nicht notwendig als Anerkennung ihres Handelns zu deuten.

Ehebruch ist nicht die einzige Sünde, deren Hester sich schuldig gemacht hat. (Man beachte den Reim von *sin* und *Prynne*). Hesters Todsünde ist der Stolz. Von Anfang an bis zum Pranger, da man sie öffentlich der Schande preisgab, sah man Hester mit »stolzem Lächeln und einem Blick, der sich nicht einschüchtern lassen wollte (. . .). Mitten auf dem Brustteile ihres Gewandes zeigte sich, von feinem roten Tuch geschnitten und mit prächtig gestickten phantastischen Schnörkeln von Goldfäden umgeben, der Buchstabe A (. . .)« (Kap. 2, *Der Marktplatz,* S. 63) Hester trug das Zeichen ihrer Schande, als wäre es ein Orden. War Hester so stolz auf ihren Status als Ehebrecherin, daß sie das A nicht allein in etwas Schönes verwandelte, sondern das Nebenprodukt ihres Ehebruchs noch eigens schmückte?

Pearl war immer in Rot gekleidet, und kein anderes puritanisches Kind hatte so prachtvolle Kleider. Hester kleidete ihre Tochter wie die lebende Manifestation ihres scharlachroten Buchstabens. So angetan war sie von ihrem A, daß sie eines auf ihrem Busen trug und ein weiteres schuf, das sie bei sich hatte. Und so wie das reich verzierte A seiner eigentlichen Bedeutung spottete, so verspottete und verhöhnte das A aus Fleisch und Blut die puritanische Gemeinde. Pearls Verhalten war natürlich (das heißt ungesittet, fast wie das eines wild lebenden Kindes). Sie schrie und warf mit Dreck und lästerte Gott. Obwohl Hester mit Pearl über ihr Verhalten sprach, hat Hester ganz offenkundig nie irgendeinen ernsthaften Versuch unternommen, den Willen des Kindes zu bändigen.

Selbst der Name des Kindes, Pearl (»Perle«), war eine subtile Form der Herausforderung. Es wäre schon schlimm genug gewesen, ein uneheliches Kind mit dem Namen eines Kleinods zu belegen, aber sie nannte sie nicht Amber oder Coral oder Ruby, sondern Pearl. Pearl, der Schatz der Auster, die *das* sexuelle Symbol schlechthin unter den Muscheln ist. Als genüge das scharlachrote A, das sie zur Mahnung ihrer Sünde für die Leute der Stadt trug, nicht, stellte Hester sicher, daß ihr Kind die Erinnerung noch steigerte.

Es sieht so aus, als habe Hester entschieden nicht gewollt, daß die Gemeinde vergaß, was sie getan hatte und was daraufhin die Gemeinde getan hatte. Sie hätte fortziehen, in eine andere Gemeinde, wo man sie nicht kannte, oder sogar nach England zurückkehren können. Aber sie blieb, lebte abseits, ging durch dieselben Straßen, erhobenen Hauptes, den Blick nach vorn gerichtet.

Selbst als sie den scharlachroten Buchstaben längst hätte abnehmen dürfen, trug sie ihn noch. Glaubte Hester, sie habe für diese Sünde ewige Strafe verdient? Oder versuchte sie, Strafe in Form von Schuld zu verhängen? Der Anblick des A muß dem Geistlichen unangenehm gewesen sein. Und was ist mit den Leuten der Stadt, die bereit waren, ihr zu vergeben?

Hesters Nächstenliebe, ihre guten Taten ernteten schließlich Achtung, ja sogar Liebe. »Niemand war bereitwilliger als sie, ihre kleine Habe mit jedem Anspruche der Armut zu teilen (...). Niemand war hingebender als Hester, wenn eine Seuche durch die Stadt schritt.« (Kap. 13, *Ein zweiter Blick auf Hester,* S. 182) Die puritanische Gemeinde erkannte Hesters Taten nicht nur an, sie waren deshalb mit der Zeit sogar stolz auf sie. »Seht Ihr das Weib mit dem eingestickten Buchstaben?‹, pflegten sie zu Fremden zu sagen; ›es ist unsere Hester, die Hester unserer Stadt (...)‹« (S. 184) Sie sprachen in einem Ton, in dem Eltern über ein Lieblingskind sprechen. Ohne Frage wollte die Gemeinde Hester Prynne nicht länger aus dem Weg gehen. Der scharlachrote Buchstabe machte ihnen schließlich »den Eindruck des Kreuzes auf der Brust einer Nonne.« (S. 184).

Hester Prynne als eine Barmherzige Schwester? Die gefallene Frau, die als das christliche Ideal wieder aufersteht? Sie wäre nicht die erste. Ja, Hester war gut. So gut. Zu gut, vielleicht. Die Beweggründe für ihre guten Taten könnten ebensogut teuflisch und berechnend gewesen sein. Stellen wir uns folgendes vor: Selbstlose Großzügigkeit gerade den Menschen gegenüber zu üben, die einen am liebsten auf dem Scheiterhaufen gesehen hätten, ist eine subtile und profunde Form der Rache. Sie hat den Spieß höchst wirksam einfach rumgedreht. Jetzt waren sie es, die Scham empfanden, sie, diese Heilige, besudelt zu haben. »Begegnete sie ihnen auf der Straße, so erhob sie nie das Haupt, um deren Gruß zu empfangen. Waren sie entschlossen, sie anzureden, so legte sie ihren Finger auf den Scharlachbuchstaben und schritt weiter.« (S. 183) Es war, als sagte Hester, »Ihr habt mir das angetan. Erinnert ihr euch? Ihr.« Als wünschte sie, Gekröse wäre ihr täglich Brot. Sie hatten Hester ihre Sünde vergeben, aber Hester ihnen nicht die ihre. Es scheint, daß Hester ihnen grollte. Wenn Hester also nicht ganz so nobel und edelmütig wäre, man sie etwas geringer schätzen müßte, wo auf der Skala zwischen Gut und Böse stünden dann die anderen?

Man hätte meinen können, ein Feigling wie Arthur Dimmesdale hätte in der Furcht, entlarvt zu werden, die Gemeinde verlassen. Und später, als Hester ihm vorschlug, mit ihr ein neues Leben zu beginnen, hätte ein Mann ohne Gewissen die Gelegenheit beim Schopf ergriffen. Aber der Reverend blieb und erfüllte seine Pflichten als geistliches Haupt der Gemeinde. Er rannte nicht davon. Die Tatsache, daß er Höllenqualen litt, spricht ganz eindeutig für sein Gewissen; er ist der einzige in diesem Roman, der eines zu haben schien. Er legte seinem Gott Rechenschaft ab, und das öffentliche Bekenntnis hätte nur ihm allein genützt. Gestehen und dann Vergessen. Man kann nicht behaupten, er wäre in irgendeinem Sinn davongekommen. Schließlich starb er an seiner Sünde, und der Weg zu seinem Tod war weder leicht noch schnell. Dimmesdale litt, und er unternahm nichts, um sein Leiden zu lindern. Wie Christus erkannte er es als sein Schicksal an zu leiden. Vielleicht war er schließlich doch nicht so ein Feigling. Um so im stillen zu leiden, bedarf es einer entschlossenen Seele.

Auf den ersten Blick fällt es schwer, sich Roger Chillingworth anders als einen durch und durch schlechten Menschen vorzustellen. Die Beschreibungen seiner Person bestätigen das immer wieder. Er war nicht nur alt, häßlich, zerrüttet, düster und verkrüppelt, sondern »Dann und wann kam aus seinen Augen eine rote Glut, als ob die Seele des alten Mannes brenne und dumpf in seiner Brust glimme (...)«, mit einem Wort, »der alte Roger Chillingworth war ein auffallender Beweis der Fähigkeit des Menschen, sich in einen Teufel zu verwandeln, wenn er nur eine anständige Zeitlang das Amt des Teufels übernehmen will.« (Kap. 14, *Hester und der Arzt*, S. 192) Diese Feststellung ist ziemlich unmißverständlich, abgesehen von der Wendung: »eine anständige Zeitlang«. Das klingt, als wäre es womöglich vertretbar, unter bestimmten Umständen für eine gewisse Zeit zum Teufel zu werden.

Halten wir einen Moment inne und vergegenwärtigen wir uns Chillingworths mißliche Lage. Versetzen wir uns in ihn hinein. In gutem Glauben und voller Vertrauen schickte er seine Frau voraus in die Neue Welt. Als er nach einer etwas schwierigen Zeit nachkam, um den Hausstand zu gründen, fand er sie dort oben am Pranger mit einem Kind auf dem Arm, das definitiv nicht seines war. Das dürfte kaum der herzliche Empfang gewesen sein, den er sich vorgestellt hatte. Man hatte ihn betrogen und ihm Hörner aufgesetzt. In Anbetracht der Umstände verhielt er sich eigentlich bewundernswert. Er hatte Grund und Gelegenheit zur grausamen Rache, als er den heilenden Trank für Hester und das Kind bereitete. Er hätte sie ebensogut vergiften können.

Statt dessen zeigte er sich unvoreingenommen und aufrichtig und bemerkenswert einfühlsam, indem er seine eigene Rolle in dieser Tragödie begriff. »Es war meine Torheit und deine Schwäche. Ich, ein Mann des Gedankens, der Bücherwurm großer Bibliotheken, ein schon dem Verwelken naher Mann, der seine besten Jahre dahingegeben hatte, um den hungrigen Traum der Erkenntnis zu nähren – was hatte ich mit Jugend und Schönheit wie der deinen zu schaffen! Wie konnte ich von meiner Geburtsstunde an Verunstalteter mich mit der Idee verblenden, daß intellektuelle Gaben in der Phantasie eines jungen Mädchens die physische Mißgestalt verschleiern konnten! (...) Ich tat dir zuerst Unrecht, als ich deine knospende Jugend zu einer falschen und unnatürlichen Verbindung mit meinem welkenden Alter verlockte.« (Kap. 4, *Die Zusammenkunft*, S. 86 f.) So spricht kein Teufel. Eher hat Chillingworth sich als menschlich entpuppt; nicht mehr und nicht weniger als ein Mensch.

Aber wie steht es mit diesen »Heil«kräutern? Hat Chillingworth den Pfarrer nicht langsam und absichtlich vergiftet? Hester hatte den Verdacht, und Hawthorne macht mehrere Andeutungen in diese Richtung, aber er spricht es nie explizit aus. Es gab keinen eindeutigen Beweis, und in einem Gerichtsverfahren wegen versuchten Mordes hätte Chillingworth freigesprochen werden müssen.

Überdies war Chillingworth Pearls Wohltäter; derjenige, der sich am Ende um sie kümmerte. Das war hochanständig von ihm und nicht die Haltung eines abscheulichen, boshaften Mannes. Es war vielmehr ritterlich; aber wenn Roger Chillingworth nicht der Schurke der Geschichte war, was war er dann?

Die Charaktere, die Hawthorne in *Der scharlachrote Buchstabe* schuf, sind aufgrund ihrer Komplexität und Vielschichtigkeit so schwer faßbar. Sie entziehen sich der Typisierung, weil sie so facettenreich sind. Wie Edelsteine – und wenn man Edelsteine gegen das Licht hält und mal in diese und mal in jene Richtung dreht, dann ändert sich ihre Farbe. Abhängig vom Licht sind die Möglichkeiten mannigfach. Und deshalb kann man *Der scharlachrote Buchstabe* wieder und wieder mit Vergnügen lesen – selbst achtmal in vier Jahren – und mit jedem Lesen neue Gedanken und neue Einsichten gewinnen.

ANMERKUNGEN

In den Anmerkungen werden folgende Abkürzungen verwendet: NH = Nathaniel Hawthorne. C VI = *True Stories from History and Biography,* Centenary Edition of the Works of Nathaniel Hawthorne (Ohio State University Press) Bd. VI (1972). C VIII = *The American Notebooks,* Centenary Edition, Bd. VIII (1972). PMLA = Publications of the Modern Language Association of America.

5 *Vorwort zur zweiten Auflage:* Das Vorwort wird erst ganz verständlich, wenn man weiß, daß NH auf eine ›Rezension‹ seines Romans in *The Salem Register* vom 21. März 1850 antwortet, in der ihm geringschätzige Äußerungen über seine Vaterstadt, verleumderische Darstellungen seiner Kollegen, vor allem aber ein giftiger, bösartiger und unverständlicher Angriff auf einen »ehrenwerten Herrn, dessen größtes Verbrechen das zu sein scheint, daß er eine gute Mahlzeit zu schätzen weiß, einen jugendlichen Schwung von Heiterkeit bewahrt hat und eine Geschichte plastisch erzählen kann«, vorgeworfen wird. NHs Entlassung aus dem Zollhaus sei durch seine eigene Darstellung voll gerechtfertigt. Hierzu Benjamin Lease, »Salem Vs. Hawthorne: An Early Review of The Scarlet Letter«, *The New England Quarterly* XLIV, I (März 1971). – *eine beispiellose Aufregung*: An seinen Freund Horatio Bridge schrieb NH am 13. April 1850, er fühle eine unendliche Verachtung für seine Feinde in Salem und habe vielleicht mehr davon ausgedrückt, als von ihm beabsichtigt. Die Einleitung »Das Zollhaus« habe »den größten Aufruhr hier seit der Zeit der Hexenverfolgungen« (1692!) verursacht. H. Bridge, *Personal Recollections of Nathaniel Hawthorne* (New York, 1893), S. 114. – *im Blut einer gewissen ehrenwerten Persönlichkeit*: Mit verdächtiger Einmütigkeit identifizieren mehrere moderne Kommentatoren die »ehrenwerte Persönlichkeit« als den Reverend Charles Wentworth Upham (1802–1875), das

Vorbild für den Schurken Richter Pyncheon in NHs Roman *Das Haus der Sieben Giebel* (1851). Hier jedoch ist der Zollinspektor William Lee (1771–1851) gemeint, der 1814 von seinem Vater im Salemer Zollhaus als Inspektor installiert worden war und sich bis zu seinem Tode auf dem Posten halten konnte. Hierzu Benjamin Lease, »Hawthorne and ›A Certain Venerable Personage‹: New Light on ›The Custom House‹«, *Jahrbuch für Amerikastudien* XV (1970). Vgl. Anm. zu S. 22 und 55. – *Feindseligkeit ... weist er ausdrücklich von sich*: Briefzeugnisse geben eine etwas andere Auskunft. Schon vor seiner Entlassung schrieb NH (am 5. Juni 1849) an seinen Freund Longfellow, wenn es seinen Feinden gelänge, ihn aus dem Amt zu jagen, dann würde er einen oder zwei von ihnen »schlachten«. Er habe noch keinem Menschen Böses gewünscht und sich des Vergnügens persönlicher Satire entschlagen, könne aber auch anders. Einige lokale Magnaten würden sich umschauen, die sich außerhalb der Reichweite seiner Vergeltung wähnten! Nach *The American Notebooks by Nathaniel Hawthorne*, ed. R. Stewart (New Haven, 1932), S. 297 f. Auch in dem Brief vom 17. Juni 1850 an Horace Ingersoll, einen alten Freund, der sich aus politischen Gründen zu seinen Feinden gesellt hatte, beteuert NH seine Menschenfreundlichkeit und bezeichnet sich mit grimmigem Humor als den einzigen Christen, der ihm je begegnet sei, schloß aber dabei keineswegs aus, daß er den Adressaten vielleicht in sein nächstes Buch getan, wenn er ihm nicht gerade wieder eben erst die Hand geschüttelt hätte. Nach C. E. Frazer Clark, jr., »Hawthorne to ›Mr. Ex-Cardinal‹«, *The Nathaniel Hawthorne Journal* 1971 (Washington, D. C., 1971). Vgl. auch die Anmerkungen zu S. 290.

6 *in der tiefen Stille eines allen Pfarrhauses*: Nach seiner Heirat mit Sophia Peabody (1809–1871) am 9. Juli 1842 bezog das Paar ein früheres Pfarrhaus in Concord, Mass., das von einem Vorfahren Emersons gebaut und von Emerson selbst bewohnt worden war. Sein Leben dort beschreibt NH in »The Old Manse«, der Einleitung zu *Mosses from an Old Manse* (1846). – *Das Beispiel des berühmten »P. P., Gemeindeschreiber«*: Gegen die als pompös und großsprecherisch empfundene nachgelassene Autobiographie

von Gilbert Burnet (1643–1715), *The History of My Own Times* (1724 bis 1734), erschien aus dem Kreis von Swift, Pope, Arbuthnot u. a. die Parodie »Memoirs of P. P., Clerk of This Parish«, vorgeblich aus zwei dicken Folianten bestehend, die den Titel »Die Bedeutung eines Mannes für sich selbst« tragen könnten, von denen jedoch nur wenige Ausschnitte wiedergegeben werden, »als Vorgeschmack des wahren Geistes von Memoirenschreibern«. NH will durch den Hinweis auf die Satire aus dem 18. Jh. dem Vorwurf, er nähme sich zu wichtig, die Spitze nehmen.

7 *eine solche vertrauliche Intimität der Selbstoffenbarung*: Eine Tagebuchnotiz NHs (ca. 1844) lautet: »Leute, die über sich selbst und ihre Gefühle schreiben, wie Byron es tat, servieren sozusagen ihr eigenes Herz, wohlgewürzt und mit Gehirnsauce aus ihrem eigenen Kopf, als Mahlzeit für das Publikum.« C VIII, S. 253. – *die abgetrennte Hälfte des wahren Wesens*: In seinem Dialog »Das Gastmahl« läßt Platon den Aristophanes einen Mythos vortragen, nach dem die Menschen ursprünglich vier Hände, Füße usf. hatten, dann jedoch auf Gebot von Zeus auseinandergeschnitten wurden. »Jeder von uns ist deshalb nur eine Halbmarke von einem Menschen, weil wir zerschnitten, wie die Schollen, zwei aus einem geworden sind. Daher sucht denn jeder beständig seine andere Hälfte.« (Franz Susemihls Übersetzung; 191 D). – *das innerste Ich hinter seinem Schleier*: Eine Tagebucheintragung (ca. 1836) NHs: »Essay über das Elend, immer unter einer Maske zu leben. Ein Schleier mag nötig sein, aber niemals eine Maske.« (C VIII, S. 23) Vgl. die Dimmesdale-Problematik in *Der scharlachrote Buchstabe* und das zentrale Symbol des Schleiers in *Die Blithedale-Maskerade*. – *der langwierigsten der Erzählungen, die meinen Band ausmachen*: Insgesamt viermal wird direkt oder indirekt darauf Bezug genommen, daß *Der scharlachrote Buchstabe* nur die längste der Erzählungen eines Bandes ist, aber erst beim letzten Mal wird der Leser davon unterrichtet, daß der Plan abgeändert wurde. Vgl. Anm. zu S. 55, Fußnote.

8 *in den Tagen des alten King Derby*: s. Anm. zu S. 36.

9 *vor dem letzten Krieg mit England*: der Krieg von 1812–1815.

11 *wie Matthäus an der Zolleinnahme:* Matthäus IX, 9. – *das Wapping eines Überseehafens:* Gegend in der Nähe des Londoner Tower, in der Seeleute ihren Bedarf decken können.

12 *vergebens nach dem »Locofoco«-Zollaufseher fragen:* NHs Dienstzeit lief vom 3. April 1846 bis zum 7. Juni 1849. »Locofoco« ist der Spitzname für Angehörige der Demokratischen Partei, obwohl er ursprünglich nur auf den radikalen Flügel der New Yorker Demokraten anwendbar war. Als diese sich am 22. Oktober 1835 in Tammany Hall versammelten, bewaffneten sie sich mit neuerfundenen Zündhölzern (»locofocos«), da sie eine Störung ihrer Versammlung durch Löschen des Lichts erwarteten.

13 *Die Gestalt jenes ersten Vorfahren:* Major William Hathorne, 1607 bis 1681. Die Familiengeschichte ist dargestellt von Vernon Loggins, *The Hawthornes* (New York, 1951). – *dessen Name selten genannt wird und dessen Gesicht man kaum kennt:* NHs Menschenscheu war sprichwörtlich. Vgl. James Upton, »Hawthorne in the Salem Custom-House. An Unpublished Recollection«, *The Nathaniel Hawthorne Journal* 1971 (Washington, D. C., 1971). Caroline Howard King geht in ihren Memoiren *When I Lived in Salem,* 1822–1866 (Brattleboro, Vt., 1937) einen Schritt weiter und beschreibt NH als geistesabwesend durch die Straßen Salems schlendernd, eine seltsame und pittoreske Figur von düsterer Stirn und abstoßenden Manieren. (S. 32 f.)

14 *ein bitterer Verfolger, wie die Quäker bezeugen:* Die Quäker in Amerika waren damals, um 1650, eine fanatische Sekte, die nach Ausweisung aus Massachusetts zurückkehrten und das Martyrium provozierten. NH hat Motive aus der Quäker-Verfolgung in seiner Story »The Gentle Boy« verwendet. – *beim Martyrium der Hexen:* Colonel John Hathorne, 1641–1717, war während der Salemer Hexenprozesse 1692/93 als Untersuchungsrichter tätig; vgl. V. Loggins, *The Hawthornes* (New York, 1951), Kapitel »Witchcraft, Alas!« NH hat Motive dieser Prozesse mehrfach verwendet, vor allem in der Erzählung »Young Goodman Brown«; vgl. Anm. zu S. 59. – *im Friedhof der Charter Street:* NH hat einen Besuch am Grabstein seines Vorfahren in einer Tagebuchnotiz von 1838 beschrieben. (C VIII, S. 172) – *ein Fluch, von dem ich gehört habe:* NH hat das Motiv des Familienfluches in

seinem Roman *Das Haus der Sieben Giebel* verwendet; historisch richtig ist jedoch, daß nicht sein Vorfahr, sondern der Rev. Nicholas Noyes von Sarah Good vor ihrer Hinrichtung mit den Worten verflucht wurde: »Ihr lügt. Ich bin so wenig eine Hexe wie Ihr ein Hexer seid. Und wenn Ihr mir mein Leben nehmt, wird Gott Euch Blut zu trinken geben!« Nach V. Loggins, *The Hawthornes*, S. 133.

15 *Hundert Jahre lang gingen sie zur See*: Joseph Hathorne (1692–1762), Daniel Hathorne (1731–1796), Nathaniel Hathorne (1775–1808). Letzterer, NHs Vater, starb in der holländischen Kolonie Surinam (Guiana) am Gelbfieber.

16 *Meine Kinder sind andernorts geboren*: Die Tochter Una am 3. März 1844 in Concord, Mass. (gest. 1877), der Sohn Julian am 22. Juni 1846 in Boston (gest. 1934); es folgte noch eine zweite Tochter Rose, am 20. Mai 1851 in Lenox geboren (gest. 1926).

17 *als Hauptvollzugsbeamter des Zollhauses*: Über dem »Surveyor« stand der »Collector«, zu NHs Zeit Gen. Miller (s. u.). Eine »Documentary History of the Salem Custom House« schrieb David M. Little in den *Essex Institute Historical Collections* LXVII, S. 1–26, 145–160, 265–280. Robert Cantwell, *Nathaniel Hawthorne. The American Years* (New York-Toronto, 1948), Kap. 6, Abschnitt XI, geht mehr ins Detail als die Standardbiographie von Randall Stewart, *Nathaniel Hawthorne. A Biography* (New Haven, 1948).

19 *Die meisten meiner Beamten waren Whigs*: Die »Whigs« der Zeit NHs sind weder mit den britischen Whigs (Gegenpartei: Tories) noch mit den »Whigs« genannten Patrioten der amerikanischen Revolution (Gegenpartei: Loyalisten, »Tories«) zu verwechseln. Sie entstanden 1834 als Koalition gegen den demokratischen Präsidenten Jackson und stellten die Präsidenten William Henry Harrison (1841), John Tyler (1841–1845), Zachary Taylor (1849–1850), Millard Fillmore (1850–1853). Die größten Staatsmänner der Whigs, Daniel Webster (1782–1852) und Henry Clay (1777–1852) verfehlten die Präsidentschaft. Die Partei zerbrach an der Sklavereifrage; seit 1854 stehen im amerikanischen Zweiparteiensystem die »Democrats« und die »Re-

publicans« einander gegenüber. – *Boreas*: Der Gott des Nordwinds bzw. dieser selbst.

22 *Der Vater des Zollhauses*: William Lee, vgl. Anm. zu S. 5 (im Blut ...). Gegen Hawthornes Wunsch wählte die New Yorker literarische Wochenschrift *The Literary World* in ihrer Ausgabe vom 16. März 1850 gerade diese Passage als Vorabdruck aus *The Scarlet Letter* aus. Da manche Kritiker – früher mehr als heute – bezweifeln, daß die Einleitung »Das Zollhaus« im Ton zum Roman selbst wirklich passe, muß betont werden, wie sehr diese satirische Skizze einem Hauptmotiv des Romans präludiert. Es geht um mehr als den offensichtlichen Gegensatz des materialistischen alten Inspektors zum General Miller, der, wiewohl Soldat, weniger ein Schlächter ist als der Inspektor, dem Generationen von Tieren zum Opfer gefallen sind. Es geht um die Fähigkeit, sich zu erinnern an das, was der Erinnerung wert ist; auch um die (Un)-Fähigkeit zu trauern; schließlich um Vergänglichkeit überhaupt: Was bleibt von einem Menschen nach seinem Tode? Zum verwandten Motiv der Heraldik vgl. die Anm. zu S. 31, S. 69 und S. 295. Dieser von der Kritik durchweg übersehene Zusammenhang ist – mit anderen Ergebnissen für die Gesamtinterpretation als den hier vertretenen – in einer Kieler Dissertation von 1973 behandelt worden: Hans Hunfeld, *Erinnerungsproblematik in den Neuengland-Romanen Nathaniel Hawthornes.*

25 *in den Tagen des älteren Adams*: John Adams (1735–1826), zweiter Präsident der USA (1797–1801). Sein Sohn John Quincy Adams (1767–1848) wurde 6. Präsident (1825–1829); die Familie blieb über weitere zwei Generationen bedeutend.

26 *Der brave Soldat*: General James Miller (1776–1851). Nach seinen von NH selbst beschriebenen Taten im Krieg von 1812–1815 war er 1819–1823 Gouverneur des Territoriums Arkansas, sodann von 1825–1849 »Collector« des Salemer Zollhauses, eine Stellung, in die ihm sein Sohn Ephraim M. Miller folgte.

27 *eine alte Festung, etwa Ticonderoga*: In seiner Skizze »Old Ticonderoga: A Picture of the Past« (*American Monthly Magazine* VII, Februar 1836, 1851 gesammelt in *The Snow-Image, and Other Twice-Told Tales*) hat NH den Versuch gemacht, die Vergangen-

heit aus ihren Relikten erstehen zu lassen. »Ich betrachtete
Ticonderoga als einen Ort uralter Kraft, der jetzt ein halbes
Jahrhundert als Ruine dalag ...« Bei Hawthornes emblemati-
scher Methode erhellen die Ruine der Festung und die menschliche Ruine des Generals einander; vgl. S. 28, Z. 33.

31 *das beste und passendste aller Motti für des Generals Wappen*: Der
wiederholte Hinweis auf Heraldik in der Einleitung und im
Roman selbst entspringt nicht feudalistischen Neigungen des
Autors, sondern sinnbildhaftem Denken.

32 *seine Integrität war vollkommen*: Da NH in seiner Skizze des Zoll-
hauslebens mehr als einmal Korruption andeutet, ist der Hinweis auf integre Beamte wichtig. Hier handelt es sich um
Zachariah Burchmore, von dem NH am 7. April 1863 an seinen
Freund Bridge schrieb, er sei der Mann, der ihn im Salemer
Zollhaus mit seiner Tüchtigkeit und Integrität so beeindruckt
habe – Eigenschaften, die ihn auch heute noch auszeichnen
dürften (»soviel ich weiß,« lautet die pessimistische Einschrän-
kung; »denn dreizehn Jahre der Armut und Prüfungen sind
seitdem über ihn hinweggegangen«). Nach Richard Harwell,
Hawthorne and Longfellow. A Guide to an Exhibit (Brunswick,
Maine, 1966), S. 5 f. – *Brook Farm*: Reformsiedlung in Roxbury
aus dem Geist des neuenglischen Transzendentalismus; NH war
1841 einige Monate Mitglied gewesen. – *Emerson*: Ralph Waldo
Emerson (1803–1882), der einflußreichste der ›transzendentali-
stischen‹ Denker und Dichter, verehrt auch von NHs Frau. Bei
aller persönlichen Wertschätzung konnte weder Emerson mit
Hawthornes Fiktionen noch NH mit Emersons Philosophie
etwas anfangen. – *Spekulationen mit Ellery Channing*: Der Dichter
William Ellery Channing (1817–1901), nicht zu verwechseln
mit dem gleichnamigen Theologen, Dr. William Ellery Channing (1780–1842), seinem Onkel. – *mit Thoreau ... am Walden-
See*: Das berühmte Buch *Walden; or, Life in the Woods* (1854) von
Henry David Thoreau (1817–1862) war noch nicht erschienen.
Jedoch fiel Thoreaus Aufenthalt in einer Hütte am Walden-See
(4. Juli 1845 bis Sept. 1847) noch zum Teil in die Zeit NHs in
Concord (Sommer 1842 – Herbst 1845).

33 *durch die klassische Bildung Hillards angerührt*: George Stillman

Hillard (1808–1879), Rechtsanwalt und Literat. NH wohnte in seinem Bostoner Haus, während er daselbst Zollbeamter war (1839–1840). Nach der Entlassung aus dem Salemer Zollhaus erhielt NH in Anerkennung seiner Verdienste um die amerikanische Literatur von Hillard eine unter Freunden gesammelte Börse gegen die schlimmste Not; s. Julian Hawthorne, *Nathaniel Hawthorne and His Wife. A Biography* (Boston, 1884), I, 354 f. - *an Longfellows Herd poetisches Gefühl*: NH und Henry Wadsworth Longfellow (1807–1882) waren Klassenkameraden im Bowdoin College, ohne sich damals schon nähergekommen zu sein. Longfellow half NH durch eine überschwengliche Rezension seiner ersten Sammlung von Geschichten, *Twice-Told Tales* (1837); NH vermittelte Longfellow den Stoff für sein Gedicht *Evangeline*. Vgl. Hawthornes Tagebücher (C VIII, S. 182 u. 600) sowie den Ausstellungskatalog von R. Harwell (Anm. zu S. 32, *seine Integrität*). – *anderen Seiten meiner Natur eine Chance geben*: Vgl. S. 51 Z. 3–6: »die beste Definition von Glück . . ., nach dem vollen Umfang seiner Fähigkeiten und Sensibilitäten zu leben!« – *für einen Mann, der Alcott gekannt hatte*: Amos Bronson Alcott (1799–1888), Erztranszendentalist und Original aus Concord, extremer Vegetarier, der sogar tierische Produkte wie Milch, Butter und Käse verschmähte.

34 *mit einer Feder wie der von Burns oder Chaucer*: Der schottische Dichter Robert Burns (1759–1796) sowie der größte Dichter des englischen Mittelalters, Geoffrey Chaucer (?1345–1400), waren im Zolldienst tätig. – *für einen Mann, der von literarischem Ruhm geträumt hat*: NH hat jahrelang Armut, wenn auch nach seiner Familiengründung mehr und mehr widerwillig, auf sich genommen, aber schon seit seinen Anfängen als Literat auf Erfolg gesetzt. Zu einer Passage in der Skizze »Monsieur du Miroir«, »einer, der viel gewagt hat, um sich einen Namen zu machen«, notierte sich Herman Melville am Rand: »Welch eine Offenbarung.« Siehe Jay Leyda, *The Melville Log. A Documentary Life of Herman Melville, 1819–1891,* 2 Bde. (New York, 1951), S. 674.

36 *Denkwürdigkeiten seiner fürstlichen Kaufleute*: »King Derby« war Elias Hasket Derby (1739–1799), »Billy Gray« William Gray (1750–1825), Simon Forrester (1748–1817) war ein Onkel von

NH, aus Irland eingewandert, erfolgreicher Freibeuter im Revolutionskrieg und – nach R. Cantwell (vgl. Anm. zu S. 16) – mit 40 Jahren »einer der halb Dutzend Kaufleute, deren größter Elias Hasket Derby war, die Pioniere des Ostasienhandels waren und Salem weltberühmt machten. Er war der einzige Neuankömmling, den man mit Derby, mit William Gray, George Crowninshield und Israel Thorndike in einem Atem nennen konnte . . .«

37 *bis in die Zeit des Protektorats:* das Protektorat Oliver Cromwells, 1653–1658. – *als Indien noch eine neue Region war und nur Salem den Weg dahin wußte:* Das Stadtwappen von Salem trägt den Spruch *Divitis Indiae usque ad ultimum sinum* (Für die Reichtümer Indiens bis zum entferntesten Golf). Vgl. Samuel Eliot Morison, *The Maritime History of Massachusetts, 1783–1860* (Boston, 1921, Neuaufl., 1961); James D. Phillips, *Salem and the Indies* (Boston, 1947); G. Bhagat, *Americans in India, 1784–1860* (New York, 1970). – *unter der Hand und dem Siegel des Gouverneurs Shirley:* William Shirley (1694–1771), Gouverneur von Massachusetts von 1741 bis 1757; »ein so lebhafter und aktiver Gouverneur wie Massachusetts je einen hatte«, wie NH ihn in seinen historischen Skizzen für Kinder nannte. (C VI, S. 113)

38 *zugunsten eines Jonathan Pue:* nicht sein vorgebliches Manuskript, sondern der Zollaufseher Pue selber (gest. 1760) ist historisch. NHs Quelle war Joseph B. Felt, *The Annals of Salem, From Its First Settlement* (Salem, 1827), wie er selbst vier Zeilen weiter mitteilt.

39 *bei der Vorbereitung des Artikels »Main Street«:* Eine der historischen Skizzen, die ursprünglich den Band auffüllen sollten.

40 *Damen . . ., die sich in solchen Mysterien auskennen:* Der triviale Zusammenhang verdeckt, daß hier ein Generalthema des Romans aufgenommen wird: das Vieldeutige des Zeichens, das die Sünderin tragen muß. Hierzu John T. Irwin, »The Symbol of the Hieroglyphs in the American Renaissance«, *American Quarterly* XXVI, 2 (Mai 1974), S. 117 f. – *Es war der große Buchstabe A:* Der Leser wird mit dem Buchstaben A konfrontiert, noch ehe diesem eine einzige Bedeutung zugeordnet wird. Der Buchstabe A für sich steht für das Erste, Wichtigste, Ausgezeichnete,

Hervorragendste oder Einmalige, sei es einer Sache oder einer Person; nach Sir Paul Harvey, ed., *The Oxford Companion to English Literature*, Fourth Ed., Revised by Dorothy Eagle (Oxford, 1967), s. v. *a per se*. Eine Reihe weiterer Assoziationen stellt sich ein: das Alpha und Omega der Christussymbolik, aber auch die Zeilen aus der Fibel für die Kinder Neuenglands zum ersten Buchstaben: »By Adam's fall/We sinned all« (Durch Adams Fall sündigten wir alle). Aber auch Ars (Kunst) liegt nicht fern. – *eine tiefe Bedeutung, die ... gleichsam aus dem mystischen Symbol strömte*: die Symbole Hawthornes und seiner amerikanischen Zeitgenossen haben ihr dynamisches Element nicht nur intellektuell durch Vieldeutigkeit, sondern vor allem auch emotional. Noch vor dem intellektuellen Verständnis wird der Begegnung mit dem symbolischen Gegenstand S. 40, Z. 31–32 *eine nicht ganz körperliche, aber fast körperliche Empfindung wie von sengender Hitze* zugeschrieben, zugleich als Vorausdeutung auf das A als Brand- und Schandmal.

41 *Esther Prynne:* Die Wahl des Nachnamens dürfte sich von William Prynne (1600–1669) herleiten, der 1637 auf beiden Wangen mit den Buchstaben S. L. (Seditious Libeller – Aufrührerischer Verleumder) gebrandmarkt wurde. Mukhtar Ali Isani hat in »Hawthorne and the Branding of William Prynne«, *New England Quarterly* XLV, 2 (Juni 1972), darauf hingewiesen, daß die Umdeutung eines Brandmals bereits vom historischen Prynne vorgenommen wurde. S. L. = Seditious Libeller wurde von ihm gedeutet als Stigmata Laudis, was wiederum zweierlei heißen kann: das vom Erzbischof Laud aufgedrückte Mal oder – was für den Puritaner Prynne auf dasselbe hinauslief – das Ehrenmal (von lat. *laus* = Lob, Ehre). Der Gedanke für den Vornamen könnte NH durch den Fall der Hester Craford gekommen sein, die wegen Unzucht, bewiesen durch ihr uneheliches Kind, 1668 in Salem zur Auspeitschung verurteilt wurde – ein Urteil, das Major William Hathorne zu beaufsichtigen hatte! Allerdings ist nicht nachgewiesen, daß der Nachfahr Kenntnis von diesem Vorfall hatte; s. Charles Boewe und Murray G. Murphrey, »Hester Prynne in History«, *American Literature* XXXII, 2 (Mai 1960).

42 *nur Authentizität des Umrisses*: Auf S. 7, Z. 31 hatte sich NH lediglich »als Herausgeber, oder doch nicht sehr viel mehr« der Geschichte Esther Prynnes bezeichnet. Die Unbestimmtheit dürfte Absicht gewesen sein. Das Thema des Ehebruchs, in den ein Geistlicher verwickelt war, konnte nur brisant sein – wie dann auch ein Teil der Rezensionen bewies. J. G. Lockhart (1794–1854), der Schwiegersohn Sir Walter Scotts, war 1822 mit *Some Passages in the Life of Mr. Adam Blair, Minister of the Gospel at Cross-Meikle* vorangegangen, aber die Tendenz dieses Romans war eindeutig moralischer. Einen Vergleich mit *The Scarlet Letter* stellte David Craig an in *Scottish Literature and the Scottish People* (1961), S. 174–178. – Ein Briefzeugnis legt nahe, daß sich NH und sein Verleger James T. Fields (1817–1881) gegen das Publikum verschworen: Ob es wohl gutem Geschmack entspräche, den Titel in roter Farbe auf den Buchdeckel zu tun, fragte NH den Verleger. »Jedenfalls wäre es pikant und angemessen und, wie ich meine, anziehend für den großen Gimpel, den zu überlisten wir uns bemühen« (»attractive to the great gull whom we are endeavoring to circumvent«); nach James T. Fields, *Yesterdays With Authors* (Boston und New York, 1900), S. 52. Die Herausgeberfiktion schaffte zumindest Distanz. Vgl. Harry C. West, »Hawthorne's Editorial Pose«, *American Literature* XLIV, 2 (Mai 1972).

43 *Auf Esther Prynnes Geschichte verwandte ich also viel Nachdenken*: Der Grundgedanke der Umdeutung des Schandzeichens findet sich bereits in NHs Erzählung »Endicott and the Red Cross« (1837), in der es heißt: »Da (am Pranger) stand gleichfalls eine junge Frau, nicht ohne ein gehörig Anteil Schönheit, deren Schicksal es war, den Buchstaben A auf der Brust ihres Gewandes zu tragen, vor den Augen der Welt und ihrer eigenen Kinder. Und selbst ihre eigenen Kinder wußten, was er bedeutete. Scherz mit ihrer Schande treibend, hatte das verworfene und verzweifelte Geschöpf das fatale Mal in scharlachfarbenem Tuch mit einem goldenen Faden und der feinsten Kunst ihrer Nadelarbeit verziert; so als ob der große Buchstabe A ›Admirable‹ (Bewundernswert) bedeute, oder jedenfalls alles andere als ›Adulteress‹ (Ehebrecherin).«

44 *Meine Einbildungskraft war ein blindgewordener Spiegel*: Daß dies
keine Fiktion ist, zeigt ein aus dem Zollhaus am 11. November
1847 gerichteter Brief NHs an Longfellow, in dem er über sein
antiliterarisches Milieu klagt. Allein, träumt er wie ehedem von
Erzählungen, aber die Vormittage im Zollhaus zerstören, was
die Nachmittage und Abende aufgerichtet haben. Er wäre
glücklicher, wenn er schreiben könne. Nach *The Nathaniel
Hawthorne Journal 1971*, S. 1. Vgl. Anm. zu S. 45. – *nur durch das
glimmende Kohlenfeuer und den Mond erleuchtet*: Zusammen mit
dem S. 46, Z. 15 erwähnten *Spiegel* ergibt sich eine Dreiheit,
durch die eine romantische Ästhetik illustriert wird. Vgl. die
Skizzen »Fire-Worship« und »Monsieur du Miroir«.

45 *Zu einem neutralen Territorium*: Der romanästhetische Hintergrund für diese Formulierung ist das Werk von Sir Walter Scott
(1771–1832) und James Fenimore Cooper (1789–1851), dessen
erster in Amerika spielender Roman *Der Spion* (1821) den Un-
tertitel *Eine Geschichte aus dem neutralen Territorium* trug (*A Tale of
the Neutral Ground*). Was bei Cooper wörtlich zu verstehen ist –
das Niemandsland zwischen Patrioten und Loyalisten im Staat
New York zur Zeit der amerikanischen Revolution –, wird bei
NH zu einem Bereich, der zwischen der Aktualität und dem
nur indirekt Darstellbaren (Seelischen) vermittelt. Vgl. die Vor-
worte Hawthornes zu *Die Blithedale-Maskerade* sowie zu *Das
Haus der Sieben Giebel* und *Der Marmorfaun*.

46 *Aus Schneemännern macht es wirkliche Männer und Frauen*: Vgl. die
Erzählung »The Snow-Image« (1850). – *Eine ganze Gruppe von
Empfindsamkeiten ... entglitten*: Wie Franz Kafka empfand NH
sogar eine Halbtagsbeschäftigung als drückend; ein Zeugnis für
die Konzentration auf das Imaginierte. Noch am 8. Januar 1863
schrieb NH einem Korrespondenten, er habe niemals dichten
können, wenn er mit einer anderen Aufgabe beschäftigt war –
nur mit einem von anderer Arbeit völlig freien Geist. Nach *The
Nathaniel Hawthorne Journal 1972*, S. 2. – *hätte ich mich an eine
andere Art der Dichtung gewagt*: Die andere Art ist der Realismus
im Gegensatz zu NHs eigener Romantik; vgl. das Vorwort zum
Roman *Das Haus der Sieben Giebel*. Paradoxerweise schätzte NH
bei anderen den Realismus, etwa die Romane des Engländers

Anthony Trollope (1815–1882). An Fields schrieb er am 11. Februar 1860: »Merkwürdig genug ist, daß mein eigener persönlicher Geschmack auf eine ganz andere Gruppe von Werken geht als die, die ich selbst produzieren kann. Würde ich bei einem anderen Autor auf solche Werke treffen wie die meinen, dann glaube ich nicht, daß ich durch sie durchkommen würde.« *Yesterdays With Authors*, S. 88 f.

47 *Töricht war es . . .*: Zu wissen, was vor uns im täglichen Leben liegt, sei die erste Weisheit, heißt es in John Miltons *Paradise Lost* (Gesang VIII, 192–194).

51 *Die Vorsehung hatte Besseres mit mir vor*: »Men's Accidents are God's Purposes« (Der Menschen Unglücksfälle sind Gottes Zwecke) – ein von Sophia Hawthorne mit einem Diamanten 1843 in die Scheiben der Studierstube NHs im alten Pfarrhaus geritzter Spruch, an den sich bei der Entstehung von *Der scharlachrote Buchstabe* zu erinnern anbot. Vgl. die Tagebücher (C VIII, S. 236 und 612). – *um den Ton von P. P. anzunehmen*: Vgl. Anm. zu S. 6. – *die Wahl des Generals Taylor zum Präsidenten*: Vgl. Anm. zu S. 19.

52 *Die Demokraten nehmen die Ämter . . .*: Das Odium des berüchtigten ›spoils system‹ (»Dem Sieger gehört die Beute«) hängt an den beiden Regierungszeiten des Präsidenten Andrew Jackson (1829–1837) aber Ämterpatronage hat es auch vor ihm und nach ihm gegeben.

54 *Derweil hatte die Presse meinen Fall aufgenommen*: S. Hubert H. Hoeltje, »The Writing of *The Scarlet Letter*«, *New England Quarterly* XXVII, 3 (September 1954), S. 336 ff. – *wie Irvings Kopfloser Reiter*: Anspielung auf Irvings Erzählung »The Legend of Sleepy Hollow« aus *The Sketch Book of Geoffrey Crayon* (1819/1820).

55 *Der alte Inspektor . . . von einem Pferd überrannt*: Als NH diese Zeilen schrieb, war William Lee (vgl. Anm. zu S. 5, im Blut . . .) noch am Leben. Schon Benjamin Franklin hatte einen rivalisierenden Almanachverfasser totgesagt – in Nachahmung von Jonathan Swift, *Predictions for the Year 1708 . . . by Isaac Bickerstaff, Esq*. In NHs Tagebuch von 1842 findet sich: »Eine Prophezeiung, etwa im Stil Swifts über Partridge, aber verschiedene Ereignisse und Personen betreffend« (C VIII, S. 229

und 609). Der Witz der Sache konnte von NH selbst nicht mehr genossen werden: Als William Lees Großneffe Thomas A. Lee 1916 die Familiengeschichte aufschrieb, behauptete er, der Inspektor sei an den Folgen eines Sturzes vom Pferd gestorben, während er in Wahrheit vom Schlag getroffen wurde – ein Sieg der Dichtung über die Geschichte! Nach B. Leases in der Anm. zu S. 5 (im Blut ...) genanntem Aufsatz. – *Fußnote*: Hier endlich wird erklärt, daß es beim Roman ohne weitere Beigaben von Erzählungen belassen wurde. Von NH beabsichtigt war der schwerfällige Titel *Old-Time Legends: Together with Sketches, Experimental and Ideal* (*Yesterdays With Authors,* S. 51). Wie William Charvat in *Literary Publishing in America, 1790– 1850* (Philadelphia, 1959), pointiert schreibt: »James T. Fields änderte den ganzen Verlauf der Karriere Hawthornes, indem er ihn überredete, seine Novelle zu erweitern und für sich allein zu publizieren: Vom Roman wurden im ersten Jahr 6000 Exemplare abgesetzt, und Hawthorne schrieb nie wieder eine Kurzgeschichte« (S. 56 f.). Er weist ferner darauf hin, daß erst gegen 1850 solche durchstrukturierten Meisterwerke – und so verschiedener Länge! – wie *The Scarlet Letter* und Melvilles *Moby Dick* (1851) möglich wurden, nachdem sich die amerikanischen Verleger entschlossen hatten, die Konvention des mehrbändigen Romans fallenzulassen (S. 83). Zur Rolle von Fields ferner: James C. Austin, *Fields of the Atlantic Monthly. Letters to an Editor, 1861–1870* (San Marino, Calif., 1953), mit Briefen von NH; W. Charvat, »James T. Fields and the Beginnings of Book Promotion«, in: Matthew J. Bruccoli, ed., *The Profession of Authorship in America, 1800–1870. The Papers of William Charvat* (Ohio State University Press, 1968). – *Die Kaufleute ...*: Ein annotiertes Exemplar des Romans ist jüngst ans Licht gekommen, das die Vornamen der von NH genannten Kaufleute gibt: David Pingree, Stephen D. Phillips, Michael Shepard, James Upton, David Kimball, John Bertram. Hunt ist nicht identifiziert. Nach *The Nathaniel Hawthorne Journal 1971,* S. 113 f. Nach Winfield S. Nevins, »Nathaniel Hawthorne's Removal from the Salem Custom House«, *Essex Institute Historical Collections* LIII, 2 (April 1917), S. 104, war NH bei den

Kaufleuten und Kapitänen nicht sehr beliebt; sie hielten ihn für arrogant.

56 *Meine guten Mitbürger werden mich nicht sehr vermissen*: Daß der Ärger über NH in Salem lange anhielt, geht hervor aus dem Vorwort zu James Duncan Phillips, *Salem in the Eighteenth Century* (Boston und New York, 1937), der darüber klagt, daß man von der Geschichte Salems meist nur durch Hawthorne wisse, der unglücklicherweise, wie manche andere Pseudo-Historiker und -Biographen unserer Zeit, aufregende und malerische Literatur mit wenig Beachtung der historischen Wirklichkeit gemacht habe (S. VII; ähnlich S. 198 Fußnote). Andererseits ist NH natürlich heutzutage Salems bekanntester Sohn und bringt Fremde in die Stadt. − *die Lokalität der Stadtpumpe!*: Anspielung auf NHs Skizze »A Rill from the Town-Pump« aus den *Twice-Told Tales* (1837), die angeblich in London ohne Nennung des Autors als Traktat der Temperenzler (Alkoholgegner) vertrieben wurde.

57 *Die Begründer einer neuen Kolonie . . .*: Das Motiv geht schon auf NHs Darstellung der Geschichte Neuenglands für Kinder zurück. »›Wie traurig ist der Gedanke‹, sagte Clara, ›daß es eins der ersten Dinge, die den Siedlern oblagen, als sie in die neue Welt kamen, war, einen Friedhof abzustecken.‹« (C VI, S. 19). Es wird in *Die Blithedale-Maskerade* weiterentwickelt. − *auf Isaak Johnsons Feld*: Isaac Johnson (1601−1630) starb am 30. September, einen Monat nach seiner Frau, der Lady Arbella, nach der das Flaggschiff der Flotte benannt war, die die Siedler 1630 nach Boston brachte. Vgl. C VI, S. 13 f.

58 *unter den Schritten der begnadeten Anna Hutchinson*: Anne Hutchinson (1591−1643), die Frau, die durch ihre Einmischung in die Theologie die erste große ›Staatskrise‹ der neugegründeten Kolonie Massachusetts Bay herbeiführen half. NH hatte sich bereits 1830 in einer biographischen Skizze mit ihr beschäftigt und sie als »eine Frau von außerordentlichen Gaben und einer starken Einbildungskraft« bezeichnet. Im Gerichtsverfahren stand sie, eine Frau, »im Zentrum von aller Augen«, ähnlich wie Esther Prynne in unserem Roman am Pranger. Halbverborgen in ihrem Auge, auch ihr selbst, ist freilich ein Aufblitzen fleisch-

lichen Stolzes. Sie wird auch in der vom Großvater seinen Enkeln vorgetragenen Version der Heimatgeschichte erwähnt, wobei der Großvater ihr Ende als ungeeignet für Kinderohren bezeichnet. Nach ihrer Verbannung aus Massachusetts wurde sie mit ihrer Familie in der Kolonie New York von Indianern erschlagen (C VI, S. 27 f.). Vgl. die nächste Anm.

59 *einen Antinomisten*: Einer, der gegen das Gesetz (gemeint ist das Gesetz des Alten Testaments) ist, d. h., der die Gnadenlehre des Protestantismus bis zu dem Extrem treibt zu lehren, der von Gott Begnadete stehe nicht nur über der Werkheiligkeit, sondern der Notwendigkeit, sich an die Gebote bloßer Moral zu halten. Die sog. »Antinomian Controversy« in Massachusetts, in der Anne Hutchinson (vgl. Anm. zu S. 58) führend war, drehte sich vor allem um die Frage, welche Geistlichen als wirklich begnadet anzusehen waren und welche nicht. Wie es NH in seiner Skizze von 1830 poetisch formulierte, beanspruchte Anne Hutchinson für sich die besondere Gabe, zwischen nur von Menschen Gewählten und Gottes Erwählten unterscheiden zu können, und behauptete, »ihr begabtes Auge könne den Glorienschein um die Stirn der Erwählten« wahrnehmen. Doch auch der gröbere Sinn von »Antinomist« spielte wenigstens am Rande eine Rolle: Ein Captain John Underhill, Hutchinson-Anhänger, bekannte sich des Ehebruchs für schuldig; es gelang ihm nach Jahren, seinen Frieden mit der Gemeinde zu machen. Charles Francis Adams, »The Antinomian Controversy«, in: *Three Episodes of Massachusetts History*, 2 Bde. (Boston und New York, 1892); David D. Hall, ed., *The Antinomian Controversy, 1636–1638. A Documentary History* (Middletown, Conn., 1968). – *einen Quäker*: Auch die Quäker-Verfolgung wird vom Großvater seinen Enkeln erzählt; C VI, S. 40 ff. Vgl. Anm. zu S. 13. – *eine Hexe, wie die alte Frau Hibbins*: Eine historische Person, hingerichtet 1656. NH verwendet die Figur freilich weniger um des Zeitkolorits willen, als um mit ihr moralische Fragen zu dramatisieren, wobei durch Formeln wie »wenn es eine wahre Begebenheit gewesen ist« u. ä. die allegorische Verwendung verdeutlicht wird. Die Hibbins tritt am Ende des 8. Kapitels als Versucherin Esthers auf, erscheint im 11. bei der zweiten Prangerszene, der nächtlichen

Wache Dimmesdales, dem sie nach seiner Rückkehr aus dem Wald (Kap. 20) wieder erscheint und ihn sich fragen läßt, ob er denn wirklich einen Pakt mit dem Bösen geschlossen habe. Im 22. Kapitel wendet sie sich wieder an Esther und versucht, sie in ein Gespräch über Dimmesdale zu verwickeln.

60 *moralisch wie physisch aus gröberen Fasern*: Der hier zeitlich gefaßte Gegensatz wurde später von NH in seinem Buch über England, *Our Old Home* (1863), als Unterschied zwischen englischer und amerikanischer Weiblichkeit wiederaufgenommen. − *Rindfleisch und Bier*: Mit diesem Hinweis machte sich NH im späteren Buch viele Feinde in Großbritannien. − *»Hört, Weiber!«*: Hier beginnt ein Gespräch, das ebenso wie das Gespräch zwischen Roger Chillingworth und dem Bürger (S. 72 ff.) eine Exposition der möglichen Strafen für Esther Prynne darstellt. Statutenmäßig stand in Massachusetts auf Ehebruch die Todesstrafe, die freilich kaum angewandt wurde. Mary Latham, mit einem alten und ungeliebten Mann verheiratet, beging Ehebruch mit mehreren jungen Männern und wurde 1644 hingerichtet. Wie Charles Boewe und Murray G. Murphrey in ihrem Artikel, vgl. Anm. zu S. 41 (Esther Prynne), richtig bemerken, konnte es sich NH nicht leisten, seine Heldin bereits im ersten Kapitel durch Tod abgehen zu lassen; hinzufügen muß man noch, daß er sie aus ästhetischen Gründen auch nicht gut auspeitschen lassen konnte − eine Strafe, die historisch allemal am Platz gewesen wäre. Auch die ›Brandmarkung‹ findet im Roman nur im übertragenen Sinne statt.

63 *der Buchstabe A, der Anfangsbuchstabe von Adulteress = Ehebrecherin*: Obwohl NH das Motiv schon in seiner Erzählung »Endicott and the Red Cross« verwendet hatte, notierte er sich ca. 1844: »Das Leben einer Frau, die nach dem Gesetz der alten Kolonie dazu verurteilt war, den Buchstaben A auf ihr Kleid genäht zu tragen, zum Zeichen, daß sie Ehebruch begangen hatte.« Die »alte Kolonie« ist Plymouth, die Gründung der Pilgerväter; sie ging später in Massachusetts auf. Das Gesetz von 1636 spricht davon, daß Ehebrecher zweimal ausgepeitscht werden und die Buchstaben AD tragen müssen; nach C VIII, S. 254 und 618. In Felts *Annals of Salem* konnte NH unter dem Datum vom 5. Mai

1694 von einem Gesetz von Massachusetts erfahren, das für Ehebruch folgende Strafe vorsah: Eine Stunde unter dem Galgen sitzen, mit einem Strick um den Hals, schwere Auspeitschung bis zu 40 Schlägen, für immer den Buchstaben A tragen, der zwei Zoll lang und von anderer Farbe als die Kleidung zu sein hatte. – Auf eine Anfrage von George W. Childs gab NH am 16. September 1851 die Auskunft, sein Roman beruhe insoweit auf Fakten, als ein solches Zeichen mindestens von einer Frau in Neuengland getragen worden sei. Er könne nicht sagen, ob diese Art der Bestrafung von jenseits des Atlantik mitgebracht oder von den Puritanern in Neuengland erfunden worden sei. »Jedenfalls war die Idee ihrer so würdig, daß ich frommerweise geneigt bin, ihnen alle Ehre der Erfindung zuzusprechen.« Nach J. C. Derby, *Fifty Years Among Authors, Books and Publishers* (New York, 1884), S. 342 f. – Daß NH sich für das A und gegen das AD entschied, hatte gute Gründe; das AD ist jedoch in den Anfangsbuchstaben von Arthur Dimmesdale erhalten.

66 *Wenn sich unter den puritanischen Zuschauern ein Papist gefunden hätte:* Der gewagte Vergleich mit der Heiligen Familie wird durch den letzten Satz des Absatzes entschärft, doch weist Jessie Ryon Lucke in »Hawthorne's Madonna Image in *The Scarlet Letter*«, *New England Quarterly* XXXVIII, 3 (Sept. 1965) auf einen möglichen Hintersinn: Auf Kuba wurde die Verbindung zwischen einem Weißen und einer Sklavin und ihren Kindern als ›Heilige Familie‹ bezeichnet. NHs Frau Sophia hielt sich in jungen Jahren mit ihrer Schwester lange auf Kuba auf, und diese, Mary Peabody Mann, verwendete das Motiv in ihrem ersten Roman, *Juanita; a Romance of Real Life in Cuba Fife Years Ago* (1887), den sie im Alter von 80 Jahren verfaßte.

69 *noch ein halbverwischtes Wappenschild ihres Vaters:* Wieder das Heraldik-Motiv; vgl. Anm. zu S. 31.

73 *der Daniel, welcher es lösen soll*: Im 5. Kapitel des Buches Daniel liest dieser das Menetekel an der Wand bei Belsazars Fest.

75 *Gouverneur Bellingham*: Richard Bellingham (ca. 1592–1672) war 1641 das erstemal Gouverneur von Massachusetts. Wie Charles Ryskamp in seinem grundlegenden Artikel »The New England

Sources of The Scarlet Letter«, *American Literature* XXXI, 3 (November 1959), überzeugend dartut, war NH bemüht, die Zahl der den Hintergrund bildenden historischen Personen klein zu halten. Daraus erklären sich einige kleinere Diskrepanzen mit der Historie. Jedoch hat sich NH an die Topographie des frühkolonialen Boston gehalten.

76 *John Wilson*: Der Rev. John Wilson (1598–1667) war noch nicht so alt, wie NH ihn darstellt, doch ist die Figur nach Ch. Ryskamp sonst historisch korrekt verwendet.

77 *Ehrwürden Dimmesdale*: Wie im historischen Roman Scotts und Coopers sind die Hauptfiguren nicht-historisch. Im Gespräch der Frauen vor dem Gefängnis und zwischen dem Bostoner Bürger und dem Fremden wurde Dimmesdale bereits unauffällig eingeführt. Sein Name deutet auf Düsternis (*dim*) und Tal (*dale*); die Wahl des Vornamens Arthur mag davon herrühren, daß seine Initialen AD das Zeichen für »Adulterer« (= Ehebrecher) ausmachen; vgl. Anm. zu S. 63.

80 *eine Hand auf seinem Herzen*: Die Anregung für diese ständige Geste Dimmesdales mag NH aus *Vathek. An Arabian Tale* von William Beckford (1759–1844) gekommen sein; dort deuten die Verdammten in der Hölle mit der Hand auf eine in ihrem Herzen lodernde Flamme.

82 *unter dem Namen Roger Chillingworth*: Mukhtar Ali Isani in »Hawthorne and the Branding of William Prynne«, vgl. Anm. zu S. 41 (Esther Prynne), weist auf Parallelen zwischen dem historischen Prynne, dem von Erzbischof Laud Verfolgten und späteren Verfolger von Laud mit Chillingworth hin; auch könne das von Esthers Gatten angenommene Pseudonym »Chillingworth« über die Suggestion von chill = kühl hinaus auf den gelehrten Theologen William Chillingworth (1602–1644), einen Protégé des Erzbischofs, hinweisen. NH liebte historische Namen; weitergehende Schlüsse auf Charakterähnlichkeiten sind mit Vorsicht zu ziehen.

84 *weder Lethe noch Nepenthes*: Lethe ist der Fluß in der Unterwelt, aus dem die Verstorbenen trinken, um die Erinnerung an ihr irdisches Leben zu verlieren; Nepenthes ist in der Antike ein Zaubertrank oder eine Droge, die alles Leid vergessen lassen.

100 *eine sympathetische Kenntnis der verborgenen Sünde*: Ein von NH
häufig verwendetes Motiv, z. B. in »Egotism; or, The Bosom
Serpent« (1843) in scherzhafter Form. Vgl. »Young Goodman
Brown« (1835) und »The Minister's Black Veil« (1836).

102 *Perle*: In sein Tagebuch (ca. 1843) notierte sich NH: »Pearl
(Perle) – englisch für Margaret – hübscher Name für ein Mädchen in einer Geschichte« (C VIII, S. 242). Ein Nachwirken des
Romans von William Godwin, *St. Leon* (1799), ist nicht aus-
zuschließen, in dessen 4. Kapitel die Heldin Marguerite als
Kind von unerschöpflicher Lebhaftigkeit und Verspieltheit und
scharfer, unerwarteter Angriffe vorgestellt wird. – *weil es von
hohem Preise ... erkauft*: Matthäus XIII, 45–46 wird das Him-
melreich verglichen mit einer Perle von hohem Preis, für die ein
Kaufmann alles andere hingibt. – *fürchtete stets irgendeine düstere,
wilde Eigentümlichkeit zu entdecken*: Sosehr Perle im Roman
funktional eingesetzt wird, sosehr anderseits beruhen die folgenden Beschreibungen des Kindes auf Beobachtungen von
NH an seiner Tochter Una. Am 30. Juli 1849, einen Tag vor
dem Tod seiner Mutter, notierte sich NH über Una: »um das
Kind ist etwas, das mich fast zum Fürchten bringt – Ich weiß
nicht, ob ich es elfenhaft oder engelhaft nennen soll, aber jedenfalls übernatürlich.« (C VIII, S. 430; ferner S. 407, 410–411, 420,
425, 426). Am 1. Februar 1849 notierte er sich über Una: »Sie
bittet mich, 64 auf ihre Hand zu schreiben; irgendein Geschick
wird mit dieser besonderen Zahl verknüpft sein« (C VIII,
S. 421). 1864 wurde NHs Todesjahr!

115 *Streit über das Eigentumsrecht an einem Schweine*: NHs Quelle
dürfte Caleb H. Snow, *A History of Boston* (Boston, 1825) gewesen sein. Über die Verwendung dieser und anderer Quellen
vgl. Charles Ryskamp, »The New England Sources of *The
Scarlet Letter*«, *American Literature* XXXI, 3 (November 1959).

117 *ein unerschrockenes Kind*: Die Szene zwischen Perle und den
unduldsamen Puritanerkindern erinnert an NHs Erzählung
»The Gentle Boy«, doch ist an die Stelle des jungen Dulders ein
Kind getreten, das zu kämpfen weiß.

118 *auf sieben Jahre zum Sklaven geworden*: Ein sog. »indentured ser-
vant«, jemand der sich – oft, um die Überfahrt nach Amerika

damit finanzieren zu können – für sieben Jahre verdingt hat. Peter L. Hays hat in »Why Seven Years in *The Scarlet Letter*«, *The Nathaniel Hawthorne Journal 1972*, auf die Stellen aufmerksam gemacht, an denen im Roman von siebenjähriger Knechtschaft die Rede ist.

121 *im Kriege gegen die Pequot-Indianer*: Neuenglands erster großer Indianerkrieg, der mit der Vernichtung des Stammes der Pequot endete (1637). – *Bacon, Coke, Noye und Finch*: Lordkanzler Sir Francis Bacon (1561–1626), Sir Edward Coke (1552–1634), William Noye (1577–1634), Sir Heneage Finch (gest. 1631) – berühmte Juristen der Regierungszeiten von Jakob I. und Karl I. Noye war Ankläger von William Prynne (vgl. Anm. zu S. 41, Esther Prynne).

122 *der ehrwürdige Blackstone*: William Blackstone (1595–1675), Geistlicher der anglikanischen Kirche, gelehrter Einsiedler, verließ Boston einige Jahre nach der Besiedlung der Halbinsel durch die Puritaner und zog sich nach Rhode Island zurück. Überliefert ist sein Spruch, er habe nicht England wegen der »hohen Herren Bischöfe« verlassen, um sich den »hohen Herren Amtsbrüdern« zu unterwerfen.

124 *zur Zeit des alten Königs Jakob*: Als Jakob VI. von Schottland als Jakob I. englischer König wurde (1603–1625), enttäuschte er die Hoffnungen der Puritaner auf Entgegenkommen. Auf der Hampton-Court-Konferenz vom 14. Januar 1603 drohte er, sie aus dem Lande zu drängen. – *bei einem Hofmaskenspiel*: Es handelt sich nicht etwa um Maskenbälle, sondern um Theateraufführungen am Hofe oder bei Adligen mit Aufzügen, Tänzen und Masken. Ben Jonson (1572–1637) war ein Meister der ›masque‹. – *Kinder des Herrn des Ungehorsams*: Der »Lord of Misrule« überwachte im 15. und 16. Jh. die ausgelassenen Feierlichkeiten zu Weihnachten.

125 *ein würdiges Abbild jenes babylonischen (Weibes)*: Offenbarung Johannis, XVII, 3–5. Die »Hure Babylon« (von den Puritanern auf die katholische Kirche angewandt) sitzt auf einem scharlachfarbenen Tier.

127 *aus der neuenglischen Fibel oder den ersten Seiten des Westminster Katechismus*: Gemeint sind der »New England Primer« (vgl.

Anm. zu S. 40, Es war ...) und der 1647 von den presbyteriani-
schen Geistlichen in Westminster zusammengestellte Katechismus, den auch die neuenglischen Puritaner benutzten. – *daß es
gar nicht geschaffen worden sei*: Harriet Beecher Stowe hat in *Uncle
Tom's Cabin* (1851 bis 1852) das Negerkind Topsy eine ähnliche
Meinung vertreten lassen.

134 *Der Heilkünstler*: Hierin steckt ein nicht wiederzugebendes
Wortspiel: »leech« bedeutet sowohl Heilkünstler als auch Blutegel!

137 *Sir Kenelm Digby*: 1603–1665; Autor, Seeoffizier, Diplomat und
Naturwissenschaftler. Vgl. die Erzählung »The Birthmark«.

143 *aus der Werkstatt der Gobelins*: Obwohl ein Wandteppich aus der
Werkstatt der Gobelins chronologisch möglich wäre, ist doch
wohl ein Wortspiel beabsichtigt: Gobelin – *goblin* (Kobold), um
die unheimliche Atmosphäre von Dimmesdales Zimmer auszumalen. – *David und Bathseba*: Im 11. und 12. Kapitel des 2.
Buches Samuelis wird der Ehebruch Davids mit Bathseba erzählt. Der Prophet Nathan legt David mit einer Parabel herein
(vgl. Anm. zu S. 245).

144 *zur Zeit der Ermordung Sir Thomas Overburys*: Wie aus den
Anmerkungen dieses Bandes hervorgeht, hat NH nicht nur
neuenglische, sondern auch die englische Geschichte des 17.
Jhs. reichlich herangezogen; keine Begebenheit so oft wie den
berühmten Kriminalfall aus der Zeit Jakobs I., die Ermordung
von Sir Thomas Overbury (1581–1613), der zuerst in den Tower
geworfen und dann langsam vergiftet wurde. Die allmähliche
Vernichtung von Dimmesdale durch Chillingworth ist nur eins
von vielen Motiven, für die es im Umkreis des Overbury-
Skandals Parallelen gibt. Alfred S. Reid hat sie in *The Yellow Ruff
and The Scarlet Letter. A Source of Hawthorne's Novel* (Gainesville,
Florida, 1955) dargestellt und mit ›*Sir Thomas Overbury's Vision*‹
*(1616) By Richard Niccols and Other English Sources of Nathaniel
Hawthorne's* ›*The Scarlet Letter*‹ (ebda. 1957) als Quellenmaterial
in Faksimile zugänglich gemacht.

146 *Der Arzt und sein Patient*: Vgl. den Doppelsinn von »leech«: Arzt
und Blutegel, Anm. zu S. 134. Die Wirkungen der Rache auf
einen Menschen darzustellen, der sich ihr verschreibt, hatte NH

sich bereits um 1836 im Notizbuch vorgenommen. Präziser heißt es dann 1847: »Geschichte der Wirkungen der Rache, in dem sie den zum Teufel macht, der sich ihr hingibt.« (C VIII, S. 27 f. und 278). Auch schon 1838 findet sich die Eintragung: »Der Einfluß eines besonderen Geistes in enger Verbindung mit einem anderen, der letzteren zum Wahnsinn treibt« (C VIII, S. 170). – Das Eindringen in der Seele und in das Geheimnis Dimmesdales sind vorgebildet in einem der einflußreichsten Romane des ausgehenden 18. Jhs., *Things As They Are; or, The Adventures of Caleb Williams* (1794) von William Godwin (1756–1836). Dort geht es nicht um Ehebruch, sondern Mord, aber die Technik des Vorfühlens und des die wunden Stellen des Gesprächspartners Abtastens ist schon ebenso meisterhaft.

147 *aus Bunyans furchtbarem Eingang im Hügel:* In *The Pilgrim's Progress from This World to That Which Is to Come, Delivered Under the Similitude of a Dream* (1678) von John Bunyan (1628–1688) wird dem Pilger Christian, nicht weit vom Ziel des Himmlischen Jerusalem entfernt, noch ein Nebenweg zur Hölle gezeigt, den die Heuchler gehen.

159 *wiewohl in beständiger unbestimmter Ahnung:* Auch dieses Motiv ist schon 1838/39 in den Tagebüchern vorgebildet. Ein Mensch setzt in einer anderen volles Vertrauen, der ihm jedoch im Traum als sein ärgster Feind erscheint (C VIII, S. 181). »Die merkwürdige Empfindung einer Person, die sich als Gegenstand tiefen Interesses und genauer Beobachtung seitens eines anderen fühlt, der alle seine Handlungen auf die verschiedenste Weise ausdeutet« (S. 183).

161 *die Gabe, welche am Pfingstfeste in Flammenzungen . . . herabgestiegen war:* Apostelgeschichte II, 1–4.

163 *Mit welcher Qual folterte ihn diese öffentliche Verehrung!:* Auch hier geht die psychologische Einsicht auf Tagebuchnotizen von 1837 bis 1838 zurück: »Unaufrichtigkeit im Herzen eines Menschen muß alle seine Freuden, alles, was ihn betrifft, unwirklich machen; so daß sein ganzes Leben nur wie eine dramatische Schaustellung zu sein scheint« (C VIII, S. 166); »Charakter eines Mannes, der in sich und seinen Beziehungen nach außen gleichermaßen und gänzlich falsch ist . . .: sein eigenes Elend mitten

drin − es macht das ganze Universum, Himmel und Erde zugleich, zu einem unsubstantiellen Gespött für ihn« (S. 180). − *die Frömmigkeit eines Henoch*: Genesis V, 22−24 und Hebräerbrief XI, 5.

170 *aus dem Sterbezimmer des Gouverneurs Winthrop*: John Winthrop (1588−1649) starb am 26. März; NH hat das Ereignis aus klimatischen Gründen in das spätere Frühjahr verschoben. Um so präziser ist die Wahl der Gründerfigur Winthrop, der in einer Laienpredigt unter dem Titel »Ein Modell für christliche Brüderlichkeit«, geschrieben auf dem Flaggschiff der Auswanderer Arbella, die Grundzüge des neuen Gemeinwesens entworfen hatte. Der Sendungsglaube der Massachusetts-Bay-Puritaner kommt in Winthrops biblischem Bild (Matthäus V, 14) von der Stadt auf dem Hügel zum Ausdruck, auf der aller Augen ruhen. Sollten sie ihrem Auftrag untreu werden, würden die Menschen in aller Welt ihrer spotten und sie verfluchen. Man vergleiche die selbstbewußten Worte des Büttels im zweiten Kapitel des Romans (S. 64, Z. 34+35, S. 65, Z. 1−7), nach denen in der rechtschaffenen Kolonie von Massachusetts »die Bosheit an den Sonnenschein gezogen wird«. Dimmesdales »Fall« und seine Unfähigkeit, sich zu offenbaren, sind eine tiefe Nacht der Kolonie, die nicht unpassend durch die Sterbestunde des Gründers und langjährigen Gouverneurs dramatisiert wird.

175 *daß man alle meteorischen Erscheinungen . . . als Offenbarungen . . . auslegte*: In Caleb Snow, *A History of Boston* (1825), wird beim Tode des berühmten Theologen John Cotton 1652 berichtet, daß seltsame und alarmierende Zeichen am Himmel erschienen. Nach S. Bradley, R. C. Beatty und E. H. Long, eds., *The Scarlet Letter. An Annotated Text. Backgrounds and Sources. Essays in Criticism* (A Norton Critical Edition; New York, 1962), S. 195. NH hat das Motiv in einer frühen Erzählung, »The Battle-Omen« (1830), verwendet.

176 *die Erscheinung eines ungeheuren Buchstabens*: Henry James (1843−1916) und mit ihm andere Kritiker haben an dieser Himmelserscheinung Anstoß genommen; der kurze Weg vom moralisch Erhabenen zum physisch Lächerlichen sei hier beschritten worden. Doch nicht nur das von NH intendierte Zeitkolorit recht-

fertigt die Verwendung; eine innerseelische Wirklichkeit wird nach außen projiziert und damit sichtbar gemacht. Die Erscheinung ist ungefähr ein A; Dimmesdale deutet es als solches und bezieht es auf sich (was ihm des Autors Kritik einträgt). Allerdings, wie sich im folgenden Gespräch mit dem Küster ergibt, haben auch andere ein A am Himmel gesehen und ihm eine (andere) Bedeutung unterlegt. Vgl. die Technik in der Erzählung »The Birthmark«.

186 *Sie nahm eine Freiheit des Denkens an, die damals auf der andern Seite des Ozeans gewöhnlich genug war*: Nach 1630 waren die von den Massachusetts-Bay-Puritanern eingeführten Neuerungen so gewagt, daß diese von den eigenen Glaubensbrüdern in England angegriffen wurden; nach dem Ausbruch des Bürgerkriegs 1642 jedoch kehrte sich das Verhältnis so rasch um, daß die Zeitgenossen sagten: Alt-England wird neu, während Neu-England alt wird. Modern ausgedrückt: Die Puritaner von Massachusetts wurden in den 1640er und 1650er Jahren weit links überholt.

187 *ihr Name möglicherweise Hand in Hand mit dem Anna Hutchinsons*: Vgl. Anm. zu S. 58. In NHs Erzählung »The Gentle Boy« wird religiöser Fanatismus einer Quäkerin der Mütterlichkeit einer Puritanerfrau gegenübergestellt. Das Motiv der potentiellen Führerschaft Esther Prynnes wird im Schlußkapitel wieder aufgenommen.

197 *Mein alter, lange vergessener Glaube . . . erklärt alles*: Der kalvinistische Prädestinationsglaube wird hier von Chillingworth zu einer Rationalisierung benutzt, denn ein solcher Fatalismus ist unchristlich. – *nur in einer Art von typischer Illusion sündigt*: Vgl. Anm. zu S. 218.

206 *zu dem Missionar Eliot gegangen*: John Eliot (1604–1690) predigte als erster in Neuengland zu den Eingeborenen in ihrer eigenen Sprache und übersetzte die Bibel in die der Massachusetts-Indianer (1662–1663). Er war eine Lieblingsfigur NHs; seit den ersten Tagen des Christentums, erzählt der in der Heimatgeschichte kundige Großvater seinen Enkeln, habe es niemanden gegeben, der würdiger als Eliot gewesen sei, in die Gemeinschaft der Apostel aufgenommen zu werden (C VI, S. 49). Vgl.

auch die Verwendung von Eliot-Motiven in Die *Blithedale-Maskerade.*

218 *wovon der Wahnsinn vielleicht der irdische Typus ist*: Zum Begriff des Typs (Typos) im Rahmen der Bibelauslegung s. Leonhard Goppelt, *Typos. Die typologische Deutung des Alten Testaments im Neuen* (Darmstadt, 1969; Gütersloh, [1]1939). Zur Verwendung der Typologie bei NH s. Ursula Brumm, *Die religiöse Typologie im amerikanischen Denken. Ihre Bedeutung für die amerikanische Literatur- und Geistesgeschichte* (Leiden, 1963). Während der wertvolle erste Abschnitt des Kapitels über NH, »Das Problem der Allegorie«, die wichtige Erkenntnis ausspricht, daß NH »nur selten reiner Allegoriker« ist und »der Kern seiner Geschichten ... kein Abstraktum, sondern eine in einer konkreten Situation erfaßte Problematik des menschlichen Lebens« (S. 97), kommt der zweite, »Das zyklische Geschichtsbild«, zu m. E. unhaltbaren Ergebnissen. Die beiden Verwendungen der Typologie, S. 192 und S. 211, werden in dem Buch nicht behandelt.

220 *mit kaltem Blute das Heiligtum eines Menschenherzen geschändet*: Im Tagebuch von 1844 findet sich die Notiz: »Die Sünde wider den Heiligen Geist (›The Unpardonable Sin‹) könnte in einem Mangel an Liebe und Ehrfurcht für die Menschliche Seele bestehen; infolgedessen würde ein Forscher in ihre dunklen Tiefen eindringen, nicht, in der Hoffnung oder mit dem Zweck, dort etwas zu bessern, sondern aus einer kalten psychologischen Neugier ...« (C VIII, S. 251). Das Motiv der Sünde, die nicht vergeben werden kann, hat NH in der Erzählung »Ethan Brand« (1850) behandelt. – »*Was wir taten, hatte seine eigene Weihe*«: Wie ein Rezensent der amerikanischen Zeitschrift *The Nation* am 25. Oktober 1900 meinte, könnten diese Worte Esthers leicht interpretiert werden als subtilste verführerische Werbung für den Vorrang der Leidenschaft im menschlichen Leben, die in englischer Erzählkunst aufzufinden sei. Trotz siebenjährigen Leidens kein Wort von Reue. Selbst George Sands Heldinnen seien in ihrer Rebellion gegen moralisches Dogma oder den Sittenkodex nicht unbehinderter als diese Ausgestoßene der puritanischen Härte. So weit, so gut.

Doch war NH ein zu objektiver Kopf, als daß er nicht die Leichtigkeit durchschaut hätte, mit der sich »eigene Weihen« im Bedarfsfall produzieren lassen. Immerhin zeigt er auch, wie sehr sich Esther zumindest bemüht, sich für sündiger zu halten als alle anderen. Unbestreitbar andererseits ist, daß Esther weiter liebt und daß sie nicht ernsthaft bereut. – Die Sache hat auch einen politischen Hintergrund. In den Wochen, bevor der Roman erschien, wurde im Kongreß der Kompromiß zwischen den Nord- und den Südstaaten ausgehandelt, der runde zehn Jahre, bis zum Bürgerkrieg (1861–1865), gelten sollte. Die Abolitionisten des Nordens beriefen sich gern auf ein »höheres Gesetz« (höher als die Verfassung, die Sklaverei zuließ); es ist schlecht denkbar, daß NH (kein Abolitionist) die Parallele zwischen Esthers »eigener Weihe« und dem »höheren Gesetz« entgangen ist. Abgesehen von der Vorsicht, die NH bei seinem ohnehin brisanten Thema und seiner wirtschaftlichen Lage walten lassen mußte, dürfen wir ihn nicht auf eine Interpretation festlegen wollen, die allein seine Heldin zu vertreten hat.

233 *die lebende Hieroglyphenschrift*: Vgl. Anm. zu S. 40 (Damen . . .).

243 *dieses Gefühl der Veränderung*: Das Motiv der Rückkehr aus dem Wald (der Wildnis, der Freiheit, dem Ungeregelten und/oder Verbotenen) wurde von NH in seiner wohl berühmtesten Erzählung »Young Goodman Brown« ausgearbeitet. Sowohl Dimmesdale als auch der Titelheld Brown können ihre Erlebnisse im Wald nicht verarbeiten und gehen gleichsam aus den Fugen.

245 *»Du selbst bist der Mann!«*: 2. Buch Sam., XII, 7: Die Worte, mit denen der Prophet Nathan den ehebrecherischen David darauf aufmerksam macht, daß er selbst der Verbrecher sei, von dem die Rede war. E. A. Poe hat eine parodistische Detektiverzählung mit dem Titel »Thou Art the Man« (1844) geschrieben. Vgl. die Anm. zu S. 143.

249 *wozu ihr Anna Turner . . . das Rezept gegeben hatte*: Anna Turner, die Giftmischerin aus dem Overbury-Fall; vgl. Anm. zu S. 144.

265 *Die Wahlpredigt*: Zur Einführung eines neuen Gouverneurs wurde ein »Election Sermon« gepredigt, wobei auf die Sendung Neuenglands häufig Bezug genommen wurde. Es war eine der

höchsten Ehren, die die Kolonie zu vergeben hatte, zu dieser Predigt aufgefordert zu werden.

267 *Diese Staatsmänner der ersten Stunde*: Simon Bradstreet (1603–1697), John Endicott (ca. 1589–1665), Thomas Dudley (1576–1653); zu Richard Bellingham s. Anm. zu S. 75.

268 *wie im Falle von Increase Mather*: Increase Mather (1639–1723), aus der zweiten Generation der Mather-»Dynastie«, verhandelte 1688–1692 für die Kolonie Massachusetts in England; später Präsident des Harvard College (1685–1701).

271 *Pauwau*: Powwow, Hauptbedeutung zeremonielle indianische Versammlung, Verhandlung von oder mit Indianern, Beratung überhaupt. Hier ist freilich der ursprüngliche Sinn, nämlich Zauberer, Medizinmann gemeint.

283 *»umschlinge mich mit deiner Kraft!«*: Es ist wahrscheinlich, daß NH bewußt einen Ehe-Topos, emblematisch oft dargestellt als von der Rebe umschlungene Ulme, evozieren wollte. Vgl. Peter Demetz, »The Elm and the Vine: Notes Toward the History of a Marriage Topos«, *PMLA* LXXIII, 5 (Dezember 1958), ohne Bezug auf diese Stelle.

289 *die Art seines Todes zu einer Parabel gemacht*: Vgl. die Erzählung »The Minister's Black Veil«. Aber während der Geistliche der Erzählung eine bloße Gedankensünde so schwer nimmt, daß er sich lebenslänglich einen schwarzen Schleier anlegt, verbirgt Dimmesdale bis zum Ende hin sowohl seine Sünde als auch deren körperliche Manifestation. Vgl. die Tagebucheintragung vom 27. Oktober 1841: »Moralische oder spirituelle Krankheit durch körperliche Krankheit zu symbolisieren; – so könnte, nachdem jemand eine Sünde begangen hat, diese eine Wunde auf dem Körper verursachen; – dies weiter auszuarbeiten« (C VIII, S. 222).

290 *nichts als das Beispiel der hartnäckigen Treue . . .*: So viel über NHs angeblichen »Puritanismus« geschrieben worden ist, so wenig über seinen offensichtlichen Antiklerikalismus. Eine Ausnahme bildet Joseph Schwartz, »Three Aspects of Hawthorne's Puritanism", *New England Quarterly* XXXVI, 2 (Juni 1963), bes. S. 199 ff. Für unseren Roman ist zu beachten, daß NH unter seinen Feinden in Salem besonders den »öligen Mann Gottes«

Charles W. Upham (vgl. Anm. zu S. 5, im Blut . . .) verachtete. An seinen Schwager Horace Mann schrieb er am 8. August 1849: »Sollte Herr Upham mir Gelegenheit geben – oder vielleicht auch dann, wenn er es nicht tut –, werde ich mein Bestes tun, ihn publizistisch umzubringen und zu skalpieren, und ich glaube, es würde mir gelingen.« Der Brief bricht hier leider ab – der Rest ist weggeschnitten! Nach John D. Gordan, *Nathaniel Hawthorne. The Years of Fulfilment, 1804–1853* (New York, 1954), S. 33. Das Ergebnis ist die Figur des Richters Pyncheon im Roman *Das Haus der Sieben Giebel* (1851). Vgl. »Elizabeth Peabody Identifies the ›Original‹ Judge Pyncheon«, *The Nathaniel Hawthorne Journal 1971*, S. 70. Upham seinerseits war pikiert, weil die Hawthorne-Familie in seiner Gemeinde einen Kirchenstuhl hatte, NH aber nie zu seinen Predigten erschien. Auch nach seinem Fortzug aus Salem machte sich NH unbeliebt, weil er in Lenox seinen Fuß nicht über die Schwelle einer Kirche setzte. – *nur diese (Moral) in Worte kleiden: Seid wahr! Seid wahr! Seid wahr!*: Eine ausformulierte Moral, und sei es auch nur eine unter anderen, war ein von NH mehrfach gemachtes Zugeständnis an seine moralsüchtigen Zeitgenossen. Sie hat ihn freilich nicht vor Kritik bewahrt; so heißt es im schärfsten Angriff auf den Roman, der Rezension des Bischofs Arthur Cleveland Coxe: »die ganze Moral der Geschichte wird mit den Worten gegeben – ›Seid wahr – seid wahr‹, so als ob Aufrichtigkeit in der Sünde eine Tugend sei, und als ob nicht ›seid keusch – seid keusch‹ der passendere Schluß gewesen wäre.« 120 zeitgenössische und einige spätere Rezensionen und Essays zu NH sind gesammelt von J. Donald Crowley, *Hawthorne. The Critical Heritage* (New York, 1970), Zitat S. 183.

292 *die reichste Erbin ihrer Zeit in der neuen Welt*: Adlige Heirat und Reichtum für Perle möchten den Schluß, soweit er das Kind der Sünde betrifft, etwas zu märchenhaft erscheinen lassen. Es ist jedoch zu beachten, daß sich Perle und Chillingworth gegenläufig verhalten: Während Chillingworth durch die Monomanie seiner Seelenforschung und seiner Rache seine eigene Seele verliert, muß Perle durch einen Kummer eine gewinnen. Mit dem Geständnis und dem Tode Dimmesdales verliert Chilling-

worth seinen Lebensinhalt; Perle gewinnt einen Vater. Es ist nur konsequent, daß die irdische Substanz Chillingworths, sein Geld, auf das Kind übergeht.

294 *daß zu einer schöneren Zeit ... eine neue Wahrheit offenbart werden würde*: Diese Hoffnung und Aussicht hat Bischof Coxe (vgl. Anm. zu S. 290, nur diese [Moral]) zu noch größerem Zorn gebracht als die ausformulierte Moral: »Wenn Buchstaben und Worte die Idee ihres Autors vermitteln können, dann hat er uns hier den Schlüssel zum Ganzen gegeben, mit einem sehr deutlichen Hinweis, daß das Evangelium die Beziehungen von Mann und Frau nicht so geregelt hat, wie es nötig wäre, und daß wir ein neues Evangelium brauchen, um das siebente Gebot und das Band der Ehe abzulösen. Hier mögen die Leser sehen, was die Welt von Hawthorne erwarten kann, falls er nicht an solcher Hurenhausphilosophie gehindert wird.« Zitiert nach B. Bernard Cohen, *The Recognition of Nathaniel Hawthorne. Selected Criticism Since 1828* (Ann Arbor, 1969), S. 53. – Vgl. eine Tagebucheintragung vom 30. August 1842 (also kurz nach NHs glücklicher Eheschließung): »Nachmittags kam Emerson und brachte Herrn Frost mit, den Kollegen und Nachfolger von Dr. Ripley. Er ist ganz ordentlich, in der Art der Feld-, Wald- und Wiesenpastoren, und wohlgeeignet, den Vorrat an Predigtmanuskripten zu vermehren, von denen es schon eine fürchterliche Menge in der Welt geben muß. Ich finde meinen Respekt für Geistliche als solche und meinen Glauben an die Nützlichkeit ihres Amtes täglich abnehmen. Wir brauchen in der Tat eine neue Offenbarung – ein neues System – denn im alten scheint kein Leben mehr zu sein« (C VIII, S. 351 f.)

295 »*Auf schwarzem Feld, der Buchstabe A, rot*«: Das englische Original verwendet für die Farben Termini Technici der Heraldik: »ON A FIELD SABLE, THE LETTER A, GULES«. John C. Stubbs in »A Note on the Source of Hawthorne's Heraldic Device in ›The Scarlet Letter‹«, *Notes and Queries* CCXIII (Mai 1968), nennt mit Recht als Quelle Sir Walter Scotts Einleitung zu seinem ersten Roman *Waverley; or, ›Tis Sixty Years Since‹* (1814), in der Scott den Zorn der Vorfahren mit der heraldischen Farbe ›rot‹ (›gules‹), die zeitgenössische Bosheit, die nicht

offen und mit blutiger Gewalt vorgeht, sondern indirekt, mit der Farbe ›schwarz‹ (›sable‹) vergleicht. Während an der Kenntnis NHs von Scott kein Zweifel besteht, wissen wir nicht, ob er das Gedicht von Andrew Marvell (1621–1678), »The Unfortunate Lover«, gekannt hat, das mit der Zeile »In a Field Sable a Lover Gules« endet; nach Robert L. Brant, »Hawthorne and Marvell«, *American Literature* XXX, 3 (November 1958). Sollte eine Anspielung vorliegen, sagt Brant richtig, würde eine gewisse ästhetische Distanz, eine Hebung der Geschichte ins Reich der Legende und ein erlösendes Licht der Schönheit in der Tragödie impliziert sein. Eine solche Interpretation widerspricht nicht der Tatsache, daß NH als Mensch – und noch mehr seine Frau Sophia – an der Tragödie Esther Prynnes und Arthur Dimmesdales gelitten hat. An seinen Freund H. Bridge schrieb er, sein Roman sei zweifellos eine höllisch-geheizte Geschichte, in die ein versöhnliches, aufmunterndes Licht zu werfen ihm fast unmöglich gewesen sei. Noch schlimmer war die Wirkung auf seine Frau, wie aus dem gleichen Brief hervorgeht: Das Vorlesen des Schlusses »brach ihr Herz und schickte sie mit einem gewaltigen Kopfweh ins Bett; was ich als einen großartigen Erfolg ansehe«. (*Personal Recollections*, S. 111–113). Noch fünf Jahre später erinnerte sich NH an die Bewegung, mit der er den Schluß des Romans seiner Frau vortrug: »meine Stimme hob sich und wogte, als ob ich auf einem Ozean auf- und niedergetragen würde, wie er sich nach einem Sturm wieder beruhigt. Aber ich war in einem sehr nervösen Zustand, damals, nachdem ich monatelang durch viele verschiedene und aufreibende Emotionen gegangen war. Ich glaube nicht, daß ich jemals bei anderer Gelegenheit meine undurchdringliche Härte überwunden habe.« Nach *English Notebooks*, ed. R. Stewart (New York, 1962), S. 225. Das alles schließt die Kühle des überlegen schaffenden Künstlers, der die Personen und die Motive seines Romans über Jahre hinweg durchdacht hatte, nicht aus. Vgl. Lore Rettenberger, *Licht- und Farbsymbolik in Hawthornes Neuengland-Romanen* (Göppingen, 1972). Joseph Conrad hat im Vorwort zu *Within the Tides* (1915) von einem »romantischen Gefühl für die Realität« gesprochen, das er sich eingeboren glaubt. Die folgenden Sätze, ohne jeden Bezug auf Hawthorne geschrieben, sind gleichwohl ein Epilog auch für den Roman *Der scharlachrote Buchstabe*: »Diese Fähigkeit an sich kann ein Fluch sein, aber wenn sie diszipliniert ist durch einen Sinn für persönliche Verantwortung und ein Wissen um die harten Fakten des Lebens, wie wir sie mit allen anderen Menschen gemein haben, dann wird sie nur ein Gesichtspunkt, von dem aus selbst die dunklen Schatten des Lebens wie mit einem inneren Leuchten begabt erscheinen. Und solche Romantik ist keine Sünde.«

ZEITTAFEL

1628   Puritanische Siedler unter John Endecott (ca. 1589–1665) gründen Salem, Massachusetts.

1630   Große Auswanderergruppe unter John Winthrop (1588–1649) besiedelt Boston und Umgebung (Massachusetts Bay Colony)

1638   Verbannung der Anne Hutchinson (1591–1643) aus Massachusetts im Gefolge des Antinomisten-Streits.

1656   Mistress Anne Hibbins als Hexe gehängt.

1656–60 Verfolgung der Quäker in Massachusetts; Hawthornes Vorfahr Major William Hathorne (1607–81) beteiligt.

1692–93 Hexenprozesse, ausgehend von Salem Village (heute Danvers, Mass.); Colonel John Hathorne (1641–1717) Untersuchungsrichter.

1801   Der Kapitän Nathaniel Hathorne (1775–1808) heiratet Elizabeth Clarke Manning (1780–1849); Kinder Elizabeth (1802–83), Nathaniel (1804–64) und Maria Louisa (1808–52).

1804   4. Juli: Geburtstag des Dichters Nathaniel Hawthorne (der das »w« in den Familiennamen einführt).

1821–25 Studium im Bowdoin College, Maine.

1825–36 Die »einsamen« Jahre in Salem.

1828   Erster Roman anonym veröffentlicht (*Fanshawe*).

1837   Erster Band Erzählungen (*Twice-Told Tales*); 1842 bedeutend erweitert.

1839–40 Arbeit im Zollhaus zu Boston.

1841   Teilnehmer am Brook-Farm-Kollektiv.

1842   9. Juli: Hawthorne heiratet Sophia Peabody (1809–70; Kinder Una (1844–77), Julian (1846–1934) und Rose (Lathrop) (1851–1926).

1842–45 Das junge Paar lebt im »alten Pfarrhaus« von Concord, Mass., dem »Weimar« des amerikanischen Transzendentalismus. Bekanntschaft mit Ralph Waldo Emerson (1803–1882) und Freundschaft mit Henry David Thoreau (1817–1862).

1846   Erzählungen *Mosses from an Old Manse*.

1849   Juni–Juli: Entlassung; Tod der Mutter (31. Juli). Winter: Der Verleger James T. Fields (1917–81) überredet den Autor, anstelle einer Sammlung *Old-Time Legends: Together with Sketches, Experimental and Ideal*, in der *The Scarlet Letter* nur eine längere Geschichte unter anderen gewesen wäre, die Story auszuarbeiten und als Roman zu veröffentlichen.

1850   16. März: *The Scarlet Letter* veröffentlicht.

       5. August: Hawthorne lernt Herman Melville (1819–91) kennen; intensive Freundschaft während der Zeit, in der die Hawthornes in Lenox leben und die Melvilles in Pittsfield, Berkshire, West-Massachusetts.

1851   *The House of the Seven Gables*, Hawthornes dritter Roman.

1852   *The Blithedale Romance*, Hawthornes vierter Roman.

1853–57 Nach einer Wahlkampfbiographie für den College-Freund Franklin Pierce (1804–69), 1853–57 Präsident der USA, Konsul in Liverpool.

1858–60 In Italien (Rom und Florenz) und England.

1860   Rückkehr nach Concord. *The Marble Faun*, Hawthornes letzter vollendeter Roman.

1861   Ausbruch des amerikanischen Bürgerkriegs.

1864   Nacht vom 18. zum 19. Mai: Hawthorne stirbt nach längerem Siechtum in Plymouth, New Hampshire, auf einer Erholungsreise mit seinem Freund Franklin Pierce.

INHALT

Anhang